Linus Geschke
Das Loft

AF214981

PIPER

Zu diesem Buch

»›Sarah, haben Sie ihn umgebracht?‹
›Nein!‹
›War Marc es?‹
Schweigen.
Hauptkommissarin Bianca Rakow seufzte. ›Ich denke, wir sind hier fürs Erste fertig. Vielleicht ist Marc ja eher bereit, Licht ins Dunkel zu bringen. Denn eins ist klar: Einer von ihnen wird reden. Einer wird den Mund aufmachen und dadurch eine Reihe von Vorteilen erlangen, die dem anderen vorenthalten bleiben. Ich hätte mir gewünscht, dass Sie das sind, aber letztendlich ist es egal. Die Wahrheit kommt so oder so ans Licht.‹
Bianca war sich sicher, Sarah würde reden, wenn man sie nur fest genug in die Ecke drückte und ihr keinen Ausweg mehr ließ. Dann wäre es mit ihrer Loyalität vorbei. Es lag jetzt an Bianca, sie genau dazu zu bewegen.«

Linus Geschke lebt in Köln und hat für führende deutsche Magazine und Tageszeitungen, darunter SPIEGEL Online und die Frankfurter Allgemeine Sonntagszeitung, gearbeitet. Mit seinem Thrillerdebüt gelangte Geschke aus dem Stand auf die Bestsellerliste, seine Jan-Römer-Serie wurde für die ARD verfilmt. Nach »Das Loft« ist mit »Die Verborgenen« sein zweiter Psychothriller bei Piper erschienen.

Linus Geschke

DAS LOFT

Thriller

PIPER

Mehr über unsere Autorinnen, Autoren und Bücher:
www.piper.de

Wenn Ihnen dieser Thriller gefallen hat, schreiben Sie uns unter Nennung des Titels »Das Loft« an *empfehlungen@piper.de*, und wir empfehlen Ihnen gerne vergleichbare Bücher.

Von Linus Geschke liegen im Piper Verlag vor:
Das Loft
Die Verborgenen
Wenn sie lügt

Inhalte fremder Webseiten, auf die in diesem Buch hingewiesen wird, macht sich der Verlag nicht zu eigen und übernimmt dafür keine Haftung.

Wir behalten uns eine Nutzung des Werks für
Text und Data Mining im Sinne von § 44b UrhG vor.

Unser Versprechen für
mehr Nachhaltigkeit
• Klimaneutrales Produkt
• FSC®-zertifiziertes Papier
• Hergestellt in Europa

MIX
Papier | Fördert
gute Waldnutzung
FSC® C083411
www.fsc.org

Ungekürzte Taschenbuchausgabe
ISBN 978-3-492-31980-5
1. Auflage September 2023
3. Auflage September 2024
© Piper Verlag GmbH, München 2022
Redaktion: Lars Zwickies
Umschlaggestaltung: zero-media.net, München
Umschlagabbildung: arcangel / Dave Wall; FinePic®, München
Satz: Satz für Satz, Wangen im Allgäu
Gesetzt aus der Excelsior
Druck und Bindung: CPI books GmbH, Leck
Printed in the EU

Für Jana

Du kannst nicht mehr
die erste Frau
in meinem Leben sein.
Aber die letzte.

TENEBRIS (LAT., DIE DUNKELHEIT):
Zustand, der das Fehlen von Licht beschreibt. In der Antike auch als Begriff für das Böse im Menschen gebräuchlich.

Habe ich Ihre ungeteilte Aufmerksamkeit?

Das ist gut.

Denn das, was ich Ihnen auf den folgenden Seiten erzählen werde, verdient sie auch. Ich werde Ihnen im Laufe der Geschichte alle notwendigen Informationen zukommen lassen, mich aber nicht unnötig wiederholen. Ich werde Dinge auch nicht mehrmals erklären, bis sie wirklich jeder verstanden hat.

Wenn Sie herausfinden wollen, was tatsächlich mit Sarah, Marc und Henning geschah, müssen Sie aufmerksam lesen, jede Aussage im Kopf behalten und jeden Zusammenhang beachten. Sie dürfen nicht abschweifen, sollten nicht mit den Gedanken woanders sein, und ich muss Sie warnen: Nicht jeder in dieser Dreierkonstellation sagt stets die Wahrheit. Manchmal lügen Menschen auch. So sind wir eben, nicht wahr?

Wenn Sie dagegen aufmerksam lesen und mitdenken; wenn Sie Ihre eigenen Schlussfolgerungen ziehen, haben Sie vielleicht eine Chance, frühzeitig hinter das große Geheimnis zu kommen.

Habe ich gerade gesagt, Sie hätten eine Chance?

Vergessen Sie's.

Sie haben keine.

Nun ja ... fast keine.

EINS

»Und da sitzt du,
schaust in dir deinen
Liebesfilm an.
So laut wie es geht,
dass man den Schmerz
nicht mehr hört.
Und so treibst du,
und du träumst
von dem was dich quält,
die heile Welt.«

Voltaire, »Wo« aus dem Album
Heute ist jeder Tag

MARC

Das Schöne an Märchen ist nicht, dass sie immer mit »Es war einmal« beginnen oder mit »Und wenn sie nicht gestorben sind« enden. Das Schöne ist, dass sie manchmal wahr werden, wenn man sie nur oft genug erzählt.

Mein Märchen mit Sarah begann in einem Ort namens San Vito Lo Capo, dessen kilometerlanger Sandstrand auf der einen Seite von einem Bergmassiv und auf der anderen von einem malerischen Hafen begrenzt wurde, in dem Fischerboote an Pollern vertäut auf die nächste Ausfahrt warteten. Drei Jahre ist das jetzt her, und an jenem Tag gab es keine bösen Geister, nirgends. Vielleicht habe ich sie auch einfach nicht gesehen.

Du lagst mitten am Strand auf einer Sonnenliege, keine zehn Meter vom azurblauen Wasser des Mittelmeers entfernt. Ein Strohhut und ein Strandkleid hingen über der Lehne, und du sahst jung aus; jünger noch, als du es mit deinen achtundzwanzig Jahren ohnehin erst warst. Deine Haare waren zu einem Dutt hochgesteckt, und auf dem flachen Bauch lag ein Buch: dunkles Cover, gelber Titel, wahrscheinlich irgendein Thriller.

Von deinen Augen konnte ich nichts erkennen, sie waren hinter einer Sonnenbrille verborgen, aber in deinen Mundwinkeln zeichnete sich ein kleines Lächeln ab, als würde dich irgendetwas amüsieren. Wenn ich an unsere Anfänge zurückdenke, hast du eigentlich immer gelächelt. Damals, als noch nichts geschehen war, was dir dieses Lächeln raubte.

Henning stieß mich mit dem Ellbogen an, deutete in deine Richtung und grinste. Er sagte nichts. Er musste auch nichts sagen, die Würfel waren gefallen. An diesem Strand, unter all den Frauen, warst du der Jackpot. Natürlich sahst du gut aus, aber das war nicht das Entscheidende. Viele Frauen sehen gut aus. Wenn ich an die Zeit zurückdenke, kommt es mir ohnehin so vor, als hätte es damals ausschließlich attraktive Mädchen gegeben – vielleicht habe ich die hässlichen auch einfach nur vergessen.

»Du musst dich eincremen, sonst verbrennst du noch.«

Ich weiß nicht, warum ich das sagte; es war so ziemlich das Dümmste, das man in einer solchen Situation sagen konnte. Aber was hätte ich sonst tun können? Die einzige Alternative wäre gewesen, dich aus der Ferne stundenlang anzustarren, aber das wäre noch dümmer gewesen – da sind wir uns hoffentlich einig.

Nachdem die Worte raus waren, hast du in meine Richtung geschaut, die Sonnenbrille abgenommen und meinen Körper betrachtet, der damals noch eine ganze Ecke besser in Form war als heute. Für ein paar Sekunden traf sich unser Blick, dann hast du die Sonnenbrille wieder wie ein Visier vor die Augen geschoben und den Kopf gelangweilt abgewendet.

»Ich würde dich gerne kennenlernen, aber ich will auch nichts Falsches sagen, damit ich nicht wie ein kompletter Idiot dastehe«, sagte ich. »Das ist echt schwer. Ein Dilemma, und ich hoffe, du verstehst mein Problem.«

Mein Puls raste, aber dann hast du gelächelt. Vielleicht nur mitleidig, aber das war mir in diesem Moment egal. Ich wusste nicht, wie du heißt, wo du herkommst oder was du machst; ob du einen Freund hast, verheiratet oder lesbisch bist. Alles, was ich wusste, war, dass ich dich lieben konnte, lieben würde, lieben musste. All diese Dinge wusste ich mit einer Selbstverständlichkeit, die mir auch heute noch Angst macht. Ich war einunddreißig Jahre alt, schon lange kein naives Kind mehr, und dennoch kam es mir vor, als wäre mein bisheriges Leben nur dazu da gewesen, mich an diesen Punkt zu führen.

Zu dir.

»Das ist also deine Art, Frauen anzusprechen«, hast du nach einer Ewigkeit gesagt, und es war wie eine Erlösung.

»Eigentlich nicht«, erwiderte ich achselzuckend, während ich mir gleichzeitig Mühe gab, mir die Unsicherheit nicht ansehen zu lassen. »Ehrlich gesagt, bin ich gerade ein wenig überfordert. Wenn du also einen Tipp hast, was ich stattdessen sagen sollte – gerne her damit!«

Dann kam es wieder, dieses umwerfende Lächeln. »Lass mich darüber nachdenken … und in der Zwischenzeit kannst du mir im *Gna' Sara* ja ein Glas Wein spendieren.«

Ohne meine Antwort abzuwarten, zogst du dein bunt gemustertes Strandkleid über. Ich nutzte den kurzen Moment, in dem das Kleid deine Augen verdeckte, um Henning zu signalisieren, dass er sich verziehen sollte. Er verstand sofort und ging in Richtung unserer Liegen davon. Sein Körper war von unserem vorherigen Badeausflug immer noch feucht; Sand bedeckte die Waden, sie sahen aus wie paniert.

»Wie heißt du?«

Ich fuhr herum. »Marc«, sagte ich. »Und du?«

»Sarah. Sarah Hauptmann. Schön, dich kennenzulernen, Marc.«

Als wir über den Strand in Richtung des kleinen Orts gingen, hätte ich am liebsten schon deine Hand in meine genommen. Ich tat es nur nicht, weil ich Angst hatte, dass ich sie nie wieder loslassen würde.

Anfangs unterschieden sich unsere Schritte noch, bis sie einen gemeinsamen Rhythmus fanden und ihre Geräusche sich im Gleichklang ineinanderschoben. Ich schaute rüber zu dir, immer wieder, nur aus den Augenwinkeln. Du warst klein, nur gut einen Meter sechzig groß. Alles an dir wirkte verletzlich, und schon damals hatte ich das Gefühl, dich vor allem Bösen beschützen zu müssen. Ein altmodisches Gefühl, ich weiß, aber dennoch ist es geblieben. Bis heute.

Als wir am *Gna' Sara* ankamen, hielt ich dir die Tür auf und verbeugte mich leicht. Du bist wie eine Königin reingegangen, hast dich umgeschaut und auf der Terrasse einen Stuhl gewählt, von dem aus man das Meer sehen konnte. Ich sah nichts, nur dich. Betrachtete deine ungekämmten Haare und die perfekt geschwungenen Lippen, sah die Verletzlichkeit in deinen fast noch kindlichen Gesichtszügen – der Anblick kippte die Zeit aus den Fugen. Augenblicklich wollte ich dich küssen und im Arm halten, nichts anderes. Dir sagen, dass das Herz in deiner Brust nicht grundlos schlug.

Als der Kellner kam, sah er uns an und zögerte kurz. Dann machte er eine dieser wedelnden Handbewegungen, wie sie nur Italiener stilecht hinbekommen, und sagte lächelnd: »Due amanti, un grande amore. Das sieht man sofort!«

Unsere Blicke trafen sich, und ich wusste, dass du es auch wusstest. Dass die ganze Welt es sehen konnte.

Die Vollkommenheit von Glück.

An diesem Sommertag begann mein Märchen mit Sarah, und es endete, als eine Polizistin mich drei Jahre später fragte, ob sie oder ich meinen besten Freund getötet hatte.

SARAH

Die Anfänge kennen das Ende nicht, und das Gute kann sich das Böse nicht vorstellen.

So war es auch mit uns, Marc.

Vom ersten Tag an.

Mit deinem Dauergrinsen und der aufgesetzten Coolness hast du im ersten Moment fast schon arrogant gewirkt, während dein Freund natürlicher rüberkam, irgendwie gelassener. Ich will ehrlich sein: Als ihr betont lässig auf mich zugekommen seid und euch dabei wie die Teenager gegenseitig mit den Ellbogen angestoßen habt, habe ich mir gewünscht, dass er es sein wird, der mich anspricht. Es kam anders, du warst einfach schneller.

Anfangs hoffte ich noch, dass ich über dich an ihn herankomme, aber dann, ja dann ist es passiert. Ich habe mich verliebt. In dich. In den Marc, der hinter dem Dauergrinsen und der aufgesetzten Coolness wohnt.

Kein Mensch kann steuern, in wen er sich verliebt, aber selbst wenn die Entscheidung für dich eine bewusste gewesen wäre, hätte ich sie in den folgenden Jahren nie bereut. Du bist der aufmerksamste Mann, den man sich wünschen kann, und du schaffst es immer noch, mich zu begeistern und zu überraschen.

Wie oft haben mich Freundinnen um dich beneidet? Ich weiß es nicht.

Oft.

Sehr oft.

Von Anfang an war die Liebe ein wichtiger Eckpfeiler unserer Beziehung, die körperliche Anziehungskraft ein weiterer, der stärkste jedoch das Vertrauen. Ich habe dir immer vertraut, und zwar vor allem, weil du mir gegenüber stets ehrlich gewesen bist. Nicht viele Menschen verdienen ein solches Vertrauen. Bei denen, die ich zuvor liebte und die behaupteten, stark zu sein, zeigte sich mit der Zeit, dass auch sie ihre Schwächen haben; dass ihre schönen Fassaden von Rissen durchzogen sind und dass sie auf schwachen, tönernen Füßen stehen. Du jedoch hast niemals vorgegeben, stark zu sein. Du bist es einfach, gleichzeitig jedoch auch strahlend, warm und leuchtend.

Wenn du eine Jahreszeit wärst, dann wärst du der Sommer.

Wahrscheinlich bin ich außer Henning der einzige Mensch, der weiß, dass auch der Winter Teil deines Wesens ist. Dass du etwas Böses in dir trägst. Nicht auf eine übertragene Art und Weise, sondern ganz real, wie ein Organ, das sich im Körper befindet. Vielleicht wird man es nach deinem Tod bei der Autopsie finden. Ich schätze, es ist in etwa so groß wie ein Tischtennisball, sicherlich schwarz, und der Mediziner wird sagen: »Hallo … Was haben wir denn da?«

Aber ich eile den Dingen voraus. Wir sollten nicht über das Ende reden, sondern über den Anfang, denn der hatte es wirklich in sich.

Nach dem Urlaub haben wir uns so oft wie möglich gesehen, trotz der Entfernung zwischen unseren Wohnorten. Du kamst aus Hamburg, ich aus einem kleinen Ort im Taunus, und wenn wir getrennt waren, bestand mein Alltag vor allem aus grenzenlosem Vermissen und einer unglaublichen Sehnsucht. Jeden Abend haben wir stundenlang telefoniert, um die Zeit zu überbrücken, und die Tage gezählt, bis wir wieder zusammen sein konnten.

Erst mit dir habe ich mich vollständig gefühlt, und manchmal ist es mir vorgekommen, als würde ich nur für unsere Treffen leben. So war es wirklich, Marc, auch wenn du mir das später nicht mehr geglaubt hast. Du hast mit der Zeit deine eigene

Wahrheit entwickelt, ich habe meine, und die gefährlichsten Lügen sind sowieso die, die wir uns selbst erzählen.

Wir waren gerade mal drei Monate zusammen, als du mich fragtest, ob ich mein Dorf im Taunus nicht verlassen und zu dir nach Hamburg ziehen will. Du sagtest, du hättest sogar schon die perfekte Wohnung für uns gefunden; eine einmalige Gelegenheit, wir müssten uns schnell entscheiden.

Ich hatte insgeheim mit einer Altbauwohnung gerechnet. Zwei Zimmer vielleicht, dazu Küche, Diele, Bad und ein kleiner Balkon. Ein unspektakuläres, aber gemütliches Heim, wo wir uns unsere eigene Welt erschaffen konnten. Wie hätte ich auch mit etwas anderem rechnen sollen? Deine Mutter ist stellvertretende Filialleiterin bei der Volksbank in Eppendorf und dein Vater Professor an der Uni, an der du mit einunddreißig immer noch studiert hast. Ein gutbürgerliches Elternhaus, keine Geldprobleme, aber weit von großem Reichtum entfernt. Umso erstaunter war ich, als ich zum ersten Mal das Loft sah.

Loft – so haben wir die Wohnung von Anfang an genannt, obwohl sie gar kein richtiges Loft ist und nur das riesige Wohnzimmer mit den Stahlträgern unter der Decke so aussieht. Hundertdreizehn Quadratmeter in Elbnähe, eigentlich viel zu groß und viel zu teuer für uns. Du meintest, es ginge, weil Henning mit einziehen und seinen Teil der Miete beisteuern würde. Eine Wohnung, zwei Wohnbereiche, kein Problem.

Mir wäre die kleine Altbauwohnung lieber gewesen.

Am Anfang hat unser Leben zu dritt dennoch erstaunlich gut funktioniert. Wir haben den Alltag hinbekommen, uns beim Kochen abgewechselt, beim Einkaufen oder beim Aufräumen. Ärger gab es nur, wenn Fensterputzen anstand oder wenn Henning mal wieder irgendeine Tussi angeschleppt hat, die dann am nächsten Morgen mit am Frühstückstisch saß und »Hey, ihr wohnt auch hier?« flötete.

Um ihm zu zeigen, wie belanglos seine One-Night-Stands sind, haben wir uns in den darauffolgenden Nächten immer besonders wild geliebt. Du hast mich besonders hart rangenommen, und ich habe besonders laut gestöhnt, damit meine Lustschreie von den ungeputzten Fenstern abprallen und Henning einen Hinweis darauf liefern, wie wahre Liebe klingt. Auch nach einem Jahr klang sie noch so. Nach zwei Jahren, nach drei.

Der Sex mit dir ist immer gut gewesen.

Der Rest hatte seine Höhen und Tiefen.

Kurz nach dem Umzug habe ich einen Job als Grafikerin gefunden, außerdem wurden wir von deinen Eltern finanziell unterstützt. Dennoch habe ich nie verstanden, wie wir uns von meinem Gehalt und ihren Zuwendungen einen solchen Lebensstil leisten können. Da war ja nicht nur die teure Wohnung, da war auch der neue BMW, unsere Urlaube, die schicken Restaurants.

Na gut, das war gelogen.

Natürlich ahnte ich irgendwann, woher das Geld kam, es hat mich nur nicht interessiert. Ich hatte Geschmack daran gefunden, dein Leben mitzuleben. Du tust, was du tun musst, und ich verschließe die Augen und spiele die süße Freundin. Bin ich deshalb ignorant oder oberflächlich? Vielleicht. Steht es anderen zu, darüber ein Urteil zu fällen? Sicher nicht.

Es lief gut mit uns, richtig gut, und dennoch hat ein Teil von mir immer gewusst, dass ich nicht mein ganzes Leben mit dir verbringen werde. Mit den Jahren hätten wir uns auseinandergelebt; spätestens, wenn ich den Wunsch nach Kindern und etwas Solidem verspürt hätte. Es hätte immer häufiger Streit gegeben, gegenseitige Vorwürfe, und irgendwann hätte ich die Koffer gepackt, wäre gegangen und sanft im Nebel entschwunden. Wir hätten uns noch eine Zeit lang vermisst, der Nebel wäre dichter geworden, und dann wäre aus ihm eine neue Liebe getreten.

Aber so weit kommt es jetzt nicht mehr, nicht wahr? Wir sind nun aneinandergekettet, ob wir wollen oder nicht; keine Chance auf Entkommen, keine Flucht mehr möglich. Wenn irgendwann das Urteil über unsere Verfehlungen fällt, wird entweder das Loft unsere Strafe sein oder eine Zelle in irgendeiner

Justizvollzugsanstalt. Meine vielleicht in Billwerder, deine in Fuhlsbüttel, keine Ahnung.

Die einzige Alternative dazu wäre: Du wanderst allein ins Gefängnis, und ich finde eine schöne Altbauwohnung mit zwei Zimmern, Küche, Bad und kleinem Balkon. Das wäre nicht meine Wunschvorstellung gewesen – die besteht immer noch darin, mit dir in Freiheit zu leben, ganz egal, was du getan hast –, aber sie ist deutlich besser als die anderen Optionen.

Denn eines ist sicher: Das Blut in unserer Küche werden wir nicht wegdiskutieren können, die Fingerabdrücke auf dem Messer auch nicht. Dabei können uns weder deine Eltern noch dein Redetalent helfen, und die Polizei will uns beide für den Mord drankriegen, das ist klar.

Die Frage ist nur, was sie bekommt.

WOHNUNG VON SARAH, MARC UND HENNING

EIN TAG ZUVOR

»Übel. Ganz übel.«

Bianca Rakow nickte und schaute sich in der Küche um, die bereits von den Kolleginnen und Kollegen der Spurensicherung in Beschlag genommen worden war. Überall war Blut. Nicht nur ein bisschen, wie es vielleicht aus einem Steak tropfen würde; viel, richtig viel. So viel, als hätte man in dem Raum ein Schwein geschlachtet.

Das Blut klebte auf der Arbeitsplatte und an den Wänden, an den Regalen und den Verkleidungen der modernen Einbauküche. Aber am meisten davon befand sich auf dem Boden, der nahezu vollständig verschmiert war; rotbraun und nach Kupfer riechend. Nur eine Stelle war verhältnismäßig sauber geblieben; sie entsprach in etwa der Größe eines menschlichen Körpers.

Obwohl es wie in einem Schlachthaus aussah, blieb Bianca ruhig und analytisch. Sie war Mitte vierzig, eine erfahrene Ermittlerin, und sie hatte in ihrem Berufsleben schon einiges gesehen. Blut konnte sie nicht mehr schockieren, auch in solchen Mengen nicht. Es setzte lediglich eine Kette von Handlungen in Gang, die in erster Linie auf die Ergreifung des Täters ausgerichtet waren; nicht auf Mitgefühl mit dem Opfer.

Alles andere wäre in ihrem Job auch nicht effektiv gewesen, der darin bestand, Kriminelle vor Gericht zu bringen und mit den erbrachten Beweisen der Staatsanwaltschaft eine Verurteilung zu ermöglichen. Erst wenn ihr das gelungen war, verspürte sie einen Anflug von Befriedigung, weil sie den Toten im Nachhinein noch einen Hauch von Gerechtigkeit verschaffen konnte.

»Bringen Sie mich doch bitte auf den neuesten Stand«, bat sie ihren älteren Kollegen Höger, der vor ihr am Tatort eingetroffen war.

»Okay, also ... Devlet Özkan, die Putzfrau, kam einen Tag früher als gewöhnlich, weil Henning Järisch – einer der drei Bewohner hier – ihr gestern Abend auf den Anrufbeantworter gesprochen und sie darum gebeten hatte. Als sie heute Morgen klingelte, hat niemand aufgemacht. Frau Özkan hat sich nicht darüber gewundert, scheinbar kam das häufiger vor, und sie hat die Wohnung dann mit ihrem Zweitschlüssel geöffnet. Als Erstes hat sie das Bad geputzt, bevor sie ins Wohnzimmer ging, um dort Staub zu saugen und die Regale abzuwischen. Hier fiel ihr auf, dass die Musikanlage eingeschaltet war. Sie hat gedacht, dass die Bewohner vergessen hätten, sie auszuschalten, und hat das dann selbst erledigt. Erst danach hat sie die Küche betreten.«

»Und wo ist diese Frau Özkan jetzt?«

»Schon auf dem Revier, um ihre Aussage zu Protokoll zu bringen.«

Bianca nickte. »Was haben wir sonst noch?«

»Laut den Schätzungen der Spusi müssen es mindestens drei Liter Blut sein, eher vier. Wenn es von einem einzigen Menschen stammt, ist es unwahrscheinlich, dass er das überlebt hat.«

»Sie haben gesagt, der Mann, der sie angerufen hat, dieser ...«

»Henning Järisch?«

»Ja, genau. Sie meinten, er sei einer von drei Bewohnern gewesen. Was wissen wir über die anderen beiden?«

Höger sah in dem zerfledderten Notizbuch nach, das er immer bei sich trug. »Sarah Hauptmann und Marc Lammert«, sagte er dann. »Hauptmann und Lammert sind ein Paar. Sie ist einunddreißig, er vierunddreißig, ebenso wie Järisch. Ich habe die Namen bereits im Polizeicomputer checken lassen.« Höger räusperte sich. »Järisch ist vor ein paar Jahren wegen eines Drogenvergehens zu einer Bewährungsstrafe verurteilt worden.

Außerdem gibt es zwei Anzeigen wegen versuchter Vergewaltigung gegen ihn, die aber beide eingestellt wurden. Ach ja, und eine wegen Autodiebstahls, die allerdings noch aus seiner Jugend stammt. Hauptmann und Lammert dagegen sind unbeschriebene Blätter.«

»Wissen wir, wo die drei sich aufhalten?«

Er schüttelte den Kopf.

Bianca seufzte und wendete sich ab, um auch die restlichen Räume zu inspizieren. Sie fing mit dem riesigen Wohnzimmer an, das ebenso teuer wie modern eingerichtet war und mit seinen naturbelassenen Wänden aus Backstein entfernt an eine kleine Fabrikhalle erinnerte. Ein imposanter Flatscreen-Fernseher beherrschte die Längswand, darunter stand ein Soundsystem von Bose und dem gegenüber eine anthrazitfarbene Designercouch, die mit Alcantara bezogen war. Nirgends sah sie Anzeichen dafür, dass jemand die Wohnung durchsucht hatte.

»Haben wir Einbruchsspuren festgestellt?«

Höger, der wie ein Hund hinter ihr hergetrottet war, schüttelte den Kopf. »Entweder hat der Täter einen Schlüssel gehabt, oder einer der drei muss ihn hereingelassen haben.«

Sie ging weiter und öffnete die nächste Tür, hinter der sich ein Schlafzimmer verbarg. Ein großer Schrank mit Schiebetüren, daneben ein etwas schmalerer aus der gleichen Serie. Der große Schrank enthielt Kleidung für eine Frau, der kleinere für einen Mann. Hilfiger, Boss, ein bisschen Gucci, aber auch viel von H&M und Esprit. Die typische Garderobe von Menschen, die über ausreichend Geld verfügten, um sich Designermarken leisten zu können, aber nicht genug hatten, um diese jeden Tag zu tragen.

Die Kommode rechts des Queen-Size-Betts war bis auf ein paar Automagazine leer, in der anderen lagen Reizwäsche, ein Dildo und gepolsterte Handschellen. Nett, dachte sie. Scheinbar waren Hauptmann und Lammert ein experimentierfreudiges Paar.

»Entschuldigung?«

Sie schreckte hoch und drehte sich um. Ein Streifenpolizist, der gerade erst die Ausbildung beendet haben konnte, stand im Türrahmen. Seine Haare waren straff nach hinten gegelt, sein Blick wirkte unsicher. Mit der rechten Hand hielt er einen der durchsichtigen Beutel hoch, die der Sicherung von Beweisstücken dienten.

»Ja?«

»Also, ich …«, stammelte er, fing sich dann aber. »Ihr Kollege hat gesagt, ich soll in der Tiefgarage nachsehen, ob der BMW von diesem Marc Lammert dort steht. Der Wagen ist weg, aber als ich schon mal da war, dachte ich, könnte ich mich auch mal genauer umsehen. Dabei habe ich einen Blick in die Sammelmülltonnen geworfen und das hier gefunden.« Er deutete auf den Beutel. »Ich glaube, da ist Blut dran.«

Bianca nahm den Beutel in die Hand. Darin befand sich ein Steakmesser, scharf und stabil, an dessen wellenförmiger Klinge sie rote Anhaftungen erkannte. Sowohl der hölzerne Griff als auch die Edelstahlklinge waren unbeschädigt. Augenscheinlich gab es keinen Grund, das Messer in den Müll zu werfen; es sei denn, man wollte es loswerden.

Sie lobte den jungen Kollegen, was ihn strahlen ließ, dann gab sie ihm den Beutel wieder und trug ihm auf, das Beweisstück an die Spurensicherung zu übergeben, die immer noch in der Küche beschäftigt war. Er nickte eifrig und verschwand, während sie die Durchsuchung der Wohnung fortsetzte.

Das zweite Schlafzimmer war erkennbar männlicher eingerichtet. Neben einem Kleiderschrank und einem Bett gab es hier auch einen hochwertigen Schreibtisch, unter dem sich ein Gaming-Computer verbarg und auf dem ein einundzwanzig Zoll großer Bildschirm stand. Das Bild einer nackten Frau zierte die Wand. Mehr eine Strichzeichnung, die vielleicht kunstvoll hätte wirken können, wenn die Brüste der Dame nicht so abnormal groß gewesen wären. In der Ecke: eine Yucca-Pflanze, die schon bessere Tage gesehen hatte.

»Was für Musik?«, fragte sie.

»Bitte?« Höger wirkte irritiert.

»Sie sagten, die Putzfrau hätte die Musikanlage ausgeschaltet. Was für Musik lief denn zuletzt?«

»Ach so … keine Ahnung. Glaubt die Kriminalhauptkommissarin denn, dass das wichtig wäre?«

Schon wieder eine dieser spöttischen Bemerkungen, dachte sie, von denen sie so langsam die Nase voll hatte. Sie schüttelte den Kopf, gleichzeitig war ihr aber zum Lachen zumute. Er hat es immer noch nicht verwunden, dachte sie. Er meinte offenbar immer noch, dass die Dezernatsleitung ihm zugestanden hätte, als sein Vorgesetzter vor ein paar Monaten in den Ruhestand gegangen war.

Es war halt anders gekommen, sein Problem. Höhere Stellen hatten entschieden, sie für den Job aus Bayern zu holen, und warum? Weil sie sich direkt beworben hatte, als sich die Möglichkeit auf eine solche Stelle in Hamburg bot. Sie hatte die besseren Beurteilungen und in München bereits Erfahrungen mit der Leitung einer Mordkommission gesammelt; eine Entscheidung auf höchster Ebene, die man aus sachlichen Erwägungen getroffen hatte und die dennoch an seinem Ego kratzte. Sie musste wohl damit leben, dass das Verhältnis zwischen ihnen dadurch angespannt war.

Nachdem sie die Inspektion der Wohnung mit Bad und Gästezimmer abgeschlossen hatte, kehrte sie zum vermeintlichen Tatort zurück. »Wie schaut's aus, Kollegin? Können Sie schon etwas sagen?«

Bettina Kollmann, die leitende Beamtin der Spurensicherung, hob den Kopf und zog die Handschuhe aus. »Ohne dass ich mich jetzt schon festlegen will, würde ich sagen, dass in dieser Küche jemand mit einem Messer, einer Axt oder einer Machete attackiert worden ist. Mit irgendetwas halt, das einen großen Blutverlust verursacht. Wir haben jede Menge Fingerabdrücke und DNA-Spuren gesichert, die aber natürlich noch ausgewertet werden müssen. Ansonsten gibt es bis jetzt noch nichts Auffälliges.«

Bianca ging neben der Kollegin in die Hocke. »Höger sprach von drei Litern Blut. Steht die Einschätzung noch?«

»Schwer zu sagen, aber eines ist gewiss: Wenn es tatsächlich von einem einzigen Menschen stammt, hat er keine Chance gehabt.«

»Sie sind also sicher, dass derjenige jetzt tot ist?«

Kollmann zuckte mit den Schultern. »Zumindest wäre es meiner Erfahrung nach das erste Mal, dass jemand ein solches Schlachthaus überlebt hat.«

Bianca nickte und erhob sich; spätestens jetzt musste sie die Küche auch offiziell als Tatort eines Mordes betrachten.

»Hat der uniformierte Kollege Ihnen schon das Messer übergeben?«, wollte sie dann wissen.

Kollmann nickte. »Es wird umgehend auf Spuren untersucht. Außerdem lasse ich einen DNA-Abgleich machen, um zu prüfen, ob die Anhaftungen an dem Messer und das Blut in der Küche von ein und derselben Person stammen.«

Bianca bedankte sich, dann wendete sie sich Höger zu, der mittlerweile auch wieder in die Küche gekommen war. »Ich nehme an, die Fahndung nach den drei Bewohnern ist schon raus?«

»Oh, das habe ich ganz vergessen.« Er sah sie übertrieben überrascht an. »Natürlich ist die Fahndung schon raus! Ob Sie es glauben oder nicht, Frau Rakow: Wir haben hier auch schon Fälle gelöst, bevor Sie gekommen sind.«

Bianca zögerte kurz, dann sagte sie: »Kommen Sie doch bitte mal mit. Ich brauche Ihren Rat.«

Ohne eine Antwort abzuwarten, ging sie in den Flur, wo sie vor den Ohren der anderen sicher waren. Er folgte ihr, und nachdem sie sich nochmals überzeugt hatte, dass niemand sie beobachtete, sah sie ihm in die Augen und sagte: »Ich glaube, wir müssen mal ein paar Dinge klarstellen, bevor das hier ausartet … Sie sind ein fähiger Polizist, Höger, das habe ich nie in Abrede gestellt. Jemand, der den Job als Leiter einer Mordkommission sicherlich auch verdient hätte, aber es ist halt anders gekommen. Sie und ich können jetzt nur entscheiden, wie wir damit umgehen wollen. Angesichts der Dinge, die in den nächsten Tagen auf uns zukommen, würde ich gerne kollegial mit Ihnen zusammenarbeiten, aber *Team* funktioniert halt nicht, wenn nur einer mitspielt. Sollten Sie sich also weiterhin wie ein bockiges Kind verhalten, dem man das Lieblingsspielzeug weggenommen hat, müsste ich leider eine Rolle einnehmen, die ich nicht einnehmen will: die der Vorgesetzten, die solche Bemerkungen wie gerade eben nicht duldet. Wenn Sie mir also zukünftig etwas mitzuteilen haben, tun Sie das bitte unter vier Augen, klar?«

»Ach ... So läuft das jetzt?« Er starrte sie völlig perplex an. »Sie wollen die Vorgesetzte raushängen lassen? Einen auf Chefin machen?«

»Ich *bin* Ihre Chefin, und was ich will, habe ich Ihnen gerade erklärt. Von meiner Seite aus war's das auch schon. Wir sehen uns in zwei Stunden im Präsidium zu einer ersten Lagebesprechung wieder. Informieren Sie die anderen?«

Er kniff die Lippen zusammen und nickte.

Ohne ein weiteres Wort drehte sie sich um, verabschiedete sich von der Spurensicherung und verließ die Wohnung. Sie ging das Treppenhaus hinunter und auf die Straße hinaus, wo sie mit einem schlechten Gefühl im Bauch stehen blieb. Sie mochte solche Diskussionen nicht. Hasste es, Menschen zu maßregeln und die Chefin heraushängen zu lassen, aber manchmal ging es nicht anders. Entweder kapierte Höger es jetzt, oder ihre Zusammenarbeit würde nicht von langer Dauer sein.

Sie stand vor dem Wohnhaus und zündete sich eine Zigarette an, um die Konzentration zu schärfen und die Nerven zu beruhigen. Dabei zog sie so stark an der Kippe, als solle der Rauch ihre Lungen nie wieder verlassen; als wolle sie alles, was sie inhaliert hatte, für immer behalten.

Es half.

Kurz darauf hatte sie die Auseinandersetzung mit dem Kollegen schon wieder abgehakt und ihre Gedanken auf den Fall ausgerichtet. Ein Paar und dessen männlicher Mitbewohner, dachte sie. Eine interessante Konstellation. Ungewöhnlich, aber irgendwie auch reizvoll. Sagte man nicht, dass drei immer einer zu viel sind?

Nachdem sie aufgeraucht hatte, knibbelte sie so lange an der Zigarette herum, bis auch der letzte Rest Tabak mit der Glut herausgefallen war. Dann suchte sie nach einem Mülleimer, um den Filter zu entsorgen. Kam sich dabei fast wie eine Täterin vor, die bemüht war, am Schauplatz des Verbrechens keine Spuren zu hinterlassen.

MARC

Untersuchungshaft.

Um eine Untersuchungshaft anzuordnen, muss ein dringender Tatverdacht bestehen oder Fluchtgefahr vorliegen. Alternativ kann man sie auch bei Wiederholungs- oder Verdunkelungsgefahr anwenden, um zu verhindern, dass sich zwei oder mehr Personen, die einer gemeinsamen Tat verdächtig sind, untereinander absprechen. So habe ich es im Studium gelernt. Bei Sarah und mir könnte der Haftrichter morgen zu der Einschätzung gelangen, dass mindestens zwei der drei Punkte zutreffen, was erklären würde, warum ich jetzt in einer nur wenige Quadratmeter großen Zelle in Polizeigewahrsam liege und an die Decke starre, während meine Gedanken durch den Raum wandern, an nackten Betonwänden abprallen und als nicht zusammensetzbare Bruchstücke zurückkommen.

Ich schließe die Augen, und sofort entstehen hinter den Lidern Bilder, die sich nicht vertreiben lassen. Meist sind es nur winzige Fetzen und einzelne Gedankenschnipsel, die mal klarer, mal verschwommener wirken. Die meisten drehen sich um das, was heute Morgen geschah. Um den Moment, als Sarah und ich nach Hause kamen und der Polizei direkt in die Arme liefen. Noch immer sehe ich diese Menschen vor mir, ihre erstaunten Blicke. Frauen und Männer in weißen Overalls, Zivilbeamte und Polizisten in Uniform. Zwei von ihnen haben uns aufs Präsidium gebracht und in getrennte Zellen gesteckt. Uns auseinandergerissen und weggesperrt.

Im ersten Moment waren da nur der Schock und das Unverständnis. Damit konnte ich noch umgehen, aber dann kam die Sehnsucht dazu, und sie hat mir den Rest gegeben. Seitdem habe ich immer wieder gegen Wände geschlagen und Sarahs Namen gerufen. Als ob die Schreie sie zu mir bringen könnten. Als ob wir eine Chance hätten, zusammenzukommen, wenn ich nur laut genug schreien würde.

Wahrscheinlich habe ich Sarah noch nie so geliebt wie in diesem Augenblick, und ganz sicher habe ich sie noch nie so schmerzhaft vermisst. Kein Scheiß, Mann – es tut weh, ganz tief im Fleisch, wie ein Tumor mit rasiermesserscharfen Zähnen, der dich bei lebendigem Leibe auffrisst. Ich weiß nicht, wo sie jetzt ist und wie es ihr geht. Ich weiß nur, dass mein ganzes Denken auf ihre Person ausgerichtet ist, wie in den letzten Jahren schon, aber da habe ich ihre Anwesenheit zu oft als etwas Selbstverständliches wahrgenommen. Ihr wunderschönes Gesicht beispielsweise, wenn sie neben mir im Schlaf lag, oder die Art, wie sie mit beiden Händen meinen Arm umschlungen hat, wenn wir spazieren gegangen sind. So viele wunderbare Dinge fallen mir ein, die nur mit Sarah und mit keiner anderen Frau möglich waren.

Irgendwann kann ich nicht mehr auf der Pritsche liegen, der Rücken tut weh, also richte ich mich auf und starre zu Boden. Einer der früheren Insassen hat ein Herz in die Fliesen geritzt; keine Ahnung, wie er das geschafft hat. Ein kurzer Name steht darin, unleserlich. Vielleicht hat er jemanden genauso vermisst, wie ich Sarah vermisse. Vielleicht wollte er auch nur, dass man sein Herz mit Füßen tritt.

Mit der Liebe ist es schon komisch, denke ich. Man kann sich nichts davon kaufen, und sie kann auch keine Krankheiten heilen, und dennoch wurden wegen ihr schon Könige gestürzt und Kriege angefangen.

Wenn es um die Liebe geht, können insbesondere Männer zu erbärmlichen Kreaturen werden. Immer sind sie es, die die Liebe durchdrehen lässt und die sie dazu bringt, irgendwelche abgefuckten Sachen zu machen, die bei klarem Verstand gar keinen Sinn ergäben.

Kriege anfangen.

Könige stürzen.

Rivalen töten.

Früher konnte ich über solche Dinge nur lachen, aber das ist vorbei, seit ich Sarah kenne. Seitdem weiß ich, dass solche Handlungen nicht nur Filmstoff für Hollywood sind, sondern ernsthaft in Betracht zu ziehende Optionen, wenn es hart auf hart kommt.

Von Anfang an waren Sarah und ich nicht wie die meisten anderen Paare, deren Liebe häufig nur von einer dünnen Eisdecke getragen wird, die schon beim kleinsten Temperaturanstieg zu schmelzen beginnt. Ich kenne solche Paare zur Genüge, und ich verachte sie. Wie kann man nur in einer Beziehung leben, in der man ständig aufeinander rumhackt und in geselliger Runde subtile Beleidigungen als neckische Scherze ausgibt; nur um zu sehen, ob man damit irgendwelche Außenstehenden auf seine Seite ziehen kann?

Sarah und ich haben solche Spielchen nie gespielt. Bis heute habe ich kein schlechtes Wort über sie verloren, und ich würde meine Hand dafür ins Feuer legen, dass es umgekehrt genauso ist. Ich vertraue ihr trotz der Fehler und Schwächen, die sie wie jeder andere Mensch auch hat. Nur dass kaum jemand diese Fehler kennt, weil sie sie so gut zu verbergen weiß.

Für Sarah ist der Schein alles, mir hingegen ist er immer egal gewesen. Ich war kein liebes Kind, und ich bin auch kein lieber Erwachsener. Anders als sie wollte ich nie *everybody's darling* sein, es wäre mir viel zu mühsam, und deshalb muss ich auch nicht so tun, als ob jedermann mein Freund oder meine Freundin wäre. Als würde ich das Gegenüber stets wundervoll, toll und außergewöhnlich finden – nur damit diese Person anschließend das Gleiche auch über mich sagt.

Die Wahrheit ist: Die Wege der meisten Menschen führen mir geradewegs am Hintern vorbei. Es ist egal, was sie sagen, denken, tun. Sie haben ihr Leben, ich habe meines, und wenn sie mich für cholerisch, arrogant oder oberflächlich halten, dann ist das halt so. Auch wenn sie meinen, dass ich trotz meiner vierunddreißig Jahre in manchen Situationen noch immer wie ein Teenager agiere, der sich weigert, Verantwortung zu übernehmen.

»Willst du Sarah nicht mal heiraten?«, fragen sie oder wollen Dinge wissen, die sie gar nichts angehen, Sachen wie: »Wollt ihr keine Kinder haben?« »Wie sieht es denn mit einer richtigen Arbeit aus?« »Mensch, Marc – willst du nicht endlich mal erwachsen werden?«

Erwachsen? Ich? Mann, das bin ich längst! Und ich trage Verantwortung, Verantwortung für ein florierendes Unternehmen. Nur dass ich damit nicht so hausieren gehe wie ihr mit euren beschissenen Beamtenjobs, also fickt euch, fickt euch alle!

Ich weiß, was ich leiste, und Sarah weiß es auch. Nur darauf kommt es an. Lebt ihr eure Vorstellung von einem bürgerlichen Leben, wir leben unsere. Zumindest taten wir es, bis …

… wir in einer Zelle gelandet sind.

… wir des Mordes an meinem besten Freund verdächtigt wurden.

… die Frage auftauchte, die mich seitdem mehr als alles andere quält: Wie konntest du nur, Sarah?

ERSTE VERNEHMUNG VON SARAH HAUPTMANN

»Dienstag, 7. Juli 2021. Anwesend sind die vernehmende Kriminalhauptkommissarin Bianca Rakow und die Beschuldigte Sarah Hauptmann.« Bianca beugte sich dem Aufnahmegerät entgegen. »Erste Frage: Wollen Sie angesichts der Schwere der Beschuldigungen wirklich auf einen Anwalt verzichten, Frau Hauptmann?«

Ein trotziger Blick. »Ich brauche keinen.«

»Dennoch würde ich Ihnen raten, nicht auf dieses Recht zu verzichten. Für den Fall, dass Sie sich keinen Anwalt leisten können, stellen wir Ihnen gerne einen Pflichtverteidiger.«

»Ich weiß. Ich möchte dennoch keinen. Ich habe nichts getan. Wofür sollte ich also einen Anwalt brauchen?«

»In Ordnung, Ihre Entscheidung.« Sie lehnte sich zurück. »Zweite Frage: Wie geht es Ihnen, Frau Hauptmann?«

»Ist das ernst gemeint?«

Bianca lächelte. »Natürlich kann ich mir in etwa vorstellen, wie Sie sich fühlen. Ich meinte eher, ob es Ihnen körperlich gut geht. Möchten Sie einen Kaffee oder ein Wasser?«

Keine Reaktion.

»Hmm?«

Sarahs Lippen öffneten und schlossen sich wieder. Dann: »Ja ... ein Glas Wasser wäre nett.«

Bianca verließ den Raum, um es zu holen. Bis jetzt lief die Vernehmung perfekt, dachte sie. Eine Beschuldigte, die bereit war zu reden und gleichzeitig auf das Recht des anwaltlichen

Beistands verzichte, stellte für sie als Ermittlerin einen Glücksfall dar. Angesichts der Schwere der Anschuldigungen kam so etwas auch nur äußerst selten vor. Entweder war Sarah Hauptmann besonders naiv oder sie hatte noch nicht viele Krimis im Fernsehen gesehen.

Als Bianca das Vernehmungszimmer wieder betrat, stellte sie das Glas vor der jungen Frau ab und betrachtete sie genauer. Sarah Hauptmann war schön, keine Frage, und sah deutlich jünger aus als nach den einunddreißig Jahren, die in ihrem Ausweis standen. Ein wenig wie Vanessa Paradis, gut zehn Jahre nach »Joe le taxi«: zum Dutt gebundene mittelbraune Haare mit blonden Strähnchen, gewölbte Stirn, ein breiter Schmollmund und Stupsnase.

Bianca war klar, dass Sarah Hauptmann zu der Kategorie Menschen gehörte, die auf andere sofort sympathisch wirkten. Sie sah niedlich aus, und wahrscheinlich konnte sie herrlich offen lachen. Ältere Menschen wollten sie dann garantiert immer in den Arm nehmen und knuddeln, und sobald sie weinte, musste es einem das Herz zerreißen.

Bianca jedoch ließ sich von der Optik nicht täuschen. Von Schönheit generell nicht, dazu war sie in ihrem Beruf viel zu erfahren. In all den Jahren hatte sie eines gelernt: Man fand immer etwas Widerwärtiges, wenn man an der Oberfläche von etwas Perfektem kratzte.

»Sie wissen, warum Sie hier sind«, begann sie die Vernehmung. »Aufgrund des Spurenbildes in Ihrer Wohnung müssen wir davon ausgehen, dass dort ein Mensch getötet wurde. Wir haben weder Einbruchsspuren noch Anzeichen eines Raubes festgestellt. Ferner wissen wir, dass Sie in dieser Wohnung zu dritt leben: Sie, Ihr Freund Marc Lammert und dessen Freund Henning Järisch. Sie und Marc befinden sich jetzt in Polizeigewahrsam, aber von Herrn Järisch fehlt weiterhin jede Spur. Das ist … nun ja, besorgniserregend.«

Sie legte eine kurze Pause ein. Als keine Reaktion kam, fuhr sie fort: »In der Tiefgarage des Hauses wurde ein Messer gefunden, an dessen Klinge Blutspuren haften und an dessen Griff wir die Fingerabdrücke Ihres Freundes sicherstellen konnten. Aufgrund der genannten Punkte müssen wir davon ausgehen, dass Herr Järisch oder eine andere Person in Ihrer Wohnung gestorben ist – ein DNA-Abgleich wird diesbezüglich Gewissheit bringen. Alleine schon aufgrund der fehlenden Einbruchsspuren und der Fingerabdrücke liegt außerdem der Verdacht nahe, dass entweder Marc oder Sie beide gemeinsam diesen Menschen getötet haben und anschließend seine Leiche entsorgten. Können Sie mir irgendetwas erzählen, das diesen Verdacht widerlegen würde?«

»Ich habe niemanden umgebracht«, erwiderte Sarah leise, jetzt nur noch ein Schatten ihrer selbst. »Marc auch nicht. Wir waren den ganzen Tag zusammen, das habe ich Ihnen doch gesagt. Das ist ... das Ganze muss ein Missverständnis sein.«

»Mehrere Liter Blut sind kein Missverständnis, Sarah. Ich darf Sie doch Sarah nennen?«

Sie nickte. Der Dutt wackelte.

»Fangen wir noch einmal ganz von vorne an. Wie haben Sie und Marc den gestrigen Tag verbracht?«

Die Beschuldigte wiederholte, was sie Höger schon beim ersten Gespräch erzählt hatte. Eine erfolglose Shoppingtour, dann Kino, dann eine Nacht im Hotel. Auch beim zweiten Mal klang die Geschichte nicht glaubhafter, zumal die ersten Ermittlungen auch nichts ergeben hatten, was diese Aussage untermauern konnte.

»Ich verstehe ...« Bianca gab sich keine Mühe, ihre Zweifel zu verbergen. »Allerdings konnten wir bis auf die Hotelbuchung für keine Ihrer Angaben einen Zeugen finden. In den von Ihnen genannten Geschäften konnte sich niemand an Sie erinnern, im Kino auch nicht. Wenn Sie aus der Nummer wieder rauswollen, müssen Sie mir schon ein wenig mehr bieten.«

»Ich weiß aber nicht, was ich Ihnen sonst noch sagen soll.« Ihre Stimme klang jetzt verzweifelter. »Ich kann überhaupt nichts zu dem sagen, was gestern Nacht in unserer Wohnung passiert ist. Fragen Sie doch Marc – er wird Ihnen bestätigen, dass wir den ganzen Tag und die komplette Nacht zusammen waren, ohne Ausnahme. Er wird Ihnen auch …«

»Lassen Sie uns lieber über Herrn Järisch reden. Was für ein Typ ist er?«

»Henning ist …« Sie stockte, war durch den abrupten Themenwechsel sichtlich irritiert. »Er ist Marcs bester Freund.«

»Ist das alles?«

»Nein. Natürlich nicht.«

»Wie ist Ihr Verhältnis zu ihm?«

Ein Schulterzucken. »Ganz okay so weit.«

»Ein bisschen genauer, bitte.«

»Was soll ich sagen? Henning ist nett. Wir sind gut miteinander ausgekommen. Er hatte sein Leben und Marc und ich unseres. Ich weiß nicht, was Sie sonst noch wissen wollen.«

»Gab es nie Probleme?«

Ein kurzes Zögern, dann: »Nein. Nichts Außergewöhnliches zumindest.«

»Kommen Sie, Sarah … Sie wohnen seit drei Jahren mit Herrn Järisch zusammen. Da kann ich nicht glauben, dass es nie Probleme gab und dass Ihnen zu ihm nur ›Er ist nett‹ einfällt. Gab es keine Punkte, die schwierig waren? Nichts an seinem Charakter, das Sie gestört hat?«

Sie zögerte kurz, hielt den Rücken fest gegen die Lehne gepresst. »Ich weiß nicht … Henning kann manchmal aufbrausend sein, vielleicht auch ein wenig cholerisch, aber damit komme ich klar. Sonst fällt …«

»Mit cholerisch meinen Sie gewalttätig? Auch Ihnen gegenüber?«

»Nein, natürlich nicht.« Sie versuchte sich an einem Lächeln, das ziemlich schief ausfiel. »Zu unüberlegten oder übertriebenen Handlungen neigend, das meinte ich.«

»Haben Sie ein Beispiel dafür?«

Sarah zählte ein paar belanglose Vorkommnisse auf. Ein Ausraster beim Autofahren oder das Zusammenstauchen des

Pizzaboten, weil der eine Pizza mit falschem Belag geliefert hatte. Solche Dinge halt. Aussagen ohne Wert, die Beschuldigte nur trafen, um nicht schweigen zu müssen und als unkooperativ zu gelten.

»Hat es Sie nie gestört, dass Herr Järisch mit Ihnen und Marc zusammenwohnt?«, wechselte Bianca daraufhin das Thema.

»Man ist doch mit seinem Freund auch gerne mal allein. Sie wissen schon … ausreichend Zeit für Zweisamkeit und so. Wenn ich einen Partner hätte, würde es mich schon stören, wenn sein bester Freund jeden Abend mit auf dem Sofa sitzt. Ich hätte zumindest immer das Gefühl, mit dieser Person um die Aufmerksamkeit meines Partners buhlen zu müssen.«

Wieder ein schiefes Lächeln. »So war das ja nicht.«

»Wie war es dann?«

Sie seufzte. »Marc und ich haben unseren Wohnbereich, Henning hat seinen. Geteilt haben wir uns nur die Küche und das Wohnzimmer, und auch das eher selten, weil Henning oft unterwegs ist. Es hat … Im Prinzip funktioniert es sehr gut. Ich weiß nicht, was Sie da alles hineininterpretieren wollen.«

»Ich nehme Ihnen einfach nicht ab, dass es – außer wegen einer falsch gelieferten Pizza – nie Ärger gegeben hat.« Sie setzte jetzt zum verbalen Angriff an. »Ich glaube, Sie verschweigen mir etwas, und das macht mich misstrauisch. Sie sollten mich aber nicht misstrauisch machen, nicht in Ihrer derzeitigen Lage.«

Kurz blitzte ein Anflug von Ärger in Sarahs Gesicht auf, dann hatte sie sich wieder im Griff. »Ich weiß aber nicht, was ich Ihnen erzählen soll. Da war sonst nichts, wirklich nicht. Oft habe ich mich auch einfach nur gefreut, wenn Henning da war. Er ist … Er kann unterhaltsam sein, verstehen Sie? Witzig.«

»Also war alles in bester Ordnung. Ein friedliches Leben zu dritt in trauter Einigkeit. Keine Wolken, die den ewig blauen Himmel trüben konnten.«

»Sie müssen sich nicht über mich lustig machen!«

»Entschuldigung – ich hatte das Gefühl, Sie haben damit angefangen.«

Sarahs einzige Antwort war ein hilfloses Kopfschütteln.

»Und wie war das mit den Urlauben?«, setzte Bianca nach. »War er da auch stets dabei?«

»Nur einmal, im letzten Winter. Ansonsten sind Marc und ich immer alleine verreist.«

»Wohin war das? Ihr gemeinsamer Urlaub, meine ich.«

Ein kurzes Zögern, dann: »Auf eine kleine Insel in Nicaragua. Little Corn Island. Sie liegt auf der karibischen Seite und …«

»Gab es dort Probleme?«

Sarahs Verneinung kam ungewohnt schnell und mit Nachdruck.

»Ganz sicher nicht?«, hakte Bianca nach.

Sarah schüttelte den Kopf, eine Spur zu hektisch vielleicht. Außerdem blickte sie nach unten. Schuldbewusstsein, dachte Bianca, oder ein wunder Punkt.

»Sie können offen mit mir reden, Sarah – ist Henning Ihnen mal zu nahe gekommen? In diesem Urlaub vielleicht?«

»Was? Nein … So etwas hat er nie gemacht.«

»Wirklich nicht? Sie wissen, dass Ihr Mitbewohner zweimal wegen Vergewaltigung angezeigt wurde? Seine Schuld konnte nicht bewiesen werden, aber das muss ja nichts heißen.«

»Davon wusste ich nichts …«

»Sie wissen erstaunlich wenig über den Mann, mit dem Sie eine Wohnung teilen.«

Ein trotziger Blick. Die Beschuldigte schrumpfte jetzt zusehends, verschwand zunehmend in sich selbst.

»Kommen Sie, Sarah – etwas müssen Sie wissen. Über sein Liebesleben. Über Menschen, mit denen er deshalb vielleicht Streit hatte.«

»Ich weiß nur, dass er keine feste Freundin hatte. Keine seiner Bekanntschaften ist länger als eine Nacht geblieben.« Dann lächelte sie schwach. »Mich dagegen hat er immer nur Prinzessin genannt. Als ob ich noch ein kleines Mädchen wäre.«

»Das hat Sie nicht gestört?«

»Warum sollte es? Es war nur ein Spitzname, mehr nicht.«

»Ich meinte nicht den Spitznamen. Ich habe von seinen Frauengeschichten gesprochen. Den Anzeigen. Von den One-Night-Stands, die Sie gerade erwähnt haben.«

Sarah zuckte mit den Schultern. »Es ist sein Leben, nicht meins.«

Du lügst, dachte Bianca. Sowohl was die Frauengeschichten betrifft als auch den Urlaub in Nicaragua. Ich kann es in deinen Augen sehen. Ich kann die Angst fast riechen, die du empfindest. Du hältst Dinge zurück. Keine Kleinigkeiten, entscheidende Punkte.

Irgendwann würde sie auf diese Punkte zurückkommen müssen, aber noch nicht jetzt. Ihrer Erfahrung nach brachte es nichts, wenn man Beschuldigte zu früh mit strittigen Aussagen konfrontierte. Man musste sie sammeln, Stück für Stück, und sie ihnen dann in schneller Abfolge um die Ohren hauen. Links und rechts, links und rechts, bis zum Zusammenbruch, der dann meist die Wahrheit brachte.

Außerdem war ihr aufgefallen, dass Sarah von ihrem Mitbewohner mal in der Gegenwartsform, mal in der Vergangenheit sprach. Als sei sie unschlüssig, ob er noch lebte – oder als ob sein Tod etwas darstellte, das sie noch nicht verinnerlicht hatte.

»Wovon lebt Herr Järisch eigentlich?«, wollte sie wissen.

Sarah zuckte zusammen, schien mit den Gedanken ganz woanders gewesen zu sein. »Was?«

»Hennings Beruf«, erläuterte Bianca. »In der Wohnung haben wir Visitenkarten gefunden, auf denen steht, dass er als Videofilmer tätig ist. Werbeclips und Promotionfilme, richtig? Ich frage mich nur, ob das in einer Stadt wie Hamburg, wo jeder Dritte irgendetwas Kreatives macht, genügt hat, um über die Runden zu kommen.«

»Ich denke schon«, erwiderte sie. »Wir haben allerdings auch nie über Geld gesprochen. Er hatte seins und Marc und ich unseres. Seinen Mietanteil hat er zumindest immer pünktlich bezahlt.«

»Aber Sie wissen nicht genau, wie es um seine Finanzen bestellt war, richtig?«

Sarah antwortete mit einem Kopfschütteln, und auch Bianca sagte nichts mehr. Sie wartete einfach nur stumm ab. Bei jedem Verhör war Stille eine mächtige Waffe, der die meisten Tatverdächtigen nichts entgegenzusetzen hatten. Durch Stille entstanden Lücken im Raum, und Menschen wollten diese Lücken dann mit Worten füllen. Man musste nur Geduld haben und abwarten; eine Taktik, die mit erstaunlicher Zuverlässigkeit funktionierte.

»Warum ist das mit dem Geld so wichtig?«, fragte Sarah kurz darauf. »Wenn er Geldprobleme gehabt hätte, wäre er sowieso zu Marc gegangen.«

»Zu Marc, ja?«

Sarah nickte.

»Wie alt ist Ihr Freund noch mal?«

»Vierunddreißig, wieso?«

»Wenn ich richtig informiert bin, geht er keiner geregelten Arbeit nach. Stattdessen studiert er immer noch. Jura, richtig?«

»Er hat spät mit dem Studium angefangen.«

»Ich frage Sie jetzt ganz offen: Sind Marc und Henning in kriminelle Geschäfte verwickelt?«

Sarah riss die Augen auf. »Nein! Wie kommen Sie denn darauf?«

»Ich finde die Frage durchaus berechtigt. Ihr Freund hat kein geregeltes Einkommen, pflegt aber einen Lebensstil, der zu einem Manager passt. Da ist ja nicht nur die schöne Wohnung, da gibt es auch einen teuren BMW, der auf seinen Namen angemeldet ist, und Urlaube in der Karibik. Irgendwo muss das Geld ja herkommen.«

»Marc hat … seine Eltern unterstützen ihn, und außerdem gehe ich ja arbeiten.«

»Ich bin beeindruckt«, erwiderte Bianca spöttisch. »Das müssen ja großzügige Eltern sein! Wie viel verdienen Sie noch gleich als Grafikerin?«

Sarah erwiderte nichts und verschanzte sich erneut hinter ihrem niedlichen Gesicht. Sie tat das gerne, sobald ihr etwas unangenehm wurde. Scheinbar ihre bevorzugte Verhaltensweise, sobald sie sich in die Enge getrieben fühlte.

Mach nur, dachte Bianca, dich knacke ich schon. Ich darf dabei nur nicht zu schnell vorgehen, damit du dich nicht in dein Schneckenhaus zurückziehst oder auf die Eingebung kommst, dass ein Anwalt doch eine gute Idee wäre. Stattdessen muss ich behutsam vorgehen und dich langsam und Schicht für Schicht häuten; wie eine Zwiebel schälen, und am Ende werden Tränen fließen.

»Wissen Sie, was ich nicht verstehe?«, fragte sie bewusst jovial, um etwas Druck herauszunehmen. »An Ihrem Zusammenleben, meine ich?«

»Was denn?«

»Ich bin schon lange in dem Beruf, und in dieser Zeit habe ich viele Menschen kennengelernt. Viele unterschiedliche Lebensformen. Immer, wenn ein Verbrechen passiert, schaue ich mir als Erstes die Lebensumstände des Opfers und die der potenziellen Täter an. Ich mache mir ein Bild von den Gegebenheiten, verstehen Sie, und meistens beinhaltet dieses Bild schon das Motiv.«

»Und?«

»In Ihrem Fall ist das ebenfalls so, Sarah. Sie, Marc und Henning sind geradezu ein Paradebeispiel dafür.«

»Ich weiß nicht, was …«

»O doch, Sie verstehen mich schon«, unterbrach sie Sarah lächelnd. »Ich weiß, dass die gemeinsame Wohnung auf Marcs Namen angemietet ist. Ich weiß, dass der BMW ihm gehört und dass Sie seine Freundin sind. Trotzdem versuchen Sie mir weiszumachen, dass Henning nicht eifersüchtig war und dass es keinerlei Probleme gab, obwohl Marc alles hatte und er nichts. Für mich klingt das jedoch nach jeder Menge Spannung. Es klingt so, als müsse Henning sich wie das dritte Rad am Wagen gefühlt haben; als wollten Sie ihn unbedingt loswerden, weil er nur Ballast war.«

Ein zorniger Blick. »Sie spinnen ja!«

»Kommen Sie, Sarah, gab es nie begehrliche Blicke? Keine Eifersucht, keine Spur von Missgunst? Keinen Streit zwischen den beiden, weil die Rollen so ungleich verteilt waren?«

»Die beiden waren Freunde, kapieren Sie? Freunde!« Sarah schrie jetzt fast. »Vielleicht haben Sie ja keine und können sich das nicht vorstellen, aber Marc hat nicht in solchen Kategorien gedacht und Henning auch nicht! Ja, sie hatten mal Streit, aber nie über etwas Ungewöhnliches. Über das Fernsehprogramm vielleicht oder darüber, wer mit Staubsaugen dran ist. Sie ... Sie wollen Marc und mir doch nur etwas anhängen! Sie denken, dass wir Henning getötet haben, aber das haben wir nicht. Keiner von uns, verstehen Sie?«

Bianca wartete, bis Sarah sich wieder beruhigt hatte, während sie sie gleichzeitig aufmerksam ansah. Ihre Verzweiflung wirkte echt, aber das musste nichts bedeuten. Bianca hatte in ihrem Leben schon zu viele gute Lügnerinnen gesehen, um auf solche Gefühlsausbrüche noch etwas zu geben.

»Wo ist eigentlich der Wagen?«, fragte sie.

»Was?«

»Marcs BMW. Das Fahrzeug steht nicht in der Tiefgarage.«

»Keine Ahnung ... Marc hat ihn vorgestern dort abgestellt, nachdem er mich von der Arbeit abgeholt hat, und seitdem sind wir nicht mehr damit gefahren. Henning hat aber einen Zweitschlüssel, und vielleicht ist er ja ...«

Bianca unterbrach sie. »Ich kann Ihnen versichern, dass Henning nirgendwo mehr hingefahren ist. Zumindest nicht, wenn es tatsächlich sein Blut sein sollte, das wir in der Wohnung gefunden haben.«

Bei den nächsten Worten war Sarahs Stimme kaum noch zu vernehmen. »Wann werden Sie das wissen? Ich mache mir

Sorgen um ihn. Wenn Henning etwas passiert ist, wäre das … es wäre grausam, gerade für Marc.«

»Spätestens morgen werden wir das Ergebnis des DNA-Tests haben, und deshalb frage ich Sie jetzt abermals: Ist Henning in Ihrer Wohnung gestorben?«

»Woher soll ich das wissen?«

»Gibt es etwas, das Sie mir erzählen wollen?«

Ein Kopfschütteln.

»Haben Sie ihn umgebracht?«

»Nein!«

»War Marc es?«

Schweigen.

Bianca seufzte. »Ich denke, wir sind hier fürs Erste fertig. Vielleicht ist Marc ja eher bereit, Licht ins Dunkel zu bringen, denn eins ist klar: Einer von Ihnen wird reden, darauf wette ich. Einer wird den Mund aufmachen und dadurch eine Reihe von Vorteilen erlangen, die dem anderen vorenthalten bleiben. Ich hätte mir gewünscht, dass Sie das sind, aber letztendlich ist es egal. Die Wahrheit kommt so oder so ans Licht. Spätestens wenn wir die Leiche gefunden haben.«

Sarah hielt den Blick zu Boden gerichtet und schwieg, was genau der Reaktion entsprach, mit der Bianca gerechnet hatte. Sie war mit dem Verlauf der Vernehmung zufrieden, sogar mehr als das.

Die erste Schicht war geschält.

Weitere würden folgen.

ERSTE VERNEHMUNG VON MARC LAMMERT

Zum zweiten Mal an diesem Tag rückte Bianca das Aufnahmegerät zurecht und richtete das Mikrofon aus.

»Dienstag, 7. Juli 2021. Anwesend sind die vernehmende Kriminalhauptkommissarin Bianca Rakow, der Beschuldigte Marc Lammert und sein Verteidiger, Rechtsanwalt Sören Marschwind.« Sie legte eine kurze Pause ein. »Herr Lammert, sind Sie bereit, mir einige Fragen zu beantworten?«

»Ich will zuerst … Was ist mit Henning? Was haben Sie mit Sarah gemacht?«

»Ihrer Freundin geht es den Umständen entsprechend gut. Ich habe gerade noch mit ihr gesprochen. Wo Ihr Freund ist, wissen wir nicht. Deshalb sitzen wir ja hier. Um es herauszufinden. Darf ich Ihnen jetzt ein paar Fragen stellen?«

Er beruhigte sich, nickte.

»Gut«, sagte Bianca. »Dann belehre ich Sie der Form halber nochmals über Ihre Rechte.«

Nachdem das geschehen war, beugte sie sich dem Beschuldigten entgegen. »Sie stehen unter Verdacht, ein besonders schwerwiegendes Verbrechen begangen zu haben. Das bedeutet aber nicht, dass Sie mich automatisch als Ihre Feindin betrachten müssen, ganz im Gegenteil. Wenn Sie unschuldig sind, werde ich Ihnen helfen, Ihre Unschuld zu beweisen. Ebenso, wenn das Ganze im Affekt geschehen ist oder ein Unfall war.«

»Worüber reden wir hier eigentlich?«, mischte sich Marschwind in dem Versuch ein, direkt am Anfang der Vernehmung sein Honorar zu rechtfertigen. »Es gibt keine Leiche, Frau Rakow. Es gibt keinen Zeugen, der irgendein Verbrechen beobachtet hat, geschweige denn meinen Mandanten, wie er eines begangen haben soll. Was es gibt, sind ein paar Blutspuren, die aber ebenfalls in keiner direkten Verbindung zu Herrn Lammert stehen.« Er schnaufte. »Ehrlich gesagt, habe ich nicht den Hauch einer Ahnung, was Sie mit *das Ganze* überhaupt meinen.«

»Wir reden hier nicht über ein paar Blutspritzer, Herr Marschwind. Wir reden über so viel Blut, dass die Küche Ihres Mandanten wie ein Schlachthaus aussah. Außerdem reden wir über ein Messer, auf dem seine Fingerabdrücke festgestellt wurden und dessen Klinge ebenfalls mit Blutspuren versehen war.« Sie atmete durch. »Und wir reden über ein von Herrn Lammert und seiner Freundin angegebenes Alibi, das weder nachvollziehbar noch belegbar ist. Seien wir ehrlich – natürlich hätte ich gerne die Leiche, aber wenn die DNA-Untersuchung zu dem Ergebnis kommt, dass das Blut auf dem Messer und das Blut in der Wohnung von ein und derselben Person stammen, brauche ich sie auch nicht.«

»Das sehe ich anders«, knirschte Marschwind. »Und wahrscheinlich auch der Haftrichter, sofern Sie nicht schon vorher zu der Einsicht gelangen, einen großen Fehler begangen zu haben.«

»Herr Lammert«, sagte Bianca und wendete sich wieder dem Beschuldigten zu. »Wollen wir damit beginnen, dass Sie mir erzählen, wie Henning und Sie sich kennengelernt haben?«

»Was soll das bringen? Helfen Ihnen alte Kindheitsgeschichten bei der Suche weiter? Aber gut … Henning und ich haben uns beim Fußballspielen kennengelernt, als wir zehn Jahre alt waren. Seitdem sind wir befreundet. Sind Sie jetzt klüger?«

Sie atmete durch. Dass Marc Lammert ein härterer Brocken als seine Freundin werden würde, war ihr vorher schon klar gewesen, mit dieser Agressivität jedoch hatte sie nicht gerechnet. Außerdem studierte er Jura und hatte einen erfahrenen Strafverteidiger an seiner Seite. Zwei Voraussetzungen, die alles andere als günstig waren, was den weiteren Vernehmungsverlauf betraf.

Dann traf sein Blick den ihren, und anders als die meisten Verdächtigen schaute er nicht weg. Als sei dies eine Machtprobe, bei der es darauf ankam, wer länger durchhalten konnte. Wenigstens gab ihr das die Gelegenheit, ihn ausgiebiger zu betrachten. Lammert war groß, um die eins fünfundachtzig. Breite Schultern, Fünftagebart und dunkle Haare, die vielleicht einen Tick zu lang waren. Um die Augen herum schnitten sich erste Fältchen in die Haut. Er war kein im klassischen Sinne schöner Mann, aber sie konnte sich vorstellen, dass er auf einen gewissen Typ Frau anziehend wirkte. Trotz der zweifellos vorhandenen Intelligenz hatte er etwas Raues an sich, etwas von der Straße.

Sie entschied sich, die Taktik auf sein Verhalten hin anzupassen. Behutsamer vorzugehen, um die Gräben zwischen ihnen wieder zu schließen. Er war nicht der Typ, der unter Druck zusammenbrach. Er würde dichtmachen, und das wollte sie verhindern.

»Die Sache sieht wie folgt aus«, sagte sie dann. »Während wir uns unterhalten, gehen meine Kollegen parallel allen verfügbaren Spuren nach. Es wird mit vereinten Kräften nach dem Verbleib Ihres Freundes gesucht, das kann ich Ihnen versichern, und Sie können uns dabei helfen, indem Sie mir möglichst viel über ihn erzählen. Alles kann wichtig sein. Jede Kleinigkeit. Je besser wir Hennings Leben kennen, desto größer sind unsere Erfolgsaussichten, ihn so schnell wie möglich zu finden. Um es noch mal deutlich zu sagen: Ich bin nicht Ihre Feindin, Herr Lammert. Mein Interesse besteht zum jetzigen Zeitpunkt in erster Linie darin, herauszufinden, was mit Ihrem Freund geschah. Ihm zu helfen, sofern das noch möglich ist.«

Sein Blick wurde weicher, dann nickte er. »Ist schon in Ordnung, ich bin nur ... Das ist komplett verwirrend für mich, verstehen Sie? Ich habe keine Ahnung, was in unserer Wohnung passiert ist, und ich mache mir natürlich große Sorgen um Henning. Um Sarah.«

»Das verstehe ich, Herr Lammert. Mir würde es an Ihrer Stelle nicht anders gehen. Sind Sie ...«

»Sagen Sie doch bitte Marc zu mir, ja? Ich fühle mich sonst so alt.«

Der Kerl hatte tatsächlich ein Talent dafür, sie aus dem Rhythmus zu bringen. Seine Gesichtszüge waren weicher geworden, jede Aggressivität verschwunden. Ein Stimmungsumschwung um hundertachtzig Grad, von einer Minute auf die andere.

»Alles klar, Marc. Fangen wir doch mit dem an, was Ihnen an der Beziehung zu Henning wichtig erscheint. Erzählen Sie mir, was für ein Mensch er ist.«

»Tja, wo soll ich da beginnen? Wie gesagt, sind Henning und ich Freunde, seit wir neun oder zehn waren. Wir haben uns im Fußballverein kennengelernt, SC Teutonia, E-Jugend. Er war Außenverteidiger, und ich spielte im Mittelfeld. Meine Mutter hat damals schon bei der Volksbank gearbeitet, und ab und zu hat sie Karten für die Heimspiele des HSV bekommen. Eines Tages habe ich Henning gefragt, ob er mitkommen will, und er hat ja gesagt. Ab dem Tag waren wir ... nun ja, unzertrennlich.«

»Wie würden Sie ihn als Freund beschreiben?«

»Der Beste.« Er sah ihr in die Augen. »Er würde alles für mich tun, und ich auch für ihn.«

»Das klingt ziemlich dramatisch.«

Ein Schulterzucken. »So ist es nun mal. Sie haben gefragt, ich habe geantwortet.«

»Was würden Sie sagen – ist Ihr Freund eher extrovertiert oder introvertiert? Wie kommt er mit anderen klar?«

»Henning ist ... Ich will offen sein, in gewisser Weise kann er auf andere schwierig wirken. Er hat viele Kontakte, aber die meisten davon sind nur oberflächlich. Das liegt vor allem an ihm, er lässt andere nicht gerne dicht an sich heran. Wie es in seinem Inneren aussieht, wissen nur wenige. Außer mir vielleicht niemand.«

»Was meinen Sie damit?«

»Henning hat es als Kind zu Hause nicht leicht gehabt, und das hat ihn anderen Menschen gegenüber misstrauisch gemacht. Er ist schon in der Schule ein Einzelgänger gewesen.«

»Können Sie das genauer beschreiben?«

»Was soll ich sagen? Die Pubertät ist etwas, wo niemand ohne Narben herauskommt, aber ihn hat sie von Jahr zu Jahr verschlossener gemacht. Meist hat er sich ab einem gewissen Alter selbst genügt.«

»Außerdem hat er ja Sie, richtig?« Sie warf einen Blick in die Akten. Zeit, sich den entscheidenden Punkten zu nähern. »Hier steht, dass Ihr Mitbewohner bereits mehrfach vor Gericht stand. Körperverletzung, Vergewaltigung, Autodiebstahl und dann noch ein Verfahren wegen des Handelns mit Betäubungsmitteln. Wegen Letzterem wurde er vor acht Jahren auch zu einer Bewährungsstrafe verurteilt. Damals hat er angegeben, alleine bei der Mutter aufgewachsen zu sein. Er hat nur einen Hauptschulabschluss vorzuweisen und nie eine Berufsausbildung abgeschlossen. Ich würde sagen, dass sein Lebensweg vollkommen anders als der Ihrige verlaufen ist.«

»Und?«

»Ich frage mich die ganze Zeit schon, was zwei so unterschiedliche Menschen über Jahrzehnte hinweg verbunden hat.«

»Keine Ahnung.« Er starrte einen Punkt an der Decke an. »Gerade diese Unterschiede vielleicht?«

»Das ist erstaunlich.« Ihre Augenbrauen hoben sich. »Ganz abgesehen davon, dass ich nur wenige Menschen kenne, deren Kinderfreundschaften bis ins Erwachsenenalter gehalten haben.«

»Mag sein, aber bei uns war es nun mal so.« Er sah sie herausfordernd an, sein Blick wurde härter. »Frau Rakow ... Ich weiß immer noch nicht, wie die ganze Fragerei Ihnen helfen soll, Henning zu finden. Ich könnte Ihnen jetzt noch hundert Geschichten über unsere Kindheit und Jugend erzählen, aber das ist alles Ewigkeiten her. Was soll unser Fußballverein oder die

Tatsache, dass Henning keine Ausbildung absolviert hat, mit dem zu tun haben, was jetzt geschehen ist?«

Sie ging nicht auf seine Bemerkung ein. Hatte ihn sowieso nur an den Punkt führen wollen, an dem sie jetzt standen. Ihr Vorgehen dabei entsprach einer beliebten Taktik unter Ermittlern: Die wirklich wichtigen Fragen ließen sich am besten unter belanglosen verbergen.

»Wie war es eigentlich, als Sarah dazukam, quasi die Dritte im Bunde wurde? Hat es ihr oder Ihnen nichts ausgemacht, dass Henning ständig dabei war? Dass er mit Ihnen die Wohnung teilte und Sie und Sarah nie allein sein konnten?«

»Sie stellen die Tatsachen ziemlich verdreht dar«, behauptete er. »So ist es ja nicht. Sarah und ich haben genügend Privatsphäre, und um auf Ihre erste Frage einzugehen: Nein, es macht ihr nichts aus, und mir schon gar nicht. Ich liebe Sarah, und Henning ist mein bester Freund – wo soll da das Problem gewesen sein?«

»Aber dann muss etwas passiert sein.« Sie beugte sich vor. »Nennen Sie es weibliche Intuition, aber ich spüre das. Irgendetwas ist vorgefallen, in Ihrem gemeinsamen Urlaub vielleicht, und dieser Vorfall hat Ihre Beziehung zu Henning nachhaltig verändert. Habe ich recht, Marc?«

»Blödsinn! Nichts ist passiert.«

»*Nichts* hinterlässt keine Fingerabdrücke auf einem blutverschmierten Messer.«

»Mein Gott, das Messer stammt aus unserer Wohnung – ist es da nicht normal, dass meine Fingerabdrücke drauf sind? Ich weiß nicht, was in Ihrem Kopf vorgeht, aber ich habe Henning nichts angetan. Das könnte ich gar nicht.«

»Weil er Ihr Freund ist?«

»Ganz genau! Freunde schützen sich. Sie bringen einander nicht um.«

Sie lächelte. »Ich könnte Ihnen jetzt problemlos das Gegenteil beweisen, aber Sie studieren ja Jura, Marc. Sie wissen selbst, dass Ihre Weltsicht in der Realität keine Gültigkeit hat.«

Als er wieder etwas sagte, klang seine Stimme so leise, dass sie die einzelnen Worte kaum verstehen konnte. »Ich habe Henning nichts angetan. Wenn ihm tatsächlich etwas passiert ist, lebt er vielleicht noch und braucht unsere Hilfe. Dann kann jede Minute zählen. Und Sie? Sitzen nur sinnlos hier rum und vergeuden Ihre Zeit.«

Auch diesen Einwand hätte sie problemlos vom Tisch wischen können, entschied sich aber dagegen. Marc kooperierte bislang noch, und auch der Anwalt hielt sich zurück. So sollte es bleiben. Manchmal war es besser, einen Gang herunterzuschalten, um das Erreichte nicht zu gefährden.

»Noch wissen wir ja gar nicht, ob das Blut tatsächlich von Ihrem Mitbewohner stammt«, sagte sie etwas milder. »Aber wenn dem so ist, ist es unwahrscheinlich, dass er den Angriff überlebt hat. Ich will ganz offen sein: Wir haben bislang keine Ahnung, was in Ihrer Wohnung passiert ist oder wo Henning abgeblieben ist. Wenn ich vorhin also von seinen Vorstrafen gesprochen habe, hatte das nichts damit zu tun, dass ich ihm etwas anhängen will. Ich will ihn finden, und Sarah und Sie sind die Einzigen, die uns dabei helfen können. Sie haben selbst gesagt, dass er schwierig sein kann und dass es im Umgang mit anderen oftmals Probleme gab. Deshalb frage ich Sie jetzt noch einmal: Hatte er in letzter Zeit vielleicht Ärger mit einem Typen, dem er Hörner aufgesetzt hat und der das nicht einfach so hinnehmen wollte? Gab es seltsame Anrufe, vielleicht sogar Droh-E-Mails?«

»Nicht dass ich wüsste.«

»Wie schaut es mit Geldproblemen aus? Spielschulden vielleicht?«

Er zögerte kurz. »Henning und ich haben manchmal online auf Sportergebnisse gewettet, aber nur bei bekannten Anbietern und nicht um hohe Summen. Hier mal zwanzig Euro, da mal fünfzig, mehr nicht. Auch sonst kann ich mir nicht vorstellen, dass er Geldprobleme gehabt hat. Wenn, dann hätte ich davon gewusst.«

»Damit Sie die Probleme für ihn aus der Welt schaffen?«

»Nein, damit wir gemeinsam eine Lösung finden.«

»Und was ist mit Ihrer Freundin? Gab es zwischen Henning und ihr irgendwelche Misstöne?«

»Nein.«

»Ganz sicher nicht? Vielleicht hat sie Ihnen ja nur nichts davon erzählt, um Sie nicht in einen Gewissenskonflikt zu stürzen.«

»Natürlich bin ich sicher«, erwiderte er zornig. »Sarah und ich vertrauen einander! Wenn sie irgendetwas bedrückt hätte, wüsste ich davon. Dann hätte ich das geregelt.«

»Sie sind schon ein *Kümmerer*, nicht wahr?« Sie lehnte sich zurück und bedachte ihn mit einem spöttischen Lächeln. »Immer für den besten Freund da und ständig bemüht, alles Negative von der Freundin fernzuhalten. Ganz besonders von ihr, stimmt's?«

Für einen Moment öffnete sich hinter seinen Augen eine Blende, die den Blick auf das Innerste freigab. Was sie da sah, waren Widersprüche, Zweifel. Jetzt musste sie nachsetzen, durfte ihn nicht mehr von der Angel lassen.

»Marc?«

»Ja?«

»Hat Henning Sarah etwas angetan?«

»Blödsinn!«

»Wovor hat sie dann Angst gehabt?«

»Hat sie nicht.«

»O doch, Marc – das hatte sie. Ich habe oft genug Menschen gegenübergesessen, die Angst haben. Ich erkenne Angst, wenn ich sie sehe. Sarah hat Angst. Wovor?«

Er schnaufte. »Glauben Sie doch, was Sie wollen.«

»Wo kam das ganze Geld her, das den BMW ermöglichte, die schicke Wohnung oder die Fernreisen?«

»Das geht Sie nichts an!«

»O doch, Marc – in diesem Fall geht mich alles etwas an.«

»Ich bin gut bei Sportwetten. Habe regelmäßig Glück gehabt.«

Sie lachte. »Wer erzählt denn jetzt Blödsinn?«

»Lecken Sie mich!«

»Kommen Sie schon, Marc – irgendwo muss das Geld ja herkommen. Ich denke, dass …«

»Frau Rakow«, meldete der Anwalt sich pflichtgemäß zu Wort, wobei er ihren Namen unnötig in die Länge zog. »Ich möchte Sie doch bitten, sich auf konkrete Fragen zum Tatverdacht zu beschränken. Ich merke gerade …«

»Und ich merke, dass Ihr Mandant nur Ausflüchte zu bieten hat«, fiel sie ihm ins Wort. »Er behauptet zwar, um seinen Freund besorgt zu sein, aber gibt nichts preis, was helfen könnte, herauszufinden, was mit ihm passiert ist. Auf jede konkrete Frage kommt nur …«

»Würden Sie Sarah bitte sagen, dass ich sie liebe?«

»Was?« Sie sah den Beschuldigten verblüfft an.

»Sarah«, wiederholte Marc. »Würden Sie ihr bitte sagen, dass ich sie liebe, wenn Sie sie das nächste Mal sehen?«

Sarah, dachte sie. Immer nur Sarah. Sie hatte nur selten Verdächtigen gegenübergesessen, die um andere stärker besorgt waren als um sich selbst. Hier war das definitiv der Fall. Vielleicht war sie sogar der Grund für alles. Vielleicht war es immer nur um sie gegangen.

»Ja, Marc«, sagte sie anschließend. »Das mache ich.«

Er lächelte, und dieses Mal wirkte es aufrichtig. »Vielen Dank. Ich würde jetzt gerne wieder in meine Zelle gehen, wenn das möglich ist.«

Sie beugte sich vor und schaltete das Aufnahmegerät aus.

SARAH

Nach dem Verhör haben sie mich umgehend in die Zelle gebracht. Seitdem liege ich auf einer Pritsche und starre die Decke an. Die Decke starrt zurück. An diesem Ort gibt es nichts zu tun und niemanden, mit dem ich reden kann, nur eine gut genährte Schmeißfliege sorgt für Abwechslung. Zuerst höre ich lediglich ihr sonores Brummen; dann setzt sie sich auf meinen Arm, krabbelt kurz darauf die Wange hoch.

Vor Jahren habe ich im Fernsehen eine Dokumentation über Schmeißfliegen gesehen, und seitdem habe ich meinen ursprünglichen Ekel gegenüber dem Insekt verloren. Bei genauerer Betrachtung sind Schmeißfliegen faszinierende Lebewesen, und schon ihr lateinischer Name klingt aufregend: *Lucilia caesar*.

Heute kann ich nicht mehr verstehen, warum viele Menschen sie abstoßend finden. Ihr gold-grüner Körper weist einen schillernden Glanz auf, und unter dem Mikroskop erkennt man, dass sie orangefarbene Augen hat. Ihre scharf konturierten Flügel machen sie trotz des schweren Körpers wendig und ausdauernd, zwei durchsichtige Meisterwerke der Natur. Der Grund, warum sie stets zu den ersten Tieren gehören, die Leichen aufsuchen oder sich auf Hundescheiße stürzen, liegt nicht in der Nahrungsaufnahme begründet, sondern im Absetzen der Eier. Anders als häufig angenommen, ernährt sich *Lucilia caesar* bevorzugt gar nicht von Kot oder Aas, sondern von Pollen und Nektar, womit sie eher einer Biene gleicht. Sie ist auch genauso emsig, und ihre enormen Bestäubungsaktivitäten kommen dabei vor allem uns Menschen zugute. Wir profitieren von ihr, ohne selbst etwas tun zu müssen.

Fast wie bei Marc und mir, denke ich. Auch ich habe von seinen Geschäften profitiert, ohne selbst etwas tun zu müssen. Vielleicht sollte ich ja weniger an Schmeißfliegen denken und mehr an ihn.

An dich, Marc.

Nachdem wir auf Sizilien ein Paar geworden sind, haben wir uns zunächst immer nur in Hamburg getroffen. In deiner kleinen Wohnung in Eilbek, die du damals noch hattest und von der ich rückblickend wünschte, wir hätten sie nie verlassen. Wenn wir abends nicht ausgegangen sind, um die Stadt zu erkunden, haben wir auf dem Sofa gelegen und Netflix geschaut. Unsere Position war dabei stets die gleiche: Ich habe vor dir gelegen und meinen Hintern gegen deinen Schritt gepresst, während dein Arm meinen Körper umschlang. Du hast mich gestreichelt, stundenlang, und ich habe deinen Atem in meiner Halsbeuge gespürt, so warm und weich und beruhigend.

Als du mich dann im Taunus besuchen wolltest, waren wir schon drei Monate zusammen. An diesem Tag habe ich mich zum ersten Mal für meinen Heimatort geschämt, an dem mir alles so kleinbürgerlich und spießig vorkam. Ich hatte Angst, dass du in dieser Kulisse erkennen würdest, dass ich gar nicht die Königin bin, für die du mich immer gehalten hast, sondern nur ein Mädchen aus der Provinz, das sich Mühe gibt, weltgewandt und sexy zu wirken.

An meinem Heimatort ist nichts Schlechtes, es ist nur ein Ort wie etliche andere auch: siebentausend Einwohner, ein paar Geschäfte, drei Restaurants (wenn man die Dönerbude als solches mitzählen kann) und die Filiale einer Drogeriemarkt-Kette, die deren Eröffnung wahrscheinlich schnell bereut hat. Außerdem gibt es noch einen evangelischen Kindergarten und eine Grundschule, für alle weiterführenden Schulen muss man mit dem Bus in die Nachbargemeinde fahren.

Das Herzstück des ganzen Ensembles ist die Dorfkirche, gut

hundertvierzig Jahre alt, halbstündliches Geläut. In ihrem Schatten hat mein Vater vor dreiundzwanzig Jahren ein Geschäft für Hörgeräte eröffnet. Mittlerweile sind drei Filialen hinzugekommen, was in dieser Gegend mit ihren immer älter werdenden Bewohnern durchaus als krisensicheres Unternehmen gelten kann.

Seit einiger Zeit bereitet er sich nun auf den Ruhestand vor, indem er nach einem zahlungskräftigen Nachfolger Ausschau hält. Er ist erst Ende fünfzig, eigentlich noch viel zu jung für das Rentnerdasein, aber in letzter Zeit hat er immer häufiger gesagt, dass er genug verdient hätte und sein Leben noch ein wenig genießen wolle, bevor ein Schlaganfall ihn dahinrafft. Vielleicht übertreibt er ja, ich weiß nicht; vielleicht ist das Geschäft mit Hörgeräten auch einfach nur ein besonders kräftezehrendes.

Meiner Mutter sind solche Belanglosigkeiten egal, solange nur genügend Geld da ist. Falls sie nicht gerade eine ihrer depressiven Phasen hat, konzentriert sie ihre Energie sowieso lieber auf den örtlichen Tennisclub, in dem sie seit Urzeiten Mitglied und eine der finanzstärksten Gönnerinnen ist.

Im Sommer vergeht kein Tag, an dem sie nicht auf dem Gelände ist. Nicht um ein Doppel zu spielen oder an ihrer Rückhand zu arbeiten, sondern um zunächst Schriftführerin und dann Vizepräsidentin zu werden, was nur noch einen Schritt von ihrem ultimativen Lebenstraum entfernt ist. So ist sie eben. Anerkennung von außen war für Mutter schon immer wichtig – vielleicht, weil sie in der ehemaligen DDR geboren ist und zeigen will, dass sie es *hier drüben* geschafft hat (sie sagt tatsächlich immer noch *hier drüben*, wenn sie von den alten Bundesländern spricht). Gemeinsam mit zwei anderen Frauen bildet sie in dem von Hecken und Eschen umgebenen Verein ein matriarchalisches Triumvirat; ständig bereit, den neuesten Klatsch zu teilen und mit spitzen Zungen über diejenigen herzufallen, die sich erdreistet haben, Widerstand zu leisten oder irgendeine Schwäche zu zeigen.

Als ich fünfzehn oder sechzehn war, hat Mutter mich ein paarmal mitgenommen, um den anderen Frauen ihre kleine Prinzessin vorzuführen; so ein liebes Mädchen, ach, wie viel Freude sie uns macht! Wochen später hat sie mir dann jeden weiteren Clubbesuch verboten, als sie mich mit einem der Tennislehrer knutschend und fummelnd im Geräteschuppen erwischte.

»Du musst lernen, deine Libido im Griff zu halten«, predigte sie an diesem Abend, wobei ihr Zeigefinger wie ein aufgeschreckter Vogel vor meinem Gesicht flatterte. »Kein Mann mag ein Mädchen, das direkt die Beine breit macht. Merk dir das!«

Heute, um etliche Erfahrungen reicher, würde ich ihr da durchaus widersprechen.

Ich habe mich oft gefragt, warum ich nach der Schulzeit nicht einfach nach Würzburg oder Frankfurt gezogen bin. Aus Liebe zu meinem Vater vielleicht. Stattdessen habe ich nur zwei Straßen von meinem Elternhaus entfernt eine Wohnung genommen, wo ich die Freizeit hauptsächlich damit verbrachte, unzählige Romanideen niederzuschreiben, von denen ich hoffte, dass eine davon irgendwann einen Abnehmer finden würde.

Ich liebe Bücher, und schon in der Kindheit habe ich mich gerne in erfundene Wirklichkeiten geflüchtet, die glücklicher verlaufen als meine eigene. Seit ein paar Jahren schreibe ich diese Geschichten jetzt selbst. Ich habe sogar eine Agentin, und gemeinsam hoffen wir auf meinen Durchbruch. Mein Vater hat mich in all den Jahren stets bestärkt und mein Talent gelobt, und vielleicht wollte ich ihm ja etwas zurückgeben; ihn nicht mit Mutter und ihren kaum vorhersehbaren Stimmungsschwankungen alleine lassen.

Außerdem hat Vater immer behauptet, dass ich ein Mensch bin, der nicht gut allein sein kann und das Unbekannte scheut, und wahrscheinlich hat er damit auch recht gehabt.

Damals zumindest.

Als du das erste Mal zu mir kommen wolltest und ich am Bahnhof gewartet habe, sind mir unzählige Fragen durch den Kopf gegangen. Würden meine Eltern, insbesondere mein Vater, dich mögen und akzeptieren? Würdest du sie mögen oder wärst du froh, wenn du zwei Tage später wieder in den Zug nach Hamburg steigen könntest; hin zum Tor der Welt, weg vom Hinterhof der Hölle?

Es war ein kalter Novembertag, und die Luft war so rein und klar, dass das Echo meiner Schritte unnatürlich laut durch das kleine Bahnhofsgebäude hallte. Du bist zuerst mit einem ICE nach Frankfurt gefahren und hast danach einen Regionalzug genommen, der einmal quer durch den Taunus fuhr. Ich weiß noch, dass der Wagen, aus dem du stiegst, mit einem Graffiti verziert war; der Name irgendeiner Rockband, die ich längst wieder vergessen habe.

An diesem Tag hast du eine dunkelblaue Jeans, Chucks und eine schwarze Lederjacke getragen. Als sich unsere Blicke trafen, kam ich mir tatsächlich wie eine Frau vor, die seit Ewigkeiten auf ihren Kerl gewartet hat, der gerade aus dem Krieg oder dem Knast kommt. Dabei hatten wir uns erst zwei Wochen zuvor in Hamburg gesehen.

Wir haben geknutscht, und dann sind wir zu dem Parkplatz gegangen, auf dem mein Auto stand. Den ganzen Weg über konnte ich dich nicht loslassen, habe mal deinen Arm umschlungen und mal meine Hand in deine hintere Hosentasche gesteckt. Wenn du bei mir warst, musste ich dich auch berühren, immer schon. Es war wie ein Zwang, aber ein wunderschöner.

Am Abend sind wir mit meinen Eltern essen gegangen. Du hast meiner Mutter Blumen mitgebracht und uns alle eingeladen, charmant geplaudert und gelächelt, und als meine Eltern nicht hinsahen, hast du mir verschwörerisch zugezwinkert, als würden wir ein Geheimnis teilen. Meiner Meinung nach lief alles bestens, bis du kurz zur Toilette gegangen bist. Mutter hat ihre Hand auf meine gelegt und gesagt, dass wir es doch langsam angehen lassen sollten. Sie sagte zwar *wir*, meinte aber mich. Irgendetwas stimme nicht mit dir, behauptete sie, ohne das in irgendeiner Form begründen zu können. Sie spüre das einfach, hätte es aufgrund ihrer guten Menschenkenntnis in deinen Augen gesehen.

So ein Blödsinn.

Mutter spürte schon lange nichts mehr.

Auch nicht, dass mein Vater seit fünf Jahren ein Verhältnis mit einer Kollegin hatte, die er auf einem Fortbildungsseminar für Hörgeräteakustiker in Kaiserslautern kennengelernt hatte. Ich konnte ihm seine Affäre nicht einmal verübeln, dafür kannte ich Mutter und ihre Launen zu gut. Ich erfuhr davon, als ich ein Telefonat belauschte, bei dem er dachte, alleine im Haus zu sein. Ich habe ihn deswegen nicht gehasst, nicht einmal ansatzweise. Warum auch?

Er hatte etwas gewollt, so, wie ich dich wollte oder Mutter den Vorsitz im Tennisverein. Man will etwas, und dagegen kommt man nicht an, weil man nur sich selbst hat, sein eigenes Leben. Wie kann man sich selbst sagen, dass das, was man will, falsch ist?

Die Affäre hat meinen Vater in meinen Augen nur menschlicher gemacht. Früher hatte ich ihn regelrecht vergöttert, aber seit ich von dem Verhältnis wusste, sah ich, dass auch er nur ein ganz normaler Mensch war, der sich Gedanken darüber machte, was andere von ihm hielten, wenn sein Blick vorm Verlassen des Hauses zum Spiegel ging.

Von Mutters Bemerkung einmal abgesehen, war es ein schöner Abend, und meine Erleichterung darüber, dass du dich von deiner besten Seite gezeigt hattest, war grenzenlos. Wenn du mich ansahst, flatterte mein Herz, und jedes Mal, wenn unsere Beine sich unter dem Tisch berührten, glaubte ich, vor Glück zerspringen zu müssen.

Später, als wir wieder in meiner Wohnung waren, hatten wir Sex. Natürlich. Ich kann mich sowieso an kaum eine Nacht erinnern, in der wir keinen Sex hatten; meist auf eine Art, die

Mutter missbilligen würde. Mit dir habe ich das erste Mal Analsex praktiziert und noch ein paar Dinge, die mir außerhalb der dabei entstandenen Erregung zu peinlich sind, um sie auszusprechen. Von Anfang an konntest du mit mir machen, was du wolltest; mir leichte Schläge verpassen oder mich würgen, kurz bevor ich kam. Nicht, weil ich willenlos bin, sondern weil ich es mag, mich beim Sex zu unterwerfen. Mich *dir* zu unterwerfen, genauer gesagt.

Anschließend schliefen wir zeitgleich ein, und am nächsten Morgen lag ich noch immer in deinen Armen. Du musst vor mir wach geworden sein, hattest die Augen geöffnet und den Blick auf mich gerichtet. Als du meine Stirn küsstest, bin ich noch dichter an dich herangerutscht und habe den Kopf auf deine Schulter gelegt. Habe an dir geschnuppert. Niemals ging von dir ein unangenehmer Körpergeruch aus. Das war eine der ersten Sachen, die mir schon in San Vito Lo Capo aufgefallen waren: Du rochst nie, niemals. Genau genommen bist du das geruchloseste Wesen, das ich kenne.

Anschließend frühstückten wir ausgiebig. Ich verwöhnte dich mit frisch gepresstem Orangensaft, Bircher Müsli, Spiegelei und Toast. Wie zwei grenzdebile Idioten lächelten wir uns über die mit Blümchenmotiven verzierten Kaffeetassen hinweg an, und als ich die Teller abräumte, fragtest du, ob ich zu dir nach Hamburg ziehen wolle. Im ersten Reflex sagte ich, dass ich darüber nachdenken müsse, keine dreißig Sekunden später sagte ich ja.

Als wir meinen Eltern am Nachmittag davon erzählten, reagierten sie nicht wie erhofft. Zunächst schauten sie sich nur an, kniffen die Lippen zusammen und sagten nichts. In ihrem Blick lag nicht nur Verwunderung, sondern auch Ablehnung und Besorgnis. Von meiner Mutter hatte ich keine andere Reaktion erwartet, die meines Vaters jedoch verblüffte mich. Er war es dann auch, der dich ganz offen fragte, ob du als Dauerstudent (so nannte er dich wirklich!) denn genügend Geld für diesen Schritt hättest und wie genau wir uns unsere Zukunft vorstellen würden. In dem Moment kam ich mir wie ein Kind vor, nicht wie eine Frau von Ende zwanzig – ein Gefühl, das meine Eltern mir schon immer gut vermitteln konnten.

Und du? Hast die Frage lediglich mit einem Lächeln beantwortet, das jede weitere Frage im Keim erstickte. Das konntest du schon immer gut, Marc. Fragen im Keim ersticken.

»Ich bin überglücklich, dass du zu mir ziehst«, sagtest du später, als wir wieder auf dem Sofa lagen. »Wir gehören zusammen, und wenn zwei Menschen sich so lieben, sollten sie nicht voneinander getrennt sein. Das hier«, du machtest eine Geste, die wohl den ganzen Ort umschließen sollte, »ist nur ein Gefängnis, in dem du dich nicht entfalten kannst. Wir sollten *unser* Leben leben, Baby – nicht das, das deine beschissenen Eltern für dich vorgesehen haben.«

Ich lächelte, obwohl es mir übel aufstieß, dass du meine Eltern als »beschissen« bezeichnet hast. Wenn du mich liebst, dachte ich, solltest du auch ihnen gegenüber ein bisschen mehr Respekt aufbringen. Ich bin schließlich immer noch ihr Kind, und sie sind die einzigen Eltern, die ich habe. Vielleicht nicht die besten, aber meine.

In der Sache jedoch hast du vollkommen recht gehabt.

Nie zuvor hatte ich mich von meinem Leben so gefangen gefühlt wie in den Tagen, als du bei mir im Taunus warst. Erst mit dir an meiner Seite erkannte ich, dass ich in den letzten Jahren mein eigenes Gefängnis errichtet hatte, erbaut mit dicken Mauern aus Schuldgefühlen und Verpflichtungen. Der Weg in die Freiheit ist wahrscheinlich schon immer da gewesen, ich habe ihn nur nicht gesehen. Erst musstest du kommen und mir die Tür öffnen.

»Ich liebe dich, Baby.«

Das hast du oft gesagt, und jedes Mal hat es so wahr geklungen. Anders als bei den Männern, die es mir früher gesagt hatten. Ich habe mich daraufhin an dich gekuschelt und stumm in deine geruchlose Halsbeuge gelächelt. Ich war mindestens so glücklich und verliebt wie du, konnte es nur nicht so gut zeigen.

Das konnte ich noch nie, wenn es um wahre Gefühle geht, und das werde ich auch nie können.

Aus dir sprudeln sämtliche Emotionen immer ungebremst heraus; du scherst dich einen Dreck darum, wie es bei anderen ankommt, ob es kitschig oder übertrieben klingen mag. Bei mir hingegen arbeiten Gefühle erst mal unter der Oberfläche. Ich muss sie für mich sortieren, bevor sie nach außen dringen dürfen, was an ihrer Stärke jedoch nichts ändert.

»Ich liebe dich auch«, erwiderte ich, worauf du mit »Ich weiß« und einem Zwinkern geantwortet hast.

Dieses kleine Stück Arroganz, diese winzige Spur Überheblichkeit – auch das liebe ich, weil es mir auf eine seltsame Art das Gefühl vermittelt, dass du in jeder Situation stets Herr der Lage bist. Dass du alles reparieren kannst, selbst mich.

Meine Eltern mochten von dir und unseren Plänen nicht begeistert sein, an deiner Seite war mir das egal. Ich war achtundzwanzig Jahre alt und hatte mein eigenes Leben verdient. Lag Arm in Arm mit dir auf dem Sofa; eine strahlende Zukunft vor Augen, die Vollkommenheit des Glücks.

Dachte ich.

Damals zumindest.

Damals war überhaupt noch vieles anders. Damals hat es mich auch nicht gestört, wenn du und Henning nach Sluknov gefahren seid, ganz im Norden Tschechiens, wenige Kilometer hinter der Grenze liegend, keine sechstausend Einwohner zählend, um den Grundstein für euer Einkommen zu sichern.

Wusste ich damals schon, was dich und Henning verband? Wahrscheinlich, ganz sicher jedoch hat es mich nicht gestört.

Damals.

MARC

Marschwind sieht mich sonderbar an, als wir uns nur wenige Stunden nach der Vernehmung durch die Kommissarin wiedersehen. Wenn er so schnell ins Polizeipräsidium zurückgekehrt ist, muss etwas Dramatisches passiert sein, und dramatisch ist nicht gut. Nicht in meiner momentanen Lage zumindest.

»Eines vorab«, beginnt er theatralisch. »Das Wichtigste ist, dass Sie jetzt die Ruhe bewahren und sich an die Schritte halten, die wir gleich besprechen. Werden Sie das tun?«

»Natürlich. Sie sind der Anwalt, ich der Mandant.«

»Mir wäre übrigens wohler, wenn Ihre Freundin sich ebenfalls entschließen könnte, einen Anwalt zu konsultieren. Wenn Sie möchten, kann ich einen Kollegen bitten, Kontakt mit ihr aufzunehmen. Ich würde es dringend empfehlen.«

»Sarah weiß, was sie tut«, entgegne ich nach kurzer Bedenkzeit. »Wenn sie sich gegen einen Anwalt entschieden hat, wird sie ihre Gründe haben. Das sollten Sie ebenso respektieren, wie ich es tue. Also – worum geht es?«

Er räuspert sich. Die folgenden Worte fallen ihm sichtlich schwer. »Frau Rakow – die Beamtin, die den Fall leitet – hat mich vor einer Stunde informiert, dass die Ergebnisse aus dem Labor eingetroffen sind. Das Blut in der Wohnung und auf dem sichergestellten Messer stammt eindeutig von Henning Järisch, sodass wir leider davon ausgehen müssen, dass ... dass Ihr Freund in der Wohnung einem Verbrechen zum Opfer gefallen ist. Was das bei den aufgefundenen Blutmengen bedeutet, muss ich nicht extra betonen.« Er atmet durch. »Mein aufrichtiges Beileid.«

Mein Puls ist schon vorher in die Höhe geschnellt. Mir wird schlecht, augenblicklich muss ich mich abstützen. »Das kann … das muss ein Irrtum sein«, stammele ich.

»Leider nicht. Es wurden mehrere Vergleichsproben aus Herrn Järischs Zimmer genommen. Eine DNA-Analyse ist nahezu einhundertprozentig sicher, und die in der Wohnung gefundene Blutmenge lässt leider keinen anderen Schluss zu.«

Das kann nicht sein, denke ich. Henning muss leben, er darf nicht tot sein! Wir haben gemeinsam viel zu viel erlebt und noch viel zu viele Pläne gehabt. Trotz unseres Streits. Trotz der … *Dinge*, die passiert sind. Ich verstehe es nicht. Nichts davon. Wie kann etwas, das immer Teil des eigenen Lebens war, auf einmal weg sein?

»Es muss eine andere Erklärung geben«, behaupte ich, die Worte durch ein kräftiges Nicken unterstützend. »Das muss es einfach!«

»Ich wüsste nicht, welche. Das sind die Fakten. Mit ihnen müssen wir uns jetzt auseinandersetzen.«

Seine Worte klingen so kalt und endgültig. Ich weiß nicht, wie ich reagieren soll. Ich weiß gar nichts mehr. Nur, dass da plötzlich eine Leere ist, die ich zuvor nicht kannte. Die erste richtige Vorstellung davon, was Verlust bedeutet.

Marschwind scheint mein Schweigen falsch gedeutet zu haben. »Dass wir ab jetzt von dem Tod Ihres Mitbewohners ausgehen müssen, bedeutet aber nicht, dass man Sie auch automatisch als Täter anklagen wird. Bis auf das Messer gibt es keinen Beweis, der Sie direkt …«

»Henning ist tot«, sage ich leise und spreche es zum ersten Mal aus. Die Worte sind mehr an mich selbst gerichtet. »Und alle denken, dass ich ihn getötet habe. Das ist Wahnsinn. Das können Sie nicht zulassen. Ich werde … wer auch immer dafür verantwortlich ist, wird dafür bezahlen müssen!«

Jetzt sagt er nichts mehr, der gut gekleidete Anwalt, aber so leicht kommt er mir nicht davon. Ich stelle ihm die einzige Frage, die für meinen geschockten Verstand momentan noch Sinn ergibt: »Glauben Sie auch, dass ich meinen besten Freund getötet habe? In der eigenen Küche? Dass ich ihn wie ein Schwein abgeschlachtet habe?«

Er lässt sich mit der Antwort Zeit.

Viel Zeit.

»Ich bin nicht hier, um etwas zu glauben«, erwidert er dann. »Den Job überlasse ich lieber Priestern. Ich bin hier, um Sie bestmöglich zu verteidigen. Wenn wir morgen vor dem Haftrichter eine Chance haben wollen, Sie freizukriegen, müssen wir ihm einen alternativen Standpunkt klarmachen. Dazu ist es aber wichtig, dass Sie mitarbeiten, verstehen Sie? Es wird bei dem Termin auch ganz maßgeblich auf Ihre Glaubwürdigkeit ankommen.«

Tolle Rede, denke ich. Wahrscheinlich hat er sie auswendig gelernt.

»Was ist mit Sarah?«, will ich dann wissen.

»Ich bitte Sie, Herr Lammert – Ihre Freundin ist jetzt nicht das Thema! Wir sollten uns lieber auf das konzentrieren, was für Sie das Beste ist.«

»Sarah ist das Beste für mich!«

Er sieht aus, als hätte er in eine Zitrone gebissen. »Ich erkläre Ihnen am besten kurz die Lage, wie sie sich momentan darstellt«, fährt er dann fort, ohne auf meinen Einwand einzugehen. »Aufgrund der forensischen Beweise wird es der Staatsanwaltschaft nicht schwerfallen, dem Haftrichter klarzumachen, dass Henning Järisch in Ihrer Wohnung getötet wurde. In der Tiefgarage wurde außerdem ein Messer gefunden, welches als Tatwaffe in Betracht kommt und auf dessen Klinge sich ebenfalls Herrn Järischs Blut befindet. Auf dem Griff dieses Messers befinden sich ausschließlich Ihre Fingerabdrücke, und das ist aktuell unser Hauptproblem. Umso mehr, weil Ihre Abdrücke auch nicht verwischt wurden, wie es laut den Aussagen der Beamten wohl passieren würde, wenn eine andere Person das

Messer nach Ihnen benutzt hätte. Mit Handschuhen beispielsweise.«

Ich nicke. Alles dreht sich.

»Aufgrund der aufgeführten Punkte gelten Sie für die Polizei jetzt als Hauptverdächtiger, und das ist in gewisser Weise auch nachvollziehbar. Unser größter Vorteil ist, dass auch andere Szenarien denkbar erscheinen.«

»Zum Beispiel?«

»Also …«, sagt er, um Zeit zu gewinnen. »Ihr Freund ist allein zu Hause, während Sie mit Ihrer Freundin in der Stadt Einkäufe tätigen und dann ins Kino gehen. Ab jetzt spekulieren wir mal: Ein bislang noch unbekannter Täter klingelt an der Tür, und Herr Järisch öffnet ihm, was erklären würde, warum es keine Einbruchsspuren gibt. Aus irgendeinem Grund kommt es in der Wohnung zum Streit, der Täter schnappt sich ein Messer und sticht auf Ihren Mitbewohner ein. Nachdem der Rausch abgeklungen ist, bringt er die Leiche mit dem Fahrstuhl in die öffentlich zugängliche Tiefgarage – das Tor ist gerade kaputt, richtig? – und verlädt sie dort in sein Auto. Anschließend schmeißt er das Messer in die Mülltonne, wo die Polizei es später findet.«

Ich lächle, obwohl ich nichts daran lustig finde. »Sagten Sie nicht gerade, die Fingerabdrücke müssten verwischt sein, wenn jemand das Messer nach mir in der Hand gehabt hätte?«

»Ja, das sagte zumindest die Beamtin, und ich sagte ja auch, dass dies derzeit unser Hauptproblem ist. Um es zu entkräften, werden wir einen Gutachter brauchen, der die Möglichkeit bestätigen kann, dass es auch anders gegangen wäre. Dass man ein Messer beispielsweise nicht zwingend am Griff anfassen muss, um damit zuzustechen, oder dass Handschuhe vorhandene Fingerabdrücke nicht automatisch verwischen.«

»Das klingt eher unwahrscheinlich. Ziemlich theoretisch, oder?«

»Da mögen Sie recht haben«, stimmt er zu, »aber *unwahrscheinlich* ist irrelevant. Die entscheidende Frage lautet: Ist es möglich?«

Noch immer kommt es mir völlig absurd vor, dass Henning tot sein soll. Ich versuche, das Ganze jetzt wie ein Gedankenspiel zu betrachten, indem ich nach Schwachstellen in den Ausführungen meines Anwalts suche. »Warum sollte der unbekannte Täter das Risiko mit der Tiefgarage eingehen und Hennings Leiche nicht einfach in der Wohnung liegen lassen?«

»Auch das ist unerheblich. Warum sollten Sie es?«

Auch wieder wahr. Vielleicht ist Marschwind doch fähiger, als es anfangs den Anschein hatte.

Er beugt sich vor, seine Stimme wird vertraulicher. »Das Beste jedoch ist, dass wir an diesem Gegenszenario nichts beweisen müssen. Beweise zu erbringen ist einzig und allein die Aufgabe der Staatsanwaltschaft. Uns genügt es, wenn wir berechtigte Zweifel an dem vorgetragenen Tathergang schüren können. Solange Sie der Einzige sind, der den Mord an Herrn Järisch begangen haben kann, wird man Sie aufgrund der Indizien auch verurteilen. Sollte es uns aber gelingen, auch eine andere Version plausibel erscheinen zu lassen, hole ich Sie hier raus. Schließlich sind Sie nicht der Einzige, der Zugang zu der Wohnung hatte.«

»Wenn Sie dabei schon wieder an Sarah denken, können Sie das sofort vergessen!«

Er sagt nichts, und das ist auch nicht nötig. Ich bin ja nicht blöd. Natürlich weiß ich, dass ich der Hauptverdächtige bin, aber Sarah läuft kurz nach mir ins Ziel. Meine Aufgabe ist es jetzt, Marschwind davon zu überzeugen, dass auch noch andere an dem Rennen teilgenommen haben.

Er liefert die perfekte Vorlage, indem er fragt: »Gibt es denn sonst noch jemanden, von dem Sie sich vorstellen können, dass er den Tod von Herrn Järisch wollte oder daraus Vorteile zog?«

O ja, denke ich, solche Personen gibt es. Mehr als eine sogar. Aus ganz unterschiedlichen Gründen, aber das kann ich ihm nicht sagen. Noch nicht zumindest. Es gibt so vieles, das ich ihm nicht sagen kann.

»Geben Sie mir bis morgen Zeit«, bitte ich. »Ich denke darüber nach.«

»Machen Sie das. Und vergessen Sie nicht, dass uns jede Kleinigkeit helfen kann, so unbedeutend sie auch sein mag. Bevor Sie morgen dem Haftrichter vorgeführt werden, werde ich noch mal vorbeikommen, damit wir die Einzelheiten besprechen können.«

Ich nicke nur, dann geht er. Heim in sein geordnetes Anwaltsleben, womöglich zu Frau und Kindern, während mich ein Polizeibeamter – dünne Haare, feistes Grinsen – zurück in den Zellentrakt bringt.

Ich folge dem Kerl durch graue Gänge und Gittertüren hindurch. Höre das Klappern von Schlüsseln und rieche den Geruch des Reinigungsmittels, mit dem sie versuchen, dieses Loch wenigstens halbwegs bakterienfrei zu bekommen. Als der Mann die Zellentür öffnet, ich hindurchgehe und er sie hinter mir schließt, bin ich froh, endlich allein zu sein.

Henning ist tot, denke ich, und noch immer kommt mir der Gedanke völlig surreal vor. Ich will mich auch nicht an ihn gewöhnen, obwohl alles dafürspricht. Einen einfacheren Fall hat die Staatsanwaltschaft sicher lange nicht mehr gehabt. Verdammt – ich würde mich ja selbst verurteilen, wenn ich auf der Richterbank säße. Marschwinds Versuche, irgendwie ein Gegenszenario zu kreieren, kommen mir im Rückblick ebenso hilflos wie unglaubwürdig vor.

Das Problem ist nur: Ich war es nicht. Ich habe Henning nicht getötet. Um das zu beweisen, muss ich herausfinden, wer es getan hat. Dazu muss ich sämtliche Puzzleteile seines Lebens richtig zusammensetzen, vor allem die des letzten Jahres. Mich an die Einzelheiten erinnern und nachdenken. Auch über die Anfänge. Über Tschechien und das *Novy Soud*.

Die Drogen.

Henning und ich haben uns als Kinder kennengelernt. Als wir älter wurden, teilten wir nicht mehr nur die Liebe zum Fußball;

wir mochten auch die gleichen Filme, die gleiche Musik und einmal sogar das gleiche Mädchen. Irgendeine Vorstädterin mit roten Haaren, die in einem Club von Henning Ecstasy gekauft hat und uns anschließend den ersten Dreier unseres Lebens bescherte. Natürlich war er derjenige, der sie angesprochen hat. Was Mädchen anging, war Henning schon immer anders als ich. Er ging aggressiver vor, direkter und deutlich »abschussorientierter«, wie er es nannte.

Wenn wir nachts in den Clubs unterwegs waren und er Sex wollte, sprach er willkürlich Frauen an, die ihm gefielen. Sollte die erste ihm eine Abfuhr erteilen, versuchte er es umgehend bei der nächsten. Es gab Abende, an denen er es sechs- oder siebenmal versuchen musste, aber nach einer Stunde bekam er meist, was er wollte. Wir waren damals gerade erst zwanzig, verdammt, und ich konnte schon nicht mehr zählen, wie oft ihm eine Partymaus auf dem Männerklo einen geblasen hatte.

Zu der Zeit versanken wir jedes Wochenende im Hamburger Nachtleben, wo Henning sämtliche Türsteher zu kennen schien. Nie mussten wir vor irgendeinem Club in der Schlange stehen, bis wir dran waren, und nie wurde uns der Zutritt verwehrt, weil wir nicht standesgemäß angezogen waren. Die ersten Jahre waren toll; eine nicht enden wollende Party aus House, Cocktails und Fellatio, dann ging uns das Geld aus.

Für mich war das kein Weltuntergang, die Clubszene begann mich eh zu langweilen. Das Lachen war zu laut, die Gesichter zu leer, die Worte bedeutungslos. Ich wollte etwas Beständigeres, eine Beziehung mit Tiefe. Keine Menschen um mich herum, die mich ihren Freund nannten, obwohl sie nicht mal meinen Nachnamen kannten.

Für Henning dagegen glich allein schon der Gedanke einer Katastrophe. Er wollte jede gottverdammte Nacht durchfeiern, als gäbe es kein Morgen mehr; als würde ein tödliches Geschwür in seinem Körper toben, das ihm viel zu wenig Zeit ließ.

Er litt sichtlich unter dem Geldmangel, und wenn mein

Freund leidet, leide ich auch, also machte ich mir Gedanken, wie wir das Problem lösen konnten.

Was soll ich sagen? Wir lösten es.

SARAH

Es war das erste Mal, dass ich Marc in Hamburg besuchte, und bei der Einfahrt in den Bahnhof schlug mein Herz, als wolle es jeden Moment aus der Brust springen. So lange schon hatte ich auf diesen Tag hingefiebert, und jetzt, wo er endlich gekommen war, konnte ich es kaum erwarten, dass der Zug endlich hielt. Ich sprang direkt als Erste heraus. Hielt mein kleines Köfferchen krampfhaft fest und suchte sein vertrautes Gesicht unter all den fremden. Er entdeckte mich, noch bevor ich ihn gesehen hatte. Kam auf mich zugestürmt, riss mich an sich und in die Höhe. Wir küssten uns, bis die Zungen wehtaten, dann fuhren wir kreuz und quer durch die Stadt. Reeperbahn, Blankenese, die Alster – er wollte mir alles zeigen.

Ich kannte Hamburg bereits von früheren Besuchen, aber dieses Mal sah ich die Stadt mit völlig anderen Augen. Sie würde mein zukünftiges Zuhause sein, und ich liebte sie jetzt schon. Aufgeregt hüpfte ich neben Marc her, küsste ihn immer wieder und konnte von allem nicht genug kriegen. Ganz instinktiv wusste ich, dass ich die richtige Entscheidung getroffen hatte. Die für ihn und die für diese wunderschöne Stadt.

Stunden später lagen wir müde und von unzähligen Eindrücken gesättigt auf dem Sofa seiner kleinen Wohnung in Eilbek. Marc hatte Wein besorgt (einen Nero d'Avola, glaube ich) und Musik von David Bowie aufgelegt, den ich so liebte. »Moonage Daydream« war gerade vorbei, und die ersten Takte von »Starman« erklangen, als es an der Wohnungstür klingelte. Ich sah ihn fragend an. Marc warf mir einen ratlosen

Blick zu, stand auf und öffnete. Kurz darauf kam Henning herein.

»Hi«, sagte ich ein wenig aufgeregt. Seit dem Urlaub auf Sizilien hatte ich meinen zukünftigen Mitbewohner nicht mehr gesehen, und es war mir wichtig, dass er mich mochte. Ich werde gerne gemocht, und er war schließlich der beste Freund meines Freundes.

Hennings Blick blieb ausdruckslos. »Sarah, richtig?«, fragte er.

Sofort kam die Unsicherheit, ausgelöst durch sein sonderbares Verhalten. Marc und ich waren seit drei Monaten zusammen, wie konnte er sich da wegen meines Namens unsicher sein?

Zu dritt gingen wir ins Wohnzimmer, wo sich Henning in den Sessel fallen ließ, als sei er hier zu Hause. Marc griff nach meiner Hand, wir setzten uns aufs Sofa. Seit Hennings Erscheinen war keine halbe Minute vergangen, aber schon jetzt lastete das Schweigen wie eine dunkle Wolke über uns.

»Was gibt's denn?«, fragte Marc schließlich, der über die Störung auch nicht erfreut zu sein schien.

Hennings Blick war ausschließlich auf Marc gerichtet. Mich beachtete er gar nicht. »Ich habe Karten für das St.-Pauli-Spiel«, sagte er dann. »Hast du Lust?«

»Wann denn?«

»Wann schon? Jetzt! Heute Abend.«

»Was meinst du, Baby?«, fragte Marc und streichelte meinen Rücken. »Magst du mal ins Stadion gehen?«

Bevor ich antworten konnte, erwiderte Henning, dass er nur zwei Karten habe. Gar nicht gewusst hätte, dass ich da sein würde.

Marc kniff die Augen zusammen. »Mann, das habe ich dir doch gesagt! Mehr als einmal.«

»Dann muss ich es wohl jedes Mal wieder vergessen haben.« Zum ersten Mal sah er mich an. »Sorry, Prinzessin. Mein Fehler.«

Es klang nicht so, als sei seine Entschuldigung ernst gemeint.

Eine Zeit lang sagte niemand etwas mehr, bis Marc schulterzuckend meinte, dass sie den Besuch eines Fußballspiels dann wohl auf ein anderes Wochenende verschieben mussten. Die ganze Situation war sonderbar und besserte sich auch nicht, als wir anschließend in die Küche gingen, wo Marc noch schnell einen Kaffee kochen wollte. Während er Pulver in die Maschine schüttete, betrachtete ich seinen besten Freund genauer. Henning wirkte vollkommen anders, als ich ihn vom Urlaub her in Erinnerung hatte. Das lag nicht nur an dem neuen Tattoo, das sich auf seiner rechten Halsseite bis zum Ohr hochzog, sondern vor allem an seinem Verhalten mir gegenüber. Es war nicht nur merkwürdig, es war geradezu ablehnend. Als passe es ihm nicht, dass ich hier war. Der Gedanke, dass wir bald gemeinsam in einer Wohnung leben würden, ließ meinen Magen verkrampfen.

Wir tranken den Kaffee, und als Henning sich wieder verabschiedete, sagte er nur kurz angebunden »Tschüss« und nickte, das war's. Kein »Schön, dich getroffen zu haben« oder »Ich hoffe, dass wir beim nächsten Mal länger quatschen können«.

Als ich Marc anschließend darauf ansprach, tat er die Bemerkung mit einem Lachen ab und meinte, dass das Blödsinn sei. Henning könne manchmal linkisch und unbeholfen wirken, na klar, aber natürlich freue er sich, dass Marc und ich ein Paar seien und wir bald zusammenziehen würden. Wie könne ich bloß etwas anderes annehmen? Irgendwann glaubte ich selbst schon, dass er recht hatte und ich mir Hennings Ablehnung nur eingebildet hätte.

Die nächsten Tage verliefen dann wieder traumhaft. Als Erstes erkundeten wir erneut die Stadt, den Hafen und das Alte Land. Dann machten wir einen Ausflug runter zur Lüneburger Heide, wo wir in einem Lokal, das augenscheinlich bevorzugt von Rentnern aufgesucht wurde, einen Zwischenstopp einlegten.

Wir bestellten bei einem Kellner, der die siebzig sicher schon hinter sich gelassen hatte, zwei Tassen Kaffee und einen Orangensaft, weil Marc Durst hatte. Der weißhaarige Kerl notierte alles in seiner krakeligen Handschrift auf einem altmodischen Notizblock, dann schlurfte er davon, um das Gewünschte zu holen. Es dauerte geschlagene zehn Minuten, bis er wieder aus dem Gebäude herauskam, wobei er die Getränke vorsichtig auf einem Tablett balancierte. Bedächtig setzte er einen Fuß vor den anderen. Winzige und unsichere Schritte, wie sie ältere Menschen häufiger machten.

Wir bedankten uns, er tat uns irgendwie leid, und sahen ihm noch hinterher, als er sich gemächlich wieder entfernte. Als Marc die kleine Flasche mit dem Orangensaft dann öffnen wollte, stellte er fest, dass das Siegel bereits zerbrochen war.

»Da fehlt auch was, knapp ein Drittel«, sagte ich, als ich die Flasche genauer betrachtete.

Marc stieß ein Lachen aus. »Ich fasse es nicht ... Vielleicht hat der alte Knabe unterwegs ja Durst gehabt und sich einen kleinen Schluck gegönnt.«

Als ich mir das bildlich vorstellte, musste auch ich lachen, und dann kamen wir beide aus dem Lachen nicht mehr heraus, bis uns die Bäuche schmerzten und der Kellner irgendwann die Rechnung brachte. Wir erwähnten den Vorfall nicht und bezahlten den angebrochenen Saft anstandslos, legten sogar ein ordentliches Trinkgeld drauf.

Nicht, weil wir generell jedem Streit aus dem Wege gingen oder besonders harmoniebedürftig waren, sondern weil dieser Tag einer unserer Tage war. Nichts sollte unsere gemeinsamen Tage trüben, und die zwei Euro achtzig für den Orangensaft waren jeden Cent wert gewesen, wenn man sie in Relation zu dem Spaß setzte, den wir dabei hatten.

Wenn ich heute an diesen Moment zurückdenke, merke ich, dass die gesamten ersten Monate mit Marc so verliefen. Voller Liebe, voller Lachen. Zu dem Zeitpunkt deutete nichts darauf hin, dass sich das bald ändern würde. Dass diese Tage gleichzeitig auch der Anfang vom Ende der Unschuld waren.

MARC

Ich muss in der Zelle eingeschlafen sein. Als ich wach werde, glaube ich zuerst, nur schlecht geträumt zu haben. Dann aber erkenne ich die nackten Betonwände wieder, die Stahltür und den mit Fliesen bedeckten Fußboden, den man auch mit einem Hochdruckreiniger sauber machen kann, wenn einer der Insassen seinen Mageninhalt ausgekotzt hat.

Es ist kein Traum. Ich bin immer noch hier, und Henning ist immer noch tot.

Ich ziehe die Beine an und rolle mich wie ein Embyro zusammen. Meine Füße sind kalt, ich friere, aber die hellgraue Decke, die sie mir auf die Pritsche gelegt haben, wärmt nicht. Das kann sie auch nicht. Die Kälte kommt nicht von außen, sie kommt aus meinem Inneren. Aus dem Teil des Körpers, der erfroren ist und in dem die Seele wohnt; gleich neben der Hoffnung und dem Trost.

Um mich aufzuwärmen, denke ich an Sarah. An meine wunderbare Sarah, die ganz nah ist und dennoch Lichtjahre entfernt scheint. Ich könnte jetzt unzählige gute Gedanken heraufbeschwören, aber keiner davon würde mir helfen, weil über allem die Gewissheit steht, dass ich es gewesen bin, der sie in diese Lage gebracht hat.

Das ist nach Hennings Tod das Schlimmste. Dieser Gedanke. Ich bin ihr Freund, und es wäre meine Aufgabe gewesen, das Böse von ihr fernzuhalten. Dabei habe ich versagt. Sarah hat darauf vertraut, dass nach dem Urlaub in Nicaragua alles wieder gut werden wird, und ich habe sie hängen lassen.

Zum ersten Mal überhaupt.

Es mag eine altmodische Rollenvorstellung sein, aber mir kam es schon immer so vor, als wäre Sarah nicht einfach nur zu mir gezogen, sondern als hätte ich sie damit gleichzeitig aus einem Umfeld befreit, das ihr keinen Raum zum Atmen und keinen Platz zur Entfaltung ließ. Ihr Heimatort mit seiner weißen Kirchturmspitze, den sauber gefegten Bürgersteigen und den Blumenkästen vor den Fenstern – er muss wie ein Gefängnis gewesen sein. Wie ein offener Vollzug vielleicht, den man zeitweise verlassen kann, zu dem man aber zu festgelegten Zeiten wieder zurückzukehren hat, wenn man einer Disziplinarstrafe entgehen will.

Was vor allem an Mutter lag.

Ich habe sie in Gedanken nie anders als *Mutter* genannt. Nicht auf eine liebenswerte Art, eher auf eine bedrohliche. Ständig war sie um Kontrolle bemüht und wollte Sarah kleinhalten, um sich selber größer fühlen zu können. Aber kein Mensch wird größer, wenn er andere klein macht. Er wird nur hässlicher.

Sarahs Mutter gehört zu jener Sorte Menschen, die gebraucht werden wollen und ständig ihren Rat kundtun, vor allem jedoch ihre Befindlichkeiten. Sie wollte ihre Tochter kontrollieren, wie sie auch ihren Mann und den Tennisclub kontrollierte, und fast wäre ihr das auch gelungen. Natürlich war sie außerhalb ihrer kleinen Blase unbeliebt, und natürlich war das nicht ihre Schuld. Die Welt ist schlecht, schon klar, sie meinte es ja nur gut.

Auch was Sarah anging.

Bei ihrer Tochter handelte sie stets nach der Devise: Hör auf deine Mutter und tu, was sie sagt – schließlich hat sie mehr Lebenserfahrung als du, ist weiser und will dich durch ihr Wissen nur vor deinen eigenen Unzulänglichkeiten schützen. Wenn Sarah Anstalten machte, sich dagegen aufzulehnen, gab Mutter sich so lange gekränkt, bis Sarah nachgab und Mutter wieder ihren Willen bekam; und den bekam sie meistens.

Und natürlich hatte die blöde Kuh Depressionen. Die ließ sie aber nicht von einem Arzt behandeln, sondern an ihrer Familie aus. An Tagen, an denen es Mutter schlecht ging, pendelte Sarahs Rolle immer zwischen der einer Dienstmagd und einer Entertainerin, die verzweifelt bemüht war, nur nichts zu tun, was sich negativ auf Mutters Stimmungsschwankungen auswirken konnte. In solchen Momenten wirkte sie nicht mehr wie achtundzwanzig, sondern wie achtzehn. Wie eine besonders unterwürfige Achtzehnjährige. Es war erbärmlich anzusehen, und das Einzige, was mich davon abhielt, Mutter die Meinung zu sagen, war meine Liebe zu Sarah.

Nur aus diesem Grund spielte ich die mir vorgesehene Rolle, anfangs zumindest. Ich fragte Mutter um Rat, ich kaufte ihr Blumen, und ich ging auf sie ein. Wenn sie etwas kochte und ungefragt vorbeibrachte, lobte ich das Essen, obwohl ich es am liebsten vor ihren Augen ins Klo geschmissen hätte.

Der Spaß hörte erst auf, als sie auch begann, sich in unser Leben in Hamburg einzumischen. Natürlich fand sie es bei ihrem ersten Besuch nicht gut, dass Henning mit uns zusammenwohnte, und natürlich gefiel ihr die Einrichtung nicht. Sie fragte Sarah kein einziges Mal, wie es ihr in der neuen Umgebung ging, ob sie glücklich war oder ob sie die Arbeitskollegen mochte. Stattdessen widmete sie sich sofort ihrem Lieblingsthema, indem sie fast ausschließlich über sich sprach.

Was sie und ihr Mann nicht alles geleistet hatten, um das Geschäft mit seinen drei Filialen aufzubauen, wie hart ihr Leben gewesen sei; all die Entbehrungen, wir hätten ja keine Ahnung. Dann betonte sie, dass sie dennoch immer für Sarah da gewesen sei und dass sie auch zukünftig immer da sein werde, wenn man sie brauchte (sie war auch dann da, wenn niemand sie brauchte). Das ganze Gerede wurde permanent mit einem Augenrollen hier, einem theatralischen Seufzer dort untermalt.

Als sie feststellte, dass es in der gesamten Wohnung kein Bild von ihr gab, behauptete sie allen Ernstes, Sarah habe das nur getan, um sie zu kränken. So eine undankbare Tochter, sie könne es nicht verstehen, früher sei Sarah doch ganz anders gewesen. Anschließend warf sie mir einen Blick zu, der keinen Zweifel daran ließ, wen sie für diesen Umschwung verantwortlich machte.

Ich würde jetzt gerne behaupten, dass Mutter ein Gesicht wie ein Karpfen und einen Mund wie eine Kaulquappe hat, aber das stimmt nicht. Sie ist eine attraktive Frau, gepflegt und gut gekleidet. Rein optisch deutet nichts auf die Hölle hin, die sich hinter ihrer Stirn verbirgt.

Nach ihrem ersten Besuch in Hamburg kündigte sie beim Abschied an, zukünftig häufiger kommen zu wollen, um *nach dem Rechten* zu sehen. Das würde sie sich nicht nehmen lassen, schließlich sei Sarah ja ihr Ein und Alles. Ich hätte aufgrund dieser selbstgefälligen Scheinheiligkeit kotzen können, und irgendwie muss Mutter meinen Gesichtsausdruck mitbekommen und richtig gedeutet haben. Zumindest schob sie ein »Na ja, aber wenn meine Hilfe nicht erwünscht ist …« nach.

Sarah wirbelte auf dem Absatz herum und starrte mich mit weit aufgerissenen Augen an, in denen die Angst stand, dass sie oder ihr Freund für Mutters Verstimmungen verantwortlich sein könnten. »Doch, wir freuen uns, wenn du kommst«, sagte sie dann in ihre Richtung, und in meine: »Stimmt doch, oder?«

Ich nickte und schenkte Mutter mein schönstes Lächeln, obwohl ich sie hätte erwürgen können. Das Schlimmste war, dass ich mir dabei wie ein Heuchler vorkam. Wie ein rückgratloser Feigling, doch das war ich nicht. Ich konnte Mutter einfach nicht in ihren faltigen Arsch treten, ohne damit gleichzeitig auch Sarah zu treffen. Die Liebe zu ihr verhinderte die Ehrlichkeit den Umständen gegenüber.

Bei Henning jedoch sah das anders aus. Am Ende war er es, der uns von Mutter befreite, und er tat es auf eine Art, von der Sarah nie erfahren würde, weil es Mutter viel zu peinlich wäre, darüber zu sprechen.

Es fing ganz harmlos bei ihrem nächsten Besuch an, als Henning beim Abendessen beiläufig erwähnte, dass er auf ältere Frauen stehen würde; nur ein unbedeutender Einwurf am Rande eines oberflächlichen Tischgesprächs. Als Sarah kurz darauf zur Toilette musste, konkretisierte er ihn, indem er Mutter ansah und sagte: »Auf reife Frauen, meinte ich vorhin. Richtig reife!« Dabei zwinkerte er ihr zu.

Ich tat, als hätte ich nichts gehört, und sah auch in eine andere Richtung, als Henning begann, sich mit der Zungenspitze über die Innenseite der Wange zu fahren oder beiläufig den Schritt zu kneten, wenn Mutter wieder über die Anfangsjahre im Hörgeräte-Geschäft referierte. Der Moment, als sie dabei Schnappatmung bekam, war der mit Abstand befriedigendste, an den ich mich in ihrer Gegenwart erinnern kann.

Bis zu ihrem nächstem Besuch sollten Monate vergehen, und weil Henning das Spiel dabei fortsetzte, kam sie danach gar nicht mehr. Natürlich luden wir sie immer wieder ein, und auch ich äußerte mein Bedauern, wenn sie jedes Mal meinte, besser nicht, es ginge ihr gerade nicht gut, außerdem hätte sie doch so viel zu tun.

Anfangs schien Mutters Fernbleiben Sarah zu verunsichern. Dann jedoch blühte sie regelrecht auf, als sich der Kontakt auf wöchentliche Telefonate und gelegentliche Familienfeste beschränkte. Die dunkle Wolke, die über ihr gehangen hatte, löste sich Stück für Stück auf, und was dahinter zum Vorschein kam, war Sonnenschein. Ihr wahres Wesen, endlich von der Angst befreit.

Vielleicht ist sich Henning nie bewusst gewesen, was er für Sarah und mich getan hat, aber ich bin überzeugt, dass er mit seinem Handeln unsere Beziehung gerettet hat. Wenn Sarah und ich mal stritten, ging es meistens um Mutter oder Sarahs unterwürfiges Verhalten ihr gegenüber. Sarah wusste, wie erbärmlich sie sich verhielt, kam aber nicht aus ihrer Haut heraus, und ich hatte nur die Alternative, meinen Frust herunterzuschlucken oder den nächsten Streit zu provozieren.

Erst Monate später kam mir der Gedanke, dass Hennings Aktion nicht ausschließlich ein Freundschaftsdienst gewesen sein könnte. Dass er seine Aussage womöglich ernst gemeint hatte. Brigitte Hauptmann war eine attraktive, von ihrem Mann vernachlässigte Ehefrau, rund zwanzig Jahre älter als er und obendrein noch Sarahs Mutter – eine Kombination, die auf jemanden wie Henning unwiderstehlich wirken musste.

So war er eben.

Ein Jäger.

Und meistens bekam er, was er wollte.

POLIZEIPRÄSIDIUM
HAMBURG

Bianca setzte sich auf die Eingangsstufen des Präsidiums und griff nach der Zigarettenpackung in ihrer Handtasche. Sie wusste, dass sie das nicht tun sollte. Nicht zwanzig Meter vom Raucherkabuff entfernt und nicht auf den eiskalten Steinstufen, wo sie sich am Ende noch eine Blasenentzündung holen würde. Dann der erste Zug; der warme Geschmack und das sanfte Brennen auf der Zunge. Sie zog den Rauch tief in die Lungen und ließ ihn anschließend genussvoll aus dem Mund entweichen. Seit sie in Hamburg war, rauchte sie sicherlich eine Packung pro Tag. Irgendwann würden die Kippen sie noch umbringen, das wusste sie.

Irgendwann.

Nicht heute.

»Was dagegen, wenn ich mich zu Ihnen setze?«

Sie guckte hoch und direkt in Högers Gesicht. »Nur zu, Herr Kollege, aber ich kann es nicht empfehlen. Zu kalt und zu hart.«

Er setzte sich, sagte nichts und schnaufte nur. Dann: »Ich weiß nicht, wie ich anfangen soll, aber ... Sie hatten recht mit dem, was Sie letztens gesagt haben. Es tut mir leid. Ich war einfach nur sauer, als die Entscheidung gegen mich fiel. Gekränkt sogar, aber das ist natürlich nicht Ihre Schuld. Eher die«, er deutete mit den Finger aufwärts, »von denen da oben. Ich will ... keine Ahnung, ich wollte Ihnen das nur sagen.«

Sie nickte, lächelte und streckte ihm die Hand entgegen. »Bianca.«

Er ergriff sie. »Peter.«

Höger war ein großer, schwerer Mann mitten in den Fünfzigern. Sein hellblaues Hemd war mit den Falten des Tages übersät, einer der Knöpfe stand offen. Sie vermutete, dass er zu jener Sorte Menschen gehörte, die über die Schwierigkeiten des Lebens und des Todes nachgrübelten, sobald sie alleine waren. Über all die Widrigkeiten dazwischen. Auf eine schlichte Weise gefiel es ihm wahrscheinlich, sich mit vertrauten Dingen zu umgeben. Augenscheinlich hatte er es geschafft, sein bisheriges Leben so zu organisieren, dass es so vorhersehbar wie möglich verlief. Nur die ausbleibende Beförderung hatte ihm einen Strich durch die Rechnung gemacht, und das Wort, das ihn am besten charakterisierte, lautete wahrscheinlich *Gewohnheitstier*.

Bianca nahm einen letzten Zug und schnipste die Zigarette in hohem Bogen davon. Wie ein Glühwürmchen verschwand sie in der Nacht. »Was für einen Eindruck haben Sie von den beiden?«, wollte sie dann wissen.

»Schwer zu sagen. Beide sind intelligent und haben gute Manieren, vor allem sie – anders als die Klientel, mit der wir es für gewöhnlich zu tun haben.« Er lächelte schwach. »Dennoch werde ich das Gefühl nicht los, dass es hinter der Fassade noch etwas anderes, Dunkleres gibt. Die beiden sind nicht das, was sie vorzugeben versuchen. Und damit meine ich nicht nur Marc, auch sie.«

»Und weiter?«

»Schwierig … Er liebt sie, das ist deutlich sichtbar. Liebt sie wie verrückt. Und sie? Ist wahrscheinlich der Typ, dem genau das gefällt.«

»Sie denken, dass er ihr hörig ist?«

»Nein, das nicht«, sagte er nach kurzer Bedenkzeit. »So ein Typ ist er nicht. Mir kommt es eher vor, als ob … keine Ahnung, als ob er süchtig nach ihr wäre und sie vor allem beschützen will. Selbst in seiner bedrohlichen Lage scheint er sich mehr Gedanken um ihr Schicksal zu machen als um sein eigenes.«

»Okay – und was vermuten Sie, was in der Wohnung passiert ist?«

Er lächelte, als hätte er die Frage erwartet. »Wenn Sie mich jetzt nach einer Theorie fragen, lautet die wie folgt: Dieser Henning wollte bei ihr landen, vielleicht sogar mit Gewalt. Irgendetwas ist dann komplett aus dem Ruder gelaufen, und als Marc das mitbekommen hat, ist er ausgerastet. Er hat sich ein Messer geschnappt und ist auf ihn losgegangen. Später dann, als die beiden wieder zu Verstand kamen, haben sie die Leiche entsorgt. Sie stützt jetzt sein Alibi, weil sie sich irgendwie verantwortlich fühlt – schließlich hat er seinen besten Freund nur ihretwegen getötet.«

Sie zündete sich die nächste Zigarette an. »Ja ... Das würde zumindest einiges erklären.«

»Sie klingen aber nicht überzeugt.«

»Oh, das täuscht. Ich halte Ihre Theorie für vielversprechend, und wenn ich mich jetzt schon festlegen müsste, würde ich das Gleiche behaupten.« Sie machte eine kurze Pause. »Diese Sarah ist schön, nicht wahr? Ich meine nicht nur hübsch, sondern attraktiv, sexy und verführerisch, trotz der zur Schau gestellten Unschuld. Es wäre nicht verwunderlich, wenn jemand, der jahrelang mit ihr die Wohnung teilt, irgendwann versuchen würde, bei ihr zu landen.«

»Haben Sie noch eine?«

»Was?«

Er deutete auf die Zigarette. Sie fischte die Packung aus der Handtasche und reichte sie ihm.

»Ich werde mir gleich Kaugummis kaufen müssen«, sagte er und lächelte entschuldigend. »Wenn meine Frau mitbekommt, dass ich geraucht habe, kann ich mir erst mal eine Predigt über Unvernunft und die Gefahren des Tabakkonsums anhören.«

Sie lächelte zurück und war gleichzeitig froh, solche Probleme nicht zu haben.

»Was ist eigentlich mit Ihnen?«, wollte er dann wissen. »Sind Sie verheiratet?«

»Ich war's mal. Die Scheidung hat mich erst zum Rauchen gebracht.«

Jetzt lachte er, und es war ein schönes Lachen. Einen Moment lang konnte sie sich vorstellen, wie es auf Frauen gewirkt hatte, als er noch jünger und schlanker gewesen war.

»Sorry, ich wollte nicht indiskret sein«, sagte er und zündete sich die Zigarette an.

»Sind Sie nicht. Schließlich wird es mal Zeit, dass wir uns besser kennenlernen.«

»Na, wenn das so ist: Wie alt sind Sie eigentlich?«

Sie zog die Augenbrauen hoch. »Fragt man das eine Dame?« Dann lächelte sie. »Sechsundvierzig.«

Er nickte, als würde das irgendwas erklären. »Passen Sie auf, Bianca … Ich habe morgen Geburtstag, mein fünfundfünfzigster, und Katrin und ich haben ein paar Leute eingeladen. Nichts Großes, nur ein gemeinsames Essen und einige Gläser von dem guten Rotwein. Ein paar Kollegen kommen auch, und ich würde mich freuen, wenn Sie …«

»Ich denke darüber nach.«

»Wirklich?«

»Versprochen!«

»Das wäre klasse – meine Frau ist auch schon ganz neugierig darauf, Sie kennenzulernen. Nicht, weil sie eifersüchtig oder so was wäre; sie weiß einfach gerne, mit wem ich so viel Zeit verbringe. Das gibt ihr ein sicheres Gefühl, verstehen Sie? Katrin hat immer Angst um mich. Muss an dem Beruf liegen.«

Sie nickte verstehend, dann schwiegen sie eine Zeit lang. Bianca schaute dabei in den Nachthimmel, und er war wunderschön. Unzählige Sterne, die leuchteten, als hätte jemand mit einer Nadel Löcher in das dunkle Firmament gepiekst.

»Um noch mal auf den Fall zurückzukommen …«, sagte er schließlich. »Trotz allem, was wir jetzt schon wissen, sollten wir andere Möglichkeiten jedoch nicht völlig ausschließen. Einen anderen Täter zum Beispiel. Nach jetzigem Stand sind die Fingerabdrücke auf dem Messer der einzige Beweis, der direkt auf eine Tatbeteiligung hinweist.«

»Natürlich bleiben wir ergebnisoffen«, stimmte sie ihm zu.

»Alleine schon, damit man uns keine einseitige Herangehensweise unterstellen kann. Aber hier, wo uns kein Staatsanwalt hört, sage ich Ihnen ganz offen: Die beiden haben Dreck am Stecken. Sie sind keine Unschuldigen. Nicht, wenn mein Gespür mich nicht völlig täuscht.« Nach einer kurzen Pause fuhr sie fort: »Morgen früh nehmen wir uns als Erstes Sarah vor. Sie ist nervöser als er. Angespannter. Ich glaube nicht, dass sie dem Vernehmungsdruck lange standhalten wird.«

»Und wenn das nicht klappt?«

»Dann knacken wir ihn. Mit ihr. Außerdem wissen wir immer noch nicht, womit er seinen Lebensunterhalt verdient. Vielleicht durch den Verkauf von Drogen. Henning Järisch ist diesbezüglich vorbestraft, und die beiden kennen sich seit Ewigkeiten. Da könnte es eine Verbindung geben. Vielleicht kann Vollmann aus dem Drogendezernat ja etwas herausfinden.«

Höger nickte, dann stand er auf. Bianca dachte schon, dass er sich jetzt verabschieden würde, aber das tat er nicht. Stattdessen sah er sie nachdenklich an und sagte: »Wissen Sie, womit ich nicht klarkomme? Alle Hinweise deuten auf Marc hin, keiner auf Sarah. Selbst wir betrachten sie immer nur als Opfer oder Mittäterin, nie aber als Kopf hinter dem Ganzen.«

»Sie mögen sie nicht, richtig?«

»Das kann ich so nicht sagen.«

Sie legte den Kopf schief und grinste.

»Okay, ich mag sie nicht! Dieses aufgesetzte Dauerlächeln. Das naive Verhalten. Aber ist Ihnen mal aufgefallen, was passiert, sobald man ihre Aussagen in Zweifel zieht? Wie trotzig und giftig sie dann wird?« Er schüttelte den Kopf. »Diese Frau ist in höchstem Maße selbstverliebt, und es würde mich nicht wundern, wenn eine ganz andere Person zum Vorschein kommt, sobald man sie unter Druck setzt und die Fassade fällt.«

Bianca lächelte. »Ist das nicht generell das Tolle an den Menschen? Sie überraschen uns immer wieder!«

Nachdem feststand, dass Bianca nach Hamburg versetzt wurde, war ihr kaum noch Zeit für die Wohnungssuche geblieben. Zwei Zimmer für maximal achthundert Euro, vielleicht in Elbnähe, das war der Plan gewesen. Wenigstens das mit den zwei Zimmern hatte geklappt; für neunhundert Euro in Altona. Direkt neben einer Spielhalle, deren helle Neonreklame sie jetzt Nacht für Nacht vom Schlaf abhielt.

In den ersten Tagen hatte sie häufig die Männer beobachtet, die dort verkehrten. Die meisten von ihnen hatten hängende Schultern und leere Augen. Wenn sie überhaupt einer Arbeit nachgingen, dann wahrscheinlich einer, die sie hassten. Sie waren hier, weil sie nicht nach Hause wollten, zu schreienden Babys und Ehefrauen, die früher vielleicht mal zärtlich gewesen waren, sie jetzt aber nur noch mit unverhohlenem Widerwillen ansahen. Hier, in der Spielhalle, spürten sie vielleicht noch etwas, das der Hoffnung am nächsten kam. Hingen dem vagen Gedanken nach, dass ein kleiner Gewinn den Tag doch noch lebenswert machen konnte.

Je länger Bianca darüber nachdachte, desto unsicherer wurde sie jedoch, ob es diesen Glauben tatsächlich gab. Tief im Inneren wussten die Spieler wahrscheinlich, dass es nicht passieren würde. Sie würden immer die Getretenen bleiben, am Rande der Gesellschaft stehend. Es war ihr Los, ein Leben voller Enttäuschungen zu führen, immer nur von außen das Gesicht an die Scheibe zu pressen.

Sie konnte das gut nachvollziehen, weil es ihr ähnlich ging, wenn auch aus anderen Gründen. Auch ihr derzeitiges Leben war trostlos.

Die Wohnungseinrichtung sah immer noch aus, als wäre sie gerade erst eingezogen. Das Kaffeeservice und die Bücher, die Schallplattensammlung und die gerahmten Fotos – all das befand sich weiterhin in den Kisten, zwischen denen sie im Wohnzimmer Slalom laufen konnte. Wenigstens hatte sie in einem Möbelhaus ein Sofa gefunden, das genau ihren Wünschen entsprach: L-Form, grauer Bezug und Kissen, in denen man versinken konnte. Vielleicht der einzige Ort in Hamburg, an dem sie sich halbwegs heimisch fühlte.

Nach dem Gespräch mit Peter und einem schnellen Abendessen in einer Pizzeria kam sie gegen halb elf zu Hause an. Sie öffnete die Tür, streifte die Schuhe von den schmerzenden Füßen und legte die Schlüssel auf die Flurkommode, dann hielt sie inne.

Es war still hier, ganz still.

Sonderbar still.

Nicht die Art Stille, die man in einer leeren Wohnung erwarten konnte, sondern jene, die nur in absoluter Leere entstand. So, als sei sie gestorben und in einer Parallelwelt aufgewacht, in der alles wie auf Erden aussah und die Toten die einzigen Lebenden waren. Ihr Herz pumpte, sie atmete flach, und das Gefühl, dass gleich etwas Schlimmes passieren würde, wurde übermächtig.

Dann wechselte die Neonbeleuchtung vor dem Fenster von Rot auf Grün, und das Gefühl der Beklemmung verflog wieder. Erst jetzt merkte sie, dass sie die ganze Zeit über reglos dagestanden hatte, als befürchtete sie, dass irgendjemand – *irgendetwas* – im fahlen Schein des Neonlichts auf sie lauern könnte.

Sie schaltete die Wohnzimmerlampe ein – niemand da, natürlich nicht – und ließ sich seufzend aufs Sofa fallen. Nach Tagen wie diesen spürte sie ihr Alter immer überdeutlich; müde Augen, müde Haut und müde Seele. Sicherlich auch eine Folge des Umstands, dass sie in den letzten Wochen kein Privatleben mehr gehabt hatte. Bianca hatte nach ihrem Umzug noch keine Hafenrundfahrt gemacht, war nie abends durch St. Pauli geschlendert und hatte auch noch kein Spiel der dort ansässigen Fußballmannschaft gesehen, für die sie aus Gründen, die sie nicht erklären konnte, seit Ewigkeiten Sympathien hegte. Derzeit lebte sie nicht, sie existierte nur. Konzentrierte sich voll auf die Arbeit und die Aufgabe, die vor ihr lag.

Auch jetzt kehrten die Gedanken sofort wieder zu dem Punkt zurück, um den sie sich schon den ganzen Tag gedreht hatten. Sarah und Marc. Gut drei Jahre waren die beiden jetzt zusammen; einander augenscheinlich loyal, und sie fragte sich, wie weit diese Loyalität reichen würde. Auch über Jahre hinweg und bis ins Gefängnis hinein? Bis zur Selbstaufgabe vielleicht? Wie viel Distanz konnte eine Liebe verkraften, wie viel Druck, bevor alles auseinanderbrach?

Sie würde es herausfinden, bald schon, und dafür musste sie sich zunächst in Erinnerung rufen, was heute passiert war. Am Morgen waren die Kollegen noch mit der Spurensicherung beschäftigt gewesen, als Sarah und Marc plötzlich im Türrahmen standen. Die beiden wurden dann nach Feststellung der Personalien aufs Revier gebracht, zunächst noch als Zeugen. Höger hatte das erste Gespräch geführt, weil Bianca ihren Dienst erst um dreizehn Uhr antrat.

Laut den fast deckungsgleichen Aussagen der beiden waren sie am vorigen Tag in der Stadt gewesen, um Anziehsachen zu kaufen, hatten aber nichts Passendes gefunden und den Abend dann in einem Kino verbracht. Anschließend hatten sie sich ein Hotelzimmer genommen, einfach so. Eine kleine Flucht aus dem Alltag, wie sie behaupteten, eines ihrer gemeinsamen Rituale. Nach dem Frühstück wären sie dann umgehend nach Hause gegangen, der Rest war bekannt.

»Sie wohnen in Hamburg und geben Geld aus, um sich in derselben Stadt ein Hotelzimmer zu nehmen?«, hatte Höger gefragt. »Warum?«

Marc zuckte mit den Schultern. »Das machen wir manchmal so. Es fühlt sich immer wie ein Kurzurlaub an. Außerdem ist Sarah die Frau auf die Nerven gegangen, die Henning am Abend zuvor angeschleppt hatte.«

Höger blickte interessiert auf. »Hat diese Frau auch einen Namen?«

»Keine Ahnung. *Jaqueline irgendwas.* Ich habe sie nur kurz gesehen.«

»Wie sah sie aus?«

»Gut. Um die dreißig vielleicht. Braune Haare. Ein bisschen stämmig. Sie hatte ein Tattoo auf dem Unterarm.«

»Was für eins?«

»Darauf habe ich nicht geachtet.«

»Würden Sie sie denn wiedererkennen?«

»Klar, aber fragen Sie Henning doch, sobald er ...«

»Sie sagten, die Frau sei Ihrer Freundin auf die Nerven gegangen. Hat es deshalb Streit mit Herrn Järisch gegeben?«

»Warum sollte es?« Er hob den Kopf. »Henning hat seinen Wohnbereich und wir unseren. Es gab keinen Grund, sich näher mit ihr zu beschäftigen.«

»Ich verstehe ... Sie haben also die Wohnung verlassen, waren einkaufen und im Kino. Was haben Sie und Frau Hauptmann gemacht, als Sie im Hotel waren?«

Marc grinste. »Was wohl?«

»Sie haben das Zimmer nachts nicht verlassen?«

Er schüttelte den Kopf. »Erst nach dem Frühstück.«

Als Höger Bianca davon erzählte, kam ihr die Geschichte von Anfang an unglaubwürdig vor. Gemeinsam mit dem gefundenen Messer und den darauf sichergestellten Fingerabdrücken hatte die Aussage für einen hinreichenden Tatverdacht gesorgt, um die beiden vorerst in Polizeigewahrsam zu nehmen, wo Bianca sie im Laufe des Tages intensiver befragt hatte.

Von jetzt an war es vor allem ein Wettlauf gegen die Zeit. Bis zum Ende des darauffolgenden Tages – also morgen – mussten Marc und Sarah einem Haftrichter vorgeführt werden, der dann entschied, ob sie auf freien Fuß oder in Untersuchungshaft kamen. Die Haftrichterin, die an dem Tag verhandelte, war zum Glück für ihre harten Urteile bekannt, und Jansen, der Staatsanwalt, ein fähiger Kopf. Dennoch waren die absehbaren Einwände, die die Verteidigung vorbringen würde, auch nicht von der Hand zu weisen. Bislang gab es noch keine Leiche und bis auf das Steakmesser auch keinen Beweis, der die beiden mit einem Verbrechen in Verbindung brachte.

Nur Indizien.

Das Hotel hatte die Buchung zwar bestätigt, aber nicht sagen können, ob die beiden tatsächlich die gesamte Nacht auf dem

Zimmer geblieben waren. Auch für die vorherige Einkaufstour und den Kinobesuch hatten sich keine Zeugen auftreiben lassen; die Eintrittskarten, so behaupteten die beiden, hätten sie weggeschmissen. Um es einfacher auszudrücken: Ihr Alibi war nutzlos, sie stützten sich nur gegenseitig.

Das normale Vorgehen in einem solchen Fall hätte darin bestanden, einen Keil zwischen die beiden zu treiben. Das funktionierte in der Regel recht einfach – ein beiläufiger Kommentar hier, eine anscheinend unbedachte Bemerkung dort. Bianca befürchtete aber, dass es in diesem Fall nicht so einfach sein würde, gerade bei Marc nicht. Er liebte Sarah auf eine Weise, die fast schon etwas Rührendes hatte, und die Loyalität ihr gegenüber war Teil seines Selbstbildes.

Wenn es funktionieren würde, dann eher bei ihr. Zwar liebte auch Sarah ihren Freund, daran hatte Bianca keinen Zweifel, doch genau wie ihr Kollege war auch sie davon überzeugt, dass die junge Frau sich selbst noch ein wenig mehr liebte. Sie war der Schwachpunkt. In ihrem Wesen gab es eine Sollbruchstelle, die nachgeben würde, wenn der Druck zu groß wurde und drohte, sie selbst zu beschädigen. Dann würde aus dem *Wir*, in dem sie jetzt noch dachte, ganz schnell ein *Ich* werden.

Wenn das geschah, würde Sarah es nicht einmal als Charakterschwäche deuten. Man fand immer eine Ausrede. Einen Grund, um das eigene Fehlverhalten zu rechtfertigen. Je selbstverliebter Menschen waren, umso leichter fiel es ihnen. Was das anging, musste Bianca sich bei Sarah keine Sorgen machen. Sie würde vielleicht zugeben, kleinere Fehler begangen zu haben, die Hauptschuld aber immer anderen zuschieben. Ihrem Freund zum Beispiel. Dem Mitbewohner. Notfalls auch dem Schicksal.

Ja, sie würde reden, wenn man sie nur fest genug in die Ecke drückte und ihr keinen Ausweg mehr ließ. Dann wäre es mit ihrer Loyalität vorbei. Die Rolle des Opfers – der Märtyrerin – war eine, in der Sarah sich sicher auch wohlfühlen würde.

Es lag jetzt an Bianca, sie genau dazu zu bewegen.

SARAH

Vor dieser Nacht im Polizeigewahrsam wusste ich nicht, wie lang eine Nacht sein kann. Diejenigen, die ich bislang durchgemacht hatte, waren immer wie im Rausch vergangen. Rauschnächte voller Farben, warm und weich und wunderschön.

In einer davon – unser erster gemeinsamer Urlaub – flogen Marc und ich nach Bali, ganz allein und ohne Henning. Die Flugzeugkabine war dunkel, die anderen Passagiere schliefen bereits, nur die Monitore in unseren Vordersitzen waren hell erleuchtet. Wir haben Filme geschaut, Computerspiele gespielt und hatten die Armlehne zwischen uns hochgeklappt. Eine Decke war über unseren Knien ausgebreitet, und irgendwo über Bangladesch hat Marc es mir mit den Fingern gemacht.

Er brauchte nicht lange. Mein erster Orgasmus in elftausend Metern Höhe war eine schnell platzende Blase, und wenn er mir nicht die Hand über den Mund gelegt hätte, hätten die Mitreisenden auch noch was davon gehabt.

Anschließend bin ich auf die Toilette gegangen, um meinen nassen Schlüpfer gegen den trockenen auszutauschen, den ich im Handgepäck mitgenommen hatte. Ich wusch mir die Hände und trocknete sie anschließend mit groben Papiertüchern ab. Dann schaute ich in den Spiegel, direkt in mein Gesicht. Ich lächelte selig. In der winzigen Flugzeugtoilette gab es nichts als Enge, aber im Herzen verspürte ich die ganz große Freiheit.

Bali war paradiesisch; genauso schön, wie das Eiland in den Reiseprospekten immer dargestellt wird. Wir wohnten in einem Hotel im Norden der Insel, ein wenig abseits der Touristen-

massen. Mitten unter Palmen, ein kleiner Bungalow, atemberaubende Vegetation, Reisterrassen, Tempel und unzählige Vo-
gelarten. An manchen Tagen ging Marc tauchen. Dann sah er
Fischschwärme bei Menjangan, Mantarochen bei Nusa Penida
und Büffelkopfpapageifische am Wrack der Liberty. Ich blieb
an Land zurück und wartete darauf, dass er zurückkam und
wie ein Wiedergeborener aus dem Meer stieg. Tauchen war die
einzige Leidenschaft, die ich nicht mit ihm teilen mochte, aber
ich gönnte sie ihm, jede Minute davon. Vor allem, weil ich
wusste, wie gut es ihm tat und dass die anderen Stunden und
Tage dann ausschließlich uns gehörten.

An einigen davon erkundeten wir Sehenswürdigkeiten, an
anderen lagen wir einfach nur am Meer herum. Ein ewiges
Rauschen, das uns irgendwann in den klimatisierten Bungalow trieb, wo wir Arm in Arm einschliefen. In einigen Nächten
wurde ich wach, weil ein Hund in der Dunkelheit kläffte und
so das Kläffen Dutzender anderer provozierte. Sobald sie sich
wieder beruhigt hatten, kehrte die samtige Ruhe der schwülen
Tropennacht zurück, und die Luft war manchmal so feucht, als
wäre der Indische Ozean aus seinem Bett gestiegen und spazieren gegangen.

Wir waren schon seit neun Tagen auf der Insel, als Marc den
Vorschlag machte, einen Leihwagen zu mieten, mit dem wir das
Eiland auf eigene Faust erkunden konnten. Er wollte dies trotz
meiner Bedenken tun, was den Linksverkehr und die unzähligen Mopeds anging, die ständig und überall wie zornige Hor-
nissen über die Straßen schossen.

»Komm schon«, sagte er. »Vertraust du mir?«

»Ja, schon, aber ...«

»Vertraust du mir dein Leben an?«

Ich wusste, dass die Frage auf mehr abzielte als den Leihwagen, also sagte ich mit Nachdruck: »Ja, das tue ich.«

»Und ich vertraue dir, meine Königin! Mehr als irgendeinem
anderen Menschen.«

Den ersten Tag mit dem eigenen Fahrzeug verbrachten wir in

Ubud, jener ehemaligen Handwerkerstadt, die jetzt das touristische Mekka im Inselinneren war. Wir fanden Massagen für acht Euro, aufdringliche Affen im Monkey Forest und ein gutes Curry in einem der zahllosen Restaurants. Am späten Nachmittag wurden wir Zeugen einer balinesischen Hochzeit, und einen Moment lang dachte ich, dass er mich jetzt fragen wird; fragen, ob ich seine Frau werden will.

Er fragte nicht.

Vielleicht auch, weil er wusste, dass die Frage überflüssig war. Ich hätte sowieso ja gesagt, aus ganzem Herzen und mit aller Überzeugung, die mir innewohnte. Er war mein Mann, ich seine Frau, und wir brauchten keine Trauringe, um uns dessen bewusst zu sein.

Am Abend liefen wir dann Hand in Hand durch die Straßen und sangen die Lieder mit, die aus den Restaurants und Bars drangen. In einem winzigen Shop kaufte ich ein Hippie-Kleid mit purpurfarbenen Fransen, und als wir müde wurden, schliefen wir in einem kleinen Hotel in der Bisma Road unweit des Zentrums, wo wir bis tief in die Nacht die Klänge der Gamelan-Orchester hörten; ein ewiges *Kling-klong*, sanft und beruhigend.

In dieser Nacht schien alles Lichtjahre entfernt zu sein: meine Arbeit in der Agentur, Hamburg und Henning.

Vor allem Henning.

Irgendwie hatte ich mich mit ihm arrangiert, trotz seines manchmal merkwürdigen Verhaltens, und dennoch spürte ich hier, weit weg von allem und zum ersten Mal für längere Zeit mit Marc alleine, dass ein Leben zu dritt nicht das war, was ich wollte. Nicht auf Dauer zumindest. Ich wollte etwas, das nur Marc und mir gehörte, wo das Wir regierte und nicht das Er und Ich und Er.

Es war keine Entscheidung gegen Henning, einfach nur eine für Marc und mich, und während er leise schnarchte, zermarterte ich mir den Kopf, wie ich es ihm beibringen konnte. Mir war klar, dass Henning ihn brauchte, aber Marc brauchte Henning nicht. Er hatte seine Eltern und sein Studium, dazu die

Aussicht auf ein erfolgreiches Berufsleben als Anwalt. Alles Dinge, die Henning nicht besaß, und dennoch schien Marc auf eine sonderbare Art an ihn gefesselt zu sein. Verbunden durch ein unsichtbares Band, vielleicht in Tschechien geknüpft, das ich nicht durchdringen konnte.

Ich wusste, dass die beiden, als sie noch Teenager waren, ein Auto geklaut hatten. Einfach so, um damit herumzufahren. Henning saß am Steuer, als die Polizei sie anhielt, weil ihr die Gesichter der beiden arg jung vorkamen. Noch bevor die Beamten die erste Frage stellen konnten, behauptete Henning schon, dass er den Wagen allein geklaut hatte, dass Marc nichts davon wusste und dass dieser sogar gedacht hätte, Henning besäße einen Führerschein. Er hielt den Kopf hin und nahm die gesamte Strafe auf sich; nur damit Marc zu Hause keinen Ärger bekam und ihm keine Vorstrafe die Zukunft verbauen würde.

Jedes Mal, wenn ich Marc darauf ansprach und behauptete, er fühle sich Henning wegen dieser Sache immer noch verpflichtet, wischte er die Gedanken vom Tisch, schwieg oder wurde wütend. Ich würde mich da in etwas hereinsteigern, meinte er. Henning sei halt ein guter Freund, und gute Freunde seien wichtig; das hätte doch nichts mit uns zu tun, ob ich das nicht verstehen könne?

Irgendwann machten mich diese Diskussionen und Gedanken müde. Sie drehten sich wie Glücksräder im Kopf, die ich nicht anhalten konnte und auch nicht anhalten wollte, weil ich befürchtete, dass der Zeiger dann auf *Niete* landen und ich alles verlieren würde. Es tat weh, aber ich war mir nicht sicher, wie Marc sich entscheiden würde, wenn er sich entscheiden müsste. Henning oder ich. Ich oder Henning.

Ich drehte mich zur Seite und schaute ihn an, sein im Schlaf entspanntes Gesicht. Dachte immer wieder: O mein Gott, ich will nur dich. Ich will dich nicht verlieren, und ich will dich auch nicht zwingen, dich zwischen Henning und mir entscheiden zu müssen. Ich will, dass du es von dir aus tust, weil du fühlst, was ich fühle, und weil du …

Kurz darauf fiel ich in einen unruhigen Schlaf, aus dem ich erst am frühen Morgen und nach einem wirren Traum erwachte. Ich blinzelte orientierungslos gegen das Sonnenlicht an und brauchte eine Weile, um zu erkennen, wo ich mich befand. Dann sah ich, dass Marc bereits aufgestanden war. Er stand nackt am Fenster, drehte sich um und sagte: »Guten Morgen, Baby.« Er kam zu mir, setzte sich auf die Bettkante und streichelte mein Gesicht. Ich weiß nicht, wie lange er das tat. Lange. Sehr lange. Sein Blick war so unglaublich zärtlich, und einen Moment lang dachte ich, er wüsste, was mir zuletzt durch den Kopf gegangen war.

Anschließend duschten wir gemeinsam und gingen frühstücken, bevor wir unsere Sachen ins Auto packten und zum Pura Ulun Danu Bratan fuhren, jenem auf zwölfhundert Metern gelegenen Tempel am Bratansee, der als einer der bedeutendsten Balis gilt. Aus dem Reiseführer wusste ich, dass er Shiva geweiht war, dem Gott der Zerstörung und des Neubeginns. Rückblickend denke ich, dass es vielleicht genau dieser Ort sein musste, an dem ich zum ersten Mal sah, wie Marc wirklich ist.

Wie er sein kann.

Vor der Tempelanlage lag ein riesiger Parkplatz, vollgestellt mit Bussen und Pkw und dicht gesäumt von hölzernen Souvenirständen. Verkäufer wuselten herum und wollten billigen Schmuck und gefälschte Marken-T-Shirts loswerden; Ansichtskarten oder aus Jute gefertigte Taschen, auf die der Name der Insel gestickt war.

Marc hatte schon seit einiger Zeit auf die Toilette gemusst, und als wir den Parkplatz erreichten, verschwand er sofort in einem der WC-Häuschen. Ich blieb draußen stehen, Hunderte Menschen um mich herum, Dutzende Sprachen. Dann kam auch schon der erste Verkäufer auf mich zu, ein junger Afrikaner Anfang zwanzig. Er zeigte mir seine T-Shirts, und ich sagte »No, thank you«, aber er ließ sich nicht abwimmeln. Versuchte es stattdessen weiter und hielt mich, als ich gehen wollte, grob am Arm fest. Mein zweites Nein war dann lauter, energischer, und plötzlich kam Marc aus der Toilette gestürmt.

Er sah zuerst mich an, dann den Afrikaner. Sein besorgter Gesichtsausdruck schlug in Hass um. Ich weiß nicht, wie ich es anders beschreiben soll, aber ... er rastete komplett aus. Rammte seine Faust in das Gesicht des Mannes, einmal, zweimal, bis der Kerl zu Boden ging. Dann trat er immer wieder auf den Wehrlosen ein, gegen den Kopf und in den Körper, wobei er Dinge schrie wie: »I will kill you, bastard!«

Und ich? War wie paralysiert. Ich konnte mich nicht bewegen, nicht einmal wegschauen. In meinem ganzen Leben hatte ich keinen solchen Ausbruch an Gewalt erlebt; nicht so unmittelbar zumindest, so direkt. Vielleicht bei Boxkämpfen im Fernsehen, aber da waren die Gegner auch einander ebenbürtig. Sie wussten, auf was sie sich einließen. Die Brutalität einer Straßenschlägerei jedoch war etwas völlig anderes. Sie ließ mich wie versteinert dastehen, die Hände vor den Mund gelegt, während mein Verstand nicht begreifen wollte, dass dieser Schläger mein Freund war, mein Marc.

Aus weiter Ferne drangen die gedämpften Schreie fremder Menschen herüber, unterbrochen von dem grässlichen Geräusch, das Tritte erzeugen, wenn sie auf menschliche Körper treffen. Es endete erst, als andere Männer Marc packten und von dem nahezu Bewusstlosen wegzogen. Ich kann nicht mehr sagen, was genau in den folgenden Minuten passiert ist; ich weiß nur, dass Marc irgendwann nach meiner Hand griff und mich wegriss, zurück zum Auto, wo er etwas von Polizei stammelte und dass er keine Lust habe, in einem balinesischen Gefängnis zu landen. Vielleicht habe ich mich gegen sein Zerren gewehrt, ich weiß es nicht, vielleicht bin ich ihm auch einfach nur willenlos gefolgt.

Das Einzige, das mich aufrecht hielt, war der Gedanke, dass er es nur für mich getan hatte. Er war ausgerastet, das ja, aber es war passiert, weil er mich schützen wollte. Eine Tat aus Liebe sozusagen. Kann etwas falsch sein, das man nur aus Liebe tut?

Stumm nebeneinandersitzend fuhren wir anschließend ins Hotel zurück, während draußen Vulkane und dschungelartige Wälder vorüberzogen. Manchmal kam es mir vor, als hätte ich das Ganze nur geträumt, aber das hatte ich nicht. Ich musste nur die untrüglichen Beweise ansehen. Seine aufgeschlagenen Handknöchel zum Beispiel oder sein starres Gesicht, das immer noch wie das eines Fremden wirkte. Er trug eine Maske aus Wut, die seine normalen Gesichtszüge nur Stück für Stück freigab, und noch immer konnte ich die Schreie des Afrikaners in meinen Ohren hören.

Schon auf der Fahrt hätte ich ihm zu gerne die Meinung gesagt und noch lieber gefragt, wie es dazu kommen konnte, aber das tat ich nicht. Ich betrachtete ihn nur stumm und schwieg. War völlig überfordert damit, die gerade erlebte Handlung mit seiner Persönlichkeit in Einklang zu bringen.

Wenn mich heute jemand fragen würde, wie die restlichen Tage unseres Urlaubs verlaufen sind, könnte ich ihm keine Antwort geben. Für mich war der Urlaub in dem Moment vorbei, in dem wir lachend und glücklich den Bratansee erreichten. Seitdem weiß ich, dass in Marcs Brust zwei Seelen wohnen.

Ich habe Marc auch nach unserem Urlaub mit voller Überzeugung geliebt, aber die Frage, die mich fortan nicht mehr losließ, war: Wer bist du wirklich, Marc? Zu was bist du fähig, wenn du die Kontrolle verlierst?

MARC

Manchmal kann man den Zeitpunkt genau benennen, an dem die Dinge ihre Unschuld verlieren. Die USA verloren sie, als Kennedy in Dallas erschossen wurde, und unsere Beziehung verlor sie, als wir gemeinsam auf Bali waren.

Wir waren gerade an einem dieser unzähligen Tempel angekommen, von denen Sarah nicht genug bekommen konnte, albernen hinduistischen Göttern zum Trotz der Kultur wegen. Ich musste die ganze Fahrt schon pinkeln, also ging ich sofort in eines der Toilettenhäuschen, die nahe des Parkplatzes standen, während Sarah allein zurückblieb. Als ich gerade fertig war, drangen ihre Schreie durch die dünne Wand aus Wellblech. Ich rannte heraus und sah, wie ein dunkelhäutiger Typ sie bedrängte und zwingen wollte, eines der billigen T-Shirts zu kaufen, die über seiner Schulter hingen. Er hatte seine Hände überall, nicht nur an ihrem Arm, und Menschenmassen gingen vorbei, die es nicht sahen oder nicht sehen wollten. Die es nicht kümmerte.

Mich schon.

Niemand packt ungestraft meine Freundin an.

Ich riss den Kerl herum und schlug ihm ins Gesicht. Einmal, zweimal. Er schlug zurück, traf aber nicht richtig, also verpasste ich ihm einen dritten Schlag seitlich aufs Jochbein. Die Haut platzte auf, er stürzte. Ich kniete mich über ihn und hämmerte es in ihn ein, »Pack meine Freundin nicht an«, bis die Handknöchel schmerzten und die Wut verflogen war. Dann erst hörte ich, dass irgendwelche Menschen schrien. Jetzt bekamen diese Arschlöcher plötzlich den Mund auf, aber ihr Geschrei interessierte mich nicht. Bei Gott: In einer vergleichbaren Situation würde ich es sofort wieder tun! Ich würde alles tun, um Sarah zu schützen.

Als ich aufstand, war sie vielleicht drei Meter entfernt, hatte die Hände vor den Mund gelegt und zitterte. Ich ging zu ihr, nahm sie in den Arm und fragte, ob mit ihr alles okay sei. Sie nickte. Ich blickte in ihre Augen, und dann sah ich es.

Das Leuchten.

Es war das gleiche Leuchten, dass manche Menschen bekommen, wenn sie Kriegsfilme sehen, in denen Köpfe explodieren. Das gleiche Leuchten, das Autofahrer bei einem Unfall auf der Gegenfahrbahn zu den Handys greifen lässt. Jenes Leuchten, das dafür sorgte, dass die antiken Arenen bei Gladiatorenkämpfen immer bis auf den letzten Platz gefüllt waren; das die Menge zum Tosen brachte.

Brot und Spiele, Sarah.

In diesem Moment, auf diesem gottverdammten Parkplatz, konnte ich zum ersten Mal den Teil deines Wesens sehen, den du vor allen anderen verborgen hältst. Für einen winzigen Moment hatte sich ein Vorhang gehoben, hinter dem sich ein archaisches Geschöpf verbirgt, das bis in die Gegenwart überlebt hatte. Ein Überbleibsel aus präzivilisatorischen Zeiten.

»Lass uns verschwinden«, sagte ich.

Du hast zuerst gelächelt, dann genickt.

Als wir den Parkplatz hinter uns ließen und zurück ins Hotel fuhren, hast du mir dennoch die ganze Zeit Vorwürfe gemacht. Hast behauptet, dass ich komplett überreagiert hätte, und gefragt, wie ich nur so ausrasten konnte. Du sagtest, dass du von meinem Tun geschockt seist und so etwas nie wieder sehen wolltest, aber ich glaubte dir nicht, kein Wort. Ich hatte ja das Leuchten gesehen.

Denn eines ist klar, Sarah: Worte sind immer nur Meinungen, nichts weiter. Erst Handlungen erschaffen Tatsachen. Du warst sauer auf mich, okay, aber in der darauffolgenden Nacht hatten wir den besten Sex, seit wir auf Bali angekommen waren.

Wild und entfesselt.

Brot und Spiele.

Du kannst von beidem nicht genug bekommen.

Ich habe dich vom ersten Tag an geliebt, aber nach dem Vorfall auf Bali liebte ich dich noch mehr. Vielleicht, weil ich jetzt wusste, dass du keine Porzellanpuppe bist, der man nichts zumuten kann, weil man Angst haben muss, sie könne daran zerbrechen.

Kurz nach unserer Rückkehr habe ich dir erzählt, wie genau Henning und ich unser Geld verdienen. Ich habe kein Detail ausgelassen, nichts zurückgehalten und nichts beschönigt. Henning war dagegen, aber ich wollte keine Geheimnisse mehr vor dir haben, weil du bewiesen hast, dass du Geheimnisse vor anderen Menschen bewahren kannst. Vor allem deine eigenen.

Meine kleine Königin, die ihren Dutt wie eine Krone trägt. Deine Welt muss nach außen hin im Reinen sein. Du gierst nach Liebe und Bewunderung und umgibst dich gerne mit Menschen, die so tun, als würden deine Exkremente nach Rosen duften. Es gefällt dir, eingelullt und gehätschelt zu werden. Dann gehst du voll in deiner Rolle auf, schenkst jedem ein strahlendes Lächeln, aber sobald sich eine Person gegen dich richtet, kannst du auch anders. Dann kommt die kämpferische Seite zum Vorschein, die kaum jemand kennt. Du bist stark, Baby. Viel stärker und härter, als es nach außen hin den Anschein hat.

Vielleicht werde ja auch ich stark sein, wenn ich die Wahrheit erfahre. Wenn ich weiß, was du in der Zeit getan hast, in der wir vorgaben, im Kino gewesen zu sein. Das waren wir nämlich nicht, nicht zusammen zumindest. Eine Lüge, die die Polizei hoffentlich niemals nachweisen kann, weil sie alles ist, was mich derzeit noch vor dem Gefängnis bewahrt.

Erinnerst du dich an den Abend, Sarah?

Natürlich tust du das.

Ich war allein im Kino, weil du weiterhin shoppen gehen wolltest und ich der Fragen überdrüssig war, ob dieses Kleid oder jene Schuhe dir stehen würden, bevor du dich dann doch wieder entschlossen hast, noch einen Laden aufzusuchen, um dir auch dessen Angebot anzuschauen. Ich war es leid, dabei nur dein Begleiter zu sein, und außerdem mag ich Tarantino, fast so sehr wie David Fincher, und dies hier war das einzige Kino im Umkreis, das seinen letzten Film auch Jahre nach der Premiere noch im Programm hatte.

Once Upon a Time in Hollywood.

Ein grandioses Epos über einen alternden Schauspieler und einen Stuntman. Angesiedelt in den ausklingenden Sechzigern und garniert mit dem Wahnsinn, der von Charles Mansons Sekte ausging. Es ist ein guter Film, stark gespielt und mit einer tollen Kamera. Pitt und DiCaprio sind im Doppelpack unschlagbar; man sieht ihnen förmlich den Spaß an, den sie bei den Dreharbeiten hatten. Und es ist ein langer Film, einer mit Überlänge. Zwei Stunden und vierzig Minuten Laufzeit, dazu noch die Trailer und die Werbung. Viel Zeit, wenn man allein ist und genau weiß, was man tun muss. Wusstest du das, Sarah? Hast du die Zeit genutzt, um in unsere Wohnung zurückzukehren und das zu tun, von dem du glaubtest, es tun zu müssen?

Vielleicht.

Ich darf nichts ausschließen. Zumindest nicht mehr nach dem, was in Nicaragua passiert ist. Wir haben lange versucht, die dortigen Vorfälle durch Schweigen zu verdrängen, aber das konnte auf Dauer nicht gutgehen. Wenn man versucht, Dinge totzuschweigen, verschwinden sie nicht einfach. Sie führen dann ein Leben im Verborgenen, wo sie größer und mächtiger werden, bis sie einen irgendwann verschlingen.

Genau so fühle ich mich jetzt. Verschlungen.

Das Entscheidende ist nicht, was wir getan haben, sondern der Grund, warum es geschehen ist. Die Drogen sind eine Erklärung, eine andere ist Hennings Wesen. Überhaupt beruhte alles Schlechte, das uns in den letzten Jahren widerfahren ist, auf diesen beiden Dingen. Auf den Drogen und der Tatsache, dass Henning seinen Schwanz nicht unter Kontrolle hatte.

Jetzt ist er tot, und irgendwie ist das die logische Konsequenz dessen, was zuvor passiert ist. Der Albträume, die wir selbst erschaffen haben. Auch du, Sarah, aber vor allem Henning und ich.

Dabei hat alles so harmlos begonnen.

Damals.

Mit Henning, mir und Sluknov.

ZWEI

»Da wo ich meine Kreise zieh,
mich immer um mich dreh,
da ist alles völlig gleich und kontrolliert.
Wo die Schwerkraft immer recht hat,
da versuche ich zu fliegen, doch gegen die,
da kann man nur verlieren.«

Voltaire, »Hier« aus dem Album
Das letzte bisschen Etikette

ZWEITE VERNEHMUNG VON SARAH HAUPTMANN

Bianca hielt den Blick starr auf die vor ihr liegenden Akten gerichtet, als Sarah in den Raum geführt wurde. Zuvor hatte sie mit Höger abgesprochen, dass er den ersten Teil des Verhörs übernehmen sollte, während sie den Anschein erwecken wollte, als ginge sie das Ganze nichts an. Ihre Aufgabe beschränkte sich zunächst nur auf einen einzigen Satz.

»Ich soll Ihnen von Marc sagen, dass er Sie liebt«, sagte sie beiläufig, ohne den Blick von den Akten zu heben.

Sarahs Kopf fuhr hoch. »Sagen Sie ihm bitte, dass ich ihn auch liebe und dass ich ...«

»Genug jetzt, wir sind doch nicht Amors Boten.« Högers Stimme, drohend und furchteinflößend. »Henning Järisch. Was wussten Sie von seinen Drogengeschäften?«

»Nichts! Ich wusste nicht einmal, dass er ...«

»Hat Marc daran mitgewirkt, und hat es deshalb Ärger gegeben? Oder weil Ihr Freund dahintergekommen ist, dass Sie mit Henning im Bett waren? Kommen Sie, Frau Hauptmann ... Die Zeit für Spielchen ist jetzt vorbei!«

»Ich war nie mit Henning im Bett!«

»Kein kleiner Gelegenheitsfick?«

»Spinnen Sie?«

Er grinste, aber es sah nicht freundlich aus. »Eigentlich ist es auch egal, mit wem Sie was hatten und mit wem nicht. Sie sagen, Sie waren nie mit Henning im Bett. Okay, aber ist Marc sich da auch so sicher?«

»Natürlich ist er das! Ich verstehe nicht, wie Sie …«

»Und ob Sie das verstehen! Ich denke, Marc wird uns die Nummer mit dem Gelegenheitsfick abkaufen, wenn wir sie ihm erzählen. Ja, das denke ich wirklich. Ich meine … zwei Kerle, eine so schöne Frau …« Er breitete die Arme aus. »Wer kann sich da schon sicher sein?«

Plötzlich schien Sarah Biancas Name wieder einzufallen. »Bitte, Frau Rakow, können Sie nicht …«

»Was denn?« Sie hob den Blick. »Entschuldigung … ich habe gerade nicht zugehört.«

Höger lehnte sich in seinem Stuhl zurück. »Frau Hauptmann wollte gerade von den Drogengeschäften ihrer Mitbewohner berichten und erzählen, warum sie ihrem Freund fremdgegangen ist.«

»Das wollte ich nicht!«

»Sie wollen uns nicht sagen, warum Sie fremdgegangen sind, oder Sie wollen nichts über die Drogengeschäfte erzählen?« Bianca sah ihren Kollegen verwundert an. »Ich bin gerade ein wenig verwirrt. Kommst du noch mit?«

»Ich versuche es«, sagte er und stand auf. Dann ging er um den Schreibtisch herum, stellte sich hinter Sarah und legte ihr die Hände auf die Schultern. Sie versteifte unter der Berührung. »Meiner Meinung nach gibt es zwei plausible Möglichkeiten«, sagte er. »Variante eins: Ihr Freund und Henning haben mit Drogen gedealt. Die teure Wohnung, der schicke BMW – alles Ergebnisse davon. Vielleicht sind sie dabei ja Leuten auf die Füße getreten, mit denen man sich nicht anlegen sollte. Leute, die ein Stück vom Kuchen abhaben wollten oder es nicht mochten, dass andere in ihrem Revier wilderten.« Seine Hände lösten sich wieder. »Wie ich das sehe, war Marc der Intelligentere der beiden. Der, der wahrscheinlich um eine Einigung bemüht war. Aber Henning? Sagten Sie nicht selbst, er sei vernünftigen Argumenten kaum zugänglich gewesen? Vielleicht haben diese Kerle das auch erkannt und ihn deshalb aus dem Weg geräumt, als Sie und Marc nicht da waren. Hat man Ihnen vorher gesagt, dass Sie die Wohnung verlassen sollen? Wurde Ihr Freund verschont, weil die Typen anschließend mit ihm zusammenarbeiten wollten?«

»Sie sind ja komplett irre!«

Höger ließ sich durch Sarahs Einwurf nicht aus der Ruhe bringen – er war jetzt voll in seinem Element. »Vielleicht wussten Sie ja nicht, was die Typen vorhatten. Vielleicht dachten Sie, es wäre nur um eine Abreibung gegangen. Um einen Denkzettel, und das ganze Ausmaß ist Ihnen erst bewusst geworden, als Sie nach Hause kamen.« Er machte eine Pause. »Das wäre zumindest die Variante, die für Sie und Marc die deutlich angenehmere ist. Die andere«, er ging wieder um den Schreibtisch herum und setzte sich, »sieht wie folgt aus: Sie und Henning haben gevögelt, Marc kam dahinter und hat Henning dafür bezahlen lassen. Sie decken ihn jetzt, weil Ihr Fehlverhalten der Grund für seinen Ausraster war – Ende der Geschichte.« Er sah Bianca an. »Wenn du mich fragst, klingt die zweite Variante deutlich plausibler. Die sollte auch die Staatsanwaltschaft vor Gericht problemlos durchbekommen. Unsere beiden Hübschen fahren dann für eine lange Zeit ein, und wir können uns endlich wieder um andere Dinge kümmern.«

»Sarah?« Bianca sah die Beschuldigte zum ersten Mal direkt an. »Was sagen Sie dazu?«

Sarah sagte nichts. Sie starrte Höger, der sich grinsend in seinem Stuhl fläzte, mit zusammengekniffenen Lippen hasserfüllt an. Ihre Gefühle waren sichtlich in Aufruhr. Die Maske schien zu bröckeln, und das war genau der Effekt, den Bianca hatte erzielen wollen. Höger hatte Sarah in die Ecke gedrängt. Sie stand jetzt unter Druck, und unter Druck machten Menschen Fehler, während sie verzweifelt nach einem Ausweg suchten. Sie sagten dann häufig Dinge, die sie gar nicht sagen wollten. So lief das oft, eine bewährte Taktik. Durchschaubar, aber dennoch wirkungsvoll.

»Übrigens werden Sie am Nachmittag der Haftrichterin vorgeführt«, setzte Höger noch einen drauf. »Danach geht's ab. Sie waren noch nie im Knast, richtig? O Mann, die ersten Monate sollen grausam sein, aber irgendwann arrangiert man sich damit. Spätestens ab dem Moment, wenn man sich an den Gedanken gewöhnt, dass man die nächsten Jahre dort verbringt. Sie sind attraktiv, Frau Hauptmann. Das sind die wenigsten Frauen dort. Sie werden sicher schnell intime Freundschaften schließen.«

Eine Träne lief Sarahs Wange herab. Eine einzige nur, aber die reichte, um Biancas Mitgefühl zu wecken. Doch davon durfte sie sich nicht beeinflussen lassen. Höger war jetzt durch die harten Angriffe verbrannt, wie es im Polizeijargon hieß. Die Beschuldigte würde kein Vertrauen mehr zu ihm aufbauen. Es war Zeit, dass Bianca das Reden übernahm.

Sie räusperte sich, um die Aufmerksamkeit der Beschuldigten auf sich zu lenken. »Wissen Sie, Sarah, ich bin schon lange Polizistin«, sagte sie, »und ich würde meine Pension darauf setzen, dass Sie bei dem Ganzen einen Fehler gemacht haben. Sie sind kein Profi. Sie sind nur ein hübsches Ding, das glaubt, die Welt schulde ihr was. Ein besseres Leben vielleicht oder mehr Anerkennung, aber dann ist irgendetwas schiefgegangen. Die Dinge sind aus dem Ruder gelaufen, und die einzige Chance, ihre besten Jahre jetzt nicht im Knast zu verbringen, besteht darin, mit uns zu reden. Auszupacken, bevor Ihr Freund es tut.«

Keine Reaktion, aber Bianca hatte auch keine erwartet. Noch war Sarah zu aufgewühlt, zu hasserfüllt. Sie würde Zeit brauchen. Nach der Peitsche ein wenig Zuckerbrot.

»Merken Sie nicht, dass wir gerade versuchen, Ihnen eine Brücke zu bauen, die alles leichter macht?«, fragte sie mit sanfter Stimme. »Wenn Sie über diese Brücke gehen wollen, müssen Sie allerdings mitarbeiten. Sie müssen uns sagen, was Sie von den Drogengeschäften Ihrer Freunde wissen und was genau an dem Tag passiert ist. Ich meine es nur gut mit Ihnen, aber mittlerweile haben wir einen Punkt erreicht, an dem wir nur noch mit Ehrlichkeit weiterkommen.«

»Sie nennen das ehrlich, was Ihr Kollege gerade gemacht

hat?«, fuhr Sarah sie an. »Dass er so tut, als sei ich eine Schlampe, die mit dem besten Freund ihres Freundes rummacht?«

»Mein Kollege ist jetzt nicht das Thema, sondern Ihr Verhältnis zu Henning und die Drogen. Sie sind ein intelligenter Mensch, Sarah, und Ihnen muss klar sein, dass wir parallel zu den Vernehmungen auch in dieser Richtung ermitteln. Es wird nicht lange dauern, bis wir herausfinden, was da abgelaufen ist. Irgendjemand redet immer, gerade in diesem Milieu. Außerdem muss das Geld für ihren Lebensstil ja irgendwo hergekommen sein, und kommen Sie mir jetzt nicht wieder mit Marcs Eltern und deren *finanzieller Unterstützung*. Wir haben das überprüft. Er hat schon lange kein Geld mehr von ihnen erhalten, und wenn Sie weiterhin darauf beharren, beleidigen Sie nur meine Intelligenz. Wenn Sie also Ihre Glaubwürdigkeit wahren und ein paar Pluspunkte sammeln wollen, ist das jetzt Ihre letzte Chance.«

Sarah senkte den Kopf, und Bianca sah, wie es in ihr arbeitete. Aus Erfahrung wusste sie, dass die meisten Beschuldigten jetzt in rasender Geschwindigkeit das Für und Wider durchgingen; welche Aussagen brachten ihnen was, welche schadeten nur? Sie wollten reden, damit sie kooperativer wirkten, aber gleichzeitig auch nichts von sich geben, das sie noch tiefer in den Abgrund reißen konnte.

»Verdammt, jetzt reden Sie endlich«, polterte Höger plötzlich los, und Bianca hätte ihn dafür ohrfeigen können. »Ihr Schweigen wird Ihnen auch nicht helfen!«

Am liebsten hätte sie ihren Kollegen an Ort und Stelle zusammengestaucht, aber das rettete nun auch nichts mehr. Er hätte die restliche Vernehmung ihr überlassen sollen; mit seinen unbedachten Worten hatte er die gesamte Taktik gefährdet.

Als Sarahs Schmollmund sich endlich öffnete, ahnte Bianca bereits, was kommen würde. »Sie können mich mal, verstehen Sie? Sie alle beide.«

»Sarah …«, versuchte sie es noch einmal. »Ich möchte doch nur, dass Sie …«

»Kommen Sie mir nicht so, nicht auf diese vertrauliche Art. Sie sind nicht meine Freundin!« Sarahs Wangen röteten sich, und weitere Tränen traten in ihre Augen. »Sie stehen nicht auf meiner Seite, und was aus Marc und mir wird, interessiert Sie gar nicht! Sie wollen doch nur ein Ergebnis vorweisen, das ist alles. Völlig egal, wer dafür bezahlen muss.«

»Bitte, Sarah«, startete sie einen letzten Versuch. »Denken Sie daran, dass …«

»Ich sage jetzt gar nichts mehr!«

Bianca schwieg, bevor sie resignierend mit den Schultern zuckte. Dann eben nicht, dachte sie. Das wird nicht unser letztes Gespräch sein.

»Siehst du?« Höger drehte sich in ihre Richtung. »Ich habe dir doch gesagt, dass sie nicht clever genug ist, um ihre Chancen zu erkennen. Lass uns mit Marc reden. Er wird schneller kapieren, was gut für ihn ist.«

Bianca ging nicht darauf ein. Ein Teil von ihr hoffte immer noch auf eine Reaktion. Ein unbedachtes Wort, eine zweite Chance. Nichts davon geschah. Sarah schwieg. Sie hatte sich jetzt eingeigelt, während die Uhr an der Wand tickte und die Zeit verrann.

»Vielleicht hast du recht«, sagte sie dann in Högers Richtung, wobei sie die Enttäuschung in ihrer Stimme durchklingen ließ. »Vielleicht sollten wir wirklich lieber mit Marc reden. Ihm von deiner Theorie erzählen und schauen, was er dazu zu sagen hat.«

Ein letzter Blick zu Sarah. Nichts. Sie schaute sie nur weiterhin wie ein Teenager an, dem man das Handy weggenommen hatte. Und sie hat Angst, dachte sie. Vielleicht vor Marcs Reaktion, vielleicht auch vor etwas ganz anderem. Noch immer hielt sie etwas Entscheidendes zurück, da war Bianca sich sicher. Einen Ansatz, der bislang noch gar nicht auf den Tisch gekommen war.

Sie schaltete das Aufnahmegerät ab.

»Das haben wir gut hinbekommen, oder?«, fragte Höger, als sie anschließend in der Kantine eine Pause einlegten.

»Haben wir«, nickte Bianca, die sich entschlossen hatte, ihn nicht auf seinen Fehler hinzuweisen, um dem besser gewordenen Verhältnis keinen Schaden zuzufügen. »Wir geben ihr jetzt ein paar Stunden Zeit, in denen sie sich den Kopf zerbrechen kann, was wir Marc sagen und wie er darauf reagieren wird. Dann lassen wir sie erneut vorführen und machen weiter.«

»Und was sagen wir ihm?«

»Nichts.« Sie zuckte mit den Schultern. »Wenn du einverstanden bist, lassen wir den Kerl schmoren und heben ihn uns als Ass im Ärmel auf. Momentan kommt es sowieso nicht darauf an, was wir ihm sagen, sondern darauf, was Sarah uns zutrauen würde. Nach deinem Auftritt gerade vermute ich, nur das Schlechteste.«

Er lächelte wie ein Junge, der gerade das erste Lob der Lehrerin bekommen hatte. Anfangs hatte er seine Sache ja auch gut gemacht, dachte sie. Er hatte Sarah unter Druck gesetzt, sie verunsichert und genau zu dem Punkt geführt, an dem Bianca sie haben wollte. Dass es mit einem Geständnis nicht geklappt hatte, war zwar ärgerlich, aber auch nicht allzu dramatisch. Die nächste Gelegenheit würde bald schon kommen.

»Sonst alles okay mit dir?« Höger sah sie nachdenklich an.

»Ja, klar.« Sie rang sich ein Lächeln ab. »Ich war nur gerade in Gedanken.«

Er ging an den Kaffeeautomat und drückte den Knopf für *Kaffee/schwarz*. Kurz darauf lief das Gebräu in den Pappbecher.

»Weißt du«, sagte er, während er darauf wartete, dass der Becher sich füllte, »ich bin schon lange genug Polizist, um meine Stärken und Schwächen genau zu kennen. Verhöre waren noch nie meine Stärke. Ich ermittle, ich sammle Beweise, und ich gebe nicht nach, bis ich sie habe. Dem Beschuldigten dann ein Geständnis zu entlocken, habe ich schon immer gerne den Kollegen überlassen.«

Sie sah ihn fragend an; spürte, dass das noch nicht alles war.

»Mir ist klar, dass ich gerade einen Fehler gemacht habe«, fuhr er zerknirscht fort. »Ich hätte Sarah nicht so hart angehen sollen, nachdem du einmal begonnen hattest. Das ist mir übrigens schon in dem Moment bewusst gewesen, als ich es ausgesprochen habe, aber manchmal geht das Temperament einfach mit mir durch. Tut mir leid.«

»Dir muss nichts leidtun.«

»Wie gesagt, Verhöre zu führen ist nicht meine Stärke, aber du bist auf dem Gebiet klasse! Alles kam genau so, wie du es vermutet hattest, und wenn ich den Mund gehalten hätte, hätte sie jetzt schon geredet. Beim nächsten Mal passe ich besser auf, versprochen. Dann knackst du sie, ganz sicher.«

Es war nett, dass er das sagte. Überhaupt hatte sich ihre Zusammenarbeit seit dem klärenden Gespräch positiv entwickelt. Vielleicht würden sie ja doch noch ein gutes Team abgeben; irgendwann, wenn dieser Fall hinter ihnen lag.

»Du kannst sie echt nicht ausstehen, stimmt's?«, fragte sie dann. »Hast mittlerweile eine richtige Abneigung entwickelt.«

Er zögerte kurz, dann nickte er. »Abneigung ist vielleicht das falsche Wort, aber ja, ich traue ihr nicht. Ob es um die Drogen geht, den Mord oder das Verhältnis zwischen den dreien – jede Anschuldigung ist bislang an ihr abgeprallt. Die Kontrolle hat sie erst verloren, als wir die Möglichkeit ins Spiel brachten, sie habe ein Verhältnis mit Henning gehabt. Vielleicht, weil wir damit mitten ins Schwarze getroffen haben.« Dann deutete er auf die Kaffeemaschine. »Willst du auch?«

Sie schüttelte den Kopf. »Was ist eigentlich mit Marcs Fahrzeug?«

»Der BMW? Immer noch verschwunden, aber die Kollegen fahnden danach. Sobald er auftaucht, erfahren wir es.« Er nippte an seinem Kaffee. »Der Fall ist wirklich sonderbar. Ganz anders als die, mit denen ich es bislang zu tun hatte. Auf der einen Seite haben wir zwar eine schlüssige Theorie, auf der anderen jedoch kaum etwas, womit wir sie beweisen können. So wird es vor Gericht schwer werden.«

Das ist es immer, wenn die Leiche fehlt, dachte sie. Das Auffinden des Opfers ist zwar nicht zwingend erforderlich, um jemanden wegen Mordes zu verurteilen, aber es erleichtert die Sache ungemein. Wenn sie Hennings Leichnam fanden und sein Körper Stichverletzungen aufwies, die von dem gefundenen Messer stammten, war Marc geliefert. Dann konnte das Motiv auch weiterhin im Dunklen bleiben. In diesem Fall brauchten sie kein Geständnis mehr. Er war dann fällig.

Er.

Bei Sarah sah das allerdings anders aus. Sie musste nur behaupten, gelogen zu haben, was die gemeinsame Nacht im Hotel betraf, um die Staatsanwaltschaft vor gewaltige Probleme zu stellen. Es gab keinen Beweis, der sie mit der Tat selbst in Verbindung brachte. Nichts. Eine Falschaussage – mehr würde man ihr bei dem derzeitigen Stand der Dinge nicht nachweisen können.

Bianca wollte gerade etwas sagen, als die Tür aufging und ein Kollege vom Innendienst hereinkam. »Hier steckt ihr also«, sagte er aufgeregt.

Sie sah ihn fragend an. »Was gibt's denn?«

»Wir haben ihn gefunden!«

MARC

Menschen erwarten oft, dass Geschichten einen durchgehenden Faden haben, der den Anfang mit dem Ende verbindet, aber das stimmt nicht. Nicht in unserem Fall zumindest. Unsere Geschichte gleicht einem ganzen Knäuel aus Fäden, die sich immer wieder kreuzten, bis ein undurchdringliches Netz entstand, in dem wir jetzt gefangen sind.

Alles begann, als ich vor vierzehn Jahren herausfand, was Henning mit den Türstehern der Hamburger Clubszene verband: Mit ihrer Erlaubnis verkaufte er in den Läden Ecstasy, während er sie gleichzeitig an den Gewinnen beteiligte. Die Pillen selbst bekam er von einem Polen aus Pinneberg namens Wiktor. Der agierte als Zwischenhändler, was Hennings Gewinn deutlich schmälerte, obwohl er das größte Risiko trug.

Ich erfuhr davon, als unser Lebensstil langsam nicht mehr nur seinen Verdienst auffraß, sondern auch das, was ich monatlich von meinen Eltern bekam. Wir waren fast noch Teenager, fühlten uns aber erwachsen, und für mich war alles, was mit Drogen zu tun hatte, bislang nur ein einziger Spaß gewesen. Ein Abenteuer. Bunte Farben, berauschende Gefühle, der große Kick für den Augenblick.

Sicher, das Zeug war illegal, aber was bedeutete das schon? Gar nichts. Jeder nahm Drogen! Die einen kifften, die anderen aßen Pilze, manche koksten, die völlig Runtergekommenen drückten. Unser Ding war eben das Ecstasy.

Hätte ich auch mitgemacht, wenn ich damals schon geahnt hätte, wo das Ganze hinführen würde? Sicher nicht, aber das ist ja immer so. Nie kann man sich am Anfang bereits das Ende vorstellen. Es sind immer nur Klugscheißer und Moralapostel, die das Gegenteil behaupten, und beide Gruppen kann ich nicht leiden. Henning dagegen liebte ich wie einen Bruder. Also begann ich, mir Gedanken zu machen, wie wir das Finanzproblem lösen konnten.

»Wir müssen das Ganze anders aufziehen«, sagte ich, nachdem ich ein paar Tage darüber nachgedacht hatte. »Es wie der Pole machen. Ansonsten verdienst du damit nie was, obwohl du das ganze Risiko trägst.«

»Und wie?«

»Ganz einfach – um Stoff zu verkaufen, brauchst du Abnehmer. Die Abnehmer sind in den Clubs, und um in die Clubs reinzukommen, musst du die Türsteher beteiligen. Richtig?«

Er nickte. Bis hierhin war es der offensichtliche Teil.

»An den Ausgaben können wir also nichts ändern, an der Höhe der Einnahmen auch nicht. Wenn du dennoch mehr verdienen willst, musst du am Einkaufspreis sparen, indem du das Zeug direkt an der Quelle kaufst.«

Henning lachte. »Und Wiktor umgehen? Das wird ihm nicht gefallen.«

»Natürlich nicht. Bekommst du das geregelt?«

Er dachte darüber nach, dann nickte er. »Wiktor ist kein Problem, mit dem werde ich fertig. Ich habe aber keine Ahnung, wie wir an den Typen rankommen sollen, der die Pillen herstellt. Ganz abgesehen davon, dass ich auch nicht die Kohle für einen großen Einkauf habe.«

»Lass das Geld mal mein Problem sein. Wenn ich es geschickt anstelle, kann ich mir sicher was von meinen Eltern leihen.« Ich legte meine Hand auf seine Schulter, kam mir unglaublich klug vor. »Alles, was wir brauchen, ist die Quelle. Wenn wir die haben, kümmerst du dich nur noch um den Vertrieb, während ich den Einkauf und die Finanzen regle. Den Gewinn teilen wir dann, Partner.«

Wieder lachte er.

»Was ist?«

»*Partner*. Bei dir klingt das alles so simpel.«

Ich zuckte mit den Schultern. »Im Prinzip ist es das auch. Wir müssen es nur tun.«

Und so fing es an.

Mein Einstieg als Drogendealer.

Aus dem Fußballverein kannte ich Markus Heinrichsen, einen mittelmäßigen Torwart, der jetzt bei der Polizei arbeitete. Er war kein hohes Tier; einfach nur einer dieser Typen, die nachts mit dem Streifenwagen durch die Gegend fahren und Autofahrer herauswinken oder Kleindealer auf Sankt Georg abgreifen. Kein Experte auf dem Gebiet des Drogenhandels, aber einen solchen brauchte ich auch nicht. Mir genügte ein Grundwissen darüber, wie solche Geschäfte ablaufen und was man tun muss, um nicht in den Fokus der Polizei zu geraten.

In der nächsten Zeit intensivierte ich den Kontakt zu ihm. Wir gingen etwas trinken und flirteten ein paar Frauen an. Dann ließ ich beiläufig fallen, dass ich einen Bericht über die Hamburger Ecstasyszene gelesen hätte und das alles ja nicht glauben könne.

»Was genau denn nicht?«, fragte er.

Die Gewinnspannen, die da im Raum stünden, sagte ich. Dass die Polizei die Täter nur in Ausnahmefällen fassen würde. Das würde schon stimmen, meinte er. Leider. Warum, fragte ich, und er erzählte es mir. Gab mir quasi einen Musterbogen an die Hand, wie man sich als Drogendealer zu verhalten hatte, wenn man unter dem Radar bleiben wollte. Im Prinzip war es ganz einfach. Man musste qualitativ gute Ware haben, damit es keinen Krach mit den Konsumenten gab, und durfte nicht mit horrenden Mengen dealen, damit die Polizei nicht auf einen aufmerksam wurde.

Es war fast wie beim Fußball: flach spielen, hoch gewinnen, und während ich mein Wissen erweiterte, erinnerte Henning sich daran, dass Wiktor einmal zu wenig Ecstasy auf Lager gehabt hatte und erwähnte, dass er am nächsten Tag nach Sluknov fahren würde, um Nachschub zu besorgen. Außerdem hörte er ein Telefonat des Polen mit, das dieser mit dem Produzenten führte, und dabei fiel auch ein Name: David.

Wir fanden schnell heraus, dass Sluknov eine Kleinstadt im Norden Tschechiens ist. Sie lag direkt hinter der Grenze, knapp hundert Kilometer von Dresden entfernt. Alles, was wir jetzt noch tun mussten, war, dorthin zu fahren und diesen David zu finden.

Ich weiß noch, wie austauschbar Sluknov aussah, als wir dort ankamen. Nichts deutete darauf hin, dass hier die Lösung unseres Problems lag; kein Schild am Straßenrand, auf dem »Davids Drogenküche: in zweihundert Metern links abbiegen« stand. Ein gelbes Bahnhofsgebäude, die Kirche zum Heiligen Wenzel und der winzige Silberbach, der sich einmal quer durch den Ort zog, das war's.

»Fuck«, sagte Henning. »Was für ein Drecksloch!«

Vielleicht hätte ich es anders ausgedrückt, inhaltlich jedoch stimmte ich ihm zu. Sluknov sah in der Tat heruntergekommen aus. Viele leer stehende Gebäude, kaum Geschäfte, dafür jede Menge Sinti und Roma auf den Straßen, die irgendwelches Zeug in Kinderwägen vor sich herschoben. Der Ort war kleiner als gedacht, nur gut fünftausend Einwohner, was unsere Chance, an diesen David heranzukommen, jedoch deutlich erhöhte.

Wir brauchten nicht lange, um einen Platz zum Übernachten zu finden. *Penzion Jungmannova*, das Deluxe-Doppelzimmer für achtunddreißig Euro die Nacht, erstaunlich moderne Boxspringbetten inklusive. Wie fast jeder in der Region sprach auch die Wirtin ein wenig Deutsch. Sie teilte uns mit, wann es Frühstück gab, und wir fragten, wo Leute in unserem Alter hier abends hingehen könnten.

»In Sluknov?« Sie schüttelte den Kopf. »Gibt kaum etwas. Vielleicht Gaststätte am Bahnhof oder Disco Bar *Novy Soud*. Ist aber keine gute Ort, viel Ärger.«

Wir bedankten uns und meinten es auch so. *Keine gute Ort* klang genau nach dem, was wir suchten.

Das *Novy Soud* lag nur anderthalb Kilometer von der Pension entfernt. Ein Fußweg von zwanzig Minuten, und als wir die Tür öffneten und eintraten, war es, als würden wir eine Pforte durchschreiten, die direkt in die frühen Neunziger führte. Bunte Lichtstrahler an der Decke, eine in grünes Licht getauchte Theke und ein Publikum, das überwiegend Klamotten trug, mit denen ich in Hamburg nicht mal den Müll rausgebracht hätte.

»Du lässt mich reden«, sagte Henning.

»Warum?«

»Weil du nicht wie jemand aussiehst, der mit Drogen dealt.«

Ich nahm seine Aussage einfach so hin, folgte ihm zur Theke und bestellte ein Budweiser. Henning beugte sich dem Typen hinter der Theke entgegen und sagte: »Ist David hier? Ich brauche Pillen.«

Ich hätte mich fast an dem Bier verschluckt.

»Ist nicht da. Soll ich anrufen?«

Henning nickte, dann warteten wir. Tranken lauwarmes Bier, während aus den Boxen die übelste Musikkombination dröhnte, die ich je gehört hatte.

»Du kannst den Typen doch nicht einfach nach jemandem fragen, der Ecstasy verkauft«, sagte ich nach einer Weile. »Ich meine ... was, wenn der die Bullen ...«

»Doch«, unterbrach mich Henning. »Genau so läuft's, siehst du doch! Dieser David wird jetzt auch garantiert nicht mit den Drogen anrauschen, sondern uns erst mal abchecken. Lass mich einfach machen, okay?«

Klar, dachte ich, mach mal – was blieb mir auch anderes übrig?

Als David eine halbe Stunde später auftauchte, entsprach er nicht dem Bild, das ich von einem Drogendealer hatte und das stark von diversen Dokumentationen über Pablo Escobar geprägt war. David war nur ein paar Jahre älter als wir, klein und schmächtig. Er trug Jeans und ein helles T-Shirt, und seine eng stehenden Augen verliehen ihm in Verbindung mit der spitzen Nase etwas Nagetierartiges.

Wir tauschten ein paar Worte aus und nahmen in einer der Sitznischen Platz, die abseits der Tanzfläche lagen. Auf dem Weg dorthin wurden wir von den anderen Gästen aufmerksam beobachtet. So, als sei David eine lokale Berühmtheit, bei der jeder wissen würde, was wir von ihm wollten.

»Also, worum geht's?«, fragte er in erstaunlich akzentfreiem Deutsch, nachdem wir uns gesetzt hatten.

Henning legte ohne Umschweife eine komplette Lebensbeichte ab. Wer er war, was er machte, woher er seine Drogen bislang bezogen hatte und wie er auf David gekommen war, der sich das Ganze schweigend anhörte.

»Wiktor ist ein Arschloch«, sagte der Tscheche dann. »Er legt keinen Wert auf Qualität und will immer nur den Preis drücken. Ich dagegen bin ein Künstler, und vielleicht wisst ihr Kunst ja besser zu schätzen.«

»Wie viel zahlt er dir denn? Sagen wir, für ein Paket mit dreihundert Pillen?«

David nannte eine Summe, die rund ein Drittel dessen betrug, was Wiktor von Henning verlangte. Kein Wunder, dass er so auf keinen grünen Zweig kam; keinen Schnitt machte, der dem Risiko angemessen war.

»Du hast gerade von Qualität gesprochen«, mischte ich mich ein, um auch mal was zu sagen. »Was meinst du damit?«

David schaute Henning mit hochgezogenen Augenbrauen an. »Dein Freund hat keine Ahnung vom Business, oder?«

Henning warf mir einen mitleidigen Blick zu, der wohl besagen sollte, dass ich besser den Mund gehalten hätte.

»Pass auf, ich erklär's dir«, sagte David, der jetzt wie ein Mann klang, der endlich über sein Lieblingsthema reden durfte. »Wie alles Gute kommt auch Ecstasy aus den USA. Sechzigerjahre, Flower-Power und so. Das ganze Hippiezeug halt. Ecstasy war die *hug-drug*, weil alle sich damit ganz lieb hatten und gegenseitig in den Armen lagen. Der Hauptbestandteil war

MDMA, das strukturell zur Gruppe der Methylendioxyamphet-amine gehört.« Er machte eine kurze Pause und sah uns an; wahrscheinlich stolz darauf, den Begriff fehlerfrei herausge-bracht zu haben. »Heute aber ist in den Pillen alles Mögliche drin, was knallt, manchmal auch überhaupt kein MDMA mehr. Wenn doch, schwankt der Gehalt pro Pille zwischen einem Milligramm und zweihundert Milligramm. Die User werfen sie sich ein, ohne zu wissen, wie stark das Zeug wirkt. Deshalb kommt es auch immer wieder zu Überdosierungen. Hoher Blut-druck, Fieber, Herz-Kreislauf-Geschichten ... so Sachen halt. Bis hierhin alles klar?«

Ich nickte, und auch Henning hing an seinen Lippen. Selbst für ihn mussten Davids Ausführungen Neuland sein.

»Am liebsten wollen die Kunden jedoch weiterhin reines MDMA«, fuhr David fort. »Sie kaufen deshalb sogar verstärkt Kristalle, weil sie meinen, damit auf der sicheren Seite zu sein, was natürlich Blödsinn ist. Wenn ich jetzt also von *gutem Ec-stasy* rede, dann meine ich damit Pillen, deren einziger Wirk-stoff MDMA ist. Immer in der gleichen Dosierung, verbunden nur mit einem Trägermittel. Aber das ist teuer. Teurer zumin-dest als das Zeug aus Belgien oder den Niederlanden, wo du eine Pille im Großeinkauf schon ab fünfzig Cent bekommst.«

»Wie teuer?«, wollte ich wissen.

Er wiegte den Kopf hin und her. »Das kommt auf die Menge an. Ab dreitausend Stück? Knapp zwei Euro, würde ich sagen. Immer noch wenig, wenn man bedenkt, dass selbst der billige Dreck für acht bis zehn Euro pro Pille verkauft wird. Für eine, die nur aus MDMA besteht, könntet ihr locker zwölf bis fünf-zehn Euro verlangen.«

»Und du kannst das herstellen?«

Jetzt lachte das Nagetier. »Klar, Mann! Ich bin wie ... Wie heißt die Scheißfirma ...? Bayer, richtig? Ich kann alles herstel-len. Immer die gleiche Wirkstoffmenge in jeder Tablette, und wenn ihr wollt, sogar mit einer Optik versehen, die kein anderer hat. So wie der Typ in *Breaking Bad*, versteht ihr?«

Wir verhandelten noch eine Weile, dann einigten wir uns auf eine Summe, die immer noch nur rund die Hälfte dessen betrug, was Henning bislang für deutlich schlechtere Ware bezahlt hatte.

»Da wäre aber noch was, über das wir reden müssen«, sagte David, nachdem die Preisverhandlungen eigentlich schon abgeschlossen waren.

»Was?«

»Ich muss vorinvestieren, klar? Die beste Mischung finden und eine Form anfertigen, die die Pillen mit eurem Logo versieht. Was soll noch mal draufstehen, *PP*?«

Henning und ich nickten.

Perfect Party.

»Das kostet natürlich«, meinte der Tscheche. »Aber keine Angst, ich will euch das nicht extra berechnen. Die erste Abnahmemenge müsste nur größer sein, damit es sich lohnt.«

»Wie groß?«

»Sagen wir … fünftausend Stück?«

Henning sah mich an. Ich nickte, dann wandte ich mich direkt an David. »Wenn wir so groß einsteigen, will ich aber, dass Wiktor ab sofort raus ist. Dann belieferst du in Hamburg nur noch uns.«

Der Tscheche überlegte kurz, dann streckte er uns die Hand entgegen. »Alles klar, scheiß auf Wiktor! Wenn er deshalb aber Stress macht, ist das euer Problem, klar?«

Anschließend feierten wir den Deal mit jeder Menge Wodka. Wir soffen, wir tanzten und sangen sämtliche Lieder mit. Henning ließ sich von David auch eine seiner Pillen geben und schluckte sie. Kurz darauf versicherte er, dass das Zeug wirklich einmalig sei und dass er mich lieben würde, mehr als jeden anderen Menschen auf der Welt; kein Scheiß, Mann!

Wir ließen es so dermaßen krachen, dass irgendwann auch die anderen Gäste dazukamen. Anschließend feierten wir gemeinsam, eine riesige Verbrüderung, und als der versiffte Laden um halb vier zumachte, wankten Henning und ich in die Pension zurück, wo wir halbtot ins Bett fielen, ausschliefen und am nächsten Morgen das Frühstück verpassten.

Als wir dann gegen Mittag mit geröteten Augen in den Wagen stiegen und zurück nach Hamburg fuhren, waren wir sicher, alles richtig gemacht und an alles gedacht zu haben. Nur nicht daran vielleicht, dass es keine gute Idee ist, einen Betrüger zu betrügen.

SARAH

Mein Kopf schmerzt. Hinter der Stirn sticht es, als wären da tausend Nadeln. Noch immer kann ich nicht verstehen, was vorhin in dem Verhörraum abgelaufen ist. Wie es so weit kommen konnte, dass ich fast Dinge gesagt hätte, von denen ich doch weiß, dass ich sie nicht sagen darf.

Angesichts der Unterstellungen dieses schnauzbärtigen Polizisten bin ich einen Moment lang schwach geworden. Ganz kurz nur ist mir der Glaube an dich verloren gegangen. Daran, dass du nie etwas tun würdest, das mir schaden könnte. Dabei vertraue ich dir doch, Marc. Ich vertraue dir, weil du mir gegenüber stets ehrlich gewesen bist. Sicher, manchmal hast du deshalb auch Dinge gesagt, die ich nicht hören wollte, aber eine unangenehme Wahrheit ist immer noch besser, als um des lieben Friedens willen angelogen zu werden.

Oder?

Ich hätte dich nach unserer Verhaftung gerne gefragt, ob du an dem Abend wirklich im Kino gewesen bist. Ganz schnell, in einem unbeobachteten Moment, aber der ist uns nicht mehr vergönnt gewesen. Sie haben uns sofort auseinandergerissen, separiert und in zwei Zellen gesteckt, wo ich mit meinen Zweifeln und den offenen Fragen alleine blieb. Sie alle drehen sich um diesen Abend. Ich erinnere mich gut an ihn, natürlich, es ist erst zwei Tage her. Nach meiner erfolglosen Einkaufstour habe ich vor dem Kino auf dich gewartet. Es nieselte leicht, und als du herauskamst und ich fragte, wie der Film gewesen sei, meintest du nur: »Ganz okay.«

Ernsthaft, Marc? Du kommst aus einem Tarantino-Film und findest ihn *ganz okay*? Obwohl Tarantino neben Denis Villeneuve und Christopher Nolan zu deinen ständig abgefeierten Regiegöttern gehört, ganz knapp nur hinter David Fincher, der in deiner persönlichen Rangliste so etwas wie den Godfather darstellt?

Ich kann nur hoffen, dass du deiner besten Eigenschaft auch an diesem Tag treu geblieben bist. Denn egal, was in der Zeit passierte, in der du vorgabst, im Kino gewesen zu sein – du hättest mir die Wahrheit sagen müssen, damit ich weiß, wie ich damit umzugehen habe. Schließlich habe ich auch wegen deiner Ehrlichkeit immer darauf gebaut, dass wir ein Team sind, das es mit allen Widrigkeiten aufnehmen kann.

Nur nicht mit Henning, vielleicht.

Und wofür?

Für einen Menschen, den ich jetzt schützen muss, obwohl er uns in den Abgrund gezogen hat. In diese Zelle und in einen stickigen Verhörraum, wo ich den bohrenden Fragen eines übergewichtigen Idioten ausgesetzt bin.

Ganz ehrlich, Marc: War es das wert? Ist *er* es wert?

Kurz bevor ich beinahe dem Druck nachgegeben hätte, sind mir zum Glück Tante Friedas Worte eingefallen. Worte, die sie vor knapp zwei Jahren sagte, als ich mich maßlos über einen rücksichtslosen Radfahrer aufregte, der vor ihrem Laden beinahe eine Mutter mit Kinderwagen umgefahren hatte. »Dreimal kräftig durchatmen, Kindchen! Mit neuer Luft in der Lunge sieht die Welt gleich wieder entspannter aus.«

Tante Frieda ist die Besitzerin des gleichnamigen Kiosks, keine hundert Meter von unserer Wohnung entfernt. Ein *Stehcafé*, so nennt sie es – wahrscheinlich, weil es neben Zigaretten, Süßigkeiten und Tageszeitungen auch selbst gebackenen Kuchen und Kaffee in Pappbechern gibt. Sie muss um die siebzig sein; eine übergewichtige Frau mit ausgeprägtem hanseatischem Dialekt, die meist lilafarbene Pullover trägt und selbst über die dümmsten Witze ihrer Kundschaft herzlich lachen kann.

Jeder im Kiez kennt sie, und Tante Frieda kennt jeden. Wahrscheinlich gibt es in den meisten Vierteln solche Menschen; Menschen, die immer da sind und den Laden zusammenhalten, egal, was kommt. Sie kennen die Nachbarschaft, wissen um die Sorgen und Ängste der Anwohner und haben jederzeit ein offenes Ohr, scheinen selbst aber nie Probleme zu haben. Außerhalb meiner Arbeitsstelle, und von dir und Henning abgesehen, war Tante Frieda der Mensch, mit dem ich nach dem Umzug nach Hamburg anfangs am häufigsten gesprochen habe. Vielleicht, weil sie immer da war; vielleicht auch, weil sie eine mütterliche Wärme ausstrahlte, die meine eigene Mutter nie besaß.

Nach den ersten zwei, drei Besuchen wusste sie bereits, dass ich eine ausgeprägte Schwäche für Lakritze habe. Harte Lakritze, würzige Lakritze – nicht das geschmacklose und mit Zucker bestreute Zeug, das die Massenhersteller in ihre Plastiktüten packen. Tante Frieda fand dann einen kleinen holländischen Anbieter, der von sich selbst behauptet, die beste Lakritze der Welt herzustellen, und nach den ersten Bissen war ich geneigt, ihm zu glauben.

Es ist jetzt vielleicht anderthalb Jahre her, dass ich ihren Kiosk zusammen mit einem Nachbarn betrat, um Nachschub zu besorgen, als Henning im gleichen Moment auf der Straße vorbeiging, mich sah und mit einer Handbewegung grüßte. Ich winkte zurück. Er kam nicht herein, ging einfach weiter, aber das wunderte mich nicht: Aus irgendeinem Grund mied er den Laden, ebenso wie du.

»Kennst du den Kerl?«, fragte Tante Frieda argwöhnisch, als ich mich wieder umdrehte.

»Ein Mitbewohner von uns«, sagte ich. Als mir auffiel, dass sie »uns« ja gar nicht zuordnen konnte, schob ich noch nach: »Von meinem Freund Marc und mir.«

»Halt dich besser von ihm fern, Kindchen«, meinte sie mit einem Gesichtsausdruck, den ich so noch nie bei ihr gesehen hatte. »Der Kerl taugt nichts.«

»Wie kommen Sie denn darauf?«

»Er taugt nichts«, sagte sie mit einer Stimme, die keinen Widerspruch duldete. »Glaub mir, Mädchen, er wird dir und deinem Freund nur Ärger machen.«

Ich nickte, sagte lang gezogen »okay« und hatte keine Ahnung, wovon sie da redete.

Im nächsten Moment lächelte Tante Frieda schon wieder, als ob nichts vorgefallen sei. Mir war das recht, aus irgendeinem Grund war mir die Situation unangenehm. Auch danach sprachen sie und ich nie wieder über Henning, und es sollte noch Wochen dauern, bis ich herausfand, woher ihre Abneigung rührte.

Der Nachbar, der mit mir den Laden betreten hatte, klärte mich auf, als wir an einem frostigen Novembermorgen nebeneinander an der Haltestelle standen und auf den Bus warteten, der uns zu unseren Arbeitsstellen bringen sollte. Sein Name ist Fischer, glaube ich; ein Mann Ende fünfzig, der eine goldumrandete Brille trug und dessen Mantel genauso grau wie sein Gesicht war.

»Wir haben uns vor einiger Zeit bei Tante Frieda gesehen, richtig?«, fragte er.

Ich nickte, dann rutschte er näher. »Nehmen Sie ihr das Verhalten an dem Tag nicht übel«, fuhr er fort. »Die Ermahnung, sich von Ihrem Mitbewohner fernzuhalten, meine ich. Sie hat es sicherlich nur gut gemeint.«

»Warum?« Meine Neugierde war geweckt. »Was ist passiert?«

»Ach, vergessen Sie's. Uralte Geschichte. Ewigkeiten her.«

»Jetzt erzählen Sie schon.« Ich zwinkerte ihm zu. »So schlimm wird es ja nicht sein.«

Er lächelte zurück, aber sein Lächeln wirkte nicht echt. Eher so, als ob er es bereits bedauern würde, überhaupt mit dem Thema angefangen zu haben. Ich schaute ihn weiterhin fragend an, bis er die Brille abnahm und sich die Nasenwurzel rieb. Ohne Brille sah er sofort älter aus, irgendwie leerer. Ich kannte diesen Effekt von meinem Vater, bei ihm war es ähnlich: Brillenträger sehen ohne Brille immer unkonzentriert und verletzlich aus, der Außenwelt ausgeliefert.

Dann begann er zu reden. Er erzählte, dass Henning vor etwa fünfzehn Jahren gemeinsam mit einem Freund den Kiosk von Tante Frieda überfallen hatte. Die beiden waren in den Abendstunden gekommen, hatten sie bedroht und sie dann mit den Fäusten geschlagen, als sie sich weigerte, die Tageseinnahmen herauszugeben.

Mein Herz gefror. »Wissen Sie noch, wie der Freund hieß?«

»Das weiß ich nicht mehr, aber ganz sicher nicht Marc.« Wieder lächelte er; wohl stolz darauf, sich den Namen meines Freundes gemerkt zu haben. »Irgendein längerer Name, kein deutscher. Fragen Sie mich bitte nicht nach den Einzelheiten; das ist ja schon Ewigkeiten her.«

Fast hätte ich vor Erleichterung aufgelacht. Ich konnte mich erst beherrschen, als mir bewusst wurde, was Henning einer alten Frau angetan hatte, die niemandem etwas Böses wollte. Sagte dann lahm: »Ich hoffe, die beiden haben wenigstens ordentliche Strafen bekommen.«

Er schüttelte den Kopf. »Jemand hat sie weglaufen sehen, und dieser Jemand hat ihren Mitbewohner gekannt. Er ist nicht zur Polizei gegangen, sondern zu Tante Frieda, und die hat dann seine Mutter aufgesucht, um die Sache außergerichtlich zu regeln.«

»Bitte?« Ich konnte es nicht fassen. »Sie hätte ihn anzeigen müssen, verdammt! Er und der andere haben sie geschlagen – das lässt man doch nicht so einfach unter den Tisch fallen!«

»Ja, schon, aber das war ... Nun ja, das war noch nicht alles.«

»Was?«

Er griff nach meiner Hand. »Wissen Sie, Tante Frieda entstammt noch einer anderen Generation«, sagte er dann. »Einer, in der das Schamgefühl sehr ausgeprägt ist. Ich denke, sie ist nicht zur Polizei gegangen, weil sie sich geschämt hat und nicht wollte ... nun ja ...«

»Jetzt reden Sie doch endlich!« Ich zog meine Hand zurück,

war wütend, aufgeregt, alles durcheinander. »Schließlich wohne ich mit ihm zusammen, und wenn es da etwas gibt, das ich wissen muss, dann ...«

Sofort versuchte er, mich zu beruhigen. »Machen Sie sich bitte keine Sorgen, ja? Das Ganze liegt doch schon Ewigkeiten zurück, und Ihr Mitbewohner ist damals nur ein dummer Junge gewesen, ein halbes Kind noch. Ich bin sicher, dass er heute ...«

»Bitte!«

Fischer seufzte und setzte die Brille wieder auf. »Nun gut, also ... Nachdem sie Tante Frieda niedergeschlagen haben, haben sie die Tageseinnahmen aus der Kasse genommen. Es war wohl nicht besonders viel, und da sind sie wütend geworden. Einer der beiden – ich weiß wirklich nicht, wer – hat dann auf Tante Frieda«, er richtete den Blick auf den Boden, »nun ja, er hat auf sie uriniert. Für Tante Frieda muss das schlimmer gewesen sein als die Schläge. Eine Demütigung, und sie wollte wohl nicht, dass irgendjemand davon erfährt.«

Nachdem er fertig war, sah er mich betreten an. Ich hatte keine Ahnung, was ich sagen sollte. Mir war schlecht. Das Gefühlschaos aus Abscheu, Wut und Ekel ließ meinen Magen rebellieren, verbunden mit dem Unverständnis, wie Henning so etwas hatte tun oder zulassen können.

Herr Fischer nahm meine Hand wieder in seine. Sie war warm, feucht und klebrig. Dann merkte ich, dass die Feuchtigkeit von meiner Hand ausging und sich auf seine nur übertragen hatte. Ich zog sie blitzschnell zurück. Schaute ins Nirgendwo und sagte nichts.

Als der Bus kam, stand er auf und blickte mich fragend an.

»Fahren Sie nur«, sagte ich tonlos. »Ich nehme den nächsten.«

Er warf mir einen Blick zu, in dem jede Menge Sorge und Mitleid lag. Das war das Schlimmste. Dieser Blick. Ich wollte niemanden, der sich um mich sorgte, und ich wollte erst recht kein Mitleid.

Fischer stieg ein, die Türen schlossen sich, und der Bus fuhr davon. Irgendwann kam der nächste. Dann der übernächste, das gleiche Spiel. Jedes Mal sahen mich die Fahrer fragend an, ich schüttelte den Kopf, dann fuhren sie achselzuckend weiter.

Es dauerte, bis der Schock abgeklungen war. Übrig blieben die Wut und das Unverständnis, und beides war nahtlos von Henning auf dich übergegangen. Du musstest von dem Vorfall wissen, und ich konnte nicht verstehen, wie du mich trotzdem mit Henning in eine gemeinsame Wohnung hattest ziehen lassen können. Wie konntest du überhaupt noch mit einem solchen Dreckskerl befreundet sein? Stundenlang suchte ich nach einer Erklärung, fand aber keine.

Außerdem wusste ich nicht, wie ich auf das Ganze reagieren sollte. Sollte ich Henning offen mit den Anschuldigungen konfrontieren? Sollte ich dir sagen, dass ich ausziehen würde, wenn Henning es nicht tat? Ich zermarterte mir den Kopf, fand aber keine Lösung, und letzten Endes reagierte ich überhaupt nicht. Weder an diesem Tag noch an den Tagen danach. Ein paarmal habe ich mir vorgenommen, mit dir darüber zu sprechen, es aber nie durchgezogen.

Wenn ich heute darüber nachdenke, glaube ich, dass mein Charakter dem von Tante Frieda sehr ähnlich ist. Auch ich schäme mich zu sehr, um manche Sachen offen auszusprechen.

Meine Lakritze habe ich zukünftig zumindest woanders gekauft.

Von diesem Tag an veränderte sich mein Verhältnis zu Henning vollständig. Ich hatte schon immer gespürt, dass er mich nicht mochte, und selber gewollt, dass er auszieht, aber bislang nur aus rein egoistischen Motiven. Jetzt jedoch verabscheute ich den Gedanken geradezu, weiterhin mit ihm unter einem Dach leben zu müssen, und ja, ich hatte auch Angst.

Wenn man eine alte Frau schlägt und anschließend auf sie uriniert – oder zumindest zulässt, dass ein anderer es tut –, dann steckt etwas abgrundtief Böses in einem. Egal, welche guten Seiten Marc auch in ihm sehen sollte; ich wusste es besser. Da war nichts Gutes in ihm, nur jede Menge Dunkelheit und Leere.

Fortan behielt ich ihn im Auge. Ich suchte in seinem Verhalten nach Anzeichen, die seinen wahren Charakter offenbarten. Irgendetwas muss da sein, dachte ich. Ein Mensch kann sein wahres Ich nicht dauerhaft verbergen; zumindest nicht, wenn man so viel Zeit miteinander verbringt. Eine Wohnung teilt, einen Freund.

In den nächsten Wochen studierte ich ihn wie ein Forscher ein bösartiges Insekt studiert. Ich beobachtete, wie er seine One-Night-Stands behandelte, und blieb oft bis spätnachts in der Küche sitzen, um den Gesichtsausdruck der Frauen zu sehen, wenn sie sein Schlafzimmer wieder verließen. Es wurde zu einer regelrechten Obsession. Ich kam mir irgendwann schon manisch vor, war aber nicht in der Lage, an meinem Gebaren etwas zu ändern.

Wenn Marc mich auf mein verändertes Verhalten ansprach, reagierte ich mit Ausflüchten, er würde sich das nur einbilden, ich hätte nicht schlafen können. Dabei kam ich mir immer stärker wie eine Spionin in der eigenen Wohnung vor, eine Mata Hari Hamburgs, und manchmal, wenn Henning mich ansah, hatte ich das Gefühl, er würde ahnen, was ich denke.

Ich lebte in einem Zustand der ständigen Anspannung. Irgendwann schlief ich wirklich schlecht, und im darauffolgenden Sommer wurde mir klar, dass es so nicht weiterging. Henning musste verschwinden. Aus meinem Leben und aus dem von Marc. Aber Marc ist ein guter Mensch, seinem Freund gegenüber stets loyal. Niemals würde er Henning vor die Tür setzen oder ihm die Freundschaft kündigen; zumindest nicht, wenn es dafür keinen triftigen Grund gab.

Vielleicht war es meine Aufgabe, ihm diesen Grund zu beschaffen.

»Was haben wir gefunden?« Bianca sah den Kollegen vom Innendienst fragend an.

»Den zur Fahndung ausgeschriebenen BMW. Eine Streifenwagenbesatzung hat ihn vor einer halben Stunde auf einem der Langzeitparkplätze am Flughafen entdeckt.« Er reichte ihr einen Zettel. »Ich habe alles Wichtige aufgeschrieben.«

Sie griff nach dem Zettel und fragte: »Ist die Spurensicherung schon dort?«

»Noch nicht. Ich habe die uniformierten Kollegen gebeten, das Fahrzeug vorerst nur zu sichern, und dann direkt Sie verständigt.«

»Vielen Dank, ab jetzt übernehmen wir.« Dann drehte sie sich zu Höger um. »Wie viel Zeit haben wir noch bis zum Haftprüfungstermin?«

Er schaute auf die Uhr. »Viereinhalb Stunden. Der Flughafen ist quasi um die Ecke. Das schaffen wir locker.«

Perfekt, dachte sie. Einen besseren Zeitpunkt zum Auffinden des Fahrzeugs hätte es gar nicht geben können. »Ruf du die Spurensicherung an und sag ihr, was auf sie zukommt. Ich verständige unterdessen einen Abschleppdienst, der den Wagen in unsere Halle bringt. Aber zuerst sollten wir uns das Ganze selbst vor Ort anschauen.«

Das Polizeipräsidium lag nur wenige Kilometer vom Flughafen entfernt, eine Fahrt von rund zehn Minuten. Dank der guten Beschreibung fanden sie den BMW recht schnell auf dem obersten Parkdeck unter freiem Himmel stehend. Jemand hatte ihn in der vorletzten Reihe vor einem verwitterten Plakat geparkt, das die Türkei für einen *Urlaub unter Freunden* empfahl. Es war ein schnittiges Coupé mit cremefarbenen Ledersitzen, dessen mitternachtsblauer Lack durch den Nieselregen wie verspiegelt glänzte.

Außer ihr und Höger waren noch die uniformierten Kollegen vor Ort, die den Wagen gefunden hatten. Das Abschleppfahrzeug, das sie angefordert hatte, kam kurze Zeit später, ansonsten waren sie allein. Keine Journalisten und auch keine unbeteiligten Beobachter. Sie konnte sich direkt mit dem Fahrzeug beschäftigen, ohne sich zuerst um eine weiträumige Absperrung kümmern zu müssen.

Bianca legte die Hände ans Gesicht und ließ den Blick durch die Scheibe in den Innenraum gleiten. Er war leer und so sauber, als käme der Wagen gerade aus der Reinigung. Auf den Rücksitzen lag nichts, auf den Vordersitzen lag nichts, in den Fußräumen lag nichts. Wenn die Schlammspritzer hinter den Radkästen nicht gewesen wären, hätte der Wagen auch das Ausstellungsfahrzeug eines Neuwagenhändlers sein können.

Beide Türen waren verschlossen. Sie konnte keine Anzeichen eines gewaltsamen Aufbruchs erkennen. Es war einfach nur ein Fahrzeug unter Hunderten anderen, und wenn die Kollegen nicht so aufmerksam gewesen wären, hätte es hier noch tagelang unbemerkt stehen können.

Langsam ging Bianca um den Wagen herum und blieb vor dem Kofferraum stehen. Auch er war abgeschlossen. Sie drehte sich zu einem der uniformierten Kollegen um und sagte: »Könnten Sie ihn bitte öffnen?«

Der Mann ging zum Streifenwagen, um das nötige Werkzeug zu holen, und kam kurz darauf zurück. Während er das Brecheisen ansetzte, warf sie Höger einen Blick zu. Auch ihm stand die Anspannung ins Gesicht geschrieben.

Dann gab es ein Knacken, gar nicht mal laut, und der Kofferraumdeckel sprang auf. Bianca zog sich dünne Latexhandschuhe an und trat näher an das Fahrzeug heran. Auf den ersten Blick war der Kofferraum leer; nur ein Regenschirm lag darin, direkt an der Trennwand zu den Rücksitzen. Mit der kleinen Taschenlampe, die zur Standardausrüstung gehörte, leuchtete sie ihn aus. Sie ließ den Lichtstrahl über die seitlichen Teppichverkleidungen und die Eckbereiche des Bodens gleiten. Sofort bemerkte sie auf dem dunkelgrauen Stoff kleine schwarze Flecken, zu denen noch drei, vier größere Schlieren kamen.

»Denkst du dasselbe, was ich denke?«, fragte sie Höger, der neben ihr stand.

»Blut«, sagte er. »Nicht besonders viel allerdings. Wenn es von einem Menschen stammt, war dieser entweder nur leicht verletzt oder schon tot, als er in den Kofferraum gelegt wurde.«

Sie nickte. Es passte zu ihrer eigenen Einschätzung.

»Wissen wir schon, wie lange das Fahrzeug hier bereits steht?«

»Nachdem wir die Zentrale verständigt haben, habe ich direkt bei der Flughafenverwaltung angerufen«, sagte einer der Streifenbeamten. »Der Parkplatz selbst ist nicht videoüberwacht, aber sie geben uns die Bänder der Kameras, die an den Zufahrtswegen angebracht sind. Ich dachte mir schon, dass Sie danach fragen würden.«

Sie bedankte sich und lobte ihn für sein selbstständiges Handeln, dann schloss sie den Kofferraum wieder. Alles Weitere war Aufgabe der Spurensicherung.

Sie wollte sich schon abwenden, als ihr ein Gedanke kam. Sie ging erneut um das Fahrzeug herum und betrachtete es dieses Mal noch genauer. Neben den Schlammspuren hinter den Radkästen fand sie jetzt auch Matschrückstände in den Radläufen. Als wäre jemand mit dem Wagen langsam über einen Waldweg oder eine Baustelle gefahren.

»Was denkst du?«, fragte Höger, der neben sie getreten war.

»Ich denke, dass ein Flughafenparkplatz nicht nur ein Abstellort ist, sondern auch eine Aussage. Und die lautet: Ich habe das Land verlassen! Außerdem ist er ein Ort, von dem man annimmt, dass ein Fahrzeug hier nicht so schnell gefunden wird.

Dass es in der Masse verborgen bleibt wie ein Sandkorn am Strand.«

»Das ist aber Blödsinn«, widersprach er. »Früher oder später suchen wir immer die Flughafenparkplätze ab.«

»Du und ich wissen das, aber wussten sie es auch?«

Er lächelte. »Okay, was haben wir?«, fasste er dann zusammen. »Es sieht so aus, dass sie den Toten zuerst an einen Ort brachten, an dem sie sich der Leiche entledigten, und das Fahrzeug dann hier abgestellt haben. Wenn bei der Untersuchung herauskommt, dass das Blut im Kofferraum ebenfalls von Järisch stammt, dann haben wir sie. Wir …«

»Nicht so schnell«, nahm sie das Tempo raus. »Zuerst müssen wir immer noch die Leiche finden. Das Blut im Kofferraum ist kein Beweis für einen Mord. Es hilft uns nur, die Indizienkette zu schließen.«

Ein spöttischer Blick war die Antwort.

»Schon gut.« Sie strich sich lächelnd die regennassen Haare zurück. »Zumindest in Marcs Fall sollte es für den Termin bei der Haftrichterin jetzt reichen.«

»Was is'n nun?« Der zweite uniformierte Kollege, der den Wagen gefunden hatte, war hinter sie getreten und deutete auf einen Mann in einem gelben Overall, der neben dem Abschleppwagen stand. »Der Fahrer will wissen, ob wir ihn noch brauchen, und wenn ja, wo der Wagen hinsoll. Er sagt, er hätte noch andere Termine.«

»Wir sind hier fertig«, antwortete Bianca nach kurzer Bedenkzeit. »Er soll das Fahrzeug aufladen und in unsere Halle bringen. Sie begleiten ihn, okay? Ich will nicht, dass irgendwelche Spuren verwischt werden oder durch den Fahrer neue hinzukommen, die wir dann später mühselig von den eigentlichen trennen müssen.«

Der Kollege nickte, dann ging er. Sie sah ihm kurz nach, bevor sie sich wieder Höger zuwendete. »Die Spurensicherung soll sich das Fahrzeug umgehend vornehmen. Wir müssen wissen, welche Fingerabdrücke es im Innenraum gibt, ob der Wagen mit dem passenden Schlüssel gestartet wurde und vor allem, ob das Blut im Kofferraum tatsächlich von Järisch stammt. Das komplette Programm halt, und das Ganze am besten sofort.«

»Ich kümmere mich darum«, sagte er und schaute auf die Uhr. »Sieh du lieber zu, dass du so schnell wie möglich ins Präsidium kommst – der Staatsanwalt wird sich sicher über die Neuigkeiten freuen. Und, Bianca ... Egal, was du jetzt sagst ... Das Blut im Kofferraum stammt von Järisch, da bin ich sicher. Das ist ein weiterer Punkt in der Beweiskette. Da werden sie sich nicht mehr rausreden können.«

Sie hob den Blick und sah einen zweistrahligen Jet, der sich dröhnend in den bleigrauen Himmel bohrte. »Ich weiß«, sagte sie leise. »So, wie es aussieht, sind Sarah und Marc am Ende ihrer Reise angekommen.«

MARC

Als Marschwind kurz nach Mittag zu mir kommt, will er als Erstes wissen, wie es mir geht.

»Alles bestens«, lüge ich.

Er sieht mich durchdringend an. »Ich meine das ernst, Herr Lammert. Heute ist ein wichtiger Tag. Ich habe oft genug solche Tage mit Mandanten durchgestanden, um zu wissen, was sie in ihnen auslösen können. Deshalb frage ich Sie nochmals, wie fühlen Sie sich? Sind Sie deprimiert? Aufgeregt? Haben Sie Selbstmordgedanken?«

»Wenn ich jetzt ja sage, kann ich dann nach Hause gehen?«

Er lächelt. »Gut. Sie haben Humor. Bewahren Sie sich den.«

Anschließend bereitet er mich auf den Termin bei der Haftrichterin vor. Wir sprechen ab, was ich sagen soll, welche Argumente er vorbringen will und was im schlimmsten Fall auf mich zukommen kann. Seine Ausführungen wirken vertraut. Genau so habe ich mir während des Studiums eine solche Unterhaltung immer vorgestellt – nur, dass ich dabei auf der anderen Seite stand.

Er muss mir nicht erklären, wie die Lage sich darstellt. Beschissen, das weiß ich selbst. Ich werde hier nicht rauskommen, nicht heute zumindest. Solche Haftprüfungstermine sind sowieso nur eine Farce. Meist ist das Urteil aufgrund der Aktenlage bereits gefällt, bevor der Angeklagte den Raum betritt.

Dann ist es endlich so weit. Die Haftrichterin hört sich zunächst mit ausdrucksloser Miene die Argumente des Staatsanwalts an. Er legt in nüchternem Tonfall dar, welche Spuren gefunden wurden. Das Messer, unser nicht nachweisbares Alibi, dann zündet er die Bombe.

Mein BMW sei aufgetaucht, sagt er, abgestellt auf einem Flughafenparkplatz. Laut den ermittelnden Beamten wurden an dem Fahrzeug keine Spuren gefunden, die auf ein gewaltsames Eindringen hindeuten. Genauso wenig wie in unserer Wohnung, wie er genussvoll betont. Seine abschließenden Worte bekomme ich nur noch bruchstückhaft mit: *Blut im Kofferraum ... Spurensicherung im Gange ... DNA-Abgleich in Auftrag.*

Marschwinds anschließende Versuche, die Argumente zu entkräften, wirken hilflos. Als die Haftrichterin dann wissen will, ob ich auch noch etwas zu sagen habe, schweige ich. Es hätte sowieso nichts gebracht.

Dann verkündet sie, was ich die ganze Zeit schon vermutet habe: sofortige Überstellung in eine Untersuchungshaftanstalt, wo ich bis zur Hauptverhandlung bleiben muss. Anschließend kommen zwei Justizbeamte, um mich abzuführen. Bis der Gefangenentransporter da ist, werde ich wieder in meine alte Zelle gebracht, wo Marschwind noch ein paar Minuten bei mir bleibt. Noch immer kann ich nicht begreifen, was da gerade passiert ist. Sicher, ich habe es geahnt, es war keine Überraschung mehr, und dennoch will mein Kopf nicht verstehen, dass es dabei tatsächlich um mich gegangen ist. Um mein Leben. Ich muss in Haft. Ins Gefängnis. Das ist kein Albtraum mehr, es ist die bittere Realität. Verzweifelt lache ich auf.

»Alles okay mit Ihnen?«, fragt Marschwind.

Normalerweise müsste ich ihm auf die dämliche Frage eine entsprechende Antwort geben. Ich kann mich gerade noch beherrschen, er kann ja nichts dafür. Versucht nur, professionelles Mitgefühl zu heucheln.

»Ja, geht schon«, lüge ich.

»Das ist ein Rückschlag«, gibt er zu. »Vor der Verhandlung dachte ich, wir hätten eine Fifty-fifty-Chance. Das Auffinden des Fahrzeugs inklusive der Blutspuren war natürlich negativ für uns, auch wenn es dafür jede Menge anderer Erklärungen geben kann.«

Ich nicke nur, höre kaum zu. Seine Ausflüchte und Beschwichtigungsversuche sollen mich wahrscheinlich beruhigen, erreichen aber nur das Gegenteil.

Scheinbar kann er mir meine Stimmungslage ansehen. Zumindest will er abschließend nur noch wissen, ob ich sonst noch Fragen habe.

»Nein«, sage ich, um mich direkt im Anschluss zu korrigieren. »Eine vielleicht noch … Ich würde gerne wissen, was jetzt mit Sarah passiert. Sie sagten, ihr Termin würde unmittelbar nach meinem stattfinden.«

Er lässt sich mit der Antwort Zeit. »Schwer zu sagen«, meint er dann. »Ich bin mit der Beweislage gegen Ihre Freundin nur insoweit vertraut, wie sie auch Ihren Fall betrifft. Schließlich ist sie nicht meine Mandantin.«

»Sie sind aber mein Anwalt, oder? Und ich will von meinem Anwalt wissen, ob er glaubt, dass Sarah ebenfalls in Untersuchungshaft muss. Eine ganz einfache Frage, stimmt's?«

Er fühlt sich sichtlich unwohl. Sagt nur zögerlich: »Auf der einen Seite haben Sie beide ausgesagt, den Abend und die Nacht gemeinsam verbracht zu haben. Sie haben einander damit Alibis gegeben, die sich aber lediglich gegenseitig stützen. Der entscheidende Punkt ist«, er räuspert sich, »es waren ausschließlich Ihre Fingerabdrücke, die man auf dem Messer gefunden hat, und es ist Ihr Fahrzeug, in dem man die Blutspuren entdeckte.«

»Das heißt?«

»Ich kann es natürlich nicht beschwören, aber meines Wissens nach gibt es keine forensischen Beweise, die Ihre Freundin direkt oder indirekt mit einem Verbrechen in Verbindung bringen, wenn man mal von einer potenziellen Falschaussage Ihr Alibi betreffend absieht. Wenn Sie also meine Meinung hören wollen: Ja, Ihre Freundin wird aller Voraussicht nach freikommen.«

Ich habe mir das schon gedacht, aber es tut gut, die Einschätzung bestätigt zu bekommen. »Wie geht es jetzt weiter?«, will ich wissen.

»Im Laufe des Tages wird ein Gefangenentransporter kommen und Sie in die Untersuchungshaftanstalt nahe den Messehallen bringen. Sie sind nicht rechtsgültig verurteilt, also gelten Sie dort vorerst noch als Unschuldiger, was Ihnen eine ganze Reihe von Vorteilen bringt. Sie dürfen beispielsweise private Kleidung tragen und müssen nicht die der JVA anziehen. Außerdem sind Sie nicht verpflichtet, in der Anstalt einer Arbeit nachzugehen.«

»Okay, und weiter?«

Marschwind atmet durch. »Nach spätestens sechs Monaten muss das Oberlandesgericht prüfen, ob die Untersuchungshaft noch berechtigt ist, falls der Termin zur Hauptverhandlung nicht früher stattgefunden hat. Außerdem kann der Haftbefehl jederzeit aufgehoben oder außer Kraft gesetzt werden, wenn der dringende Tatverdacht oder ein Haftgrund entfällt. Wir können …«

»Mensch, das weiß ich alles«, knüppele ich ihn verbal nieder. »Ich will wissen, was Sie jetzt unternehmen, um mich hier rauszuholen!«

Nach einer kurzen Pause antwortet er: »Ich bleibe an der Sache dran, das verspreche ich Ihnen. Sollte sich an den Umständen etwas ändern, werde ich sofort einen Antrag auf Haftprüfung stellen beziehungsweise eine Haftbeschwerde einlegen.«

Ich nicke und weiß, dass er das nicht tun wird, weil sich dafür überhaupt kein Grund abzeichnet. Ich bin auf mich allein gestellt, wie immer. Für die Probleme anderer habe ich stets eine Lösung gefunden, jetzt muss ich eine für Sarah und mich finden.

»Soll ich jemanden für Sie verständigen?«, unterbricht er meinen Gedankengang. »Ihre Eltern vielleicht?«

Ich überlege kurz und schüttele den Kopf. Sie können mir eh nicht helfen, wie auch? Außerdem habe ich keine Lust, mit ihnen zu reden. Wie soll ich Dinge erklären, die ich selber nicht verstehe? Ich brauche jetzt Ruhe, Zeit für mich. Alles, was mich retten kann, befindet sich in meinem Kopf. Ich muss es dort nur finden.

Marschwind steht auf und verabschiedet sich. Er geht in sein wohlgeordnetes Leben zurück, während mein gewohntes Leben vorbei ist. Alles, wofür ich gearbeitet habe, alles, was ich mir aufgebaut habe, alles, was ich kenne ... Es löst sich gerade in Luft auf.

Einerseits bin ich verzweifelt, andererseits aber nicht wirklich überrascht. Ein Teil von mir hat schon lange auf diesen Tag gewartet, und jetzt ist er gekommen. Nur nicht aus den Gründen, die ich erwartet hätte. Nicht wegen der Drogen und nicht wegen dem, was in Nicaragua geschehen ist. Ich habe eine Strafe verdient, das ist gewiss, aber nicht für etwas, das ich nicht getan habe. Das ich nicht einmal verstehe. Manchmal spielt das Schicksal schon seltsame Spiele, denke ich. *Karma is a bitch.*

Ich laufe in der Zelle auf und ab, auf und ab. Dreieinhalb Schritte vor, Wendung, dreieinhalb zurück. Mein Pulsschlag gerät außer Kontrolle, mein Herz pumpt, ich atme hektisch durch den geöffneten Mund. Manche Dinge überrollen einen. Man will sie nicht, man stößt sie nicht an, sie geschehen einfach, und wenn sie geschehen, steht man ratlos daneben und fragt sich, wie das nur passieren konnte. Uns beiden ist es so ergangen. Damals, im Urlaub, und jetzt schon wieder.

Ich setze mich auf die Pritsche, ziehe die Knie an und lege die Arme darum, als wolle ich mich vor etwas schützen. Vor dem, was noch kommt, und vor den Folgen dessen, was bereits geschehen ist. Vor Dingen, die ich nicht weiß, aber du vielleicht.

Du, Sarah.

Der Wagen wird in die Halle der Spurensicherung gebracht, und sofort macht sich eine Reihe von Spezialisten darüber her. Sie sichern Fingerabdrücke, entnehmen Spuren, analysieren Rückstände. Für sie ist er nicht ein mitternachtsblaues Coupé eines bayerischen Automobilproduzenten, er ist eine Geschichte. Jedes Detail verrät eine Szene und kann wichtig sein, wenn man es in den richtigen Kontext setzt.

Die Menschen, die daran arbeiten, sind Suchende. In gewisser Weise gleicht ihre Aufgabe der von Archäologen. Sie graben aus, sie sichern, und das Ergebnis ihrer Bemühungen kann ihnen interessante Nachrichten aus der Vergangenheit übermitteln. Für sie sind Schlammspritzer hinter den Radkästen nicht einfach nur Dreck, sie erzählen etwas. Wo der Wagen war und wie schnell er dabei in etwa gefahren ist. Manchmal auch, wann das geschah. Sie durchforsten das Handschuhfach, die Türfächer, das Fach in der Mittelarmlehne. Schauen unter den Sitzen nach, in den Ritzen des Armaturenbretts und im Bodenteppich. Fasern werden gesichert, Partikel und Fingerabdrücke. Ihnen entgeht nichts. Es ist unmöglich, sich in einem Fahrzeug aufzuhalten, ohne dabei etwas zu hinterlassen.

Menschen sind organische Wesen. Sie hinterlassen Spuren. Fingerabdrücke, ausgefallene Haare und Hautschuppen. Wenn sie niesen, legen sich Speicheltropfen auf das Lenkrad vor ihnen. Sie fassen Armaturen an, den Türgriff, den Rückspiegel. Jeder dieser Rückstände erzählt eine neue Geschichte. Ebenso die Fußabdrücke, die sie auf den Matten zurücklassen, auf dem Gaspedal, der Bremse.

Neben den harten Fakten, die in einem Zusammenhang mit dem Verbrechen stehen können, gibt es auch weiche. Ein Wagen verrät viel über die Besitzerin oder den Besitzer. Ob es ein ordentlicher Mensch ist, zum Beispiel. Manche Eigentümer haben Desinfektionstücher dabei, andere Kondome oder Tampons. Die Leute von der Spurensicherung haben in Fahrzeugen schon alles Mögliche gefunden – altes Kinderspielzeug, verdorbene Essensreste, Pornohefte. In diesem Wagen finden sie nichts davon, und das ist so selten, dass es schon wieder sonderbar ist. Ein Serviceheft und den Nachweis über die Einlagerung eines Satzes Winterreifen beim Autohändler, das war's.

Dennoch suchen sie weiter, in den verstecktesten Ecken und den hintersten Ritzen. Jedes Detail kann für die Ermittlungen entscheidend sein. Alles, was man findet, und manchmal auch das, was man nicht findet. In diesem Wagen stoßen sie nur auf die Fingerabdrücke von drei Personen. Der Vergleich geht schnell – es sind die von Sarah Hauptmann, Marc Lammert und Henning Järisch. Auffällig ist, dass es an manchen Stellen, auf denen es Fingerabdrücke geben müsste, keine gibt. Und wenn, dann nur verwischte. Auf dem Wahlhebel des Automatikgetriebes zum Beispiel oder dem Schalter, der den Blinker aktiviert. So, als hätte die letzte Person, die mit dem Wagen gefahren ist, Handschuhe getragen.

Es ist nicht ihre Aufgabe, sich über mögliche Schlussfolgerungen den Kopf zu zerbrechen. Sie sind Suchende und werten aus, was sie gefunden haben. Alles andere ist Sache der ermittelnden Beamten.

SARAH

Ich merke sofort, dass die Haftrichterin nett ist, der Staatsanwalt jedoch nicht. Er will mich ins Gefängnis stecken, aber damit kommt er bei ihr nicht durch, das spüre ich. Nachdem er seine fadenscheinigen Argumente vorgebracht hat, befragt mich die Richterin selbst über die Nacht, die Marc und ich im Hotel verbrachten.

»Sie und Ihr Freund waren die ganze Zeit zusammen?«, will sie wissen.

»Ja«, sage ich.

»Den ganzen Tag und die ganze Nacht?«

Ich nicke.

»Hätten Sie es denn mitbekommen, wenn er das Hotelzimmer nachts verlassen hätte?«

»Ich habe geschlafen«, antworte ich und lächle entschuldigend. »Wenn ich schlafe, würde ich nicht mal mitbekommen, wenn neben mir eine Bombe hochgeht. Trotzdem bin ich sicher, dass Marc die ganze Nacht über da war.«

»Und was genau macht Sie da so sicher?«

Ich setze mein unschuldigstes Gesicht auf. »Wenn es anders gewesen wäre, hätte er mir mit Sicherheit davon erzählt.«

Das scheint die richtige Antwort gewesen zu sein, zumindest schnaubt der Staatsanwalt theatralisch. Ich dagegen bin zufrieden. Natürlich will ich Marc nicht reinreißen, mich selbst aber auch nicht belasten. Ich finde, dass die gegebene Antwort der beste Kompromiss für beides war.

In der Folge geht es noch ein wenig hin und her, dann sagt die

Richterin, dass sie keine Grundlage für einen Haftbefehl sieht. Der Staatsanwalt will noch etwas einwerfen, aber sie unterbricht ihn mit einer Handbewegung, schaut mich an und sagt, dass ich gehen könne.

Leise danke ich ihr und stehe auf. Ein Justizbeamter reicht mir eine Tüte mit meinen Habseligkeiten. Portemonnaie, Schlüssel, Kreditkarte. Ich greife danach. Als ich den Saal verlasse, streift mein Blick noch kurz den der Polizistin. Sie muss die ganze Zeit vor der Tür gewartet haben. Ihr Gesichtsausdruck ist neutral, und einen Wimpernschlag lang glaube ich sogar, in ihren Mundwinkeln ein kleines Lächeln zu sehen.

Mit zitternden Knien gehe ich den Gang entlang in Richtung Ausgang. Noch immer traue ich dem Frieden nicht und muss mich zwingen, nicht plötzlich wie eine Wahnsinnige loszurennen oder permanent hinter mich zu blicken. Jede Sekunde befürchte ich, dass mich jemand an der Schulter packt und festhält. Mir sagt, dass es ein Irrtum sei, die Richterin es sich anders überlegt hat und ich jetzt doch ins Gefängnis muss. Nichts davon passiert. Auch nicht, als ich die Tür öffne, die Stufen hinabgehe und auf die Straße trete, wo ich erst mal stehen bleibe, um das Ganze sacken zu lassen.

Noch vor wenigen Tagen hätte ich es nicht für möglich gehalten, dass ich mal ins Gefängnis gesperrt werde – jetzt kann ich kaum glauben, dass ich wieder frei bin. Alles ist so schnell gegangen, dass ich gar keine Möglichkeit hatte, mir zu überlegen, was ich mit meiner wiedergewonnenen Freiheit anfangen soll. Ich weiß nur, dass ich nicht zurück in die Wohnung kann, auf gar keinen Fall. Nicht bei all den Geistern, die dort hausen, und der Angst, die ich vor ihnen habe.

Ich wende mich von dem Präsidium ab und laufe ziellos die Straßen entlang, ständig von dem Gefühl erfüllt, dass mich jemand verfolgt. Andauernd drehe ich mich um, aber da ist niemand. Das einzig bekannte Gesicht ist immer nur mein eigenes, das sich in den Fensterscheiben spiegelt. Matt zwar, aber klar genug, um mich in unendliche Wiederholungen zu zwingen, die sich in überlappenden Bildern verlieren. Mein Kopf frontal und von der Seite, es ist unmöglich, mir selbst zu entkommen.

Als ich den Stadtpark durchquere, sehe ich auf einer Bank ein junges Paar sitzen, das sich innig küsst. Seine Haare sind so dunkel wie die von Marc, ihre ähneln meinen, braun mit blonden Strähnchen. Ich bleibe stehen und halte den Atem an, als sich ein schmerzhafter Stich in meine Rippen bohrt. Schließlich löst das Paar sich voneinander. Der Kerl ist nicht Marc, und sie ist nicht ich. Wir existieren nicht mehr, nicht so zumindest.

Gut drei Jahre sind vergangen, seit ich dich kennengelernt habe. Einundvierzig Monate, die jetzt vorbeischweben wie Blätter, die zu Boden fallen. Mit der Zeit sind einige dieser Blätter hart geworden und versteinert, die anderen jedoch so frisch, als hätte der Wind sie gerade erst von den Ästen geweht.

Und ich denke an das Loft, immer wieder. Dort habe ich meine glücklichsten Tage verbracht, aber auch die grausamsten. Die einen hatten mit dir zu tun, die anderen mit Henning. Henning ist jetzt weg, aber du bist es auch, und so war das nicht geplant.

Wirklich nicht, Marc.

Ich würde dir jetzt gerne so unendlich viel sagen, aber irgendwie bin ich auch froh, dass du nicht da bist, weil ich weiß, dass ich dann keinen Ton herausbringen würde. Ich würde nur stumm dastehen, nervös mit den Fingern spielen und mich wegen meiner Feigheit schämen.

Niemals könnte ich dir sagen, was ich getan habe. Das ist völlig undenkbar. Du würdest mich anschließend nie wieder so ansehen, wie du es bisher immer getan hast, und das würde ich nicht ertragen. Der Entzug deiner Liebe würde mir das Herz brechen, das weiß ich. Es ist schon gebrochen, aber nicht so, nicht vollständig. Einen winzigen Teil meiner selbst habe ich mir noch bewahren können.

Du weißt, dass ich nicht so ahnungslos bin, wie ich es den Polizisten oder der Haftrichterin vorgespielt habe. Kurz nach Bali hast du mir alles über eure Drogengeschäfte erzählt. Ich wusste, wo das Ecstasy herkommt, wie teuer es im Einkauf ist und wie der Vertrieb funktioniert. Ich kenne die Quelle, und ich kenne auch die Orte, an denen es in den Markt fließt. Wenn ich auspacken würde, müssten sich einige Hamburger Clubs neue Türsteher suchen und das Angebot an Ecstasy würde einbrechen – zumindest teilweise, kurzfristig, bis andere Dealer die Lücken füllen würden.

Als du mir erzählt hast, wie du dein Geld verdienst, war es im ersten Moment wie ein Schlag ins Gesicht. Ich war schockiert, sauer und fassungslos. Es gefiel mir nicht, dass du mit Drogen dealst, es gefiel mir ganz und gar nicht. Mehr als einmal habe ich versucht, es dir auszureden; ernsthaft, das habe ich wirklich. Mir hat es stets vor der Gewalt gegraut, die mit diesen Kreisen einhergeht, und vor der Möglichkeit, dass du von einem Tag auf den anderen verhaftet werden könntest, plötzlich nicht mehr da wärst. Ich wollte dich aber bei mir haben, noch so viele Dinge gemeinsam mit dir erleben. Was ich nicht wollte, war Teil eines Gangstertrios zu sein, die Geliebte Escobars.

All dies habe ich dir gesagt, und ich sagte dir noch einiges mehr. Ich habe sämtliche Gefahren aufgezählt und die möglichen Folgen in den drastischsten Bildern beschrieben. Auch appellierte ich an dein Gewissen und dein Verantwortungsgefühl mir gegenüber. Ich hatte viele Argumente, die dich überzeugen sollten, endlich damit aufzuhören. Wir diskutierten das Thema rauf und runter, bis zum Erbrechen. Es war wie ein Boxkampf über endlose Runden, ergebnislos, zermürbend, und die ganz großen Treffer konnte irgendwann niemand mehr landen.

Und dann, ja dann ist es passiert. Ich resignierte, warf das Handtuch und begann zu akzeptieren, dass du dein Ding machst, bis dieses Ding auch Teil meines Alltags wurde. Alle drei bis vier Wochen bist du nach Tschechien gefahren, um neue Ware zu holen und Konditionen auszuhandeln, von dem ganzen Rest habe ich nicht sonderlich viel mitbekommen. Auch weil es ausschließlich Henning war, der sich in Hamburg um alles Weitere gekümmert hat.

Er verkaufte das Zeug in der Clubszene und hielt den Kontakt zu den Türstehern, während du dich lediglich um den Einkauf und die Finanzen kümmertest. Mit dieser Regelung konntet ihr beide das Leben führen, das ihr wolltet: Henning war ständig unterwegs, konnte Party machen und irgendwelche Weiber abschleppen, während du bei mir zu Hause auf dem Sofa saßt, meine Hand in deiner, irgendeinen Film auf Netflix schauend. Dein Lebensstandard war durch den Drogenhandel nicht höher, als wenn du ein erfolgreicher Anwalt geworden wärst – er kam nur wesentlich müheloser zustande.

Bis die Probleme auftauchten.

Bis unsere kleine, heile Drogenwelt von einem Tag auf den anderen einstürzte.

Der Auslöser war eine Gruppe arabischstämmiger Rocker, zwanzig Mann vielleicht, die ebenfalls mit Rauschgift dealten, sofern sie nicht gerade Schutzgeld erpressten oder mit osteuropäischen Frauen handelten, die sie zur Abschreckung auch mal auf heiße Herdplatten setzten. Richtig üble Kerle und stadtbekannte Gewalttäter, für die Ecstasy wohl nur ein einträgliches Nebengeschäft war. Irgendwie müssen sie dabei auch auf dich und Henning gekommen sein; vielleicht, weil euer Produkt besser war als ihres, vielleicht auch, weil ihr zu erfolgreich wurdet.

Vor einem dreiviertel Jahr haben sie sich Henning dann geschnappt. In den frühen Morgenstunden, als er gerade einen der Clubs verließ, in denen er die Pillen unters Partyvolk brachte. Sie kannten ihn, weil er das Gesicht des Unternehmens war; von dir wussten sie damals noch nichts.

Henning wurde von drei Rockern gepackt und in eine der Nebenstraßen gezerrt, wo sie ihn zwischen zwei überquellende Müllcontainer drückten. Dann begannen sie, ihn zu bearbeiten. Ihr Plan bestand darin, dass er zukünftig für sie arbeiten sollte, und natürlich wollten sie wissen, wo er die Pillen herbekam.

Das Ganze hätte schon in dieser Nacht übel ausgehen können, wenn nicht einer der Türsteher mitbekommen hätte, dass

Henning Probleme hatte. Er war in den Club zurückgelaufen, um Verstärkung zu holen, und kurz darauf kam er mit drei muskelbepackten Kollegen wieder. Anschließend hieß es vier Türsteher und Henning gegen die drei Rocker; es muss eine epische Schlägerei gewesen sein, und die Motorradfahrer zogen den Kürzeren.

Henning war in letzter Minute davongekommen, aber diese Typen würden sich damit nicht zufriedengeben. Für sie ging es jetzt nicht mehr nur um ein paar Pillen Ecstasy; es ging auch um die Ehre, den Respekt, die *street credibility* und diesen ganzen Mist, den ich nur aus Fernsehserien kenne.

Wenn Henning sich entschließen würde, mit ihnen zusammenzuarbeiten, konnte er vielleicht noch mit einer Tracht Prügel davonkommen, als Ausgleich für die Schmach, die die Rocker in der Seitenstraße erlitten hatten. Wenn er dagegen nicht kooperierte, würden sie ihn fertigmachen. Richtig fertig, meine ich.

Eine Frage der Ehre.

Ich erfuhr von dem Ganzen, als ich mich am Nachmittag des darauffolgenden Tages – ein Sonntag – ins Bett legte, um mein lieb gewonnenes Nickerchen zu machen. Ich war todmüde, konnte aber nicht einschlafen und hörte aus dem Wohnzimmer eure Stimmen. Sie klangen anders als sonst. Leise und gleichzeitig so intensiv, als würdet ihr ein Geheimnis teilen, das vor mir verborgen bleiben sollte. Neugierig geworden, stand ich auf, schlich zur Tür und öffnete sie einen Spaltbreit. Atmete flach und hörte regungslos zu, bis Henning mit seiner Schilderung fertig war.

»Alles klar, das war's.« Deine Stimme. »Wir steigen aus dem ganzen Scheiss aus, sofort! Außerdem dürfen wir uns nicht mehr in den Clubs blicken lassen.«

»Was?«

»Wie, *was*? Die Typen wissen anscheinend, wo wir verkaufen, und es ist nur eine Frage der Zeit, bis sie dich das nächste Mal erwischen. Dann werden vielleicht keine Türsteher mehr in der Nähe sein. Das Risiko können wir nicht eingehen.«

»Tickst du noch ganz sauber?« Henning klang aufgebracht. »Das ist das beste Geschäft meines Lebens; das lasse ich mir doch nicht von ein paar abgefuckten Kuttenträgern kaputtmachen! Auf gar keinen Fall, lieber würde ich …«

»Darüber müssen wir nicht diskutieren! Kapierst du das nicht, Mann? Es ist vorbei.«

»Warum? Du musst dir doch gar keine Sorgen machen. Schließlich bin ich es, der draußen rumläuft und das Gesicht hinhält.«

»Denk doch mal nach, Henning …« Deine Stimme wurde beschwörender. »Mit solchen Typen ist nicht zu spaßen. Die legen dich einfach um, wenn du ihnen in die Quere kommst. Und ich will gar nicht erst wissen, was sie vorher noch mit dir anstellen.«

»Du kannst doch nicht …«

»Wenn wir jetzt nicht aufhören und die Kerle auch noch herausfinden, wo wir wohnen, sind wir geliefert. Und Sarah gleich mit. Das lasse ich nicht zu!«

»Ach, darum geht's also? Um Sarah?« Henning stieß ein verbittertes Lachen aus. »Deine kleine Prinzessin hat bis jetzt immer gut von unseren Geschäften profitiert, richtig? Dann wird sie auch damit klarkommen müssen, wenn es mal Ärger gibt.«

In dem Moment war ich gespannt, was du sagen würdest, aber du bist auf seinen Vorwurf nicht eingegangen. Sagtest nur: »Ich bin raus, Henning. Und wenn du noch einen Funken Verstand im Leib hast, machst du es genauso. Lass uns aufhören, den ganzen Mist hinter uns lassen und etwas anderes finden.«

»Und wenn ich das nicht will?«

Ein Moment der Stille. »Ich kann dich von nichts abhalten. Wenn du alleine weitermachen willst, tu das, aber dann musst du hier ausziehen. Heute noch.«

»Ich hör wohl nicht richtig!«

»Du hast mich schon verstanden. Ich habe … Wenn es nur um

mich gehen würde, wäre das eine Sache. Es geht aber auch um Sarah, ob dir das passt oder nicht. Sie hat damit nichts zu tun, und ich werde ganz sicher nicht zulassen, dass du sie in so eine Auseinandersetzung reinziehst.«

»Stimmt ja, ich vergaß ... Du tust ja alles, um sie zu beschützen, nicht wahr?«

Schweigen.

»Was denn?« Er lachte höhnisch. »Hab ich da etwa einen wunden Punkt getroffen?«

»Du willst die Wahrheit hören? Das willst du wirklich? Diese Typen sind Tiere, Henning; so durchgeknallt, dass selbst die Hells Angels sie nicht haben wollen. Ich werde da nicht weiter mitmachen. Ich werde auch keine weiteren Diskussionen mehr führen, schon gar nicht über Sarah. Meine Entscheidung steht, und du musst jetzt deine treffen: aufhören oder ausziehen.«

Das folgende Schweigen dauerte so lange, dass ich schon befürchtete, einer von euch könne jeden Moment den Raum verlassen. Ich wollte gerade wieder im Schlafzimmer verschwinden, als ich Hennings Stimme hörte.

»Wie lange?«

»Was?«

»Wie lange müssen wir aufhören?«

Bitte nicht, dachte ich. *Tu das nicht, Marc. Gib nicht nach. Wenn du mich liebst, setzt du ihn vor die Tür, jetzt sofort.*

»Ein halbes Jahr«, sagtest du nach kurzer Bedenkzeit. »Mindestens. Dann schauen wir, ob sich die Lage beruhigt hat. Außerdem müssen wir das Geschäft von Grund auf umorganisieren; so ist das Risiko einfach zu hoch.«

Es wird niemals aufhören, dachte ich verzweifelt und hätte heulen können. Niemals. Vielleicht bist du einfach nicht stark genug, um gegen das anzukommen, was euch verbindet. Vielleicht ist euer Ding ja stärker als alles andere. Stärker noch als unsere Liebe. Henning kann ohne dich nicht leben, das weiß ich, aber du könntest es, denn du hast doch mich, Marc – verstehst du das nicht?

Dann hörte ich, wie Henning sich räusperte. »Wie viel Geld haben wir?«

»Genug für sechs Monate. Also?«

»Können wir nicht …«

»Hörst du mir eigentlich zu?« Du klangst aufgebracht. »Entscheide dich. Jetzt!«

Ein kurzes Schweigen, dann: »Okay, ich … einverstanden.«

»Schwöre es!«

Ein Lachen. »Ja, Mann, ich schwöre!«

Und genau in dem Moment verstand ich, wie dein Plan aussah. Du hattest überhaupt nicht vor, jemals wieder in den Drogenhandel einzusteigen. Du wolltest dir nur etwas Luft verschaffen, damit du Henning nicht von einem Tag auf den anderen vor die Tür setzen musst. Hinaus in eine Welt, in der er ohne dich untergehen würde.

Ein guter Plan, dachte ich, die Schwachstelle war nur: Henning würde sich nicht an seinen Schwur halten. Niemals. Dafür kannte ich ihn zu gut. Anders als du gab ich mich schon lange keinen Illusionen mehr hin, was seinen Charakter betraf. Henning war ein gewissenloses Schwein, und es würde keine vier Wochen dauern, bis er wieder in die Clubs zog. Hin zu den Partys und zurück in sein lieb gewonnenes Leben, womit er alles gefährden würde, was dir und mir wichtig war.

Vielleicht hielt Henning sich ja wirklich für hart genug, um es mit diesen Typen aufzunehmen, aber irgendwann würden sie ihn kriegen und vom Gegenteil überzeugen. Dann würde er auspacken und verraten, was sie wissen wollten. So waren Menschen nun mal. Das konnte ich ihm nicht einmal verübeln, aber ich war auch nicht naiv genug, um an das Gegenteil zu glauben.

Und wenn Henning redete, warst auch du dran. Mein Marc, den sein Vertrauen in jemanden, der dieses Vertrauen nicht verdiente, in den Abgrund reißen würde. Jener Marc, der alles tun würde, um mich zu beschützen, und für den ich jetzt das Gleiche tun musste.

Lautlos schloss ich die Tür, wischte die Tränen weg und

dachte nach. Prinzipiell war es ganz einfach: Ich hatte Probleme mit Henning, und er hatte Probleme mit den Rockern. Vielleicht ließ sich das eine Problem ja mit dem anderen lösen, wenn ich es nur geschickt genug anstellte. Ich musste lediglich den Anstoß liefern, der die Dinge ins Rollen brachte, bis sie eine Eigendynamik entwickelten, die nicht mehr aufzuhalten war.

Die entscheidende Frage lautete: War ich bereit, Henning für Marc und mich zu opfern?

Die Antwort: Ja, das war ich.

Und jetzt?

Muss ich fortwährend an dich denken, Marc, die ganze Zeit schon. Beim Einchecken ins Hotel, beim Betreten des Zimmers und unter der Dusche, wo ich versuche, den Dreck der letzten Tage abzuspülen.

Du fehlst mir, du fehlst mir so arg. Ich frage mich, was du gerade machst und wie es dir geht. Wahrscheinlich haben sie dich vor Stunden schon in eine dreckige Zelle des Untersuchungsgefängnisses gebracht, und sicherlich ist es dort kalt, karg und trostlos. Schlimmer noch als im Fernsehen, und wahrscheinlich ist dieses Gefühl auch genau so gewollt. Die Ausweglosigkeit ist Teil ihres Systems; sie soll dich zermürben, fertigmachen und zum Zusammenbruch führen.

Bei mir würde das klappen, das ist mir in der letzten Nacht schon klar geworden. Jede Sekunde in Polizeigewahrsam war schlimm, jede Minute unerträglich, und bis zur Hauptverhandlung hätten noch sechs Monate vergehen können. Eine Verurteilung könnte dann zehn oder zwölf Jahre mit sich bringen, und das würde ich nicht überleben, niemals. Das weißt du, und ich weiß, dass du es weißt. Dass dies der wahre Grund für dein Schweigen ist.

Als ich mit geröteter Haut aus der Dusche komme, wickle ich ein Handtuch um meinen Körper und schaue aus dem Fenster. Draußen ist die Sonne bereits weit nach Westen geflohen. Sie legt zuerst lange Schatten, dann Finsternis über die Stadt und die leeren Seelen darin. Meine Gedanken sind bei dir, aber auch bei dem, was die Polizistin gerade denken wird. Ich vermute, dass sich ihre Überlegungen weiterhin um die Frage drehen, was genau in unserer Wohnung geschehen ist. Sie wird es nicht herausfinden, nicht einmal ich weiß es genau, und dabei weiß ich sicherlich mehr als sie.

Marc und Henning, Marc und Henning, Marc und ...

... das, was ich getan habe, um Henning loszuwerden.

Wenn man Angst hat, sich bedroht fühlt und Dinge tut, die man nie für möglich gehalten hätte ... wenn man in einer Situation steckt, aus der es kein Entrinnen mehr gibt, keinen Ausweg, nur diese eine Lösung ... wenn man sich eingesperrt fühlt und denkt, du kommst da nicht raus, dann wird man irgendwann rennen wollen, nur weg da, und man wird denken, dass einem die Gedanken auf die Stirn geschrieben stehen, lesbar für jeden, der einen kennt.

Das durfte nicht passieren, niemals, also handelte ich, solange mein Vorhaben noch nicht offensichtlich war. Dabei machte ich Fehler, weil ich dachte, keine Zeit mehr zu haben, und versuchte zu kaschieren, was ich gerade dadurch erst verriet.

Ich habe dich verraten, Marc.

Ich habe Henning getötet.

DREI

»Jeden Tag in der Kälte,
dicht zusammengedrängt.
In der Hoffnung etwas Wärme zu kriegen
leben wir hier eingeengt.
Jede Berührung Berechnung,
ideal aufgestellt.
Nur wenn wer die stummen Fragen stellt
bröckelt das, was uns zusammenhält.«

Voltaire, »So still« aus dem Album
Das letzte bisschen Etikette

MARC

Um siebzehn Uhr kommt der Gefangenentransporter. Meine Hände werden mit Handschellen vor dem Körper fixiert, dann bringen sie mich in den Hof, wo bereits ein silberfarbener Bus mit laufendem Motor wartet. Die Seiten des Gefährts sind mit einem auffälligen blauen Streifen versehen, auf dem *Strafvollzug Hamburg* steht, damit auch jeder Passant weiß, welche Art von Vieh damit transportiert wird.

Im Inneren gibt es vierzehn kleine Kabinen, alle abschließbar. Nur fünf sind belegt, bei den anderen stehen die Türen offen. Ich werde in eine der leeren Kabinen gebracht. Ein Justizvollzugsbeamter öffnet die Handschellen, dann verriegelt er die Tür, anschließend geht es los. Start Polizeipräsidium, Ziel Untersuchungshaft. Leider kein Zwischenstopp mit Kaffee und Kuchen, nur dreißig Minuten Fahrtzeit.

Die Fenster des Wagens sind schmale Schlitze in Augenhöhe, die einen letzten Blick auf die Welt gestatten, wie ich sie kannte. Ich sehe mit Graffiti versehene Häuserfassaden, die Alster und einen Hund, der vor einen auf dem Bürgersteig stehenden Kastanienbaum kackt. Dazu kommen das Brummen des Diesels, das Rauschen der Lüftung und der Gestank der Angst. Was es nicht gibt, ist irgendeine Spur von Hoffnung, nirgends.

Dann stoppt der Bus. Endstation. Rote Backsteinmauern, uralt. Es gibt ein Hauptgebäude und mehrere verwinkelt angelegte Flügel mit einem Turm in der Mitte. Auf den Mauern: Stacheldraht. Kurz nach dem Verlassen des Busses erfolgt die Aufnahme, eine oberflächliche ärztliche Untersuchung. Ich bekomme karierte Bettwäsche und ein wenig Geschirr in die Hand gedrückt. Ein Löffel, eine Gabel, ein Teller. Das dazugehörige Messer ist so stumpf, dass man damit ein Brot streichen, aber nicht schneiden kann.

Meine Zelle liegt im zweiten Stock und ist neun Quadratmeter groß, wenn überhaupt. Ein schmales Bett, weiße Wände, Waschbecken und das Klo, dazu ein brusthoher hölzerner Schrank und ein offenes Regal aus demselben Material. Ich habe nur die Wahl, ob ich mich auf die Bettkante setze und die Toilette anstarre, oder ob ich mich auf die Toilette hocke und das Bett anstarre, sonst nichts. Ein früherer Insasse hat seinen Namen in das Regal geritzt, *Mahmoud*, ein anderer die Botschaft hinterlassen, dass er meine Mutter ficken will. Der ganze Raum mieft durchdringend nach kaltem Schweiß und klammen Mauern, beißend und grauenhaft. Wenn die Verzweiflung einen Geruch hätte, sie würde riechen wie die Luft hier.

Das Bett steht unter einem winzigen, vergitterten und völlig verdreckten Fenster. Ich lege mich darauf und starre die Decke an, dann schließe ich die Augen. Anfangs bin ich noch ruhig, dann aber kommen die Verzweiflung und ein Gefühl der Ausweglosigkeit hinzu, anschließend die Tränen, warm und salzig – Inhaftierungsschock nennt man das wohl, die Justizbeamten haben mich gewarnt.

Ich will bei Sarah sein. Nur das, nicht mehr. Ich will ihren Körper spüren, ihre Nähe fühlen, ihre Stimme hören. Ich will, dass der Albtraum endlich aufhört, und ich will raus aus dem Knast. Ich will frei sein. Ich will, ich will, ich will …

Ich befürchte schon durchzudrehen, aber dann … dann regt sich endlich mein wahres Ich. Zuerst nur unterschwellig und kaum wahrnehmbar, dann aber immer stärker werdend. Ich begrüße das Gefühl wie einen alten Freund, auf den ich mich in schwierigen Zeiten stets verlassen konnte.

»Hallo«, sagt das Gefühl, dann pusht es mich auf und lässt mich Stück für Stück wieder zu dem werden, was ich immer schon war. *Fickt euch*, sagt es, ihr bekommt mich nicht klein.

Ihr wisst nicht, was Sache ist, ihr wisst es nicht mal ansatzweise. Ich schon, und deshalb gebe ich nicht auf, versteht ihr? Ich werde kämpfen und jeden Stein umdrehen, bis ich die Lösung finde. Irgendetwas ist da, das weiß ich, verborgen in den hintersten Winkeln des Gehirns. Ich muss es nur schaffen, es nach vorne zu holen.

Nicht nur die Geschichte mit den Drogen.

Auch das, was in Nicaragua geschehen ist.

Auf dieser kleinen Karibikinsel, fernab von allem.

Little Corn Island, so heißt sie doch? Ja, das ist der Name, und er ist ganz klar, nur der Rest ist verschwommen. Insbesondere die Geschehnisse jener Nacht. Sarah, Henning, ich und noch jemand waren da, eine vierte Person. Er wollte es, und sie wollte es auch. So war es doch, oder?

Anschließend driften meine Gedanken davon, bis sie in jener Nacht angekommen sind. Wir gehen über einen Weg aus festgetrampeltem Erdreich, der sich einmal quer über die Insel zieht. Mitten durch den Dschungel hindurch und an einem kleinen See vorbei, auf dem das Mondlicht schimmert. Am Ende des Pfads liegt das Meer, dunkel und ruhig und endlos. Darüber funkelnde Sterne, die Lichter ganzer Ewigkeiten.

Direkt am Strand stehen ein paar Hütten und Palmen, zwischen denen bunte Hängematten baumeln. Die Luft riecht schwer und süßlich, gleichzeitig aber auch ein wenig salzig, und aus der Ferne dringen leise Latinoklänge herüber, ständig das Wort *corazon*. Es ist heiß, die Schwüle einer feuchtwarmen Tropennacht.

Als wir an den Hütten ankommen, lacht Sarah, dann läuft sie spielerisch davon. Ich renne ihr nach und spüre den Sand unter den Füßen, der von der Hitze des Tages noch ganz warm ist. Atemlos erreichen wir unsere Hütte, küssen uns und sind wie Kinder. Es gibt nur noch sie und mich, der Rest der Welt ist außen vor. Auch Henning. Vor allem Henning.

Wir fallen auf das Bett und ziehen uns aus. Meine Zunge schmeckt das Salz auf ihrer Haut, den Schweiß. Dann gleitet sie

zwischen ihre Beine, verweilt da, erforscht und tastet. Irgendwann dringe ich in sie ein. Arme umschließen mich, sie stöhnt
meinen Namen. In einem kurzen Moment der Klarheit denke
ich, dass das hier das wirkliche Leben ist; das Leben, wie es immer sein sollte und viel zu selten ist.

Plötzlich verschwimmen die Bilder. Alles kippt, und jetzt
lacht niemand mehr. Ich höre Schreie, weit weg, aber sie sind
laut, lauter als das Meeresrauschen.

Wir ziehen uns hastig an, dann stürmen wir raus, hin zu einer anderen Hütte. Reißen die Tür auf. Im Inneren brennt eine
kleine Lampe. Das Bett ist zerwühlt, ein müder Ventilator dreht
lustlos seine Runden. Überall sind Schatten, auch auf ihrem
Körper. Ich falle auf die Knie und taste nach dem Puls. Sie muss
doch atmen, denke ich, etwas trinken, unbedingt.

Henning steht zitternd daneben und sagt irgendwas. Er ist
nackt, und sein Glied ist immer noch halbsteif. Es sieht lächerlich aus, aber niemand lacht, und seine Worte sind Gestammel
ohne Bedeutung. Ich schreie ihn an, Sarah sagt gar nichts. Das
kann sie auch nicht, sie hält die Hände vor den Mund gepresst.
Ihre Augen sind weit aufgerissen. In ihnen sind nur Panik und
Hilflosigkeit zu sehen, die stumme Frage nach dem Warum.

Was dann passiert, will ich nicht mehr sehen. Ich ertrage es
nicht, verdammt, also reiße ich die Augen auf. Jetzt sind da
keine Palmen mehr, nur die nackte Zellenwand und der in Holz
geritzte Gruß von Mahmoud.

Gott sei Dank, es ist vorbei.

GEBURTSTAGSFEIER VON
PETER HÖGER

Als Bianca gegen neunzehn Uhr ins Auto stieg, um zu Peters Feier zu fahren, lief im Radio gerade eine dieser beliebten Sendungen mit Hörerbeteiligung. Man konnte dort anrufen, und der Moderator unterhielt sich mit einem über politische Themen – vordergründig natürlich ausgleichend, innerlich jedoch auf den Konflikt hoffend. Dieses Mal ging es um Flüchtlinge und deren Aufnahme in Deutschland; ein Thema, das das ganze Land schon seit Jahren bewegte.

Ein Teil der Bevölkerung war dafür, ein anderer dagegen. Die Emotionen kochten hoch. Die Befürworter hassten die Gegner, und die Gegner hassten die Befürworter. Je nach Standpunkt waren Organisationen, die Migranten auf dem Mittelmeer retteten und nach Europa brachten, entweder Helden oder die naiven Helfer krimineller Schlepperbanden. Es gab keine Zwischenpositionen mehr, ein fast schon religiöser Eifer, und niemand konnte sich da heraushalten. Die Diskussion spaltete das Land; spaltete Nachbarn, Familien und Freunde. Niemand hatte mehr Verständnis für den Standpunkt des anderen.

So lief es auch im Radio. Die Hälfte der Leute war dafür, die andere dagegen. Jeder hatte Argumente, die er vorbringen wollte, und Bianca glaubte, dass es letztlich nur um eines ging: Sie alle wollten gehört werden und ihre Mitmenschen von der eigenen Meinung überzeugen.

Vielleicht war es Sarah, Marc und Henning so ähnlich ergangen. Marc war das verbindende Element gewesen, Sarah und Henning der Plus- und Minuspol. Die beiden hatten auf grundsätzlich unterschiedlichen Seiten gestanden; zwei Trabanten, die sich um den gleichen Mond drehten. Dann jedoch musste etwas passiert sein, etwas Grausames, und die Gräben waren tiefer geworden. Das passierte manchmal, und die Folgen der Eigendynamik konnten dann Lawinen gleichen. Diverse Gefühle stauten sich auf, und wenn sie herausbrachen, war niemand mehr in der Lage, sie oder sich selbst zu kontrollieren.

Henning hatte auf der einen Seite gestanden, Sarah auf der anderen. In der Mitte stand Marc, drei Jahre lang, und in gewisser Weise tat er Bianca fast schon leid. Es musste schwer gewesen sein, beiden gerecht zu werden, und vielleicht war er an dieser Aufgabe zerbrochen. Hatte die Kontrolle verloren und …

Ihre Gedankenspiele brachen ab, als sie in die Straße einbog, in der Peter wohnte. Unwillkürlich musste sie lächeln. Sein Haus war ein Reihenhaus in einer langen Kette von Reihenhäusern; Gartenzaunidylle, Familienglück. Ein sandfarbener Anstrich, ein Flachdach und ein kleiner Vorgarten, an dessen Rändern gepflegte Blumenbeete lagen und durch den ein mit Steinplatten belegter Weg zur Eingangstür führte. Hinter jedem Fenster brannte Licht, und an die Haustür war ein überdimensionierter goldfarbener Luftballon gehängt, auf dem in verschnörkelten Ziffern die Zahl 55 stand.

Sie stieg aus, zögerte kurz und blieb dann auf dem Bürgersteig stehen, um ihre Handtasche auf der Suche nach Zigaretten zu durchwühlen. Einen letzten Glimmstängel musste sie sich noch gönnen; ein paar Minuten Ruhe, bevor sie auf die *Partypeople* traf. Eigentlich wollte sie nicht hier sein. Sie machte sich nichts aus solchen Feierlichkeiten, kam sich dabei immer fehl am Platz vor. Sie tat es nur, um ihm einen Gefallen zu tun und um das Verhältnis zwischen ihnen weiter zu festigen.

Die Frau, die ihr kurz darauf die Tür öffnete, war ungefähr in ihrem Alter. Sie hatte kastanienbraunes Haar, ein freundliches Gesicht und dunkelgrüne Augen. Ihre Jeans und der lässige Wollpullover wirkten zum Glück nicht so, als sei der Rahmen der Feier besonders festlich ausgerichtet. Andernfalls wäre Bianca sich noch deplatzierter vorgekommen.

»Hallo, ich bin die Katrin«, sagte die Frau und streckte ihr die Hand entgegen. »Und Sie müssen Bianca sein, richtig?«

Bianca ergriff die dargebotene Hand. »Die bin ich, und ich bin«, sie lächelte, »ehrlich gesagt ein wenig schockiert, dass man mir die Polizisten schon auf den ersten Blick ansieht.«

Katrins Lächeln wurde breiter. »Nein, gar nicht«, erwiderte sie, »aber Peter sagte, dass Sie vorbeikommen wollten, und alle anderen Gäste kenne ich. Sollen wir nicht reingehen?«

Bianca folgte ihr in den Flur, wo Katrin ihr den Mantel abnahm und an die Garderobe hängte. »Die anderen Gäste sind alle im Wohnzimmer, einfach geradeaus durch«, sagte sie. »Gehen Sie ruhig schon vor und nehmen sich was zu trinken. Peter wird sich riesig freuen, dass Sie es geschafft haben.«

Es war ein schönes, weitläufiges Wohnzimmer, das mindestens die Hälfte des unteren Stockwerks einnahm. Die Fenster reichten bis zum Boden und gaben den Blick auf den Garten frei, der dahinter lag. Rund zwanzig Menschen hielten sich hier auf, Frauen wie Männer. Bianca erkannte ein paar Kolleginnen und Kollegen und nickte ihnen zu, der Rest musste aus Peters privatem Freundeskreis bestehen.

Während sie sich einen Überblick verschaffte, entdeckte sie ihn neben ein paar anderen Männern in einer Ecke des Raums. Peter sah sie im selben Augenblick, und sofort verzog sich sein Gesicht zu einem Lächeln. »Das ist ja toll, dass du es geschafft hast«, sagte er, nachdem er sich von der Gruppe gelöst hatte und zu ihr gekommen war. »Ehrlich gesagt, habe ich nicht damit gerechnet.«

»Danke für die Einladung und: Herzlichen Glückwunsch zum Geburtstag!« Sie drückte ihm das Päckchen in die Hand, das sie mitgebracht hatte. »Ich hoffe, es gefällt dir.«

Er entfernte das Geschenkpapier so vorsichtig, als wolle er es bei einer späteren Gelegenheit ein weiteres Mal verwenden. Dann öffnete er die Box aus Pappe und schaute hinein. Eine

Doppel-CD von Frank Sinatra lag darin, außerdem eine Schachtel Zigaretten und eine Packung Kaugummi. Er lachte. »Woher wusstest du, dass ich *The Voice* so gerne höre?«

»Ich wusste es nicht«, gab sie zu, »aber es passt zu dir. Irgendwie bist du der Typ, der auf eine nette Art ein wenig aus der Zeit gefallen ist.«

Wieder lachte er. »Komm mit, ich muss dich den anderen vorstellen.«

Das anschließende Kennenlernen folgte dem bei solchen Anlässen üblichen Dreiklang: Namen sagen, Namen hören, Namen vergessen. Irgendwer drückte ihr ein Glas Sekt in die Hand, das Dauerlächeln verursachte Kiefersperre, Gesprächsfetzen überall. Manche Gäste lachten zu laut, und andere redeten beschwörend auf ihr Gegenüber ein, um die eigene Weltanschauung mitzuteilen. In den nächsten anderthalb Stunden führte Bianca jede Menge Small Talk und unterhielt sich ausführlicher mit den Kolleginnen und Kollegen aus dem Präsidium. Als sie damit fertig war, trottete sie ziellos umher und richtete ihre Aufmerksamkeit auf eine Reihe von Fotos, die gerahmt auf dem Sideboard standen.

Die meisten davon zeigten Peter im Kreise seiner Familie. Mit Katrin, mit zwei Kindern im Teenageralter, alle vier zusammen an irgendeinem Strand. Nur auf einem war er allein zu sehen. Es war auf einer Bowlingbahn aufgenommen wurden, und Peter schaute sichtlich angetrunken in die Kamera, während er freudestrahlend einen Siegerpokal in die Höhe reckte.

Fotos waren immer nur Momentaufnahmen, aber in der Summe konnten sie Zeugnis darüber ablegen, wie ein Mensch war, wie er gern sein wollte und wie er sich selber sah. Peters Darstellung auf den Fotos entsprach genau dem Bild, das sie von ihm gewonnen hatte: ein eher konservativer Mann, dem seine Familie über alles ging.

»So in Gedanken versunken?«

Bianca schaute auf. Ein Mann stand neben ihr, der zu Peters Freunden gehören musste. Er war in etwa so alt wie sie und wirkte mit seinen kantigen Gesichtszügen und den Grübchen in den Wangen auf eine jungenhafte Art gut aussehend.

Sie deutete auf die Fotos. »Ich habe mir gerade ein paar Fotos angeschaut. Ein nettes Paar.«

»Sie meinen Katrin und Peter? Ich kenne die beiden schon seit Ewigkeiten. Peter und ich sind sogar auf die gleiche Schule gegangen. Er war«, ein kurzes Zwinkern, »allerdings drei Klassen über mir.«

Sie nickte nur.

»Sind Sie eine Kollegin von ihm?«

»Das bin ich.«

Er beugte sich ihr entgegen und verfiel in einen Flüsterton, der wohl vertraulich klingen sollte. »Als Peter damals sagte, dass er zur Polizei gehen würde, konnte ich es kaum glauben. Ich meine ... Sie hätten ihn mal sehen sollen! Er war nie besonders sportlich oder abenteuerlustig. Er war ... nun ja, einfach nicht der Typ, bei dem man vermutet, dass er irgendwann mal auf Verbrecherjagd geht.«

»Dann bin ich ja froh, dass er es dennoch getan hat. Peter ist ein hervorragender Polizist, und Sportlichkeit wird in diesem Beruf generell überbewertet.« Sie tippte sich an den Kopf. »Hierauf kommt es an.«

Verlegen nippte der Unbekannte an seinem Bier, dann sah er sie wieder an. »Ich heiße übrigens Harald.«

»Bianca.«

Er streckte ihr die Hand entgegen, und sie ergriff sie.

»Sie kommen nicht aus Hamburg, richtig?«, fuhr er fort. »Man hört da einen kleinen Akzent. Bayern, würde ich tippen.«

»München«, bestätigte sie.

»Und was hat sie aus der *Weltstadt mit Herz* zum *Tor zur Welt geführt*?«

»Der Job. Ich habe vor Kurzem hier eine neue Stelle angetreten.«

»Und Ihr Mann ist mit Ihnen umgezogen? Entschuldigung, dass ich so direkt frage, aber ... ich kann mir kaum vorstellen, dass eine so attraktive Frau wie Sie alleine durchs Leben geht.«

Hoppla, dachte sie, da hat es jemand aber eilig.

Bianca hatte generell nichts gegen Männerbekanntschaften einzuwenden, aber diesen selbstgefälligen Typen konnte sie schon jetzt nicht ausstehen. Sie beschloss, ihm einen Schuss vor den Bug zu verpassen. »Verheiratet nicht, aber vergeben.« Sie deutete in die andere Ecke des Zimmers, wo eine größere Personengruppe zusammen stand. »Meine Partnerin muss irgendwo da hinten sein.«

Er zögerte kurz, dann lächelte er gezwungen. Anschließend gab er noch ein, zwei Sätze von sich, bevor er sich wieder verabschiedete und in der Menge verschwand.

Wie niedlich, dachte sie – zuerst einen auf dicke Hose machen und sich dann so leicht aus dem Rhythmus bringen lassen …

»Was hast du denn mit Harald gemacht?« Plötzlich stand Peter neben ihr. »Normalerweise ist es gar nicht seine Art, so schnell schon wieder aufzugeben, wenn er einmal Witterung aufgenommen hat.«

»Nichts«, erwiderte sie mit Unschuldsmiene, bevor sie ihn anlächelte. »Das heißt … vielleicht habe ich sein Weltbild ein wenig ins Wanken gebracht, was mögliche Partnerkonstellationen angeht.«

Er fragte nicht nach, was sie ihm hoch anrechnete. Wollte stattdessen wissen, wie ihr die Party gefiel.

Sie zögerte kurz. »Gut, aber … wärst du mir sehr böse, wenn ich schon wieder gehen würde? Ich bin heute Morgen mit Kopfschmerzen aufgewacht, und trotz zweier Tabletten ist es nicht besser geworden.«

»Kopfschmerzen, klar.« Er zwinkerte ihr zu. »Nein, kein Problem. Geh ruhig, wenn du magst. Ich freue mich ja, dass du überhaupt gekommen bist. Aber bevor du abhaust, rauchen wir noch eine, okay? Ich meine, falls deine *Kopfschmerzen* das zulassen …«

Sie lächelte und sagte: »Gerne doch.« Dann folgte sie ihm in den Flur und ließ sich in den Mantel helfen. Keine Minute später standen sie schon im Vorgarten und ließen blaue Rauchkringel in einen wolkenlosen Nachthimmel steigen.

»Hast du keine Angst, dass Katrin gleich den Zigarettenrauch riecht?«, wollte sie wissen.

»Ich habe Geburtstag, da wird sie mir eine Zigarette schon verzeihen. Ich darf nur nicht vergessen, mir gleich die Zähne zu putzen, wenn ich sie heute noch mal küssen will. Sie ist da sehr eigen, was das angeht; auch wenn ich mir stets einrede, dass diese Einstellung hauptsächlich ein Zeichen ihrer Besorgnis ist.«

Sie erwiderte das Lächeln, dann schaute sie sich um. Das Haus, diese Ehe, die Kinder und der kleine Vorgarten mit den achtsam angelegten Blumenbeeten – plötzlich beneidete sie ihn um all das. Alles in seinem Leben wirkte so geordnet, gegliedert und in festen Bahnen verlaufend. Das klang vielleicht nicht aufregend, war aber genau das, wonach auch sie sich sehnte. Jetzt, mit zunehmenden Alter, immer mehr.

Bianca war verheiratet gewesen, aber Kinder waren ihr stets versagt geblieben, obwohl sie gerne welche gehabt hätte. Wenigstens hatte ihre Schwester eine Tochter, an der sie ihre Muttergefühle ausleben konnte – damals zumindest, als ihre Nichte noch jung genug gewesen war, um eine fürsorgliche Tante nicht als nervend zu empfinden.

»Wir haben noch gar nicht über das gesprochen, was bei der Haftrichterin passiert ist«, riss er sie wieder ins Hier und Jetzt zurück. »Bist du mit dem Ergebnis zufrieden?«

»Es ist in etwa das, was ich erwartet hatte.«

»Ich auch. Wir haben gegen Sarah einfach zu wenig in der Hand gehabt.«

»Ärgert dich das?«

»Ein bisschen«, gab er zu.

»Du solltest das nicht persönlich nehmen, Peter. Schauen wir mal, was die nächsten Tage noch so bringen.«

»Als du zu dem Termin gefahren bist, habe ich übrigens noch einmal über alles nachgedacht. Vor allem habe ich mich gefragt, warum die beiden das Fahrzeug ausgerechnet am Flughafen abgestellt haben. Für mich ergab das keinen Sinn. Zum einen wollten sie sich ja nicht absetzen, und zum anderen muss ihnen klar gewesen sein, dass der Wagen dort früher oder später gefunden wird.«

»Stimmt«, sagte sie und fügte mit einem Grinsen hinzu: »Fahren Sie fort, Watson!«

Er lächelte. »Okay, also … Gehen wir mal davon aus, dass unsere Theorie stimmt und dass die beiden Henning gemeinsam getötet haben. Anschließend haben sie seine Leiche entsorgt und den Wagen am Flughafen abgestellt. Danach wollten sie in die Wohnung zurückkommen, um den Tatort von sämtlichen Spuren zu reinigen – jeder, der auch nur einmal *CSI Miami* geschaut hat, weiß, wie aufwendig das ist.« Er räusperte sich. »Was sie allerdings nicht wussten, war, dass Henning die Putzfrau einen Tag früher bestellt hatte. Das hat ihren Plan durcheinandergebracht. Von diesem Moment an mussten sie improvisieren.«

Sie gab ihm mit einem Nicken zu verstehen, dass er weiterreden sollte.

»Unser Auftauchen hat ihren ursprünglichen Plan also zunichtegemacht, richtig? Wenn sie die Wohnung wie vorgesehen gereinigt hätten, würde anschließend nichts mehr auf einen Mord hindeuten. Dann hätte auch niemand das Messer gefunden, das die Müllabfuhr am Tag darauf mitgenommen hätte. Ein paar Tage später hätten sie Henning dann als vermisst gemeldet und das Fahrzeug ebenso. Wir würden den Wagen irgendwann am Flughafen finden und automatisch davon ausgehen, dass Henning sich abgesetzt hat. Nichts würde mehr auf ein Verbrechen hindeuten. Wenn du mich fragst, ein ziemlich perfekter Plan.«

»Das ist gut, Peter«, sagte sie, nachdem sie kurz darüber nachgedacht hatte. »Richtig gut sogar. Traust du ihnen eine so perfide Planung zu?«

»Sie sind intelligent. Unterschätz das nicht.«

»Das habe ich nie.«

Er lächelte. »So habe ich das auch nicht gemeint.«

Sie wollte gerade etwas erwidern, als sie bemerkte, dass er die Arme schützend um den Oberkörper legte. Er fröstelte, was kein Wunder war. Peter hatte nur ein dünnes Hemd an, aber er würde die Unterhaltung nicht von sich aus beenden, das wäre ihm unhöflich vorgekommen. Außerdem entstammte er einer Generation, in der ein Satz wie »Mir ist kalt« wie ein Eingeständnis von Schwäche geklungen hatte.

Albern, gewiss, aber irgendwie auch rührend.

»Du musst wieder zu deinen Gästen zurück«, sagte sie. »Den Rest können wir morgen noch im Präsidium besprechen. Ich habe übrigens auch Vollmann vom Drogendezernat dazu gebeten – vielleicht hat er ja mittlerweile etwas über die Geschäfte von Marc und Henning herausfinden können.«

Peter nickte und nahm sie in den Arm. Sie ließ sich kurz drücken und strich ihm über den Rücken, dann lösten sie sich. Anschließend sah sie ihm nach, während er die drei Stufen zur Eingangstür hochging, noch einmal winkte und dann im Haus verschwand.

Es stimmte, was sie diesem Aufreißer erzählt hatte. Peter war ein guter Polizist, daran bestand kein Zweifel. Seine Theorie hatte keine gravierenden Lücken oder Logikfehler, genau so hätte es sein können. Was ihnen jetzt noch fehlte, waren das Motiv und die Leiche. Denkbare Motive waren angesichts dieser außergewöhnlichen Dreierkonstellation leicht vorstellbar, und Hennings Leiche würde früher oder später schon auftauchen, da war sie sich sicher.

Schließlich kam alles irgendwann an die Oberfläche, jedes noch so dunkle Geheimnis. Auch das von Sarah, Marc und Henning. Wenn das geschah, würde sie da sein, das schwor sie sich. Es aufnehmen und vor Gericht gegen sie verwenden. Das war ihr Job. Dafür war sie angetreten.

Noch immer war sie sich nicht sicher, zu welchen Anteilen

sich die Schuld auf den Schultern der beiden verteilte. Sie wusste nur, dass es in diesem Fall keine Unschuldigen gab. Weder Sarah noch Marc waren das, was sie vorgaben zu sein. Noch spielten sie ihre Rollen, noch waren ihre Fassaden nicht eingestürzt. Noch liebten sie einander.

Noch.

MARC

Manche Dinge enden nie, nicht wahr? Man kann sie totschweigen und so tun, als wären sie nicht passiert, aber das sind sie. Sie haben sich im Verborgenen zu hungrigen Wesen entwickelt, die einem ständig auf den Fersen sind und sich nicht abschütteln lassen. Irgendwann ist es dann so weit. Sie holen dich ein und reißen die Mäuler auf.

Schnappen zu.

Als meine Dämonen zuschnappen, ist es mitten in der Nacht. Ich fahre senkrecht aus dem Bett hoch, der Puls rast, Schweißtropfen laufen mir in die Augen. Im ersten Moment weiß ich nicht, wo ich bin. Ich muss mich erst orientieren, und als ich das schaffe, wünschte ich, ich hätte es nicht getan.

Ich will nicht hier sein. Nicht in diesem Knast und auch in keinem anderen, und vor allem will ich diesen Gedanken nicht denken, der mich aus dem Schlaf gerissen hat. Er hat mit dir und mit ihm zu tun, aber auch mit mir. Mit dem, was wir geworden sind und was uns dazu gemacht hat.

Der wahre Grund, warum ich mit Anfang zwanzig in den Ecstasyhandel einstieg, hatte nur zum Teil mit den Schwierigkeiten zu tun, in denen Henning damals steckte; der andere Teil war durch eine allumfassenden Langeweile begründet, die mich zu lähmen drohte. Es war nicht die Langeweile eines nörgelnden Kindes, das lediglich ein neues Spielzeug will, sondern die Langeweile des Lebens an sich, grau und schwer und bleiern.

Um das nachvollziehen zu können, muss man sich bewusst

machen, dass wir die erste Generation sind, die völlig am Arsch ist. In unserer Welt gibt es nichts Neues mehr, keine unerwarteten Erlebnisse. Alles, was man irgendwo entdecken konnte, ist bereits entdeckt, jeder noch so abgelegene Ort erkundet. Wohin ich als Kind oder Jugendlicher auch geflogen bin, wie weit ich mit meinen Eltern auch reiste – ich kannte alles bereits aus dem Internet oder dem Fernsehen.

Die imposanten Baudenkmäler Roms, den schneebedeckten Gipfel des Kilimandscharo, die riesigen Tierherden der Masai Mara – als ich diese Wunder das erste Mal vor mir sah, waren es nur noch Erlebnisse aus zweiter Hand. Ich hatte all dies bereits unzählige Male auf einem Bildschirm erlebt, und oft konnte die Realität mit den Hochglanzaufnahmen nicht mithalten.

Anders als vorherige Generationen musste ich in fremden Städten auch nie nach dem besten Restaurant suchen, ich konnte das Ergebnis nach einem Punktesystem geordnet auf *TripAdvisor* sehen. Die abgelegensten Orte waren im *Lonely Planet* zu finden, sämtliche Sexpraktiken auf *YouPorn*, und für ein wenig Nerventhrill konnte man Bungee springen oder *Escape Rooms* aufsuchen; organisierte Abenteuer, die von Firmen angeboten wurden, die sich *Eventagenturen* nannten. Das Leben ödete mich an, nichts davon war real, und ich hätte viel dafür gegeben, um mich nur ein einziges Mal lebendig zu fühlen.

Dann war Henning gekommen, seine Probleme und das Geschäft mit dem Ecstasy. Ich blühte regelrecht auf, als ich erkannte, dass die Kriminalität das letzte Refugium für Abenteuersuchende war. Kein kalkulierbares Spiel, bei dem man googeln konnte, wie es ausgeht, kein Netz und kein doppelter Boden. Wenn man sich entschließt, ernsthaft kriminell zu werden, lässt man sich damit gleichzeitig auch auf einen Wettkampf gegen besser ausgestattete Behörden ein. Man kämpft hart und mit allen Mitteln, weil man weiß, dass bei einer Niederlage nicht bloß *Game Over* auf einem Computerbildschirm steht und man anschließend wieder von vorne beginnen kann.

Hier geht es um echtes Risiko, aber auch um wahrhaftige Erlebnisse. Um Adrenalinausstoß und Spannung, um ausgeschüttete Endorphine und Neurotransmitter wie Serotonin, die in einer wilden Achterbahnfahrt durch die Blutbahn rauschen. Ein gelungener Deal peitscht einen wie Kokain nach vorne, und er macht genauso süchtig. Kein Scheiß, Mann – ich weiß, wovon ich da rede.

Die Kriminalität verändert dein Leben, und sie verändert auch dich. Wenn man etwas tut, das vor anderen verborgen bleiben muss, hat das auch Auswirkungen auf die eigene Psyche. Man wird misstrauischer, manche werden paranoid, mich jedoch hat es härter gemacht. Je länger wir in dem Geschäft waren, desto cleverer kam ich mir vor. Mein Selbstbewusstsein stieg in ungeahnte Höhen – als hätte ich den Schlüssel zu einer Wahrheit gefunden, die all den Spießern da draußen verborgen blieb.

Indem Henning mich in seine illegalen Aktivitäten involvierte, hatte er auch das Tor zu einer Welt geöffnet, nach der ich mich schon lange sehnte. Ich lernte die Regeln dieser Welt, und ich passte mich ihr an. Um die Fehler anderer Dealer zu vermeiden, entwickelte ich einen Plan, der das Risiko so weit wie möglich minimieren sollte, bei gleichzeitiger Gewinnoptimierung.

Anfangs machte ich unser Geschäft groß, und als es eine gewisse Größe erreicht hatte, hielt ich es klein. Ich vermied unnötige Gefahren und riskierte nie zu viel auf einmal. Wir waren schließlich keine Gangster aus der Unterschicht, die nichts mehr zu verlieren hatten; kein gottverdammtes mexikanisches Drogenkartell, nicht die *Los Zetas*.

Meine Zielsetzung bestand darin, dauerhaft unter dem Radar zu fliegen und dennoch unseren Schnitt zu machen. Zwei clevere Typen mit einem qualitativ hochwertigen Produkt, deren Geschäfte klein genug waren, um sie ohne die Hilfe Dritter betreiben zu können, und die uns dennoch einen angenehmen Lebensstil ermöglichten.

Zunächst lief alles prima. Henning war der Arm, ich der Kopf, und es hätte ewig so weitergehen können. Über Jahre hinweg war ich von purer Energie erfüllt, wie sie weder durch Sport noch durch probiotisches Essen zustande kommt. Ich war die Energie selbst, sie war mein Leben. Rundum perfekt wurde es dann, als ich Sarah kennenlernte.

Es gibt Dinge auf dieser Welt, die man für Geld nicht kaufen kann, und Gefühle, die kein Adrenalinrausch erzeugt. Henning hatte mir die Dunkelheit gegeben, und Sarah gab mir das Licht, und erst zwischen diesen Extremen fühlte ich mich wahrhaftig zu Hause.

Alles hätte gut sein können, wenn Henning sich besser unter Kontrolle gehabt hätte. Ich hatte ihn vor den Rockern gewarnt, mehr als einmal, aber er wollte nicht hören. Meinte, alles besser zu wissen und mit ihnen schon fertigzuwerden, so ein Blödsinn. Mit Drogen spaßt man nicht, und mit dem Drogengeschäft schon gar nicht. Drogen verändern die Dinge, und sie verändern auch Menschen. Dialoge werden zu Monologen, Frauen zu Huren, Sex zu Pornos, Engagement zu Heuchelei und eine aufgebrachte Gruppe Rocker zu Mördern.

Sie waren an Henning dran, und sie waren kurz davor, ihn fertigzumachen. Er hatte in ihrem Revier gewildert und drei von ihnen zusammen mit ein paar Türstehern verprügelt, womit er die Gang in der Szene zusätzlich noch bloßgestellt hatte. Das konnten sie nicht verzeihen. Niemals. Die Drohungen nahmen zu, wurden massiver, und Hennings einzige Antwort darauf war ein bescheuertes »Fickt euch!«.

Die Gang selbst bestand aus gut zwanzig Männern, und sie war mit zahllosen anderen Gangs vernetzt, europaweit sogar. Mit keinem von denen will man Ärger haben. Das war eine völlig andere Liga. Eine Liga der Gewalt, und als Henning endlich den Ernst der Lage begriff, war es zu spät. Er stand bereits auf der Abschussliste, sie hatten es öffentlich gemacht. Es gab kein Zurück mehr. Sie drohten, ihn zu töten, und er wusste, dass es keine leeren Drohungen waren. Henning hatte keine Chance mehr, sie loszuwerden, nirgendwo in diesem Land. Keine Möglichkeit zu entkommen, außer vielleicht … die eine.

Der Dämon, der mich vor ein paar Minuten aus dem Schlaf gerissen hat, ist nur ein einziger Gedanke gewesen. Ein grausamer allerdings, und ich muss ihn endlich laut aussprechen, um ihn real werden zu lassen. Wenn ich es nicht sage und meine Stimme nicht höre, werde ich es nie glauben. Ich muss …

»Henning lebt!«

Die Worte sind raus, und ihre Bedeutung überkommt mich mit der tosenden Wucht einer Atlantikwelle. Sie reißt mich fort und begräbt alle anderen Gewissheiten unter sich. Die Zellendecke senkt sich, die Wände rücken näher. Es ist ein klaustrophobisches Gefühl, mein Atem geht nur noch stoßweise. Irgendwann wird die Angst durch die Erkenntnis ersetzt, aber ich weiß nicht, was von beidem schlimmer ist.

Es gibt für alles eine Erklärung, und ein paar Erklärungen sind so offensichtlich, dass ich mich frage, warum ich sie bislang nicht gesehen habe. Niemand kann so viele Liter Blut auf einmal verlieren und es dennoch überleben, aber jeder kann immer mal wieder einen halben Liter abgeben, wie bei einer Blutspende. So lange, bis die Menge ausreicht, um ein solches Schauspiel glaubhaft zu inszenieren.

Selbst in ihren Augen.

Henning hätte niemals alle Rocker töten können, wie er es großspurig behauptet hatte, aber er konnte seinen eigenen Tod vortäuschen. Nicht einfach nur abhauen und anschließend ein Leben lang auf der Flucht sein, wo er sich jeden Tag hätte umdrehen müssen, um zu sehen, ob ihm jemand auf der Spur ist, sondern ermordet werden. Von offizieller Seite bestätigt, mit einem dafür verurteilten Täter.

Mir.

Stück für Stück erkenne ich die grausame Logik, die dem Gedanken innewohnt. Mein größtes Problem wäre die Lösung seiner gesamten Probleme gewesen. Kann das sein? Bin ich in dem Ganzen derjenige, der geopfert wird, damit ein anderer sämtliche Sünden loswird? Hat Henning mich mit fingierten Beweisen auf die Schlachtbank eines Systems geführt, aus dessen Mühlen es kein Entkommen mehr gibt? Kann er wirklich so grausam sein, so … *durchtrieben*?

Alles erscheint plötzlich ganz logisch, und dennoch fehlt noch ein Teil. Der letzte und entscheidende Punkt. Noch immer ist die Realitätsverleugnung da, aber sie bekommt Risse, und durch einen dieser Risse flüstert es: *Nichts wird mehr so sein, wie es war.*

Das weiß ich.

Und ich weiß auch, dass ich mich dieses Mal nicht davon erholen werde. Es gibt Schläge, die werfen einen um, aber hinterher steht man wieder auf. Es dauert vielleicht eine Zeit lang, aber dann verblasst der Schmerz, und irgendwann ist es, als wäre es nie passiert. Dieses Mal wird das nicht so sein. Dieses Mal werde ich mich von dem Schlag nicht erholen, weil er vernichtend ist. Er bringt meine Welt zum Einsturz, und ich muss mich an der Wand abstützen, um nicht umzufallen. Alles gerät ins Wanken, zittert und verschwimmt. Nur noch fahrige Sinneseindrücke und eine zerrissene Welt, die durch einen weiteren Treuebruch entstanden ist, der um ein Vielfaches schlimmer als der meines Freundes ist.

Denn eines ist klar: Wenn es stimmt, was ich denke, hätte Henning die Sache nicht alleine durchziehen können. Nicht so; nicht mit all den hinterlassenen Spuren und der Zeit, die dafür nötig gewesen war. Er hätte bei den Vorbereitungen Hilfe gebraucht, Unterstützung … er brauchte …

Sarah!

SARAH

Das Hotelzimmer sieht aus wie jenes, in dem Marc und ich zwei Nächte zuvor noch geschlafen haben, und dennoch ist jetzt alles anders. Hier gibt es keine der Erregung geschuldete Erschöpfung mehr, nur quälende Gewissensbisse. Es ist nicht Hennings Tod, der mich nicht schlafen lässt. Es ist der Verrat an dir, Marc. Wenn ich daran denke, was du jetzt gerade durchmachen musst, beginne ich, mich selbst zu hassen. Ich weiß nicht, ob du mir mein Handeln jemals wirst verzeihen können und ob ich für dich dann noch die sein werde, die ich immer schon war.

Deine Königin.

Ich habe Henning getötet, aber ich habe es nicht mit den eigenen Händen oder einer Waffe getan. Er ist durch die Worte gestorben, die ich den Rockern gegenüber geäußert habe. Sie wussten, wann und wo sie ihn finden können und wann er alleine war. Ich dachte, wenn sie ihn aus dem Weg räumen, würdest du ihnen schon geben, was sie wollen, und dann ein für alle Mal aussteigen. Alleine schon meinetwegen und für die Zukunft, die wir uns ausgemalt haben.

Aber dann muss irgendwas fürchterlich schiefgegangen sein. Der Tag stimmte nicht, und es sollte auch nicht in unserer Wohnung geschehen. Ich habe das nicht gewollt, nicht so zumindest. Genauso wenig, wie ich zuvor das Zusammenleben mit Henning gewollt habe und dein Dasein als Drogendealer. Ja, es hatte seine Vorteile, und es mag Frauen geben, denen Geld und tolle Klamotten alles bedeuten, aber ich … ich wollte immer nur leben.

Ich will ein starkes, leidenschaftliches Leben, und ich will fühlen. Ich will jeden Augenblick fühlen, solange er andauert. Ich will mehr als nur lebendig sein, und das tat ich, wenn du an meiner Seite warst. Mit dir konnte ich mich selbst spüren, und du hast aus jedem Tag einen besonderen gemacht. Selbst damals, als wir noch nicht zusammen wohnten und abends nur telefonieren konnten. Ohne diese Telefonate hätte meinem Leben das tägliche Highlight gefehlt, und ich hätte nicht gewusst, wem ich von meinen alltäglichen Erlebnissen erzählen soll. Du warst nicht nur mein Geliebter, du warst auch mein Seelenverwandter. Ob es unsere Gespräche waren, die Unternehmungen, der Sex – alles war von einer Intensität geprägt, wie ich sie nie zuvor gespürt hatte.

Und jetzt bist du weg.

Durch meine Schuld.

Der Auslöser dafür war, dass ich noch nie damit umgehen konnte, wenn du mich kritisiert hast. Dann habe ich zugemacht oder mit heftigen Gegenvorwürfen reagiert. Nicht, weil ich kritikunfähig bin, sondern weil es mich verletzte, wenn der Mensch, den ich über alles liebte, mir das Gefühl gab, etwas falsch gemacht zu haben. Das war nicht richtig, das weiß ich, aber ich konnte einfach nicht aus meiner Haut. Ich wollte deine Königin sein, immer.

Meist haben sich unsere Streits um die ewig gleichen Dinge gedreht. Die Drogen, Henning und unsere Wohnsituation. Ein sich unentwegt drehendes Mühlenrad, das mich Stück für Stück zermürbte, bis ich Dinge tat, die ich zuvor für undenkbar gehalten habe.

Nachdem ich eure Auseinandersetzung über die Rocker und das weitere Vorgehen mitgehört hatte, stritten wir wieder miteinander, heftiger noch als sonst. Ich sagte, dass ich Hennings Schwur nicht glauben würde, dass er es nicht sein lassen könnte und dass du jetzt schon reagieren müsstest, nicht erst Monate später. Du meintest, er hätte diese letzte Chance verdient, ich könne ihn nicht vorverurteilen. Ein Wort ergab das andere, und dann tat ich, was ich in solchen Situationen immer tue.

Ich machte dicht. Sagte nichts mehr, ging nicht mehr auf deine Argumente ein, wollte nur noch weg. Du wurdest immer lauter, ich immer stiller, und du hast mein Schweigen als Sturheit gedeutet, aber das war es nicht. Es war Verzweiflung, nichts anderes. Irgendwann hat mich diese Verzweiflung dann aus der Wohnung und raus in die Nacht getrieben, wo ich vor dir und Henning sicher war.

Ich bin ziellos durch die Stadt gelaufen, bis ich in einer dieser angesagten Hotelbars landete, wo ich mich auf einen Barhocker setzte und einen Cocktail bestellte. Dann einen zweiten, einen dritten. Irgendwann hat der Alkohol den Frust vertrieben, die Wut auf dich jedoch angestachelt, und plötzlich kam mir alles so sinnlos vor. Mein Leben. Dein Verhalten. Unsere Beziehung. Nie würdest du Henning aufgeben, auch nicht meinetwegen. Wie groß konnte die Liebe dann schon sein?

Nicht groß genug, dachte ich.

Vielleicht war es meiner Gemütsverfassung geschuldet, vielleicht auch dem Alkohol, es spielt keine Rolle mehr. Ich begann, mit dem Typen zu flirten, der drei Hocker entfernt saß. Nein, nicht zu flirten – ich habe ihn regelrecht angemacht. Aufreizend am Strohhalm gesaugt, während ich ihm mein schönstes Lächeln schenkte.

Irgendwann kam er rüber und setzte sich auf den Hocker neben mich. Er war vielleicht fünf Jahre älter, ein gut aussehender, südländischer Typ. Dunkle Haare, hellblaues Hemd, anthrazitfarbene Stoffhose. Dazu Lederschuhe, die wie frisch poliert glänzten.

Ein Teil von mir wusste, dass es falsch war, was ich tat – vielleicht sogar der größere Teil –, aber ich war so leer, so verzweifelt und gleichzeitig so gleichgültig, dass ich das Spiel mit dem Fremden immer weiter trieb. Ermüdet von unseren Diskussionen, ausgebrannt durch die Situation, wollte ich mich einfach wieder lebendig fühlen, überhaupt irgendetwas spüren. Wollte ich mich auch an dir für dein Verhalten rächen? Keine Ahnung, vielleicht.

In dem Moment war es wie bei dem klischeebeladenen Bild, wo einem Engel und Teufel auf der Schulter sitzen. Hör auf, sagte der Engel, das kannst du Marc nicht antun, während der Teufel sich einfach nur auf seinen Dreizack stützte und grinste.

Kurz darauf gingen der Fremde und ich auf eine der Toiletten, die sich in der Hotelhalle befanden. Wir küssten uns, wild und nass, dann tat ich, was er wollte. Ich beugte mich über den Toilettendeckel, während er mein Kleid hochschob und von hinten in mich eindrang. Seine Hände umfassten meine Hüften und hielten mich fest, während sein Schwanz in mich fuhr, immer wieder, tief und hart.

Kurz bevor er kam, sagte er, ich solle ihn in dem Mund nehmen, also drehte ich mich um und lutschte. Keine zwanzig Sekunden später schoss mir sein Samen schon warm und zähflüssig in den Mund. Ich schloss angeekelt die Augen und unterdrückte ein Würgen, und selbst der Teufel auf der Schulter hatte sich angewidert abgewendet.

Nachdem der Kerl seine Hose hochgezogen hatte, fragte er nach meiner Nummer. Ich sagte ihm, er solle sich verziehen, was er dann auch widerspruchslos tat. Anschließend richtete ich meine Kleidung und ging in den Waschraum, wo ich mir den Mund ausspülte, um den salzigen Geschmack loszuwerden. Dabei vermied ich es, in den Spiegel zu schauen, weil ich wusste, dass ich den Anblick darin nicht ertragen würde.

Niemand muss davon erfahren, dachte ich. Niemand hat uns in der Bar gesehen, und niemand die Toilette betreten, während wir es taten. Nur ich wusste davon, und das alleine war schon schlimm genug.

Dachte ich.

Bis ich die Toilette verließ und auf Henning stieß, der direkt davor gewartet hatte.

»Na, Prinzessin«, sagte er und betrachtete mich von oben bis unten. »Hast du Miststück gerade Spaß gehabt?«

MARC

Ich weiß nicht mehr, wer das gesagt hat, aber es stimmt: *Es gibt weder Anfang noch Ende, wenn eine neue Welt beginnt.*

Meine alte ist eingestürzt, und aus den rauchenden Trümmern muss ich jetzt eine neue erschaffen. In ihr wird Sarah nicht mehr an meiner Seite stehen und mein bester Freund zu meinem größten Feind werden. Wenn es stimmt – wenn es wirklich wahr ist, was ich denke –, wird es mich umbringen. Nicht physisch wie ein Messer oder eine Schusswaffe vielleicht, aber seelisch. Der Gedanke daran zerreißt mich jetzt schon.

Sarah hat mich betrogen. Sie beide haben mich betrogen, und aus der Liebe ist die Lüge geworden.

Die Sätze werden zum Mantra meiner Selbstzerstörung. Sie vergiften die Gedanken und lassen das Selbst im Wahn ertrinken. Am liebsten würde ich jetzt die Polizistin anrufen und mir alles von der Seele reden. Über uns, über Nicaragua und über Henning. Ich möchte vor ihr niederknien und wie vor einem Priester beichten, aber das geht nicht. Was ich getan habe – was wir getan haben –, verjährt nicht.

Weder in diesem Land noch in meinem Herzen.

Als ich das erkenne, suche ich nach möglichen Gründen dafür, dass ich mich doch geirrt haben könnte. So ist der Verstand nun mal. Er will Auswege. Er macht Versprechungen. Er versucht, sich selbst zu überzeugen, dass es vielleicht doch noch Gnade gibt. Dass alles nur ein Traum ist und dass es irgendwie noch einen Weg zurück gibt.

Es gibt keinen.

Sarah hat mich verraten, und wenn ich überleben will, muss ich die Gründe für ihren Verrat finden. Ich muss unsere Liebe wie eine Leiche sezieren, bis ich auf die Todesursache stoße. Gelingt das nicht, werde ich in diesem Knast verrotten und mich Stück für Stück auflösen, während sie und Henning ... sie und Henning ...

Plötzlich sehe ich Sarah beim Sex vor mir; die verschwitzten Gesichtszüge und die geröteten Wangen, während ihre kleinen Hände sich ins Laken krallen und sie mich auffordert, noch härter zuzustoßen. Das Zucken des Körpers, wenn sie kommt, und die Windungen, wenn auf den ersten Orgasmus noch weitere folgen. Gleichzeitig jedoch muss ich auch an Henning denken. Es ist jetzt ganz leicht, die beiden Bilder übereinanderzulegen. Was habt ihr getan, wenn ich nicht da war? Hinter meinem Rücken, in unserem Bett oder in seinem?

Bislang habe ich den Ausdruck »gebrochenes Herz« immer für eine Metapher gehalten, aber nun weiß ich es besser. Mein Herz ist gebrochen, ich bin gebrochen. Wann ist das passiert, Sarah? Ab wann ist jede deiner Berührungen nur noch Berechnung gewesen?

Sarahs erster Besuch in meinem Elternhaus. Im Vorfeld waren meine Eltern nicht sonderlich begeistert gewesen, schon wieder eine neue Freundin kennenzulernen, und ich konnte es ihnen nicht einmal verübeln. Zu oft schon hatte ich Frauen mitgebracht und von der »großen Liebe« gesprochen, um jetzt noch ernst genommen zu werden. Dabei hatte ich sie nie belogen, der Ausdruck entsprach einfach nur meinem Wesen.

Wenn es mich packt, verliebe ich mich ebenso schnell, wie ich mich anschließend wieder entliebe. Mein Feuer brennt heiß, aber es brannte nie lange. Bis Sarah kam. Bis ich zum ersten Mal vollständig in Flammen stand und lichterloh brannte, weiter und weiter.

Nach der steif ausfallenden Begrüßung versammelten wir uns um den großen Esstisch des Bungalows, in dem ich aufgewachsen war. Eppendorf, beste Lage unweit der Alster, und samstags werden die Autos gewaschen. Mein Vater saß wie gewohnt am Kopf der Tafel, meine Mutter links, Sarah rechts und ich meinem Vater gegenüber. Eine fast schon förmliche Atmosphäre, die eher einem Geschäftsessen glich.

Es gab Sauerbraten, Kartoffelklöße und Rotkohl, wie immer perfekt zubereitet. Meine Mutter gab sich stets die größte Mühe, wenn ich zum Essen kam, um nicht von dem Standardgefühl einer berufstätigen Frau ihrer Generation zerrissen zu werden, dass sie ihre Mutterliebe, materialisiert in gutbürgerlichem Essen nach dem Rezept meiner Großmutter, auf dem Altar der Berufstätigkeit geopfert hatte.

Ich weiß nicht, wie Sarah es schaffte, die Eisschicht zu brechen. Sie tat es einfach. Bei diesem Essen veränderte sie alles, unsere gesamte Familie. Wo anfangs noch höfliche Konversation angesagt war, flutete plötzlich Lachen den Raum, und mein Vater – sonst eher für seine schweigsame Art bekannt – gab noch vor dem Nachtisch Anekdoten aus seiner Jugend zum Besten, die selbst ich noch nicht gehört hatte.

Er war begeistert von ihr, aber noch schlimmer hatte es meine Mutter erwischt. Sie konnte die Hände kaum noch von Sarah lassen; drückte sie, herzte sie, und als wir die Teller abräumten, flüsterte sie mir im Verschwörerton zu, dass sie sich schon immer eine Tochter wie Sarah gewünscht hatte.

Das erstaunte mich, weil ich ja wusste, wie frühere Konversationen zwischen meiner Mutter und meinen Freundinnen abgelaufen waren. Diese Unterhaltungen glichen immer einem Gespräch von Kontinent zu Kontinent; zwei Sprachen ohne semantischen Minimalkonsens, zwei Leben ohne Berührungspunkte. Und ich? Hatte dabei meist teilnahmslos durch das Fenster in einen Nachmittag gestarrt, der einfach nicht enden wollte.

»Sag mal ...«, sagte Mutter jetzt, wobei sie sich in Sarahs Richtung beugte und auf eine rührende Art aufgeregt wirkte. »Magst du alte Hollywoodfilme auch so gerne? Ich vergöttere ja die Schauspielerinnen dieser Zeit ... Audrey Hepburn, Grace Kelly ...«

Ich schaute meinen Dad an, der grinsend die Augen verdrehte. Wir wussten beide, dass Mum jetzt bei ihrem Lieblingsthema angekommen war und nicht bereit sein würde, es so schnell wieder aufzugeben – vorausgesetzt, das Gegenüber spielte interessiert genug mit.

»O ja, und wie«, antwortete Sarah, und ihre Worte klangen so verdammt ehrlich. »Die Frauen hatten damals einfach noch Klasse, nicht wahr?« Ein Senken der Stimme. »Die Männer aber auch – Gary Grant, Gregory Peck ...«

Meine Mum kicherte (sie kicherte wirklich, das tat sie sonst nie!), und ich stand auf, um im Garten eine Zigarette zu rauchen. Mein Dad folgte mir und ließ sich ebenfalls eine geben. Eine der wenigen Gelegenheiten, bei denen ich ihn noch rauchen sah, nachdem ihn vor drei Jahren ein Herzinfarkt niedergestreckt hatte.

»Tolles Mädchen«, sagte er anerkennend, als wir unter der alten Birke standen, und dann noch einmal, bestätigend: »Ein richtig tolles Mädchen!«

»*Mädchen* ist gut«, grinste ich. »Sarah ist neunundzwanzig.«

»Wenn du mal so alt bist wie ich, Junge, wird für dich jedes weibliche Wesen unter dreißig ein Mädchen sein.«

Ich lächelte.

»Lach nur«, sagte er.

»Ja, das tue ich.«

Er zog an der Zigarette, dann wurde er schlagartig ernst. »Wo wir gerade unter uns sind ... Was macht eigentlich dein Studium?«

Ich antwortete nicht.

»Rede mit mir! Ich will dir doch nur helfen.«

»Lass es«, sagte ich. »Nicht heute, ja?«

»Du bist dreiunddreißig«, gab er das Offensichtliche von sich. »Wenn du dich ranhältst, könntest du in einem Jahr mit dem ersten Staatsexamen fertig sein. Du könntest aus deinem Leben noch etwas Gescheites machen.«

Ich sagte nichts.

»Du sollst es ja nicht für uns tun«, ließ er nicht locker. »Tu es für dich, und tu es für Sarah. Sie ist eine tolle Frau und hat etwas Besseres verdient.«

Ich sah ihn mit zusammengekniffenen Lidern an. »Etwas Besseres als mich, meinst du?«

»Nein, das habe ich nicht gesagt. Etwas Besseres als einen Mann, der von ... was weiß ich was lebt. Wie kommt ihr überhaupt über die Runden?«

»Alles gut. Mach dir keine Sorgen.«

Er sagte nichts, blickte mir nur in die Augen.

»Was?«

»Das, was du da tust – hat es etwas mit Henning zu tun?«

Spätestens jetzt wusste ich, auf was das Ganze hinauslief. Meine Eltern mochten Henning nicht, hatten ihn noch nie gemocht. Er war das, was sie als »*schlechten Umgang*« bezeichneten. Wir hatten dieses Thema in der Vergangenheit bis zum Erbrechen diskutiert, es brachte nichts. In ihren Augen war er der Antichrist.

»Nun sag schon«, drängelte er.

»Lass Henning da raus«, erwiderte ich genervt. »Du und Mum mögt ihn nicht, aber er ist mein Freund. Selbst in deinen Augen sollte ich alt genug sein, um mir meine Freunde selber aussuchen zu können.«

»Ja, natürlich, ich meine ja nur ... Versau es nicht, okay? Nicht dein Leben und nicht die Beziehung zu ihr.« Dann lächelte er. »Gott, wenn ich zwanzig Jahre jünger wäre und es deine Mutter nicht geben würde, müsste ich dir das Mädchen glatt ausspannen.«

Als wir kurz darauf wieder ins Wohnzimmer kamen, diskutierten Mum und Sarah immer noch, welche der zahllosen Hollywood-Ikonen wohl die faszinierendste war – Elisabeth Taylor, Sophia Loren oder Lauren Bacall. Sie bemerkten uns nicht, waren völlig in ihrer Welt versunken. Immer, wenn die eine redete, unterstützte die andere sie mit einem zustimmenden Nicken. Ich sah mir das Zusammenwirken aus der Ferne an und lächelte. Da saßen sie, als ob sie sich bereits seit Jahren kennen würden – die beiden Frauen, die mir am meisten bedeuteten.

In dem Moment kam mir das Wort Glück nicht nur wie eine erstrebenswerte Vorstellung vor, sondern wie ein ganz realer Zustand. Vielleicht hat Dad ja recht, dachte ich. Vielleicht war wirklich die Zeit gekommen, endlich mit dem bisherigen Leben aufzuhören und ein völlig neues zu beginnen.

Sofern sie es wollte, könnte ich Sarah heiraten und mit ihr eine Familie gründen. Ein Haus mit Garten kaufen und ein geregeltes Leben als Anwalt führen. Keine Drogengeschäfte mehr. Kein Henning.

Henning war der schwierigste Punkt. Der, der mir am meisten Sorgen machte. Auch er hatte eine Vorstellung vom Leben, und die würde ich damit begraben. In Sarahs und meinem Vorstadthäuschen würde es keinen Platz mehr für ihn geben. Unsere Kinder würden nicht um uns herumtoben, wenn Henning samstagnachmittags mit einem Sixpack zum Grillen kam. Alleine schon die Vorstellung war absurd. Das war mir ebenso klar wie seine Reaktion, wenn ich ihm von dem Plan erzählen würde. Und dennoch – die Umsetzung erschien in diesem Moment ganz einfach zu sein, leicht und unbeschwert.

Damals, als wir das erste Mal bei meinen Eltern waren.

Aber vielleicht ist es mit Sarah und mir dann ja wie in dem alten Witz mit dem wohlerzogenen Mädchen gekommen, das sich in einen Rockmusiker verliebt, weil er so rau und anders ist.

Es ist eine klassische *Good-girls-love-bad-boys*-Geschichte. Anfangs findet sie alles an ihm toll; seine Harley, die langen Haare, den Bart und die abgewetzten Lederjacken. Ganz großes Kino, aber dann will sie ihn ihren Eltern vorstellen und bittet ihn, sich für den Besuch wenigstens die Haare schneiden und den Bart rasieren zu lassen. Weil er sie genauso liebt wie sie ihn, macht er es. Er gibt sogar die Bühne auf und fängt etwas Solides an, weil ihr ein geregeltes Einkommen wichtig ist. Verkauft das Motorrad, weil sie im Winter ständig darauf friert, und legt sich stattdessen eine Mittelklasselimousine mit Sitzheizung zu.

An Weihnachten überrascht sie ihn mit einem Sakko und bittet ihn, es doch mal anzuprobieren, er würde darin garantiert gut aussehen. Nachdem er auch das getan hat, verlässt sie ihn wenige Wochen später wegen einem ehemaligen Mitglied der alten Band. Er versteht die Welt nicht mehr und fragt unter Tränen nach dem Grund. Sie deutet auf seine akkurat geschnittenen Haare, das glatt rasierte Gesicht, das schöne neue Sakko und sagt: »Schau dich doch mal an – du bist so fürchterlich langweilig geworden!«

So kann es gehen, und vielleicht bin auch ich Sarah zu langweilig geworden. Sie wollte von Anfang an mit mir alleine leben, ohne Mitbewohner. Sie wollte, dass ich aus dem Ecstasyhandel aussteige und mein Studium beende. Ewig hat sie mich deshalb bearbeitet, und als ich ihr endlich sagte, dass ich bereit sei, all dies zu tun, hat sie vielleicht das Interesse verloren.

Doch jeder Verlust erschafft auch ein Vakuum, nicht wahr? Vielleicht wurde dieses Vakuum ja durch einen anderen ausgefüllt. Durch jemanden vielleicht, der mit uns unter einem Dach lebte und der stets der *Bad boy* geblieben ist, der er immer schon war. Der sich nie ändern würde, um keinen Preis der Welt.

Aber wann genau ist das passiert? Wann hat Sarah sich entschlossen, uns zu verraten und alles durch den Dreck zu ziehen, woran wir jemals geglaubt haben? Und was, verdammt noch mal, hat mich so blind gemacht, dass ich davon nichts mitbekommen habe?

SARAH

Es ist stockdunkel, als ich mitten in der Nacht aufwache. Es ist kein sanftes Erwachen, eher ein plötzliches, abruptes. Ich reiße die Augen auf, unfähig zu begreifen, wo ich bin. Dann fällt es mir wieder ein. Ich bin in einem Hotel. Alleine. Ohne dich. Ein Schluchzen entfährt meiner Kehle, ich weiß nicht, warum. Dann fällt mein Blick auf die Digitalanzeige des Weckers, der auf dem Nachttischchen steht. 2:23 Uhr. Die roten Ziffern scheinen schwerelos im Raum zu schweben.

Ich will mich gerade wieder hinlegen, als ich draußen auf dem Gang Schritte höre. Das ist in einem Hotel nichts Ungewöhnliches, aber diese bleiben genau vor meiner Zimmertür stehen. Vor Anspannung halte ich die Luft an. Jetzt höre ich nichts mehr, nicht einmal meinen eigenen Atem.

Nach einiger Zeit ertönt wieder ein Geräusch, ein leises Scharren. Ich steige aus dem Bett und nähere mich auf Zehenspitzen der Tür, halte inne und lausche. Auf dem Flur sind zwei männliche Stimmen zu vernehmen. Sie flüstern, ich kann nicht verstehen, worüber sie reden. Die Angst packt mich wie eine riesengroße Faust, mein Herz rast. Dann bleibt es fast stehen, als einer der beiden lacht. Ganz leise nur, wie unterdrückt.

Warum gehen sie nicht? Was tun sie da? Vielleicht sind es ja Polizisten, die mich verfolgen. Einen Moment lang denke ich darüber nach, irgendetwas zu sagen, um sie wissen zu lassen, dass ich sie bemerkt habe. Dann will ich plötzlich gar nicht, dass sie das wissen. Ich will unsichtbar sein, will nur, dass sie weitergehen. Meine Fingernägel graben sich tief in die Handballen, es schmerzt. Die Sekunden dehnen sich zu Ewigkeiten, und am allerschlimmsten ist die Ungewissheit.

Mit dem Rücken gegen die Tür gelehnt, rutsche ich nach unten. Ich halte die Augen fest geschlossen, um mich voll auf meine anderen Sinne zu konzentrieren, könnte eh nichts sehen. Draußen ist es Nacht, und in dem Zimmer ist es stockfinster. Augenblicklich komme ich mir wie ein Kind vor, das sich im Dunkeln fürchtet. Das die Augen fest verschließt, weil es glaubt, dann unsichtbar zu sein und von den Monstern nicht gesehen zu werden.

Meine Monster sagen wieder etwas. Dieses Mal kann ich vereinzelte Wörter verstehen, die in Kombination aber keinen Sinn ergeben. *Geld* ist eines davon, *Wohnung* ein anderes. Wieder lacht einer leise, es klingt dreckig und rau.

Als plötzlich irgendetwas an der Zimmertür schabt, schreie ich erschrocken auf, dann unterdrücke ich den Schrei, indem ich die Hände auf den Mund presse. Vor der Tür wird es schlagartig still, jetzt sagt niemand mehr was. Ich nicht, die Männer nicht, und dennoch muss sich jeder der Anwesenheit des anderen bewusst sein. Wir belauern uns, als würde jeder nur auf einen Fehler des anderen warten. Es ist ein unfairer Kampf. Zwei gegen mich, getrennt nur durch eine schmale Zimmertür, die sie sicherlich nicht aufhalten kann.

Ich könnte jetzt aufspringen und ans Telefon stürmen, die Rezeption anrufen und mit panischer Stimme sagen, dass jemand vor meiner Zimmertür steht, der sich gewaltsam Zutritt verschaffen will. Das könnte ich, aber dann müsste ich auch die scheinbare Sicherheit aufgeben, die mir diese Tür trotz ihrer Zerbrechlichkeit bietet. Das schaffe ich nicht. Ich kann mich nicht von der Stelle rühren, meine Beine sind wie gelähmt.

»Bitte«, flüstere ich. »Geht weiter, geht bitte einfach weiter …«

Vielleicht gibt es einen Gott, und vielleicht hat er mein Flehen erhört. Die Schritte entfernen sich wieder. Ich halte den Atem an, traue dem Frieden nicht, es könnte eine Falle sein.

Dann höre ich, wie in einiger Entfernung eine Tür geöffnet und geschlossen wird, kurz darauf eine zweite. Diese beiden Männer – sie sind nicht von der Polizei, und es sind auch keine Monster. Wahrscheinlich nur zwei späte Heimkehrer, die sich zufällig genau vor meiner Zimmertür getroffen haben, bevor sie sich nun in ihre eigenen Räume begeben. Einer der beiden muss dabei aus Versehen gegen die Tür gekommen sein. Das Schaben … Es ist nur ein Zufall gewesen. Die unbedachte Bewegung eines Angetrunkenen, nicht der Einbruchsversuch eines … was auch immer.

Ich lache los und merke selbst, wie hysterisch es klingt. Dennoch kann ich nicht damit aufhören. Ich lache und lache, bis die Tränen fließen und das Lachen in ein Schluchzen übergeht. Meine Nerven sind am Ende, und das hat nichts mit dem gerade Erlebten zu tun. Auch nicht mit den letzten Tagen. Meine innere Zerstörung begann schon früher, viel früher.

An dem Tag, an dem ich zum ersten Mal von Little Corn Island gehört habe.

Alles begann rund zwei Monate, nachdem Henning mich vor der Toilette abgefangen hatte. Ich war müde und ausgelaugt von der Arbeit nach Hause gekommen, als Marc aus dem Wohnzimmer rief, ich solle bitte mal zu ihm kommen. Seufzend zog ich die Schuhe aus und ging zu ihm. Er saß vor dem Laptop, strahlte mich an und behauptete, gerade das perfekte Ziel für unseren nächsten Urlaub gefunden zu haben. Ein Geheimtipp, sagte er, und seine Wangen glühten vor Aufregung.

Little Corn Island.

Ich musste mich neben ihn setzen, und er zeigte mir umgehend alles, was er über die Insel im Internet gefunden hatte. Little Corn Island gehörte zu Nicaragua, hatte weniger als tausend Einwohner und erstreckte sich über nur gut drei Quadratkilometer. Größere Hotels gab es dort nicht, nur viele bunte Hütten, überwiegend Backpacker-Unterkünfte. »Dort muss es immer noch so sein, wie es vor sechzig Jahren überall in der Karibik war«, sagte er ungläubig. »Nicht zu vergleichen mit dem Massentourismus auf Kuba oder in der Dominikanischen Republik. Ich wusste gar nicht, dass es so etwas überhaupt noch gibt.«

Ich musste zunächst googeln, wo Nicaragua überhaupt liegt. Es ist ein Staat in Mittelamerika, unterhalb von Honduras und oberhalb von Costa Rica, mit dem Pazifik im Westen und der Karibischen See im Osten. Nur gut sechs Millionen Einwohner, eine atemberaubende Vegetation und eine ebenso atemberaubende Kriminalitätsrate.

»Lass dich davon nicht beeinflussen, das gilt nur für das Festland«, behauptete er. »Die Insel soll vollkommen sicher sein. Ich habe jede Menge Berichte von irgendwelchen Backpackern gefunden, und alle klingen absolut überwältigend.«

Meine Begeisterung hielt sich dennoch in Grenzen. Vor allem, als wir uns näher damit beschäftigten, wie man dort hingelangen konnte. Von Hamburg aus würden wir zuerst nach Frankfurt fliegen müssen und danach weiter nach Atlanta, wo eine Zwischenübernachtung anstand. Am nächsten Morgen ging es dann nach Managua, wo man abermals den Flieger wechseln musste. Eine kleine Propellermaschine brachte einen anschließend nach Big Corn Island, wo das kleine Boot anlegte, mit dem man einmal am Tag rüber zur Nachbarinsel kam.

Warum nur ist er von dieser Idee so begeistert gewesen, und warum nur habe ich mich irgendwann von seiner kindlichen Begeisterung anstecken lassen?

Vielleicht, weil das Ganze so romantisch klang. Eine abgelegene Karibikinsel mit endlosen Sandstränden und ohne Massentourismus, wo gab es das schon? Vor meinem geistigen Auge sah ich bereits, wie Marc dort tauchen ging, während ich in einer Hängematte lag und meine Seele zwischen den Palmen baumeln ließ. Abends würden wir in einem kleinen Lokal frisch gefangenen Lobster essen und ein eisgekühltes Bier trinken. Alles dort wirkte so frei und ungezwungen, und mit einem Bikini und einem T-Shirt wäre ich überall angemessen gekleidet. Marc hatte recht – die Vorstellung kam der vom Paradies erstaunlich nahe, und um ins Paradies zu gelangen, schienen mir sechsunddreißig Stunden Anreise dann doch nicht zu lange zu sein.

Ein paar Tage später hat Marc die Flugtickets gebucht, den Rest wollten wir auf eigene Faust organisieren. Nach langer Überlegung und jeder Menge Vergleichen haben wir uns für eine Anlage entschieden, die eine Viertelstunde Fußmarsch vom einzigen Ort der Insel entfernt lag und Abgeschiedenheit pur versprach. Es gab dort nur ein paar kleine Bungalows ohne Klimaanlage, und nachts wurde der Strom abgestellt, damit der Generator die Stille nicht störte.

Alleine schon die Vorstellung ließ mein Herz höher schlagen, und irgendwann begann ich, die Tage bis zur Abreise zu zählen. Ich freute mich und war glücklich, so glücklich. Zumindest bis zu dem Abend, an dem Henning freudestrahlend nach Hause kam und uns mitteilte, dass er ebenfalls Tickets gebucht hatte.

Ich weiß bis heute nicht, ob Marc ihm von unseren Plänen erzählt oder ob Henning einfach nur die Vorbereitungen mitbekommen hat. Ich weiß nur, dass ich vollkommen ausgerastet bin und Marc angeschrien habe, als wir kurz darauf wieder alleine waren. Marc versuchte, mich zu beruhigen, indem er versprach, noch einmal mit Henning zu reden. Er ärgerte sich ebenfalls darüber, dass sein Freund einfach gebucht hatte, ohne es mit ihm abzusprechen. Sagte, dass er das schon geraderücken und dass Henning sicherlich einsehen würde, dass wir im Urlaub alleine sein wollten.

»Und wenn nicht?«, fragte ich zornig.

»Dann wird die Welt auch nicht untergehen. Er hat gesagt, dass er sich auf alle Fälle einen eigenen Bungalow nehmen wird. Wahrscheinlich wirst du nicht einmal groß mitbekommen, dass er überhaupt da ist.«

Ich weiß nicht, ob seine Antwort mich beschwichtigen sollte oder ob er einfach nur naiv war. Ich weiß nur, dass sie mich fassungslos machte. Als mir die Tränen in die Augen stiegen, wendete ich mich wortlos von ihm ab.

»Ich rede noch einmal mit ihm, versprochen«, sagte er, packte mich an der Schulter und drehte mich wieder in seine Richtung. »Er wird das einsehen, und nach dem Urlaub wird er ja sowieso ausziehen. Das haben wir doch geklärt. Im schlimmsten Fall ist die Reise dann halt … keine Ahnung, wie eine Art Abschiedstrip, okay?«

Ich wusste, dass Henning auf Wohnungssuche war, und dennoch beruhigte mich das nicht. Ich würde es erst glauben, wenn er tatsächlich ausgezogen war, und bis dahin würde ich ganz sicher nicht mit ihm in den Urlaub fliegen.

All das wollte ich Marc gerade sagen, als ich die Zerrissenheit in seinem Gesicht sah. Ich sah, wie er litt, also nickte ich besänftigend, während ich innerlich beschloss, die Sache mit Henning selbst zu regeln. Zwei Tage später war es dann so weit. Marc fuhr an diesem Abend alleine zu seinen Eltern, weil ich vorgegeben hatte, nach einem harten Arbeitstag müde zu sein. Sobald er aus dem Haus war, ging ich in die Küche, wo Henning sich gerade einen Tee machte, und sagte, dass ich mit ihm reden müsse.

»Über den Urlaub in Nicaragua?«, fragte er und drehte sich um. »Ich hab schon gehört, dass es dir nicht passt, wenn ich mitkomme.«

»Nein«, antwortete ich entschieden. »Es passt mir ganz und gar nicht.«

»Und warum nicht, wenn ich fragen darf?«

»Das weißt du ganz genau!«

»Ich habe keine Ahnung.«

»Ich will nicht mit dir in den Urlaub fliegen. Ich weiß, was du getan hast. Mit Tante Frieda zum Beispiel. Wie du in Wirklichkeit bist.«

Er zog fragend die Augenbrauen hoch. »Du sprichst in Rätseln, Prinzessin.«

»Nenn mich nicht immer so! Herr Fischer hat mir erzählt, was du und dein Freund Tante Frieda angetan habt. Du bist … du bist ein schlechter Mensch, und du bist nicht gut für Marc.

Offen gesagt, kann ich es kaum noch erwarten, dass du endlich ausziehst. Du widerst mich an, und ich will dich nicht mehr um mich haben!«

Jetzt war es raus. Endlich. Ich hielt die Luft an. Insgeheim rechnete ich damit, dass es nun zu einem lautstarken Streit kommen würde. Vielleicht würde er mir sogar eine scheuern; zuzutrauen wäre es ihm. Ein Teil von mir hoffte sogar darauf, weil Marc ihm das nie verzeihen würde. Dann wäre es sofort vorbei, doch nichts davon geschah. Als er wieder etwas sagte, fiel seine Reaktion anders als erwartet aus.

»Ach, Prinzessin ...«, sagte er gedehnt. »Du glaubst immer noch, dass sich die ganze Welt nach deinen Wünschen richtet, stimmt's? Aber so ist es nicht. Marc ist mein Freund, und du wirst uns nicht auseinanderbringen, ob dir das passt oder nicht. Also gewöhn dir ab, jedes Mal trotzig wie ein Kleinkind zu reagieren, wenn du deinen Willen nicht bekommst. Du bist Anfang dreißig, Sarah. Das ist lächerlich. Ich habe immer gedacht, dass du eine erwachsene Frau bist, aber scheinbar willst du ewig nur ein kleines Mädchen bleiben. Mein Fehler.«

»Was hat denn das eine mit dem anderen zu tun?«, erwiderte ich aufgebracht.

Er warf mir einen mitleidigen Blick zu. »Gleich erzählst du mir sicher noch, dass du nicht nur mich, sondern auch unsere Drogendeals verabscheust. Das will die Prinzessin nicht, richtig? Aber das Loft willst du schon. Den BMW, die Reisen und die teuren Klamotten, die Marc dir ständig kauft.«

Von einer Sekunde auf die andere fühlte ich mich in die Defensive gedrängt. Ich hatte das Gespräch führen wollen, um endlich für Klarheit zu sorgen, stattdessen stand ich plötzlich wie die Angeklagte da.

»Wenn das Geld aus illegalen Quellen stammt, kann ich gut darauf verzichten«, entgegnete ich lahm. »Das kannst du mir glauben!«

Jetzt lachte er. »Ja, du *könntest* vielleicht darauf verzichten, aber du tust es nicht, obwohl du genau weißt, wo die Kohle herkommt. Mach dir nichts vor, Sarah – du bist keinen Deut besser als ich.«

»Aber ich …«

»Vielleicht sollte ich dir in Erinnerung rufen, was ich weiß?« Henning kam bedrohlich näher. »Damals im Hotel auf dem Männerklo? Der Italiener, der dich gefickt hat? Ich habe bislang nichts gesagt, weder zu dir noch zu Marc, weil ich ihm das nicht antun wollte, aber das kann sich auch ganz schnell ändern.«

Mein Herz stockte. »Was soll da auf der Toilette gewesen sein?«

Er grinste nur.

»Du spinnst ja«, sagte ich. »Da war nichts, und …«

»Was würde Marc wohl machen, wenn er wüsste, dass du gar nicht die liebevolle Freundin bist, die er in dir sieht, sondern einfach nur … ich weiß auch nicht … ein verficktes Miststück?« Er schüttelte den Kopf. »Ich meine, du lieber Gott, Sarah, ehrlich? Du lässt dich auf 'nem öffentlichen Klo von 'nem Wildfremden ficken und ziehst ihm nicht mal ein Kondom über? Und was mich schon immer interessiert hast – hast du es in dieser Nacht auch noch mit Marc gemacht? Hattest du keine Angst, dass er den Saft des Typen noch schmecken könnte, als er dich küsste?«

Tränen traten mir in die Augen. »Du bist widerlich«, sagte ich. »Da war überhaupt …«

»Wage es bloß nicht, es abzustreiten! Ich kenne den Kerl, und anders als du kenne ich auch seinen Namen, Davide. Er hat es anfangs abgestritten, aber nur kurz. Dann waren ihm seine Eier wohl wichtiger als dein tadelloser Ruf.«

»Er lügt«, sagte ich leise, während mein Magen rebellierte.

»Tut er nicht«, erwiderte Henning gelassen. »Aber wenn du willst, können wir das Ganze auch gerne zusammen mit ihm und Marc besprechen. Ja, ich glaube, das ist eine gute Idee … Lassen wir Marc doch entscheiden, wem er glaubt.« Wieder grinste er. »Was meinst du, sollen wir das tun? Du hast doch selbst gesagt, dass du nicht mehr mit mir zusammenwohnen willst, und nach diesem Gespräch wird einer von uns beiden aus der Wohnung fliegen, das ist klar. Kleiner Tipp: Ich bin es nicht!«

Einen Moment lang vergaß ich das Atmen. Seine Worte waren der Leberhaken, der brutale Schlag gegen die Schläfe, der Knock-out.

»In Ordnung«, sagte ich irgendwann tonlos. »Du hast gewonnen, Henning. Aber ob du es glaubst oder nicht: Es gab nur dieses eine Mal. Ich liebe Marc mehr als alles andere, und ich will ihn nicht verlieren.«

»Das heißt?«

Ich senkte den Blick, dann: »Wenn du nichts sagst, sage ich auch nichts mehr. Über dich, meine ich.«

»Du hast nichts mehr dagegen, wenn wir zu dritt in den Urlaub fliegen?«

Ich schüttelte den Kopf.

»Du wirst nicht mehr versuchen, Marc dazu zu bewegen, mich aus der Wohnung zu schmeißen?«

Ich schüttelte den Kopf.

»Ab jetzt sind die Dinge zwischen uns geregelt?«

Ich holte tief Atem, dann nickte ich.

»Vielleicht habe ich mich ja doch in dir geirrt«, sagte er. »Vielleicht bist du ja doch kein kleines Mädchen mehr. Ein kleines Mädchen hätte jetzt nur rumgeheult. Eine erwachsene Frau vielleicht auch, aber dann würde sie einen Deal machen. So, wie du es getan hast. Gut gemacht, Prinzessin.«

Ich musste schlucken, und meine Spucke war bitter wie Galle. »Sind wir jetzt fertig?«

Er nickte gönnerhaft. »Ich denke, dass die Dinge jetzt geregelt sind. Wie man es unter *guten Freunden* halt so macht.«

O nein, dachte ich, während ich wie ein geprügelter Hund die Küche verließ. Nichts ist geregelt.

Gar nichts.

Vielleicht war dies der Moment, in dem mir endgültig klar wurde, dass ich Henning loswerden musste. Am besten noch vor Nicaragua, spätestens kurz danach. Er hatte mich in der Hand, und er würde diesen Vorteil jederzeit ausspielen, wenn es die Umstände erforderten. Wie sollte ich mit Marc glücklich werden, wenn ständig dieses Damoklesschwert über meinem Kopf hing?

Henning würde mich weiterhin erpressen, und er würde auch nicht mit dem Dealen aufhören. Selbst wenn Marc ihm deshalb die Freundschaft kündigen sollte, war die Gefahr nicht gebannt, ganz im Gegenteil. Henning würde sich nicht kampflos zurückziehen, ohne zuvor noch seinen letzten Trumpf auszuspielen. Wenn er unterging, würde er mich mit sich in den Abgrund reißen.

Das konnte ich nicht zulassen, dafür stand zu viel auf dem Spiel.

Für Marc.

Für mich.

Für uns.

Sie trafen sich direkt nach Dienstbeginn: Bianca, Peter und Lars Vollmann vom Drogendezernat. Der Enddreißiger in Lederjacke hatte sich im Milieu umgehört, um herauszufinden, was die Szene über Marc Lammert und Henning Järisch wusste. Dazu hatte er Konsumenten und Kleindealern, die nur auf Bewährung draußen waren, Fotos der beiden gezeigt und ihnen ein wenig Druck gemacht.

»Und?«, fragte Bianca jetzt, während sie für alle Kaffee einschenkte. »Konntest du irgendwas herausfinden?«

Vollmann nippte an seinem Kaffee und verzog das Gesicht, als er sich die Lippen an dem heißen Getränk verbrannte. »Bevor wir damit anfangen – wie gut kennt ihr euch mit der Herstellung von Ecstasy aus?«, fragte er. »Mit Amphetaminen generell?«

»Geht so«, sagte Bianca, und Peter meinte: »So gut wie jemand, der mit Begeisterung *Breaking Bad* gesehen hat.«

»Die Beliebtheit von Ecstasy ist vor allem auf zwei Punkte zurückzuführen«, dozierte Vollmann. »Es ist günstig, aber trotzdem stark und lang anhaltend in der Wirkung. Trotz des niedrigen Verkaufspreises fällt für die Dealer genug Gewinn ab, weil die Pillen in der Herstellung nur einen Bruchteil dessen kosten, was sie beim Verkauf bringen. Jeder Idiot kann sie herstellen, sofern er über ein paar chemische Grundkenntnisse verfügt und an die wichtigsten Zutaten herankommt. Dann kann man Ecstasy quasi in der eigenen Küche produzieren, was meistens in Belgien oder den Niederlanden passiert, und genau da liegt auch das Problem: Anders als bei pflanzlichen Drogen wie Marihuana oder unverschnittenem Kokain weiß man bei Ecstasy nie, was genau in welcher Pille drin ist. Die User werfen eine davon ein und schauen dann, was passiert. Ist zu wenig Wirkstoff enthalten, bekommt der Anbieter Ärger mit der Kundschaft, weil die Pille sie nicht gut genug draufbringt. Wenn zu viel enthalten ist, kann es zu Kreislaufzusammenbrüchen oder Schlimmerem kommen, was uns dann auf den Plan ruft. Bis hierhin alles klar?«

Sie nickten.

»Die Kunst ist also, ein Produkt herzustellen, in dem stets die gleiche Menge Wirkstoff enthalten ist – so, wie in jeder Aspirin 500 auch immer 500 Milligramm Acetylsalicylsäure stecken. Wenn man das schafft, hat man praktisch eine synthetische Qualitätsdroge, die sich die Konsumenten auch etwas kosten lassen. Vor allem, wenn man dem Kind noch einen einprägsamen Namen gibt und es mit einem coolen Branding versieht. Eine der Pillen, auf die das zutrifft, ist *Perfect Party*, kurz PP genannt. In der Szene genießt sie einen ausgezeichneten Ruf. Vielleicht ist *Perfect Party* momentan sogar das Beste, was man diesbezüglich in Hamburg kaufen kann.«

»Du klingst ja fast schon bewundernd«, stellte Peter fest.

Vollmann fläzte sich tiefer in den Stuhl und schlug die Beine übereinander. »Was heißt hier *bewundernd*?«, sagte er. »Bei all dem Dreck, den es zu kaufen gibt, ist sauber hergestelltes Ecstasy noch das geringste Problem. Wenn du mich fragst – legalisiert das Zeug einfach, ebenso wie Marihuana. Die Kids kommen sowieso ran und machen momentan nur irgendwelche Arschlöcher reich. Wenn unser geliebter Staat es dagegen unter Laborbedingungen herstellen und mit einer Steuer versehen in Apotheken verkaufen würde, hätte die Allgemeinheit auch was davon.«

»Das sehe ich anders«, erwiderte Peter kopfschüttelnd.

»Mag sein.« Vollmann tat den Einwand mit einem Achselzucken ab. »Aber so, wie es jetzt läuft, gibt der Staat nur Millionen an Steuergeldern für einen Krieg aus, den er sowieso nicht gewinnen kann.«

»Könnten wir jetzt bitte wieder zum Thema zurückkommen?«, sagte Bianca, die keine Lust auf eine gesellschaftspolitische Diskussion hatte. »Auf Marc Lammert und Henning Järisch?«

»Genau dabei sind wir doch«, erwiderte Vollmann und grinste. »Laut meinen Informanten ist der verschwundene Henning Järisch der Einzige gewesen, der *Perfect Party* in den Clubs verkauft hat.«

Bianca schnalzte mit der Zunge. »Und diese Information ist verlässlich?«

Wieder ein Schulterzucken. »So verlässlich, wie man es bei solchen Typen erwarten kann.«

Bianca warf Peter einen vielsagenden Blick zu, bevor sie sich wieder an Vollmann wandte. »Hast du sonst noch etwas herausgefunden?«

»Nicht viel. Der andere Typ, dieser …«

»Marc Lammert?«

»Genau der … Also, er ist nie in Erscheinung getreten. So, wie es aussieht, hat Järisch das Zeug alleine verkauft, wahrscheinlich mithilfe der Türsteher – zumindest läuft es in den meisten Clubs so ab. Von einem Partner wussten sie nichts.«

»Was ist mit den Türstehern? Können die uns weiterhelfen?«

»Vergiss es«, winkte Vollmann ab. »Solange du nichts in der Hand hast, um sie richtig unter Druck zu setzen, reden die nicht. Das sind harte Jungs. Denen musst du schon mit mehr als mit einer Dienstmarke kommen.«

Bianca nickte stumm. Vollmann hatte ihre Theorie über die Einkommensquelle der beiden gerade zwar bestätigt, aber das brachte sie bei ihrer eigenlichen Ermittlung auch nicht weiter. Marc und Sarah konnten weiterhin behaupten, von Hennings Drogengeschäften nichts gewusst zu haben, und sie hatten nichts in der Hand, um ihnen das Gegenteil zu beweisen.

Sie sah Vollmann an. »Von welchen Mengen an Ecstasy reden wir hier eigentlich?«

»Wenn dieser Järisch wirklich der Einzige war, der *Perfect Party* verkaufte, war er gut im Geschäft, aber keine wirklich große Nummer.« Dann sah er sie direkt an und beugte sich vor. »Ich weiß schon, worauf du hinauswillst, aber die Menge der Pillen auf dem Markt würde keinen Mord im Drogenmilieu rechtfertigen. Außerdem passt alles, was ich über euren Fall weiß, auch nicht zu den dort üblichen Vorgehensweisen. Wenn überhaupt, werden Drogenmorde meist im Affekt begangen, und kein Dealer würde sich anschließend die Mühe machen, die Leiche seines Konkurrenten verschwinden zu lassen.« Er schaute auf die Uhr. »Mehr habe ich leider nicht für euch. Wenn ihr keine Fragen mehr habt, würde ich mich jetzt gerne wieder um meinen eigenen Mist kümmern.«

»Klar, mach das. Und vielen Dank für deine Bemühungen.« Sie stand auf und schüttelte seine Hand. »Zumindest sind wir jetzt ein kleines bisschen klüger, was die Hintergründe angeht.«

Nachdem Vollmann das Büro verlassen hatte, setzte sich Bianca wieder an ihren Schreibtisch. Sie griff nach einem Bleistift und knabberte darauf herum, während sie angestrengt nachdachte.

»Was ist los?«, fragte Peter.

»Warum ist seine Leiche verschwunden? Wer hat sich deswegen solche Mühe gegeben? Ein außenstehender Täter hätte keinen Grund gehabt; zumindest keinen, der mir einfällt. Die einzige passende Theorie dazu hast du geliefert. Wenn sie es geschafft hätten, die Wohnung gründlich zu reinigen, hätte nichts mehr auf einen Mord hingedeutet. Dann hätte es nur noch Ermittlungen wegen einer vermissten Person gegeben.«

Sie legte den Bleistift zur Seite, dessen oberes Ende mittlerweile aussah, als wäre Hannibal Lecter von Menschenfleisch auf Grafitminen umgestiegen.

»Wir müssen noch einmal mit Marc sprechen, am besten heute noch. Mittlerweile dürfte ihm klar sein, dass ihn bei der Hauptverhandlung die volle Härte des Strafgesetzes treffen wird, sofern er nicht kooperiert und mit etwas um die Ecke kommt, das sich strafmildernd auswirken könnte. Er liebt Sarah. Die Vorstellung, jahrelang nicht mehr mit ihr zusammen sein zu können, muss bei ihm Spuren hinterlassen. Vielleicht hat ihn das ja zugänglicher gemacht.«

»Ich kümmere mich darum«, sagte Peter, bevor er das Thema wechselte. »Kurz bevor Vollmann gekommen ist, habe ich übrigens noch mit den Kollegen Schwarz und Akyol gesprochen. Sie sind gestern auf Sarahs Arbeitsstelle gewesen, und egal mit wem sie dort gesprochen haben: Jeder hat sich nur positiv über sie geäußert. Kein böses Wort. Unsere Sarah war ausgesprochen beliebt, und auch die Vorgesetzte hat sie nur in den höchsten Tönen gelobt.«

»Hast du etwa etwas anderes erwartet?«

Er schüttelte vielsagend den Kopf.

»Wir müssen unbedingt noch mal mit ihr sprechen und sie noch stärker unter Druck setzen«, meinte sie dann. »Aber nicht hier, nicht im Präsidium. Am liebsten würde ich sie für morgen in die Wohnung bestellen. Die Konfrontation mit dem Tatort könnte helfen, sie aus der Fassung zu bringen und zu einer unbedachten Äußerung zu verleiten.«

»Gute Idee«, nickte er, dann setzte er sich auf die Schreibtischkante. »Lass uns den Druck erhöhen und schauen, was wir herauspressen können. Die Kleine war bei den Vernehmungen schon ziemlich fertig, richtig? Die steht das nicht lange durch. Auch wenn sie wegen der Haftentlassung jetzt gerade ein wenig Oberwasser hat.«

Das dachte Bianca ebenfalls. Vielleicht würde ihr Marc heute schon erzählen, was sie wissen wollte, und wenn er das nicht tat, würde es Sarah morgen tun. Da war sie sich sicher. Der Fall stand kurz vor dem Abschluss, mit unerwarteten Wendungen war nicht mehr zu rechnen.

Sie blätterte in Sarahs Akte, bis sie die angegebene Handynummer fand. Griff zum Telefon und wählte.

SARAH

Ich werde wach, als das Handy klingelt. Ein schneller Blick zum Wecker, 9:37 Uhr. Ich habe lange geschlafen, aber es kann kein Schlaf gewesen sein, der den Namen verdient hat. Die Laken sind schweißnass, ich fühle mich wie gerädert. Völlig durch den Wind gehe ich ran, sage zögerlich: »Hauptmann.«

»Rakow hier. Hauptkommissarin Rakow. Wie geht es Ihnen, Sarah?«

»Gut«, lüge ich.

»Wo sind Sie gerade?«

Augenblicklich ist die Angst wieder da. »Bei einer Freundin«, lüge ich erneut.

»Ah ja«, dringt es lang gezogen aus dem Handy. »Ich wollte Ihnen nur sagen, dass wir Sie morgen Vormittag gerne sprechen würden. Um elf Uhr, in Ihrer Wohnung.«

Mir stockt das Herz. »Ich weiß nicht, ob ich da schon …«

»Das war keine Bitte, Sarah. Morgen, elf Uhr. In Ihrer Wohnung. Haben Sie das notiert?«

»Ja«, stottere ich. »Ich werde da sein.« Dann schiebe ich ein vorsichtiges »Gibt es denn einen besonderen Grund?« nach.

»Ist Ihr getöteter Mitbewohner nicht Grund genug?« Ich höre, wie sie die Luft ausstößt. »Bis morgen, Sarah, und seien Sie bitte pünktlich.«

Bevor ich antworten kann, hat sie das Gespräch bereits beendet. Ich lege das Handy weg und halte mich an der Bettkante fest. Verstehe nicht, was da gerade abgelaufen ist. Die Richterin hat mich doch freigelassen, warum kann die Kommissarin keine Ruhe geben?

Es klingt wie eine Falle. Alles in mir sträubt sich dagegen, die Wohnung betreten zu müssen. Zu viel Blut in der Küche, zu viele Erinnerungen. Normalerweise fällt es mir leicht, negative Erlebnisse zu verdrängen, aber das kann ich in diesem Fall nicht, weil ich ständig wieder mit ihnen konfrontiert werde. Ich kann aber auch nicht einfach wegbleiben, damit würde ich mich nur verdächtig machen. Vielleicht kann die Kommissarin dann sogar einen Haftbefehl erwirken; keine Ahnung, ich kenne mich damit nicht aus.

Ich dusche nicht, das kann ich auch später noch tun, und gehe nach dem Anziehen durch das Treppenhaus runter zum Frühstück. Kein Mensch kommt mir entgegen, wahrscheinlich fahren alle lieber mit dem Aufzug. Ich habe seit zwei Tagen nichts Vernünftiges mehr gegessen, mein Magen knurrt, aber das Angebot am Büfett überfordert mich. Alle möglichen Brotsorten, unzählige Käse- und Wurstvarianten, dazu frisch gemachte Rühreier. Ich nehme nur ein Brötchen, Nutella und eine Scheibe Wurst, dazu ein Müsli mit frischen Früchten, und setze mich an einen abseits stehenden Tisch in der Ecke des Raums.

»Möchten Sie Kaffee oder Tee?«

Vor mir steht eine Servicekraft und schaut mich fragend an. Professionelles Lächeln, frisch gestärkte Bluse und ein daran angebrachtes Namensschild, auf dem *Petrović* steht.

»Kaffee, bitte.«

Sie nickt freundlich und geht.

Ich esse den ersten Löffel Müsli und bin augenblicklich satt. Den zweiten bekomme ich nur noch mit Mühe herunter. Dann schaue ich mich um. Ich habe das Gefühl, dass alle anderen Gäste mich anstarren, als würde ein Zettel auf meiner Stirn kleben. Schuldig, steht darauf. Sie lächeln boshaft. Vielleicht lächeln sie auch ganz normal, keine Ahnung, ich weiß es nicht. Sie sollen woanders hinschauen.

Eigentlich müsste ich ob meiner neu gewonnenen Freiheit

erleichtert sein, aber das bin ich nicht. Freiheit ist ein wackliges Gefühl, ich kann ihr nicht trauen, so, wie ich momentan niemandem trauen kann. Mir nicht, dir nicht und dieser Kommissarin erst recht nicht. Auch nicht den anderen Gästen.

Schnell trinke ich den Kaffee aus. Ich will wieder zurück auf mein Zimmer, wo ich vor ihren Blicken sicher bin und in Ruhe nachdenken kann. Vor allem darüber, was mich morgen erwarten könnte. Die Polizistin macht mir Angst. Sie hat mich schon einmal dazu gebracht, etwas Unbedachtes zu sagen, das darf ihr kein zweites Mal gelingen. Nicht, wenn ich auch übermorgen noch frei sein will.

Als ich die Zimmertür öffne und das ungemachte Bett sehe, muss ich augenblicklich an unseren letzten Sex denken. Ans *Ficken*, wie du es immer genannt hast. Anfangs ist mir deine Ausdrucksweise oft zu derb gewesen, zu gewöhnlich und zu primitiv, aber irgendwann habe ich mich daran gewöhnt. Wie an so vieles, und manchmal ist der Begriff ja auch zutreffend: *Ficken* ist schließlich das, was entsteht, wenn Sex auf Wut trifft.

So ist es in unserer letzten Nacht gewesen, und so war es in vielen Nächten, seitdem feststand, dass Henning uns nach Nicaragua begleiten würde. Wie vereinbart habe ich mich nach dem Gespräch mit ihm (was für ein unschuldiges Wort für das, was da abgelaufen ist!) nicht mehr gegen ihn aufgelehnt, aber ich habe dich meine Verachtung spüren lassen, weil du es auch nicht getan hast. Du hast gemerkt, dass etwas nicht stimmte, aber ich habe jede deiner Nachfragen abgeblockt. So, wie du es bei anderen Dingen mit mir gemacht hast.

Dann kam Nicaragua, die zwei Wochen auf dieser Karibikinsel, und anschließend war sowieso alles anders.

Wir haben nie wieder Liebe gemacht.

Nur noch gefickt.

Als wir die Insel zum ersten Mal vom Boot aus vor uns sahen, kam sie uns viel zu schön vor, um in der realen Welt existieren zu können. Ein grünes Eiland, auf dem bunt bemalte Häuser für vereinzelte Farbflecken sorgten. Schon aus der Ferne sah man die Palmen, die den weitläufigen Strand säumten, und mächtige Fregattvögel, die am Himmel kreisten. Die herübergewehte Luft roch durchdringend nach überreifen Mangos.

Das Boot legte an dem kleinen Pier an, der den kompletten Hafen bildete. Direkt dahinter verlief der einzige befestigte Weg, den es auf Little Corn Island gab. Er führte direkt am Strand entlang, und überall standen selbst gemalte Hinweisschilder, die zu winzigen Restaurants wie dem *Habana Libre* oder zu Gasthäusern wie dem *Lobster Inn* führten. Es gab weder Autos noch Motorräder. Fahrräder stellten das einzige Fortbewegungsmittel dar, wenn man nicht zu Fuß gehen wollte.

Der junge Kerl, der uns abholte, hielt eine Tafel in die Höhe, auf der in krakeligen Buchstaben die Namen Hauptmann, Lammert und Järisch standen. Ansonsten hatte er nur eine Schubkarre dabei. Wir luden das Gepäck darauf, dann folgten wir ihm aus dem Ort hinaus einen kleinen Pfad entlang. Er führte direkt durch das dschungelartige Inselinnere, bevor wir zehn Minuten später wieder einen Strand erreichten.

Unterwegs war ich alle paar Meter stehen geblieben und wollte von sämtlichen Naturschönheiten Fotos machen. Von den dicht an dicht stehenden Palmen und den Mangobäumen, von denen man das reife Obst direkt mit der Hand pflücken konnte. Von dem kleinen See, in dem der Dschungel sich spiegelte, und von dem Sandstrand, an dem die Hütten standen, von denen wir zwei beziehen würden. Zwischen den Palmen baumelten immer wieder Hängematten, und die Wege des kleinen Resorts waren mit getrockneten Algen belegt.

Ich war glücklich, so glücklich wie noch nie zuvor, und schenkte selbst Henning ein Lachen, als er mit einem lauten »Wow!« auf den Anblick reagierte. Er lachte ebenfalls, und dann lachten wir alle zusammen. Sämtliche Vorbehalte, die wir vor der Reise noch gehegt hatten, schienen hier nicht existieren zu können. Sie wurden augenblicklich von der Sonne verbrannt und vom Wind verweht.

Das ist das Paradies, dachte ich, bevor ich Marc um den Hals fiel und ihn küsste. Am liebsten wäre ich augenblicklich in ihn hineingekrochen. Er hatte vor der Abreise immer wieder behauptet, Little Corn Island verkörpere die Karibik, wie es sie woanders nie mehr geben würde. Ein Ort, an dem die *gute alte Zeit* genau jetzt war, und er hatte mit all seinen Behauptungen recht gehabt.

Nachdem die Anmeldeformalitäten erledigt waren, zeigte der Besitzer uns die Bungalows, die in Zweiergruppen angeordnet waren. Hennings Hütte lag direkt neben unserer, alle anderen ein Stück abseits, und wenn man auf der Terrasse stand, konnte man durch die Palmen hindurch das Meer sehen, so blau und türkis und wundervoll.

Hastig packten Marc und ich unsere Koffer aus und zogen direkt die Badesachen an. Ich griff nach seiner Hand, dann stürmten wir los. Überquerten den Strand und erreichten das Wasser, dessen Temperatur sicherlich bei siebenundzwanzig, achtundzwanzig Grad lag. Sobald es tief genug war, tauchte ich unter. Das Salzwasser spülte den Dreck und Schweiß der langen Anreise fort, und als ich Marc kurz darauf atemlos umarmte und mit den Beinen umschlang, spürte ich, dass er hart wurde.

»Lass uns einfach für immer hierbleiben«, flüsterte ich, während die Karibische See unsere Körper umspülte. »Lass uns nie wieder zurückfahren.«

Er lachte nur, dann schmiss er mich ins Wasser. Ich tauchte unter und kam prustend wieder hoch. Anschließend tobten wir herum, und mein Lachen musste kilometerweit zu hören sein. Als ich nicht mehr konnte und völlig außer Atem war, drehte ich mich auf den Rücken, ließ mich einfach treiben und blickte in einen hellblauen Himmel, der nur vereinzelt mit Schäfchenwolken betupft war. Ich musste mich nicht einmal bewegen, das Salzwasser trug mich mühelos, und wenn Marc nicht irgendwann gekommen wäre, hätte ich ewig so schweben können, vollkommen frei und schwerelos.

»Ein bisschen noch«, bat ich, als sein Kopf neben mir auftauchte und er mich anstieß.

»Es ist unser erster Tag«, sagte er. »Die Sonne knallt hier so richtig vom Himmel, und du bist nicht eingecremt.«

So ist er eben, dachte ich. Immer besorgt und darum bemüht, das Richtige zu tun. Sein planerisches Wesen, sein vorausschauendes Handeln – selbst hier, mitten im Paradies, konnte er es nicht ablegen.

Als wir den Strand erreichten, sahen wir Henning schon ein wenig abseits in einer Hängematte liegen. Sein Körper war nass, auch er musste im Meer gewesen sein. Seine Augen waren geschlossen, und er lächelte, als würde ihn irgendetwas belustigen. Sah dabei vollkommen entspannt und friedlich aus. So gar nicht wie ein Mann, der als Jugendlicher auf ältere Damen uriniert hatte.

»Wo warst du?«, fragte Marc. »Keine Lust auf ein kleines Wettschwimmen gehabt?«

»Ich wollte euch nicht stören«, sagte er und blinzelte gegen das Sonnenlicht an. »Ernsthaft, Leute – ihr müsst euch um mich keine Sorgen machen. Ich merke gerade, dass mir das Alleinsein in dieser Umgebung richtig guttut.«

In diesem Moment glaubte ich ihm. Ich glaubte sogar, dass vielleicht doch noch alles gut werden konnte und dass Henning und ich einen Weg finden würden, langfristig miteinander auszukommen. Spätestens, wenn wir nicht mehr zusammen wohnen würden. Ja, er hatte jede Menge Mist gebaut, aber Menschen können sich ändern. Auch er.

»Lass uns heute Abend zusammen essen gehen«, sagte ich, um die melancholische Stimmung aufzubrechen. »Was meint ihr? Hier im Hotel? Oder sollen wir den Ort erkunden?«

Marc zuckte mit den Schultern. »Ich wäre für den Ort.«

»Ich auch«, sagte Henning. »Und du, Sarah?«

»Klingt gut«, antwortete ich und griff nach Marcs Hand. »Außerdem können wir vorher ja noch ein Nickerchen machen.«

Als ich zwei Stunden später vom Wecker des Handys geweckt wurde, ging vor dem Fenster gerade die Sonne unter. Zunächst strahlte sie noch gelb, dann färbte sie sich orange, bevor sie rot glühend am Horizont verschwand. Es war nicht einfach nur ein Farbspiel, das sie veranstaltete, es war eine ganze Explosion an Farben.

Ich weckte Marc, dann duschten wir und zogen T-Shirts und Shorts an. Als wir kurz darauf zu Henning rübergingen, brannte in seinem Bungalow kein Licht, und niemand reagierte auf unser Klopfen. Wir versuchten es eine Zeit lang, dann gingen wir in das kleine Restaurant der Anlage, um nachzufragen, ob jemand wusste, wo Henning steckte. Die Kellnerin sagte, dass er bereits vor einer Stunde weggegangen war. Wir wunderten uns zwar, maßen dem aber keine Bedeutung bei – wahrscheinlich war ihm einfach nur langweilig geworden, und bei den wenigen Lokalen, die es im Ort gab, würden wir ihn sicher schnell finden.

»Nehmen Sie besser zwei Taschenlampen mit«, rief die Kellnerin noch, als wir gerade gehen wollten. »Nachts ist es im Inselinneren stockfinster, da sehen Sie die Hand vor Augen nicht. Oder Sie gehen auf dem Rückweg einfach immer am Strand entlang: Das ist zwar etwas weiter, aber dafür können Sie die Anlage auch nicht verfehlen. Das kann sonst gefährlich werden.«

»So schlimm?«, fragte Marc und warf mir ein spöttisches Zwinkern zu.

Sie nickte mit weit aufgerissenen Augen. »Nachts haben sich schon einige verlaufen.«

Wir bedankten uns und nahmen den Weg, den wir nach unserer Ankunft genommen hatten, in umgekehrter Richtung. Jetzt, im Dunkeln, sah er allerdings vollkommen anders aus. Alles wirkte beengter, als hätten die Bäume sich dichter aneinandergeschoben, um sich gegenseitig zu schützen. Ständig raschelte etwas im Unterholz, und wenn wir zur Seite leuchteten, wurde das Taschenlampenlicht von den Augen irgendwelcher Tiere reflektiert.

»Hier gibt's doch keine Schlangen, oder?«, fragte ich leise.

»Quatsch«, erwiderte Marc. »Die haben viel zu viel Angst vor den Krokodilen.«

»Nicht witzig«, sagte ich und musste trotzdem lachen. »Gar nicht witzig!«

Nach fünfzehn Minuten Fußmarsch öffnete sich der Dschungel endlich und gab den Blick auf die hintersten Häuser des Orts frei. Wäscheleinen waren zwischen den Bäumen gespannt, und in den Gärten streunten Hunde herum, die sich schwanzwedelnd näherten. Mehr als ein Streicheln hatte ich leider nicht für sie, und Marc meinte nur, dass ich mir jetzt die Hände waschen musste, bevor ich ihn das nächste Mal anfassen durfte.

Hier begegneten wir auch den ersten anderen Touristen. Die meisten waren Backpacker, häufig eine ganze Ecke jünger als wir. Jeder sagte zumindest beiläufig »Hi!«, andere blieben sogar kurz stehen, um zu fragen, wo wir herkamen. Es war eine bunte Mischung – Australier, Kanadier und Skandinavier. Unter ihnen gab es auch ältere Frauen, die wie übrig gebliebene Hippies aussahen, oder Männer, die mit ihren langen, grauen Bärten an die Mitglieder der Rockgruppe *ZZ Top* erinnerten.

Wir fanden Henning schließlich in einem Restaurant am Strand, das im Wesentlichen aus sechs Holztischen und ein paar Stühlen bestand. Vor ihm stand ein halb voller Teller mit Nudeln, vermengt mit einer hellroten Soße und großen Stücken Fleisch oder Fisch.

»Pasta mit Lobster«, erklärte er grinsend, als er uns reinkommen sah. »Da muss mindestens ein halber Lobster drin sein, und das Ganze für gerade mal sechs Dollar!«

»Freut mich, dass du einen Schnapper gemacht hast«, sagte Marc. »Aber warum hast du nicht auf uns gewartet?«

Henning stopfte sich die nächste Gabel in den Mund. »Mir war langweilig, und ich hatte Hunger«, sagte er zwischen zwei Bissen. »Außerdem wusste ich nicht, ob ihr wieder wach werdet oder direkt durchpennt. Ich hab mir gedacht, dass ihr mich hier schon finden werdet, wenn ihr nachkommt.« Dann warf er mir einen Blick zu. »Magst du mal probieren, Prinzessin?«

Normalerweise mochte ich es nicht, wenn er mich so nannte, aber dieses Mal fehlte der ironische Unterton, den er sonst meist an den Tag legte. »Gerne«, antwortete ich und griff nach der Gabel. Es schmeckte fantastisch. Ich schob direkt eine zweite hinterher, dann setzte ich mich und sagte: »Das will ich auch!«

»Und Henning braucht jetzt neues Besteck«, warf Marc ein. »Sarah musste unterwegs sämtliche räudigen Tölen streicheln. Wahrscheinlich hat sie jetzt jede Menge Flöhe an den Händen.«

»Dann müssen wir sicherheitshalber unbedingt den Magen desinfizieren«, meinte Henning und winkte der Kellnerin, die sich daraufhin unserem Tisch näherte. »Tres Margaritas«, bestellte er in grausigem Spanisch, »und zweimal genau das gleiche Gericht für meine Freunde hier.«

Die Luft war warm, und irgendwo spielte lateinamerikanische Musik. Ich war zwar ein wenig groggy, aber ansonsten ging es mir gut – nein, blendend. Zum ersten Mal seit Ewigkeiten fühlte ich mich wohl, wenn Henning in meiner Nähe war. Vielleicht auch, weil er sich auf dieser Insel vollkommen anders als in Hamburg verhielt. Als könne das Böse hier nicht existieren; als würden die warme Luft und das Meer nur die guten Seiten zum Vorschein bringen.

Als die Kellnerin die Bestellung brachte, machten Marc und ich uns über das Essen her, während Henning begann, mit ihr zu flirten. Er fragte, wo man nach dem Essen hingehen könne, wenn man auf der Insel Party machen wolle, und ob sie nicht Lust hätte, ihn zu begleiten. Nicht heute, sagte sie, aber morgen ginge es, da hätte sie frei.

Als sie wieder weg war, sah Henning uns schief lächelnd an. »Seht ihr, Leute? Alles ist gut, ich komme schon klar. Wenn ihr morgen Abend irgendein Partnerding abziehen wollt, werden *Mamacita* und ich feiern gehen.« Er grinste. »Vielleicht schaue ich auch gleich noch, was hier so abgeht. Keine Ahnung, aber … ich bin überhaupt noch nicht müde.«

»Viel Spaß«, erwiderte Marc und gähnte. »Ich bin platt, aber wenn du Lust hast – nur zu!«

Ich war froh, dass er das sagte. Auch mir drohten mittlerweile die Augen zuzufallen. Es war ein langer Tag gewesen, dazu kamen die Anstrengungen der Reise, die mir immer noch in den Knochen steckten. Bei den letzten Bissen musste ich mir schon Mühe geben, nicht am Tisch einzuschlafen, und ich konnte nicht verstehen, warum Henning immer noch voller Energie zu sein schien, obwohl er nicht einmal ein Nickerchen gemacht hatte. Er wirkte wach und unternehmungslustig, geradezu aufgedreht.

Erst sehr viel später kam mir der Verdacht, woher er seine Energie nahm. Kleine weiße Pillen, in Tschechien gefertigt. Winzige Stücke Unglück, die über ihn ihren Weg ins Paradies gefunden hatten.

MARC

Der erste Tag im Knast.

Das Frühstück besteht aus zwei Scheiben Brot und einer Tasse Kaffee, die schmeckt, als hätten die Wärter ihre Füße darin gebadet. Ich trinke ihn trotzdem, das Essen lasse ich stehen. Dann schaue ich durch das vergitterte Zellenfenster nach draußen, wo sich die Sonne über dem Gefängnishof gerade in eine Wolkenlücke schiebt. Sie scheint auf Junkies, Gewalttäter und einen Menschen, der sich selbst nicht mehr kennt.

Auf mich.

Ich habe die Nacht kaum geschlafen. Der Gedanke an Sarahs Betrug hat mich zerrissen, mir keine Ruhe gelassen und mich fast in den Wahnsinn getrieben. Bis ... bis ich dann merkte, dass ich mich mit der Vorstellung komplett verrannt habe. Ich habe mich so in sie heineingesteigert, dass ich den Bezug zur Realität verlor. Zum logischen Denken. Ich weiß nicht, wie das passieren konnte, meine Sinne müssen vernebelt gewesen sein. Als ich die im Wahn geborene Theorie dann jedoch Punkt für Punkt auseinandergenommen habe, sind mir sofort die Schwachstellen darin aufgefallen, und die größte davon ist Sarah selbst.

Sie hat Henning gehasst. Immer schon. Selbst wenn sie meiner überdrüssig geworden wäre und in Gedanken schon bei jemand anderem war, wäre dieser Jemand nicht Henning gewesen. Niemals. Sarah würde dann eine andere Form des Lebens finden. Eine, in der Henning und ich nur noch die Kulissen für Anekdoten abgeben würden; ein dreijähriger Umweg auf einer viel größeren, stimmigeren Reise.

Dieser Punkt der Theorie ist falsch, der andere nicht. Ich bin nach wie vor davon überzeugt, dass Henning noch lebt, alles andere würde keinen Sinn ergeben. Er hat getan, was nötig war, um ein glaubhaftes Schauspiel zu inszenieren, und für Sarah und mich war die Rolle der Schuldigen vorgesehen, nur dass sein Plan in ihrem Fall nicht aufgegangen ist. Jetzt kann ich nur hoffen, dass ihm das egal ist und dass er es dabei bewenden lässt. Sollte dem nicht so sein, würde Sarah in Gefahr schweben. Sie ist intelligent, sie wird sich die selben Fragen wie ich stellen, und Henning hat sie mindestens so gehasst wie sie ihn.

Ich habe mich gerade wieder auf das Bett gelegt, als ich Schritte höre, dann das Klappern von Schlüsseln. Kurz darauf geht die Zellentür auf, und ein Wärter mit buschigen Augenbrauen steckt den Kopf herein. Er sagt, dass ich jetzt zu dem obligatorischen Gespräch mit der Gefängnispsychologin muss. Ich mag keine Psychologen, habe nie an diesen Mist geglaubt, aber ihm scheint es wichtig zu sein, also stehe ich auf und folge ihm.

Wir trotten endlose Gänge entlang, grau-grün und trostlos, und der Boden unter den Füßen glänzt metallisch. Ab und zu kann ich durch vergitterte Fenster einen Blick nach draußen werfen. Die Betonmauern, die das Gebäude umschließen, sind mit schmutzigen Streifen bedeckt, als wären riesenhafte Tränen an ihnen herabgelaufen. Das ist ein gutes Bild, finde ich, eine passende Metapher – vielleicht sollte ich der Psychologin davon erzählen.

Die Seelenklempnerin ist Ende dreißig, eine unscheinbare Frau mit biederer Kleidung. Sie fragt, ob ich über irgendetwas sprechen will, und sieht mich aufmunternd an. Ich sage nichts und schüttele den Kopf. Dann fragt sie, wie es mir geht, und ich sage, beschissen. Sie lächelt scheinheilig, dann fährt sie mit ihrem auswendig gelernten Text fort. Integration kommt darin vor, das Akzeptieren der Situation und das Angebot, immer mit ihr reden zu können, wenn mir etwas auf dem Herzen liegt.

Mir liegt vieles auf dem Herzen, aber nichts davon geht sie etwas an.

Als sie mit ihren Ausführungen endlich durch ist, steht unmittelbar darauf der Hofgang an. Es ist mein erster, und zum ersten Mal sehe ich die anderen Häftlinge vor mir. Ihr Anblick ist so bizarr, dass ich nach Betreten des Hofs wie angewurzelt stehen bleibe. Manche der Häftlinge wirken, als wären sie gerade erst volljährig, andere Gesichter sind zerfurchter als das von Keith Richards. Die Blicke, die sie Neulingen wie mir zuwerfen, sind teils neugierig, teils feindselig, meist jedoch völlig gleichgültig, was mir nur recht ist. Ich will hier ja schließlich keine Freundschaften schließen. Das ist ein Untersuchungsgefängnis, da ist sowieso noch jeder mit sich selbst beschäftigt. Im richtigen Knast, denke ich, wird es wohl anders sein.

Als ich die Häftlinge ausreichend betrachtet habe, schaue ich mir den Gefängnishof genauer an, auf dem wir uns bewegen dürfen. Er ist rechteckig und von Mauern umgeben, auf denen Stacheldraht thront. Ein Weg führt um den Rasen in der Mitte herum, der seinerseits von weiteren Wegen durchzogen ist. Es gibt ein paar Bänke und zwei Wärter, die das Geschehen mit misstrauischem Blick beäugen. Noch immer kann ich nicht glauben, dass ich tatsächlich hier bin und dass es Menschen gibt, die seit Ewigkeiten nichts anderes gesehen haben. Dass ich bald zu ihnen gehören könnte.

Wenn sie mich tatsächlich verurteilen, warten endlose Jahre auf mich, in denen ich so tun muss, als sei meine rechte Hand eine Muschi. Jahre, in denen ich ständig auf der Hut sein muss, damit andere meinen Hintern nicht zu ihrer Muschi machen. Eine Vorstellung, die mir Angst macht. Fast so sehr wie die, auf Dauer eingesperrt zu sein.

Nach einer Dreiviertelstunde rufen uns die Wärter wieder herein, und wir müssen uns in Zweierreihen vor dem Eingang aufstellen. Als Ordnung herrscht, wird er geöffnet. Jeder Gefangene begibt sich umgehend in seinen eigenen Zellenblock, wo er sich vor die Zellentür stellen und warten muss, bis ein

Wärter kommt und sie ihm aufschließt. Anschließend geht man hinein, die Tür fällt zu, es wird abgeschlossen.

Nach dem Mittagessen schlafe ich ein. Ich schlafe, bis erneut ein Schlüssel in das Schloss geschoben wird. Kurz darauf geht die Zellentür auf. Der gleiche Wärter wie heute Morgen steht da und sagt, dass die Polizei mit mir sprechen will. Er ist ein netter Typ und betont, dass ich das ohne Anwalt nicht tun muss und das Gespräch einfach ablehnen kann.

Ich weiß, dass ich nicht mit den Bullen reden muss, aber jetzt will ich, also folge ich ihm erneut durch endlose Gänge, bis er mich in einen Raum bringt, der ansonsten wohl für Anwaltsgespräche vorgesehen ist. Die Kommissarin wartet dort bereits, außerdem ihr schnauzbärtiger Kollege, seinen Namen habe ich vergessen.

»Hallo, Herr Lammert«, beginnt sie, was ich für eine schwache Eröffnung halte. »Wie geht es Ihnen?«

»Hatten wir uns nicht auf Marc geeinigt?«

»Natürlich. Wenn Ihnen das lieber ist.« Dann deutet sie auf ein Tablett mit drei Bechern, das sie wohl mitgebracht hat. »Möchten Sie einen Kaffee?«

Ich nehme einen und bedanke mich.

»Ihre Freundin ist gestern übrigens entlassen worden. Mindestens bis zur Hauptverhandlung ist sie jetzt auf freiem Fuß. Ich dachte, es freut Sie, das zu hören.«

»Das tut es. Und ich freue mich darüber, dass Sie extra gekommen sind, um mir das zu sagen.«

Sie lächelt und weiß genau, was ich meine. Wenigstens versucht sie nicht, mich für dumm zu verkaufen.

»Nicht nur darum«, übernimmt ihr Kollege jetzt für sie, der diesbezüglich einfacher gestrickt scheint. Höger heißt er, jetzt fällt es mir wieder ein. »Wir sind hier, um noch einmal die Lage durchzusprechen. Um uns auszutauschen. Wo Sie stehen, wo wir stehen … So in etwa, verstehen Sie?«

Ein heiseres Lachen entfährt meiner Kehle, ich schüttele den Kopf. »Das ist doch Blödsinn«, sage ich dann. »Wir sind keine

Partner, die sich einfach so über einen Fall austauschen. Sie wollen mir ein Verbrechen nachweisen, das ich nicht begangen habe. So sieht's aus!«

»Da haben Sie teilweise recht«, gibt die Kommissarin zu. »Unsere Aufgabe ist es, den Mord an Ihrem Freund aufzuklären, und Sie stecken mittendrin. Die Beweise haben Sie in Untersuchungshaft gebracht, und sie werden auch dafür sorgen, dass Sie bei der Hauptverhandlung aller Voraussicht nach verurteilt werden. Das ist der Punkt, an dem Sie jetzt stehen. Nur noch einen winzigen Schritt von einer langjährigen Haftstrafe entfernt.«

»Und Sie?«

Sie sieht mich verwundert an. »Was ist mit mir?«

»Ihr Kollege hat gesagt, dass Sie darüber sprechen wollen, wo ich stehe und wo Sie stehen. Meinen Teil haben wir abgehandelt, aber Ihrer fehlt noch.«

Die beiden schauen einander an und lächeln. Ihr Vorgehen erinnert mich an ein Ping-Pong-Spiel, bei dem sie der eine Schläger ist, er der andere, und ich als Ball herhalten soll.

»Dieser Fall ist nicht einfach für uns«, gibt Höger zu. »Wir wissen, dass Henning Järisch in Ihrer Wohnung gestorben ist und dass Sie und Ihre Freundin etwas damit zu tun haben. Was wir nicht wissen, ist, wie es dazu kam. Wir kennen das Motiv nicht, und wir wissen auch nicht, was mit seiner Leiche geschehen ist. All diese Dinge würden wir aber gerne wissen, um das Ganze besser verstehen zu können, und Sie können uns dabei helfen. Kooperieren Sie, Marc, und wir werden dafür sorgen, dass Ihre Mithilfe entsprechend gewürdigt wird, wenn es zur Urteilsfindung kommt. Und denken Sie dabei auch an Sarah: Noch ist sie Ihnen gegenüber im Vorteil, weil bislang sämtliche Beweise ausschließlich auf Sie hindeuten, aber das muss nicht so bleiben. Noch haben Sie Zeit, zu reagieren und die Dinge zurechtzurücken.«

»Wie meinen Sie das?«

»Gestehen Sie, bevor sie gesteht. So, wie es jetzt aussieht, muss Ihre Freundin nur das Alibi widerrufen, um komplett aus der Nummer heraus zu sein. Sie sind dann der alleinige Täter, und Ihre Freundin spielt nur noch eine Nebenrolle. Der Staatsanwalt wird ausschließlich Sie anklagen, obwohl wir uns sicher sind, dass Sarah da genauso mit drinsteckt.«

Ich lächle, als ich erkenne, worauf das Ganze hinausläuft. Die beiden haben es geschickt angefangen, das muss ich zugeben, und die Versuchung, jetzt schon zu reden, ist groß. Aber noch ist der richtige Moment nicht gekommen. Sie müssen sich erst gedanklich bewegen und bereit sein, eine völlig andere Sicht der Dinge einzunehmen.

»Ich kann Sarah nicht belasten, weil sie ebenso wie ich nichts getan hat«, sage ich.

»Kommen Sie, Marc ... Wir wissen von Ihren Drogengeschäften mit Henning, von *Perfect Party*. Wir wissen auch um die Schwierigkeiten, die in einer solchen Dreiecksbeziehung entstehen. Neben einer fast lückenlosen Indizienkette gibt es auch jede Menge Beweise. Das Blut. Das Messer. Die Blutspuren in Ihrem Kofferraum.« Höger schnauft. »Machen Sie sich nichts vor: Auch wenn Sie es abstreiten, wird es für die Staatsanwaltschaft ein Leichtes sein, Sie für den Mord an Henning Järisch zu verurteilen. Das ist die Wahrheit. Indizien und Beweise – so funktioniert das Rechtssystem.«

Ich weiß, dass er recht hat, und dieses Wissen macht mich fertig. Genau so hat Henning es geplant. Genau so wird es auch kommen, wenn ich keine Möglichkeit finde, das Gegenteil zu beweisen.

Die Kommissarin reagiert auf mein Zögern, indem sie sagt: »In fast jedem Fall gibt es jemanden, der sich mit uns einigt und redet. Was wir vor Gericht brauchen, ist eine gute und belegbare Geschichte, und wenn Sarah redet und das Alibi widerruft, haben wir eine, die sich sehen lassen kann. Und sie wird reden. Die Menschen tun alles, um nicht ins Gefängnis zu müssen. Die eigene Liebe für die eigene Freiheit zu verraten, wäre da noch das Geringste.«

Ich muss zugeben, dass die Geschichte, die sie haben, deutlich überzeugender klingt als meine. »Warum?«, will ich dann wissen.

»Warum was?«

»Wie Sie richtig gesagt haben, haben Sie eine gute Geschichte. Nichts davon ist wahr, aber warum sollten Sie mir glauben, wenn ich Ihnen etwas anderes erzähle?«

Wieder sehen sie einander an, länger als vorher. Als Höger leicht nickt, sagt die Kommissarin: »Wir sind gute Polizisten, Marc. Abseits von Indizien und Beweisen gibt es noch etwas, das man Bauchgefühl oder Intuition nennt, und dieses Gefühl sagt uns, dass die Wahrheit vielleicht doch nicht so einfach ist, wie sie sich gerade darstellt. Erzählen Sie uns Ihre Geschichte, und ich verspreche Ihnen, dass wir sie gründlich überprüfen werden. Wir werden jedem Hinweis nachgehen, den Sie uns geben, aber Sie müssen mit uns reden. Durch Ihr Schweigen erreichen Sie gar nichts.«

Ich zucke mit den Schultern, will sie weiterreden lassen. Endlich entwickelt sich das Gespräch in die richtige Richtung.

»Kommen Sie«, drängelt Höger. »Die Beweise werden wir nicht wegdiskutiert bekommen, aber warum wollen Sie die ganze Schuld auf sich nehmen? So, wie es jetzt aussieht, deutet vieles auf die Höchststrafe hin, aber das muss nicht sein. Nicht, wenn Sie es nicht alleine waren oder einen guten Grund hatten.« Er räuspert sich. »Wer weiß, vielleicht ist die Tat ja im Affekt passiert, weil Herr Järisch oder Ihre Freundin Ihnen etwas gesagt haben, das Sie durchdrehen ließ? Dann wäre es kein Mord mehr, nur noch Totschlag. Sie kennen das Gesetz. Sie wissen, was das bedeutet. Nicht mehr lebenslänglich, sondern nur sieben oder acht Jahre Haft, maximal vielleicht zehn. Nach zwei Dritteln der Haftzeit können Sie schon auf Bewährung entlassen werden.«

»Sie wollen mir also helfen?«, frage ich. »Wenn ich die Wahrheit sage?«

Höger nickt. »Das wollen wir, Marc!«

Ich atme tief durch, dann: »Ich habe Henning nicht getötet. Sarah hat ihn auch nicht getötet. Die Wahrheit ist: Henning lebt. Er hat seinen Tod nur vorgetäuscht, um in Sicherheit zu sein. Dafür hat er mit Ihnen, Sarah und mir ein Spiel inszeniert, und Sie haben ihn gewinnen lassen.«

Die beiden schauen sich irritiert an, dann lacht Höger los. Er lacht tatsächlich, laut und dröhnend, während die Kommissarin mich nur nachdenklich ansieht.

»Das ist die dümmste Story, die ich jemals gehört habe«, sagt Höger, nachdem er sich wieder beruhigt hat. »Wenn Sie nichts Besseres auf Lager haben, verschwenden wir hier nur unsere Zeit.«

Gerade bei ihm habe ich mit einer solchen Reaktion gerechnet, aber dann schaue ich die Kommissarin an. Sie lacht nicht. »Warum, Marc?«, fragt sie ruhig. »Wie kommen Sie darauf?«

»Henning hatte Ärger«, erkläre ich. »Massiven Ärger mit äußerst gewaltbereiten Rockern. Sie haben geschworen, ihn zu töten, und diese Leute machen keine leeren Drohungen. Wenn er einfach nur abgehauen wäre, hätten sie ihn gejagt. Er hätte nirgends seine Ruhe gehabt. Die kann er nur finden, wenn er als ermordet gilt, am besten sogar mit einem dafür verurteilten Täter. Mit mir. Dann wäre es vorbei, und er könnte irgendwo ganz von vorne beginnen.«

Höger will etwas einwerfen, aber die Kommissarin bringt ihn mit einer Handbewegung zum Schweigen. »Was sind das für Leute, Marc?«

Ich erzähle ihr, was ich über die Rockergruppe weiß. Von der Schlägerei und davon, was sie von Henning gewollt haben. Von den Drohungen und der Eskalation der letzten Monate. Sie hört sich alles an, ohne mich ein einziges Mal zu unterbrechen. Als ich fertig bin, nickt sie.

»Wenn das stimmt«, sagt sie, »steckte Ihr Freund tatsächlich in ernsthaften Schwierigkeiten. Ich kenne diese Gang nicht, aber grundsätzlich ist mit solchen Gruppierungen nicht zu spaßen. Gerade die Hamburger Szene gilt als ausgesprochen gewaltbereit. Es ist … Es wäre sogar denkbar, dass sie ihn getötet haben, obwohl die Beweise bislang ausschließlich auf Sie hindeuten. Ein mögliches Motiv haben Sie uns ja gerade geliefert.«

»Das glaube ich nicht«, erwidere ich. »Ich habe lange darüber nachgedacht, und es würde von vorne bis hinten nicht passen. Ich meine … Warum sollten sie seine Leiche verschwinden lassen? Warum die ganzen Beweise gegen mich fingieren? Das ergibt doch keinen Sinn! Wenn sie es getan hätten, hätten sie ihn einfach in der Wohnung liegen lassen. Alleine schon als Abschreckung für andere, um zu zeigen, was passiert, wenn man sich ihnen widersetzt.«

Auch Höger scheint die Vorstellung jetzt nicht mehr ganz so lächerlich zu finden. »Warum erzählen Sie uns das, Marc? Warum packen Sie auf einmal aus, nachdem Sie zuvor so lange geschwiegen haben?«

»Damit Sie Sarah schützen. Verhaften Sie sie. Lassen Sie sich irgendwas einfallen. Sie ist in Gefahr.«

»Haben Sie Angst, dass die Rockergang ihr etwas antun könnte? Als Vergeltungsmaßnahme, weil sie an Henning nicht mehr rankommen?«

»Hören Sie mir eigentlich zu?« Meine Stimme wird lauter. »Es sind nicht die Rocker, um die ich mir Sorgen mache – für die dürfte die Sache mit Hennings vorgetäuschtem Tod erledigt sein. Es geht um ihn. Um ihn und Sarah. Wenn ich hinter seinen Plan gekommen bin, kann sie das auch. Das weiß er. Und anders als mir wird man ihr viel eher glauben – schließlich ist nicht sie es, die wegen des Mordes an ihm in Haft sitzt.«

»Aber dann …«

»Nein – kein aber! Solange Sarah lebt und in Freiheit ist, ist sie eine permanente Bedrohung für ihn. Das kann er nicht zulassen. Er wird ihr etwas antun, und das stellt für ihn noch nicht mal ein Risiko dar – oder würden Sie etwa gegen einen Toten ermitteln?«

Eine Zeit lang sagt niemand mehr was, dann richtet die Kommissarin ihren Blick wieder auf mich. »Sie würden Ihrem besten Freund tatsächlich den Mord an Ihrer Freundin zutrauen?«

Mir ist klar, wie entscheidend die nächsten Worte sind. Ich lege sie mir ganz genau zurecht, dann sage ich: »Ich kenne Henning besser als sonst jemand. Wir sind zusammen aufgewachsen. Ich weiß, wozu er fähig ist, wenn er unter Druck gerät. Wie er dann reagieren kann. Und um Ihre Frage zu beantworten: Ja, ich würde ihm alles zutrauen. Ganz sicher auch einen Mord an Sarah. Ich glaube«, meine Stimme zittert, »er würde es sogar genießen.«

SARAH

Ich stehe am Fenster und schaue auf die Straße hinab, die vor dem Hotel liegt. Sie ist breit und viel befahren. Menschen überqueren sie oder schlendern die Bürgersteige entlang. Es fällt mir schwer, unter ihnen jemanden auszumachen, der sich sonderbar verhält. Der Typ an der Ecke vielleicht, der ständig auf sein Handy blickt, oder die gut gekleidete Frau um die vierzig, die vor dem Schaufenster eines Buchladens steht. Auch der glatzköpfige Kerl könnte es sein, der bereits zum dritten Mal mit seinem Schäferhund auf der gegenüberliegenden Straßenseite vorbeigeht. Niemand von ihnen muss sein, was er vorgibt. Vielleicht warten sie dort nur, um mir zu folgen, sobald ich das Hotel verlasse. Polizisten tun so was, das kenne ich aus dem Fernsehen. Sie sind sehr geschickt in solchen Dingen.

Ich weiß, dass ich mich paranoid verhalte, aber das muss nichts bedeuten. Auch paranoide Menschen können verfolgt werden. Alles ist möglich, ich muss wachsam bleiben, und schuld daran ist die Kommissarin. Seit ihrem Anruf finde ich keine Ruhe mehr. Sie muss irgendetwas gegen mich in der Hand haben; einen Vorwurf, mit dem sie mich in der Wohnung konfrontieren will. Wahrscheinlich hofft sie, dass ich am Tatort zusammenbreche, und angesichts meiner momentanen Gefühlslage sind ihre Hoffnungen nicht unberechtigt.

Als ich mein Gesicht kurz darauf im Badezimmerspiegel sehe, erschrecke ich. Dunkle Ringe haben sich unter die Augen gegraben, und ich sehe müde aus, so schrecklich müde. Ich bin Anfang dreißig, aber in diesem Moment erhasche ich eine Aussicht darauf, wie ich mit fünfundvierzig oder fünfzig aussehen werde. Nicht mehr so strahlend wie noch vor wenigen Tagen, und schon gar nicht, wenn ich die Jahre bis dahin im Gefängnis verbringen muss.

Das muss ich verhindern, um jeden Preis, und dafür muss ich als Erstes meine Gefühle unter Kontrolle kriegen. Das fällt mir schwer, weil ich grundsätzlich ein ängstlicher Mensch bin. Immer, wenn die Angst siegt, löst sich mein verrücktes vom rationalen Ich. Mein rationales Ich steht dann hinter einem durchsichtigen Vorhang und sieht entsetzt zu, wie ich in dem tobenden, von mir selbst erschaffenen Sturm wie ein hilfloses Blatt hin und her gewirbelt werde. Unfähig, die Richtung zu bestimmen, neige ich dann dazu, alles über mich ergehen zu lassen und mich dem Urteil anderer auszuliefern.

Dieses Mal jedoch kann ich mir das nicht erlauben, dafür steht zu viel auf dem Spiel. Wenn man die Wahl hat, ganz langsam und Stück für Stück in einem Hotelzimmer durchzudrehen oder die Dinge selbst in die Hand zu nehmen, ist die zweite Variante die deutlich bessere. Das ist selbst mir klar, und plötzlich weiß ich auch, was ich die ganze Zeit schon übersehen habe.

Was mir bei dem Treffen mit der Kommissarin das Genick brechen kann.

Die Rocker handeln nicht nur mit Drogen, sondern betreiben in einem Gewerbegebiet auch einen Puff, der als Swingerclub getarnt ist. Das ist bekannt, es stand sogar in der Zeitung, aber aus Gründen, die ich nicht kenne, konnte die Polizei bislang nichts dagegen unternehmen. Als mir dann die Idee kam, mein Problem mit Henning durch die Rocker lösen zu lassen, musste ich als Erstes Kontakt mit ihnen aufnehmen. Ich habe die Nummer des Swingerclubs rausgesucht und dort mit unterdrückter Rufnummer angerufen. Die Nummer des Clubs selbst habe ich in dem kleinen Notizheft notiert, das in der Schublade meines Nachttischs liegt.

Das war mein Fehler. Dort liegt es immer noch, wenn die Polizei es bei der Durchsuchung nicht mitgenommen hat, was ich allerdings bezweifle. Wenn dem so wäre, hätte die Kommissarin bei der Vernehmung mit Sicherheit wissen wollen, warum ich sie mir notiert habe und was ich damit wollte. Das hat sie nicht getan, also denke ich, dass die Beamten, die die Durchsuchung durchgeführt haben, nicht ganz so gründlich vorgegangen sind oder dem kleinen Büchlein keine Bedeutung zumaßen.

Vielleicht ist das ja ihr Plan. Vielleicht will sie morgen in meiner Gegenwart die Wohnung selbst durchsuchen und mich dann mit den Sachen konfrontieren, die sie findet. Gehen Polizisten so vor? Ich habe keine Ahnung, würde es aber nicht ausschließen, schon gar nicht im Fall dieser Kommissarin. Sie ist gründlich und achtsam. Wenn das Notizbuch morgen noch da ist und sie es findet, wird sie die Nummer überprüfen. Die Nummer wird sie zu den Rockern führen, die Rocker zu mir.

Rien ne va plus.

Nichts geht mehr.

Das kann ich nicht riskieren, auf gar keinen Fall. So grausam der Gedanke auch ist – bevor ich mich morgen mit ihr treffe, muss ich alleine in die Wohnung gehen und den einzigen Beweis vernichten, der mich ins Gefängnis bringen kann. Alles in mir sträubt sich dagegen, und ich habe Angst, aber diese Angst ist nichts gegen das, was mich im schlimmsten Fall erwarten könnte.

Nachdem der Entschluss gefasst ist, gehe ich wieder ans Fenster und schaue auf die Straße hinunter. Der Mann mit dem Handy ist weg, die Frau vor dem Schaufenster auch. Ebenso der Typ, der mit seinem Hund Gassi ging. Ich muss es riskieren und das Hotel verlassen, sobald es dunkel wird. Dann werden auch weniger Menschen unterwegs sein, was meine Chance, einen möglichen Verfolger zu entdecken, deutlich erhöht.

Ich schüttele den Kopf und kann einfach nicht glauben, dass ich so denke. Wie eine Kriminelle, und das bin ich nicht; trotz der Dinge, die ich getan habe. Ich bin … Ja, ich habe Fehler gemacht. Hier in Hamburg, vor allem aber in Nicaragua. Dort hat das Unglück angefangen. Meine Verwandlung in etwas, das ich nicht bin und nie sein wollte.

Noch immer kann ich nicht begreifen, was damals mit uns passiert ist. Vor allem mit dir, Marc. Mein Motiv ist die Angst gewesen, und das halte ich rückblickend für entschuldbar. Eine Handlungsweise, die ausschließlich der Panik und der Situation geschuldet war. Bei dir jedoch sieht das anders aus. Was du getan hast, war das Ergebnis sachlicher Überlegungen. Du hast die Dinge gegeneinander abgewogen und dich dann bewusst für eine Seite entschieden.

Für das Böse.

Mich hast du einfach mitgerissen.

»Du glaubst doch nicht etwa, was der Kerl uns da erzählt hat? Diese blöde Geschichte von wegen *Henning lebt?*«

»Es geht nicht darum, was ich glaube«, erwiderte Bianca, »aber wenn es theoretisch möglich ist, müssen wir dem auch nachgehen. Alleine schon, um die Möglichkeit anschließend ausschließen zu können. Sagt dir der Name der Rockergang denn was?«

Peter schüttelte den Kopf. »Nur bedingt. Ich weiß, dass das gefährliche Kerle sind, die im Drogenhandel und bei der Prostitution mitmischen, aber das war's auch schon. Beruflich hatte ich nie mit ihnen zu tun.«

»Dann sollen Schwarz und Akyol sie sich vornehmen und schauen, was sie herausfinden können. Wir sollten auch die Kollegen aus den dementsprechenden Dezernaten um Unterstützung bitten. Vielleicht stoßen wir dabei ja auf etwas, das dem Ganzen eine völlig neue Wendung gibt.«

»Das heißt, du hältst Marcs Geschichte tatsächlich für glaubhaft?«

»Das habe ich nicht gesagt.«

»Klang aber so.«

Sie überlegte, wie sie es ihm begreiflich machen konnte. »Pass auf«, sagte sie dann. »In München hatte ich mal einen Fall, bei dem ein anderthalbjähriges Kleinkind ums Leben kam. Wie sich bei der Obduktion herausstellte, war es mit einem Kissen aus der Wohnung erstickt worden. Das Kind hatte auch einen neun Jahre älteren Bruder, an dessen Körper die Lehrerin zuvor immer wieder Spuren entdeckt hatte, die von körperlicher Gewalt stammen konnten. Dinge wie Blutergüsse an den Armen und so. Sie hat das auch dem Jugendamt gemeldet, aber die Eltern haben angegeben, dass der Junge sich die Prellungen beim Spielen selbst zugezogen hatte. Passiert ist nichts. Aus dem Jungen war nicht viel herauszuholen, und die Spuren waren halt nicht eindeutig, verstehst du?«

»Klar, aber was hat das mit unserem Fall zu tun?«

»Wart's ab … Natürlich fiel der Verdacht sofort auf die Eltern, die selbstverständlich alles leugneten. Sie gaben an, am vorherigen Abend eine größere Menge Alkohol konsumiert zu haben und dann betrunken auf dem Sofa eingeschlafen zu sein. Als sie am nächsten Morgen aufwachten, sei das Kleinkind tot gewesen, einfach so. Die Mutter hatte zudem auch noch ein blaues Auge – angeblich war sie in der Nacht zuvor betrunken gegen einen Schrank gelaufen.«

Peter stieß verächtlich die Luft aus.

»Was soll ich sagen?«, fuhr sie fort. »Die Eltern wurden aufgrund der Spurenlage verurteilt, der ältere Junge kam zu seinen Großeltern. Ein Jahr darauf hat er einem Mitschüler dann erzählt, dass er seinen Bruder getötet hatte. Und warum? Weil das Kleinkind den ganzen Abend geschrien hatte, während die Eltern betrunken im Wohnzimmer lagen und er in Ruhe Play-Station spielen wollte.«

Peter riss die Augen auf. »Himmel noch mal! Das ist ja grausam.«

»Manchmal sind die Sachen einfach nicht so, wie sie auf den ersten Blick aussehen. Ja, ich bin immer noch überzeugt, dass Marc seinen Freund umgebracht hat, aber jetzt gibt es halt noch eine weitere Theorie. So unglaubwürdig sie auch klingen mag, ist es besser, ihr …«

Das Klingeln des Telefons unterbrach sie. Sie warf Peter einen entschuldigenden Blick zu und nahm den Hörer ab. Es war Bettina Kollmann, die Kollegin von der Spurensicherung.

»Ich wollte dir nur Bescheid geben, dass wir mit dem Fahrzeug des Tatverdächtigen weitergekommen sind«, sagte Bettina. »Das Labor hat sich gemeldet, die DNA-Analyse war eindeutig. Die Blutspuren im Kofferraum stimmen mit denen in der Wohnung überein. Das Blut stammt zweifelsfrei von Henning Järisch.«

Bianca atmete hörbar aus. »Danke für die Info! Das kommt gerade zur rechten Zeit.«

»Immer gerne doch!«

»Habt ihr sonst noch was gefunden, das uns weiterhelfen könnte?«

»Noch nicht, aber ich habe mit BMW telefoniert. Sie schicken uns umgehend einen neu codierten Schlüssel für das Fahrzeug zu.«

»Das ist toll«, sagte Bianca irritiert. »Aber wofür brauchen wir den?«

»Darin sind unter anderem die elektronischen Codes zur Deaktivierung der Wegfahrsperre enthalten. Ohne die macht die Motorsteuerung dicht, weshalb wir bislang auch noch keinen Zugriff auf die eingegebenen Adressen im Navigationsgerät haben. Ich dachte, die könnten für euch interessant sein.«

»Was schätzt du, wie lange das dauert?«

»Der Händler hat versprochen, uns den Schlüssel sofort durch einen Boten zukommen zu lassen. Ich erwarte ihn eigentlich jede Minute. Sobald wir ihn haben, sollte der Rest schnell gehen. Ich melde mich dann wieder, wenn ich mehr weiß.«

»Das ist nett, danke!«

Nachdem sie das Gespräch beendet hatte, informierte Bianca ihren Kollegen über die neuen Erkenntnisse. Peter versprach, sich dennoch umgehend mit den Kollegen in Verbindung zu setzen, die die Informationen über die Rocker einholen sollten. Obwohl das in dem Wagen gefundene Blut des Opfers den Verdacht gegen Marc Lammert erhärtete, war das weiterhin in ihrem Sinne. Bianca wollte sich nichts nachsagen lassen, was ihre Ermittlungsmethoden betraf. Wenigstens bis morgen mussten sie zweigleisig fahren.

Dann konnte sie sich Sarah Hauptmann erneut vornehmen, und Bianca war überzeugt, dass spätestens dann auch die Wahrheit ans Licht kommen würde. Sie hatte jetzt genug in der Hand, um die Frau mit den Themen zu konfrontieren, auf die sie im Rahmen der vorherigen Vernehmungen seltsam reagiert hatte. Auf Hennings Frauengeschichten zum Beispiel oder auf ihren gemeinsamen Urlaub.

Sarah war jetzt schon verunsichert, das war bei dem morgendlichen Telefonat deutlich zu hören gewesen. Sie hatte Angst, und Angst war ein starker Antrieb. Genauso stark wie Liebe oder Hass. Wenn die Angst übermächtig wurde, taten Menschen alles für einen Ausweg. Sie redeten sich dann um Kopf und Kragen, sofern man sie davon überzeugte, dass sie lediglich mit der Wahrheit rüberkommen müssten, um alles hinter sich lassen zu können. Ein solches Spiel mochte nicht fair sein, aber so lief es nun mal. Immer. Die Opfer hatte schließlich auch niemand gefragt, was sie fair fanden.

Wer einem anderen Menschen das Leben nahm, hatte sein Recht auf eine faire Behandlung verloren. So sah Bianca das, und deshalb war sie auch so gut darin, Beschuldigte zu einem Geständnis zu bringen. Was das anging, dachte sie in ganz klaren Kategorien: Die Opfer waren die Opfer, und die Täter gehörten zur Rechenschaft gezogen; auch wenn man dafür manchmal Mittel einsetzen musste, die einem persönlich zuwider waren.

Sie streckte sich und warf einen Blick auf die Uhr. 15:43 Uhr. Knapp zwanzig Stunden noch, bis sie Sarah in der Wohnung gegenüberstehen würde. Rund einundzwanzig Stunden noch, bis sie endlich die Wahrheit erfuhr.

An Marcs Aussage verschwendete sie in diesem Moment schon keinen Gedanken mehr.

MARC

Da bin ich. Da stehe ich jetzt. Ich habe der Polizistin erzählt, was sie wissen muss, um handeln zu können, und alles für mich behalten, was nur uns drei betrifft. Diese Punkte muss ich mit mir ausmachen, dabei kann mir niemand helfen.

Es waren nicht die Rocker, die mein Verhältnis zu Henning grundlegend geändert haben, und auch nicht unser geplanter Rückzug aus dem Drogengeschäft. Es war dieser Urlaub in Nicaragua. Alles, was in den letzten Tagen passiert ist, hat seinen Ursprung auf Little Corn Island genommen. Die Insel war das Epizentrum eines Ausbruchs, dessen Wellen bis in die Gegenwart reichen, und noch immer droht Sarah in der darauf folgenden Flut zu ertrinken.

Was dort geschah – was wir taten –, war grauenhaft. Jeder, der irgendwann davon erfährt, wird uns für unser Tun verurteilen. Nicht nur nach dem Strafgesetzbuch, auch moralisch. Er wird sich die Fakten ansehen, den Kopf schütteln und sein Urteil fällen. Ich kann es niemandem verübeln, aber ich weiß, dass es nicht so einfach ist. Nicht, wenn man selbst dabei war.

Gravierende Dinge entstehen nicht im luftleeren Raum, sie haben immer auch eine Vorgeschichte. Eines führt zum anderen, die Geschehnisse bauen sich auf, und plötzlich steckt man mittendrin und hat keine Ahnung, was einen an den Punkt geführt hat, von dem aus es kein Zurück mehr gibt. Als ob das nicht schlimm genug wäre, folgt zwangsläufig immer noch eine Nachgeschichte. Sie verändert die Beteiligten; sie hat auch uns verändert. Was auf Little Corn Island geschah, hat dazu geführt, dass Henning zu einem Feind wurde und ich zu einem Menschen, der sich selbst nicht mehr trauen kann.

Bislang habe ich mich vor der Wahrheit gedrückt, selbst mir gegenüber. Ich habe alles getan, um die Ereignisse zu verdrängen, aber das kann ich nicht mehr. Nicht, wenn ich verstehen will, was wirklich geschah.

Ich schließe die Augen, und langsam gleiten die Gedanken davon. Hinter den geschlossenen Lidern kann ich irgendwann die Insel sehen, den Strand und die Hütten. Ich kann auch das Meer hören, ein ewiges Rauschen, gleichmäßig und beruhigend.

Jetzt bin ich nicht mehr hier, sondern dort. In dem Moment, an dem alles begann.

Wir waren gerade mal ein paar Tage auf der Insel, als ich mich bei einer Tauchschule anmeldete, mit der ich direkt eine Ausfahrt zu den vorgelagerten Riffen unternahm. Wie die Insel selbst schien auch die Unterwasserwelt völlig losgelöst vom Rest des Planeten zu sein. Weichkorallen wiegten sich in der Strömung, und harmlose Ammenhaie verfolgten uns wie treudumme Hunde. Wenn man den Blick in Richtung der Wasseroberfläche richtete, sah man manchmal Adlerrochen vorbeiziehen, majestätisch gleitend auf ihrem schwerelosen Flug.

Als unser Boot wieder anlegte, sah ich Sarah schon wartend am Strand stehen. Sie hatte einen Bikini und ein bunt gemustertes T-Shirt an, ihre Füße steckten in Flip-Flops. Die Augen hatte sie hinter einer Sonnenbrille verborgen, und ihr Lachen, das über den Strand wehte, klang so frei und unbeschwert, dass ich mich auf der Stelle erneut in sie hätte verlieben können.

Wir küssten uns, dann spülte ich die Tauchausrüstung mit Süßwasser ab und ging duschen. Zuvor hatten wir vereinbart, dass wir anschließend ins *Desideri* gehen wollten. Henning hatte ich an diesem Tag noch nicht gesehen, wahrscheinlich war er noch im Hotel und schlief seinen Rausch aus. Mir war das nur recht, und Sarah freute es sowieso, obwohl ich den Eindruck hatte, dass sich das Verhältnis der beiden hier ein Stück weit verbessert hatte.

»Es ist schon okay«, sagte sie, als ich sie beim Essen darauf ansprach. »Besser zumindest als zu Hause. Wahrscheinlich, weil wir nicht zu dritt in einer Hütte wohnen müssen.«

Ich wusste natürlich, was sie damit meinte, beschloss aber, nicht darauf einzugehen. Nur ein Idiot würde sich einen so herrlichen Tag mit Absicht ruinieren.

»Hast du ihn heute denn schon gesehen?«, wollte ich wissen.

»Hm, hm«, nickte sie, während sie sich zeitgleich ein Stück Pizza in den Mund schob. »Beim Frühstück. Er kam ins Restaurant, als ich gerade gehen wollte. Ich fand, er sah ziemlich fertig aus.«

»Warum das?«

»Keine Ahnung. Er hat nur gesagt, dass er den Abend mit der Kellnerin im *Tranquilo* verbracht hat und dann noch in irgendeinen Laden gegangen ist, in dem auch viele Einheimische verkehren.«

Ich grinste. »Hat er die Kellnerin abgeschleppt? Vielleicht hat sie ihn ja die Nacht über wach gehalten.«

»Was weiß ich?« Sie leckte sich die Finger sauber, wirkte betont gleichgültig. »Beim Frühstück war er zumindest allein. Aber ... es gibt da in Bezug auf Henning etwas, worüber ich mit dir reden muss.«

»Was denn?«

Sie griff nach meiner Cola, weil sie ihre schon ausgetrunken hatte. »Seit dem ersten Abend, an dem Henning so auffällig fit gewesen ist, frage ich mich, ob er ein paar dieser Pillen mitgenommen hat. Mittlerweile bin ich mir sicher, und ehrlich gesagt verstehe ich nicht, wie du das zulassen konntest.«

»Ich bin nicht seine Mutter«, sagte ich, und es klang patziger als beabsichtigt. »Er kann machen, was er will.«

»Und du findest das gut?«

Ich zuckte mit den Schultern. »Es ist sein Ding.«

»Hast du vielleicht mal daran gedacht, was passiert wäre,

wenn sie uns bei der Anreise erwischt hätten? Während des Zwischenstopps in den USA oder hier in Nicaragua? Weißt du, welche Strafen in diesen Ländern auf Drogenschmuggel stehen?«

»Nö – du etwa?«

»Das ist nicht lustig!«

Ich seufzte. »Jetzt mach mal halblang, Baby. David hat ein paar Pillen in Blister verschweißt und diese dann in eine Packung Ibuprofen gepackt. Selbst wenn die jemand bei der Zollkontrolle finden sollte, würde er nicht wissen, was wirklich drin ist.«

»Es geht nicht darum, ob das jemand gemerkt hat. Verstehst du das nicht?«

»Worum dann?«

»Ich fasse es nicht, dass du mich das tatsächlich fragst! Mensch, Marc ... Man fliegt nicht mit Drogen in den Urlaub, das Risiko ist viel zu groß. Dass Henning bei solchen Dingen nicht nachdenkt, ist mir ja klar, aber du?«

Ich griff besänftigend nach ihrer Hand. »Alles klar, Schatz, du hast ja recht. Es war blöd und wird nicht wieder vorkommen, okay?«

Sie sagte nichts und schaute mich bloß zornig an. Ich musste aufpassen, dass sie sich nicht weiter in das Thema reinsteigerte; dass nicht ein Wort das andere gab und wir uns endlos im Kreis drehten.

»Alles wieder gut?«, fragte ich vorsichtig.

»Weiß nicht ...«, erwiderte sie schmollend.

»Es tut mir leid, echt jetzt! Aber jetzt ist es auch zu spät, um deshalb noch Streit anzufangen. Wie gesagt – es kommt nicht wieder vor, okay?«

Eine kurze Pause, dann: »Bevor wir zurückfliegen, will ich aber, dass die übrig gebliebenen Pillen im Meer entsorgt werden. Du kümmerst dich darum, okay?«

Ich lächelte. »Einverstanden. Gönnen wir den Fischen eine kleine Dröhnung.«

Sie zögerte kurz, dann lächelte sie ebenfalls. Ich hatte zwar nicht das Gefühl, dass jetzt alles wieder gut war, aber wenigstens war das Thema nun vom Tisch, ohne uns den Tag zu ruinieren.

Kurz darauf zahlten wir und gingen Hand in Hand los, um die Insel zu erkunden. Zunächst liefen wir an der Ostseite am Strand entlang, passierten unsere Anlage und erreichten kurz darauf einen Ort, der sich *Derek's Place* nannte: eine Eco-Lodge, die aus ein paar auf Stelzen stehenden Holzhütten bestand, deren Dächer mit ausgetrockneten Palmwedeln belegt waren. Zwischen den einzelnen Hütten lagen saftig grüne Wiesen, aus denen hoch aufragende Palmen wuchsen, was fast schon unwirklich aussah. Eine Welt wie aus einem Fantasyroman, und Sarah war die Elfe.

Sie liebte diesen Ort, und nie konnten wir hier vorbeigehen, ohne in dem winzigen Shop der Anlage einen Zwischenstopp einzulegen. Die Besitzer boten in erster Linie handgefertigte Seifen und Cremes an, nach denen Sarah aus unverständlichen Gründen verrückt war. In den wenigen Tagen, die wir auf der Insel waren, hatten wir bereits eine derart große Auswahl angesammelt, dass ich mich jetzt schon fragte, wie wir das ganze Zeug später nach Hause bekommen sollten.

Die Besitzer von *Derek's Place* waren klassische Aussteigertypen. Ein Paar um die fünfzig; er mit Zopf und sie mit Rastafrisur. Stets fröhlich, immer lachend, *spread the love* und *give peace a chance* und so. Ich konnte das Gehabe nicht ausstehen, aber Sarah hatte an ihnen einen Narren gefressen – vielleicht, weil sie sich selber gerne als Hippiemädchen bezeichnete, obwohl ich bis auf ein paar bunt gemusterte Kleider an ihr noch nichts gesehen hatte, das diese Aussage rechtfertigte.

»Nur fünf Minuten, ja?«, sagte sie. »Ich will meiner Mutter auch was mitbringen.«

»Echt jetzt? Du hast doch schon hundert Dinge gekauft, die du deiner Mutter mitbringen kannst.«

»Die sind für uns.«

Ich verdrehte die Augen.

»Biiiitte«, sagte sie lang gezogen und blickte mich mit übertriebenem Augenklimpern an.

»Meinetwegen«, gab ich nach. »Aber ich warte draußen, okay?«

»Feel the love«, flötete sie, bevor sie mich auf die Wange küsste und im Inneren des Ladens verschwand.

Seufzend blickte ich ihr nach, dann drehte ich mich um und ging auf den Strand zu. Ich wusste, dass aus den angekündigten fünf Minuten mindestens zwanzig werden würden. Verdammt lange, wenn man nichts zu tun hatte. Was ich jetzt brauchte, war ein netter Platz, an dem ich mir die Zeit vertreiben konnte. Direkt am Strand wurde ich fündig. Ein kleines Ruderboot lag auf dem Sand. Der Rumpf war bunt angemalt, und in das Innere hatte jemand Blumen gepflanzt. Ich setzte mich auf die Bordwand und zündete eine Zigarette an. Blickte aufs Meer, während die Sonne mein Gesicht verbrannte.

»Hey«, ertönte es plötzlich von der Seite, als ich die Zigarette halb aufgeraucht hatte.

Ich drehte den Kopf. Ein Mädchen kam auf mich zu, eher schon eine junge Frau. Sie war vielleicht Anfang zwanzig; lange blonde Haare und eine tolle Figur, von der ihr Bikini mehr freigab, als er verbarg. Ihre Gesichtszüge waren ebenmäßig, unschuldig und freundlich. So hell, wie ihre Haut war, konnte sie noch nicht allzu lange auf der Insel sein.

»Hey«, antwortete ich.

»Where are you from?«, fragte sie.

»Germany«, antwortete ich.

»Ich auch!« Jetzt lachte sie. »Hast du vielleicht noch eine?« Sie deutete auf meine Zigarette.

»Klar.« Ich schüttelte eine aus der Packung und gab sie ihr.

»Ich bin gestern erst angekommen und habe vergessen, mir welche zu kaufen. Eigentlich war ich gerade auf dem Weg in den Ort, um das nachzuholen.«

Ich gab ihr Feuer. »Wo wohnst du denn?«

»Hier«, sagte sie und zeigte mit dem Daumen über die Schulter. Dann hielt sie mir die Hand hin. »Ich bin übrigens Anna, und du?«

»Marc«, sagte ich und griff nach ihrer Hand. Hielt sie vielleicht einen Bruchteil länger fest als nötig.

In diesem Moment kam mir das Ganze wie ein Déjà-vu vor; wie der Flashback aus einer Zeit, in der es Sarah noch nicht gegeben hatte. Es war die perfekte Anbahnung eines Urlaubsflirts, aus dem vielleicht mehr werden konnte. Die Erinnerung an flüchtigen Sex wallte auf. An eine unter Fremden geteilte Zeit, die endete, wenn einer der beiden abreisen musste.

Wenn ich sie gefragt hätte, ob wir zusammen in den Ort gehen sollten, hätte sie wahrscheinlich ja gesagt. Wir hätten Zigaretten gekauft und anschließend irgendwo etwas getrunken. Uns unterhalten, zusammen gelacht, und dann hätte ich sie gefragt, was sie am Abend macht. Ein Rädchen hätte ins andere gegriffen, und wenn es gut gelaufen wäre, würden wir uns anschließend gegenseitig erkunden und aneinander austoben, bis einer von beiden nicht mehr konnte.

Genau so wäre es gelaufen, dachte ich. Damals, vor Sarah.

»Bist du alleine hier?«, wollte ich dann wissen.

Sie nickte. »Ich habe vor Kurzem die Ausbildung abgebrochen, um doch noch ein Studium anzufangen, und wollte mir vorher noch eine kleine Auszeit gönnen. Ein bisschen chillen und gleichzeitig was von der Welt entdecken. Little Corn und Nicaragua sind erst der Anfang, danach geht's weiter nach Honduras und Guatemala. Sechs Wochen insgesamt.«

»Klingt gut.«

»Und du?«

»Ich will nicht nach Guatemala.«

Sie lachte. »Nein, ich meinte, ob du auch alleine unterwegs bist?«

»Ich bin mit meiner Freundin und einem Freund hier. Sie ist übrigens gerade in dem Laden da.« Ich zeigte in die dementsprechende Richtung.

»Ah, okay«, erwiderte sie. Es war scheinbar nicht die Antwort, mit der sie gerechnet hatte. »Die Insel ist sicherlich perfekt für einen Pärchenurlaub. Seid ihr schon lange hier?«

»Ein paar Tage.«

»Dann weißt du garantiert auch, wo man abends am besten hingehen kann. Wo was los ist.«

»Da fragst du gerade den Falschen«, grinste ich. »Ich bin nicht mehr so der Partytyp. Zu alt, schätze ich.«

»Blödmann«, sagte sie und lächelte, als ob das nicht die Wahrheit gewesen wäre, sondern nur der Versuch, ein Kompliment zu ergattern. »Aber essen tust du in deinem Alter schon noch, oder?«

Jetzt lachten wir beide, und irgendwie berührten sich unsere Arme. Dann erzählte ich, in welche Restaurants Sarah und ich gerne gingen. Es machte Spaß, sich mit ihr zu unterhalten, und ich war so in das Gespräch versunken, dass ich gar nicht mitbekam, dass Sarah aus dem Laden gekommen war und jetzt hinter mir stand.

»Hier steckst du also«, hörte ich plötzlich ihre Stimme. »Ich habe dich schon überall gesucht.«

Ich fuhr herum und kam mir auf seltsame Weise ertappt vor. »Ich war die ganze Zeit hier«, sagte ich und stand auf. »Das ist übrigens Anna. Sie ist gestern erst angekommen. Wir haben uns darüber unterhalten, wo man auf der Insel am besten hingehen kann.«

»Hi, Anna«, sagte Sarah und streckte ihr die Hand entgegen. »Ich bin Sarah. Hat Marc dir denn ein paar Tipps geben können?«

»Hat er«, sagte Anna und warf mir einen Blick zu, den ich nicht deuten konnte. »Ich glaube, ich werde hier nicht verhungern.«

Sarah lächelte und setzte sich auf den Platz, auf dem ich gerade noch gesessen hatte. Sie tat dies mit einer Selbstverständlichkeit, die mich immer wieder verblüffte. Dann begann sie, sich mit Anna zu unterhalten, als ob sie sie schon ewig kennen würde, und bot ihr anschließend sogar an, uns am Abend zum Essen zu begleiten.

Annas Erwiderung, dass das nett sei, sie uns jedoch nicht stören wolle, tat Sarah mit einer Handbewegung ab. Sie versicherte, dass wir uns freuen würden, wenn wir beim Abendessen auch mal mit jemand anderem reden konnten. »Oder, Marc?«

Was sollte ich jetzt noch sagen? Sarah hatte die Entscheidung schon getroffen, also nickte ich nur, während ich mich gleichzeitig ein wenig ärgerte, dass meine Freundin anscheinend kein Stück weit eifersüchtig war. Die Möglichkeit, dass eine andere Frau mich interessant finden könnte, schien für sie nicht zu existieren.

»Prima«, sagte Sarah schließlich und legte ihre Hand auf Annas Arm. »Heute Abend, sieben Uhr? An dem Pier vielleicht, an dem die Boote aus Big Corn Island anlegen?«

Anna zögerte kurz, dann sagte sie: »Alles klar, um sieben! Ich freue mich.«

Sarah stand auf und nahm meine Hand. »Bis heute Abend, Anna. Wir freuen uns auch.«

Als Sarah sich umdrehte, warf ich Anna noch einen letzten Blick zu. Sie zwinkerte. Ich zwinkerte zurück, obwohl mich das komische Gefühl nicht losließ, dass hier gerade etwas abging, das ich nicht verstand.

»Anna ist nett«, sagte Sarah, als wir ein Stück weit gegangen waren. »Ich wusste, dass sie sich freuen würde, wenn sie abends nicht alleine sein muss.«

»Hm«, machte ich.

»Außerdem sieht sie richtig gut aus. Hast du ihre Figur gesehen?«

Ich blieb stehen. »Sag mal, geht's noch?«

Verwundert sah sie mich an. »Klar, was soll denn nicht in Ordnung sein?«

»Ich meine … Du siehst mich mit einer scharf aussehenden Frau am Strand sitzen und fragst sie dann, ob sie mit uns zum

Abendessen geht. Was kommt als Nächstes? Die Frage nach 'nem Dreier vielleicht?«

»Ach, du«, sagte sie und lächelte nachsichtig, was mich noch wütender machte. »Ich dachte eher an Henning, vielleicht mögen die beiden sich ja. Er würde sich sicher freuen, wenn er sich mal nicht als fünftes Rad am Wagen fühlen muss.«

»Ich wusste gar nicht, dass du plötzlich so an seinem Wohlbefinden interessiert bist.«

Sie stemmte die Hände in die Hüften. »Was hast du eigentlich für ein Problem, Marc? Henning ist dein bester Freund, und er hat uns hier wirklich in Ruhe gelassen, was ich ihm hoch anrechne. Aber ist dir mal aufgefallen, dass er nicht sonderlich glücklich wirkt? Vielleicht einsam ist?« Sie stieß die Luft aus. »Aber gut, wenn dir das Ganze nicht passt, gehen wir halt zurück und sagen Anna ab. Oder wir fragen Henning erst gar nicht, ob er mitkommen will.«

Ich atmete durch. An diesem Tag hatten wir schon einmal Streit gehabt, und dieses eine Mal genügte mir. Wenn ich noch länger nachbohrte, würde nur ein Wort das andere ergeben, und der zweite Streit wäre vorprogrammiert gewesen. Außerdem – was hätte ich gegen ihre Argumentation auch einwenden sollen? Dass es sich nicht gut anfühlte? Nicht richtig? Dass irgendetwas in mir nicht wollte, dass Henning Anna kennenlernte?

»In Ordnung«, sagte ich stattdessen und zuckte mit den Schultern. »Dann lass uns heute eben zu viert essen gehen.«

»Sicher?«

»Klar, du hast ja recht. Wird garantiert nett. Ich bin nur … keine Ahnung, irgendwie komisch drauf heute.«

Sie sah nicht überzeugt aus, gab sich mit der Erklärung aber zufrieden. Anschließend liefen wir noch ein Stück weit in Richtung Norden und drehten dann um. Sarah schien den Vorfall nach wenigen Minuten bereits vergessen zu haben, nur mein komisches Gefühl wollte nicht weichen.

Rückblickend weiß ich, dass ich besser auf mein Bauchgefühl gehört hätte.

Bianca wollte gerade Feierabend machen und sich den Mantel überziehen, als das Telefon läutete. Sie schaute hoffnungsvoll zu Peter, der den Kopf aber in irgendwelchen Akten vergraben hatte. Einen Moment lang spielte sie mit dem Gedanken, das Klingeln zu ignorieren, dann aber siegte ihr Pflichtgefühl.

»Rakow«, meldete sie sich.

»Ich bin's noch mal, Bettina«, sagte die Kollegin von der Spurensicherung. »Ich wollte nur Bescheid geben, dass der Schlüssel angekommen ist und wir das Navigationsgerät ausgewertet haben.«

»Und?«

»Ich habe dir von allen Eingaben einen Ausdruck gemailt. Auf den ersten Blick ist nichts Auffälliges dabei, nur die letzte Adresse kam mir sonderbar vor. Sie wurde an dem Tag eingegeben, an dem euer Opfer verschwand.«

»Was für eine Adresse?«

Bettina gab ihr die Informationen durch und schob ein paar Erläuterungen nach. Bianca notierte alles. Als sie das Gespräch beendete, sah Peter sie erwartungsvoll an.

»Das war die Kollegin von der Spusi«, erklärte sie. »Sie haben das Navigationsgerät des BMW ausgewertet, und das letzte Ziel ist auffällig. Keine Wohnadresse, sondern ein Parkplatz an einer Landstraße. Bettina sagt, dass er ein paar Kilometer östlich von Lüneburg liegt. Mitten in einem Waldgebiet, das man wohl Staatsforst Göhrde nennt.«

»Die Göhrde?«, fragte Peter erstaunt.

»Ja. Was ist damit?«

»Sagt dir der Name nichts?«

Sie schüttelte den Kopf.

»O Mann … Daran merkt man, dass du nicht aus Hamburg kommst!« Er lächelte mitleidig, dann setzte er zu einer Erklärung an. »Ende der Achtzigerjahre sind in dem Waldgebiet zwei Doppelmorde an Liebespärchen verübt worden, die als die *Göhrde-Morde* sogar bundesweit Schlagzeilen machten. Das Ganze hat damals ziemlich hohe Wellen geschlagen; auch, weil man den Täter ewig nicht fassen konnte.«

»Und was hat das mit unserem Fall zu tun?«

»Keine Ahnung, aber willst du dir den Rest nicht lieber erst mal anhören?«

Sie hob entschuldigend die Hände.

»Nicht weit von den Tatorten der Liebespaarmorde entfernt ist zeitgleich auch die Schwester des damaligen Leiters des Hamburger LKA verschwunden, Wolfgang Sielaff. Ihre Leiche wurde über Jahre hinweg nicht gefunden. Sielaff war damals schon unzufrieden mit dem Vorgehen der zuständigen Dienststelle, hatte aber keine Möglichkeit, einzugreifen. Nach seiner Pensionierung hat er dann begonnen, private Nachforschungen anzustellen, die schlussendlich auch zum Ziel führten. Das war aber erst 2017, wenn ich mich nicht irre – fast dreißig Jahre nach dem Verschwinden der Schwester.«

Jetzt war ihr Interesse erweckt. »Sprich weiter!«

»Sielaff ist gemeinsam mit einer privaten Ermittlungsgruppe, die er selbst zusammengestellt hat, dahintergekommen, dass ein ehemaliger Friedhofsgärtner – Kurt-Werner Wichmann – sowohl für die Göhrde-Morde als auch für den Tod seiner Schwester verantwortlich war. Überführt wurde Wichmann dann mittels zweier DNA-Spuren, und kurz darauf fand man in seiner früheren Garage auch eine einbetonierte Leiche – die Schwester des ehemaligen LKA-Chefs. Zur Rechenschaft ziehen konnte man den Täter allerdings nicht mehr: Wichmann hat sich '93 oder '94 in einer Haftanstalt erhängt, wo er wegen eines anderen Verbrechens einsaß.«

»Interessante Geschichte«, gab Bianca zu. »Und ehrlich gesagt bin ich erstaunt, wie gut du dich an die Einzelheiten erinnern kannst.«

Peter tat die Bemerkung mit einer Handbewegung ab. »Zum einen war es ein spektakulärer Fall, zum anderen war Sielaff damals auch mein Vorgesetzter. Ich mochte ihn. Außerdem habe ich ihn für seinen nimmermüden Einsatz bewundert, das Verschwinden der Schwester aufklären zu wollen.«

»Okay, aber so spannend das auch klingt, kann es trotzdem nichts mit unserem Fall zu tun haben. Hast du nicht gerade gesagt, dass der Verantwortliche für die Göhrde-Morde schon lange tot ist?«

»Ich glaube auch nicht, dass es da einen Zusammenhang gibt, aber Sarah und Marc könnten eine der zahlreichen Dokus gesehen haben und damit auch das Gebiet, in dem die Doppelmorde geschehen sind. Die Göhrde ist nicht irgendein Wäldchen, Bianca – es ist das größte Waldgebiet Norddeutschlands. Abgelegen, schwer zugänglich und dünn besiedelt. Geradezu ideal, um eine Leiche zu entsorgen, von der man nicht will, dass sie gefunden wird.« Er sah ihr in die Augen. »Wir haben ein undurchdringliches Waldgebiet. Wir haben die Eingabe der Adresse am Tag von Järischs Verschwinden. Wenn ich jetzt eins und eins zusammenzähle, glaube ich zu wissen, wo die Leiche ist.«

Sie nickte. Zuerst nachdenklich, dann zustimmend. »Es muss Nacht gewesen sein«, mutmaßte sie anschließend, »ansonsten wäre die Gefahr viel zu groß gewesen, dass jemand sie beim Abtransport der Leiche beobachtet. Laut Bettina braucht man von Hamburg aus anderthalb Stunden hin und anschließend natürlich auch anderthalb Stunden zurück. Die beiden müssen unter Zeitdruck gestanden haben, außerdem ist ein toter Körper schwer zu tragen. Sollte Järisch tatsächlich dort verscharrt sein, wird er nicht weiter als hundert Meter vom Parkplatz entfernt liegen, darauf würde ich wetten. Außerdem hat es in den letzten Tagen kaum geregnet. Der aufgegrabene Waldboden dürfte sich immer noch deutlich von der Umgebung abheben.«

Peter warf ihr einen Blick zu, der Bianca signalisierte, dass er ihre Schlussfolgerungen für überzeugend hielt.

»Eine Staffel mit Leichensuchhunden soll das Gebiet rund um den Parkplatz durchkämmen«, fuhr sie daraufhin fort. »Am besten schon morgen früh, sobald es hell wird. Es wäre klasse, wenn du dich mit den Kollegen in Niedersachsen abstimmst und die Suche dann vor Ort leiten könntest. Parallel dazu nehme ich mir Sarah vor. Sobald ihr in dem Waldgebiet auf etwas stoßt, informierst du mich. Ebenso ich dich, wenn Sarah auspackt.«

Er stand auf. »Wir haben sie, Bianca. Wenn wir dort die Leiche finden – und das werden wir, da bin ich sicher –, sind sie geliefert. Schade, dass es schon so dunkel ist. Am liebsten würde ich jetzt schon loslegen.«

»Morgen ist auch noch ein Tag. Ruf die Kollegen an und organisiere die Suche, dann machst du Feierabend. Schlaf dich aus, Peter. Du siehst müde aus, und ich möchte keinen Ärger mit deiner Frau bekommen, weil sie dich in den letzten Tagen kaum gesehen hat.«

»Und was ist mit dir?«

»Ich bereite noch kurz das Gespräch mit Sarah vor, dann gehe ich auch nach Hause.«

»Und dann?«

Sie sah ihn irritiert an. »Was dann?«

»Was machst du dann? Lass mich raten – du kaufst dir in irgendeinem Dönerladen etwas Ungesundes zu essen und schaust anschließend Fernsehen, bis du auf dem Sofa einschläfst. Richtig?«

Sie lächelte. »So ungefähr.«

»Das ist doch kein Leben, Bianca!«

»Ein anderes habe ich gerade leider nicht.«

»Du solltest wirklich besser auf dich achtgeben. Nicht nur auf deine Mitmenschen.«

Sie seufzte. »Sobald wir das Ganze hier abgeschlossen haben, schalte ich einen Gang zurück. Versprochen!«

Er sah nicht so aus, als würde er ihrem Versprechen trauen, sagte aber nichts. Als er schon in der Tür stand, drehte er sich noch einmal um. »Viel Glück für das Gespräch mit Sarah, und nimm sie auseinander. Irgendwie tut es mir fast schon leid, dass ich morgen nicht dabei sein kann.«

»Ich gebe mein Bestes, und wenn wir uns wiedersehen, werde ich dir in allen Einzelheiten davon erzählen.«

Nachdem Peter weg war, lehnte Bianca sich in ihrem Stuhl zurück. Ihr Kollege hatte recht – sie war müde und fühlte sich von den Ereignissen der letzten Tage geradezu überrollt. Die Ermittlung fraß an ihr, mehr als alle anderen vorher. Außerdem war ihr Sarahs Rolle in dem Ganzen noch nicht klar. Sie konnte beides sein, Täterin oder Opfer, unschuldig oder der Auslöser für alles. Rein vom Gefühl her hielt Bianca sie nicht für fähig, ein Gewaltverbrechen zu begehen, aber Gefühle konnten täuschen. Niemand wusste das besser als sie.

Jeder Mensch trägt Dämonen in sich, mit denen er zu kämpfen hat. Einige von uns können sie nur besser verbergen als andere.

Was sind deine Dämonen, Sarah?

Wovor fürchtest du dich, wenn es dunkel wird?

SARAH

Um 22:13 Uhr schleiche ich aus dem Hotel. Zu Fuß werde ich eine halbe Stunde brauchen, bis ich unser Viertel erreiche. Dreißig Minuten, in denen ich herausfinden kann, ob mir jemand folgt. In regelmäßigen Abständen bleibe ich stehen und drehe mich um, erkenne aber niemanden. Um ganz sicherzugehen, biege ich anschließend dreimal links ab, einmal um den Block herum. Niemand ist mir auf den Fersen, ich bin alleine mit meiner Angst. Je näher ich meinem Ziel komme, desto ruhiger wird es auf den Straßen. Es sind nur noch wenige Autos unterwegs und kaum noch Fußgänger. Am Wegesrand stehen jetzt hoch aufragende Bäume, deren Äste im Licht der Straßenlaternen unheimliche Schatten auf die Bürgersteige werfen. Einige davon sehen wie Klauen aus, die nach mir greifen. Meine Nervosität nimmt zu, die Schritte werden schneller. Dann überquere ich die Straße hin zu einer Laterne, die kein Licht mehr gibt, und erreiche unser Viertel.

Es wirkt durch und durch hanseatisch, irgendwie altmodisch und behaglich verankert in einer antiquierten Lebensart. Ich habe mich hier immer wohlgefühlt, heimisch und geborgen, aber in dieser Nacht ist das anders. Selbst unser Haus ist nicht mehr unser Haus; nur noch eine Fassade, in der die dunklen Fenster toten Augen gleichen.

Im Sonnenlicht sieht es gut aus, ein kernsaniertes Gebäude aus der Gründerzeit, jetzt jedoch wirkt es morbide. Ich kann da nicht reingehen, nicht sofort zumindest. Zuerst muss ich mich sammeln und Kraft tanken. Das geht am besten, wenn ich an etwas denke, das mich beruhigt. An dich zum Beispiel und an bessere Zeiten, in denen du mein Kerl warst und ich deine Königin. So lautete unser nie ausgesprochener Pakt, der erst auf der Insel gebrochen wurde.

Good girls love bad boys – so ist es nun mal. Ich halte mich für einen guten Menschen, der aber ein Faible für böse Jungs hat. Ich habe schon immer Männer gemocht, die etwas Raues haben, Boxer zum Beispiel. Eine Vorliebe, die ich von meinem Vater geerbt habe, der nie einen Kampf im Fernsehen verpasst hat und froh war, seine Leidenschaft an mich weitergeben zu können. Tyson, Lewis, Klitschko – wir haben sie alle gesehen. Die härtesten Knock-outs, die blutigsten Ringschlachten. Unzählige Nächte haben wir vor dem Fernseher verbracht, für jeden stets ein Glas Cola und eine Schüssel Chips auf dem Tisch, das war unser Ritual.

Rituale sind wichtig. Sie verbinden Menschen.

Als ich sechzehn oder siebzehn war, hat mein Vater mich zum ersten Mal zu einem Kampf mitgenommen. Es war keines dieser großen Events, die im Fernsehen übertragen werden, nur ein Kampf um die hessische Meisterschaft. Ich saß mit glühenden Wangen und pochendem Herzen in der ersten Reihe. Dort, wo man das Testosteron der Kämpfer riechen kann, die Hitze der Scheinwerfer spürt, die Ansagen der Trainer hört.

Von Anfang an war klar, dass der Kampf nicht über die volle Distanz gehen würde. Auf diesem Niveau ist Boxen noch nicht von Taktik und Technik geprägt, kein edler Fechtkampf mit den Fäusten, eher ein blutiges Gemetzel mit offenem Visier. Zwei archaische Krieger im Ring, eingepfercht auf engstem Raum, und vorbei ist es erst, wenn einer der beiden fällt und nicht mehr aufsteht. An diesem Abend spürte ich die Schläge fast schon körperlich, anders als vor dem Fernseher. Ich sah bei Kopftreffern den Schweiß aus den Haaren fliegen, hörte das Klatschen der Handschuhe auf nackten Oberkörpern, blickte in geschwollene Gesichter und bekam Blutspritzer auf die Bluse, als einem der Männer die Haut über dem Jochbein platzte.

Als es erkennbar dem Ende entgegenging, griff ich nach der Hand meines Vaters. Alles in mir pulsierte. Ich vergaß das Atmen, sah den Leberhaken, einen brutalen Schlag gegen die Schläfe, den Knock-out. Das ganze Publikum sprang auf, nur ich blieb sitzen, während die freudige Erregung in meinen Ohren toste wie eine hysterische Menge in einem riesigen Stadion.

Später dann, als ich allein in meinem Zimmer war, zog ich die Bluse aus und betrachtete die Blutspritzer. Die größten befanden sich im Schulterbereich, zur Brust hin wurden sie kleiner. Ich schob den Zeigefinger unter einen besonders großen und ließ meine rosafarbene Zunge behutsam darübergleiten. Ich weiß nicht mehr, warum ich das tat. Vielleicht versuchte ich, den Geschmack des Siegers aufzunehmen, vielleicht wollte ich auch nur die Erinnerung an die letzten Minuten des Kampfes aufleben lassen.

Nichts hat mich damals so angemacht wie die rohe Gewalt eines Boxers. Erst später fand ich heraus, dass Intelligenz genauso sexy ist. Dann kamst du, Marc, und ich traf zum ersten Mal einen Mann, der beides miteinander vereinte. Kein Wunder, dass ich mich Hals über Kopf verliebte und bereit war, jede Grenze zu überschreiten, die mir mein von Normalität geprägtes Leben auferlegt hatte. Du hast Kraft mit Kultur verbunden, und diese Mischung war geradezu unwiderstehlich.

Stets warst du für mich da und hast mich beschützt. Mit deinem Körper, deinem Geist. Nie habe ich ruhiger geschlafen als in den Nächten, in denen du mich im Arm gehalten hast. Du sagtest, dass über unserem Bett eine unsichtbare Kuppel sei, die du nur zuziehen musst und unter der einem nichts passieren kann, und ich habe es geglaubt, weil ich genauso empfand. Bis du mich im Stich gelassen hast. Mich nicht vor dem Bösen bewahrtest, wie du es immer versprochen hast.

Deshalb stehe ich jetzt hier, vor unserem Haus, und versuche mit zittrigen Fingern, den Schlüssel ins Schloss zu bekommen.

Die Dunkelheit im Hausflur ist so dicht, dass man sie fast schon mit den Händen greifen kann. Als ich den Lichtschalter drücke, fällt gleißende Helligkeit auf endlose Leere. Die Treppenhausstufen ragen wie eine Bergstraße vor mir auf, die sich in Serpentinen nach oben zieht und an deren Ende irgendetwas auf mich lauern könnte ... *irgendjemand.*

Als ich vor der Wohnungstür ankomme, fällt mir sofort das zerrissene Polizeisiegel auf. Umgehend beschleunigt sich mein Puls, und ich versuche, eine logische Erklärung zu finden. Vielleicht ist die Polizei noch mal da gewesen und hat vergessen, ein neues Siegel anzubringen. Vielleicht war es auch der Hausverwalter, der sich das Unheil anschauen wollte – eventuell sogar mit einem Journalisten, dem die Hochglanzfotos des blutigen Tatorts ein paar Hunderter wert gewesen sind.

Dann denke ich gar nichts mehr und schiebe den Schlüssel ins Schloss. Ich drehe ihn zweimal um, die Tür geht auf. Direkt dahinter liegt der Flur, ein langer schwarzer Schlauch. Ich schalte das Licht an, und mein Blick fällt auf die gerahmten Poster, die an der Wand hängen. David Bowie, den ich so liebe, und Depeche Mode, die du vergötterst.

Rechts dahinter liegt das Bad, dem gegenüber die Küche. Ihre Tür ist geschlossen, und ich werde sie ganz sicher nicht öffnen. Stattdessen gehe ich weiter, bis ich unser Schlafzimmer erreiche. Es liegt in der Mitte des Flurs, zwischen Bad und Wohnzimmer, und genau gegenüber dem von Henning. Alles darin sieht noch genauso aus, wie wir es zurückgelassen haben, aufgeräumt und ordentlich. Die Polizei hat kein Chaos angerichtet.

Mein Ziel ist der Nachttisch. Ich ziehe die Schublade heraus und wühle den Inhalt fieberhaft auf der Suche nach dem Notizheft durch. Mein Herz macht einen Sprung, als meine Finger den Ledereinband ertasten. Als ich die Seite mit der Nummer finde, reiße ich sie heraus. Am liebsten würde ich sie an Ort und Stelle verbrennen, aber das wäre dumm, man könnte vielleicht den Rauch riechen. Ich beschließe, die Seite lieber in kleine Fetzen zu zerreißen und diese in der Toilette runterzuspülen.

Nachdem der Plan steht, packe ich noch ein paar Kleidungsstücke in einen kleinen Koffer, wie er im Flugzeug auch als Handgepäck durchgeht. Ich brauche nicht viel. Frische Unterwäsche, ein Paar Socken, eine Jeans und einen Pullover. Einmal zum Wechseln und einmal als Erklärung für die Polizei, wenn sie irgendwie herausfinden sollte, dass ich in der Wohnung war.

Dann fällt mein Blick auf das Bett, und die Erinnerungen überkommen mich mit voller Wucht. Nie wieder werden wir hier eng aneinandergekuschelt liegen, weil es Dinge gibt, die keine Liebe übersteht, und sei sie noch so groß. Unsere Liebe war groß, Marc. In den schönsten Momenten – und davon gab es viele – vielleicht sogar größer als alles andere.

Jetzt weine ich schon wieder, aber dieses Mal nicht aus Angst, sondern um uns. Um das, was wir verloren haben. All die Leichtigkeit, das unbeschwerte Verlangen und die ganzen Witze, über die nur wir beide lachen konnten. Ich weine um das Gefühl, das ich so mit keinem anderem Mann verspürt habe; um die verloren gegangene Gewissheit, füreinander geschaffen zu sein.

Das ist die Wahrheit, Marc.

Nicht nur meine.

Unsere.

Als ich nach ein paar Minuten wieder klar sehen kann, verlasse ich das Schlafzimmer und gehe ins Bad. Auf dem Weg dorthin zerreiße ich den Zettel in unzählige kleine Teile. Ich achte darauf, dass kein Schnipsel zu Boden fällt und nichts übrig bleibt, das mich verraten kann.

Die Badezimmertür ist nur angelehnt. Ich stoße sie auf, schalte das Licht ein und gehe auf die Toilette zu. Dann erstarre ich, als mein Blick auf den Badezimmerspiegel fällt. Augenblicklich geben meine Knie nach, und die Zettelfetzen fallen wie weißes Konfetti zu Boden. Plötzlich schreit jemand, und es dauert ein paar Sekunden, bis ich merke, dass ich das bin.

Auf dem Spiegel stehen vier Worte, mehr nicht. Sie sind dunkelrot, wahrscheinlich mit Lippenstift geschrieben.

Willkommen zu Hause, Prinzessin!

VIER

»Du ziehst durch lange Nächte
und weißt noch immer nicht wohin.
Auf deinen langen Beinen
Und fragst dich nach dem Sinn.
Du kennst so viele Märchen,
hast so viel davon geglaubt.
Was hast du hier verloren,
was hat man dir geraubt?«

Voltaire, »Karawane« aus dem
Soundtrack-Album *Tom meets Zizou*

MARC

Es ist kurz vor Mitternacht. Eine Zeit, zu der es auch im Gefängnis langsam still wird. Die Zellenlichter sind ausgeschaltet, die Schreie und Rufe der Männer verstummt. Nur den jungen Marokkaner in der Zelle nebenan kann ich noch leise weinen hören, und ab und zu ruft er nach seinem Gott. Ich bewundere ihn für seinen starken Glauben, denke aber, dass Allah ihm hier nicht helfen kann.

Noch immer fühle ich mich nicht wie ein Teil des Knastlebens; eher wie ein stiller Beobachter, der zur Untätigkeit verdammt ist. Bei dem Gespräch mit der Polizistin habe ich meine letzte Karte ausgespielt, jetzt kann ich nur noch hoffen, dass sie sticht. Große Chancen rechne ich mir allerdings nicht aus. Ich würde mir auch nicht glauben, wenn ich nicht wüsste, was auf Little Corn Island geschehen ist.

Die Rocker mögen der Grund sein, warum Henning seinen Tod vorgetäuscht hat, aber die Ereignisse in der Karibik sind entscheidender für mein Denken, weil erst sie seinen wahren Charakter offenbaren. Seine Lust am Spiel, die ihm innewohnende Grausamkeit und seine Rücksichtslosigkeit anderen Menschen gegenüber.

Ja, er war mein bester Freund, und vielleicht hätte ich all dies schon früher bemerken müssen. Vielleicht habe ich das sogar. Das einzugestehen, ist das Schlimmste, ich kann es nicht entschuldigen und auch nicht rechtfertigen. Sollte Sarah dieses Versäumnis mit ihrem Leben bezahlen müssen, wäre es ausschließlich meine Schuld.

Könnte ich mir das verzeihen? In hundert Jahren nicht.

Ich trete ans Fenster, öffne es und lege die Hände um die Gitterstäbe. Vor mir liegt eine sternenklare Nacht, und irgendwo dort draußen ist Sarah. Irgendwo ist Henning. Wenn die beiden nochmals aufeinandertreffen, wird Sarah diese Begegnung nicht überleben, das weiß ich.

Ich weiß es, seit wir auf dieser Insel waren.

Nach dem Treffen mit Anna und unserer Rückkehr ins Hotel wollte Sarah direkt duschen gehen, während ich beschloss, noch eine Runde im Meer zu schwimmen. Auf dem Weg dorthin begegnete ich Henning, der zwischen zwei Palmen in einer Hängematte lag und mit halb geschlossenen Augen döste.

»Hey«, sagte er träge. »Wo seid ihr denn den ganzen Tag gewesen?«

Ich erzählte ihm von dem Tauchgang und der Wanderung. Anna erwähnte ich nicht.

»Cool«, sagte er nur. »Es ist gut, dass du da bist. Ich wollte eh mit dir reden.«

»Worum geht's?«

»Weißt du … Ich frage mich den ganzen Tag schon, was wir eigentlich machen. Nicht hier, sondern mit unserem Leben, verstehst du? Wir sind Mitte dreißig, richtig? Bald schon zu alt für diesen Scheiß. Hast du dir mal überlegt, wo das Ganze hinführen soll?«

»Mehrmals«, nickte ich. »Deshalb sagte ich ja auch, dass ich aussteigen will. Mich wundert nur, dass du dir jetzt solche Gedanken machst.«

»Keine Ahnung, vielleicht liegt's an der Insel. Schau dich doch um – mehr braucht kein Mensch zum Glücklichsein. Wenn wir es richtig anstellen, könnten wir hier Könige werden. Eine Bar kaufen, meine ich. Vielleicht zwei scharfe Latinas heiraten und Kinder kriegen.«

Ich setzte mich in den Sand und schaute aufs Meer hinaus. »Darüber hast du nachgedacht?«

»Klar, warum nicht? Du hast ja recht. Wie lange soll ich denn noch durch irgendwelche Clubs ziehen, um Pillen zu verticken? Bis ich so alt bin, dass jeder denkt, ich will nur meine Tochter abholen? Bis die Bullen mich schnappen oder mich irgendwelche Kuttenträger plattmachen?« Er schüttelte den Kopf. »Komm schon, Mann, das hier ist das wahre Leben. Hier könnte ich eine Zukunft haben.«

Ich wunderte mich über seine Worte. Solche Gedanken hatte er noch nie geäußert. »Das ist eine gute Idee, finde ich. Für dich zumindest.«

»Das heißt?«

»Ich habe auch viel nachgedacht«, erläuterte ich. »Ich werde Sarah fragen, ob sie mich heiraten will, mein Studium beenden und Anwalt werden. Meine Zukunft liegt in Hamburg, Henning, aber für dich kann das hier tatsächlich eine Alternative sein.«

Er erwiderte nichts, nickte nur.

»Ich habe sogar ein wenig Geld gespart«, fuhr ich fort. »Gut vierzigtausend, denke ich. Ich könnte es dir für die Bar leihen, und du gibst es mir wieder, sobald sie läuft.«

»Versuchst du gerade, dich freizukaufen?«

»Blödsinn – ich versuche nur, meinen besten Kumpel zu unterstützen, damit ich zukünftig hier umsonst Urlaub machen kann.«

Jetzt lachte er. »Das klingt gar nicht mal schlecht. Lass mich darüber nachdenken, okay?«

»Mach das, und wenn du es wirklich willst, kannst du auf mich zählen. Das weißt du.«

Er richtete den Blick aufs Meer, wo sich die Sonne in atemberaubender Geschwindigkeit dem Horizont näherte. »Du bist der beste Freund, den ich jemals hatte«, sagte er dann. »Vielleicht sogar der einzige.«

Ich wusste nicht, was ich darauf erwidern sollte, also sagte ich nichts. Gleichzeitig verspürte ich ein schlechtes Gewissen, weil ich so negativ über ihn gedacht hatte. Vielleicht hatte

Sarah ja recht. Vielleicht war Henning hier ein anderer als in Hamburg.

»Da ist übrigens noch was«, sagte ich. »Wir haben bei der Wanderung eine Backpackerin kennengelernt. Anna. Wir haben uns heute Abend mit ihr zum Essen verabredet, und es wäre toll, wenn du mitkommst.«

»Eine Backpackerin, ja?«

Ich nickte.

»Anna«, sagte er.

Wieder nickte ich.

Er grinste. »Ist sie hübsch?«

»Auf alle Fälle.«

»So heiß wie Sarah?«

»Keine ist wie Sarah, aber sie kommt verdammt nah ran.«

»Das klingt gut, Mann. Dann lass uns zusammen essen gehen und anschließend Party machen. Bislang haben wir kaum etwas miteinander unternommen. Das ist doch ein guter Anlass, das zu ändern.«

»Von mir aus auch das«, sagte ich, bevor ich aufstand und mir den Sand vom Hintern klopfte. »Wir treffen uns um Viertel vor sieben an der Rezeption. Sei pünktlich!«

Er nickte, dann ging ich. In diesem Moment kam ich mir wegen meiner vorherigen Bedenken fast schon lächerlich vor. Er war mein bester Freund, verdammt ... nicht irgendein durchgeknallter Serienkiller, vor dem ich andere Frauen beschützen musste.

Als ich kurz darauf die Tür zu unserem Bungalow öffnete, lag Sarah nackt auf dem Bett. Der Deckenventilator drehte mühsam seine Runden und warf Schatten auf ihren Körper. Ich blieb wie angewurzelt stehen und sah mir das faszinierende Schauspiel an. Licht und Schatten, Licht und Schatten.

»Ich habe auf dich gewartet«, sagte sie und lächelte. »Ich dachte, wenn wir sowieso noch duschen müssen, können wir vorher auch noch etwas richtig Schmutziges machen.«

Sie musste mich nicht groß überreden, das musste sie nie. Ein

Blick von ihr genügte, und ich sprang an wie ein Dynamo. Ich zog mich aus und legte mich zu ihr, dann liebten wir uns mit einer Intensität, die neu und dennoch vertraut war. Kurz bevor ich kam, schloss ich die Augen und dachte an Anna, dann explodierte ich in ihr.

Später holten wir Henning ab und nahmen gemeinsam den kleinen Pfad über die Insel, bis wir die ersten Häuser des Dorfs erreichten. Mittlerweile war es dunkel geworden, bunte Lichter brannten, und aus der Ferne drang Musik herüber. Die feuchtwarme Tropenluft ließ unsere T-Shirts an den Körpern kleben. Als uns eine Gruppe junger Touristen passierte, konnte ich den Geruch von Marihuana wahrnehmen – so süß und durchdringend, dass man alleine davon schon high wurde.

Dann erreichten wir das kleine touristische Zentrum, wo Anna bereits am Pier auf uns wartete. Sie trug ein langes dünnes Kleid, das ihr bis zu den Knöcheln reichte, und winkte uns fröhlich zu. Die Haare hatte sie kunstvoll hochgesteckt, herabhängende Locken umrahmten das Gesicht. Sie war schön. Noch schöner, als ich sie in Erinnerung hatte.

Zuerst begrüßte sie Sarah, bevor sie auf mich zukam. Ihre Arme legten sich um meinen Oberkörper, und sie gab mir einen Kuss auf die Wange. Ich konnte spüren, dass sie keinen BH trug, und nahm den leichten Duft von Parfüm wahr. Es roch frisch und mädchenhaft, die perfekte Ergänzung zum salzigen Geruch des Meeres.

»Und du musst Henning sein«, stellte Anna fest, nachdem wir uns voneinander gelöst hatten. »Sarah und Marc haben mir schon von dir erzählt.«

»Ich hoffe, nur Gutes.« Er ergriff die ausgestreckte Hand. »Schön, dich kennenzulernen.«

Schon zuvor hatten wir uns für den Laden am Strand entschieden, der diese verdammt gute Pasta servierte. Sarah hakte sich auf dem Weg unter, stieß mich an und deutete mit dem Kinn auf Anna und Henning, die vor uns hergingen. »Das scheint ja gut zu laufen«, sagte sie leise.

Ich erwiderte nichts und kniff die Lippen zusammen, bis wir an dem Restaurant angekommen waren. Keine Ahnung, warum, aber meine Laune war plötzlich wieder im Keller. War ich eifersüchtig? Eher nicht. Passte es mir trotz des guten Gesprächs mit Henning nicht, dass er und Anna sich näherkamen? Ganz sicher.

Wir setzten uns an einen orangefarbenen Holztisch und bestellten das Essen und die Getränke. Sarah saß neben mir, sodass Anna der Platz neben Henning blieb. Für Außenstehende muss es wie einer dieser beschissenen Pärchenabende ausgesehen haben, auf die manche Leute so abfahren.

Als das Essen kam, stocherte ich nur lustlos in der Pasta herum, und jedes Mal, wenn einer der anderen lachte, wurde meine Laune noch schlechter. Ich hatte das Gefühl, Teil eines Films zu sein, in dem ich nicht mitspielen wollte, weil mir die Rollenverteilung nicht gefiel.

Anna schien die Einzige zu sein, der es auffiel. »Hast du was, Marc?«, fragte sie. »Du bist den ganzen Abend schon so ruhig.«

»Das stimmt«, sagte Sarah, die meine schlechte Stimmung jetzt erst zu bemerken schien. »Was ist los? Du sagst kaum was.«

»Alles gut, ich hab nur ein bisschen Kopfschmerzen«, redete ich mich heraus, dann gingen die Gespräche auch schon weiter. Kurz darauf verabschiedete ich mich, um zur Toilette zu gehen.

Die Toilette des Lokals war im Wesentlichen nur ein winziger Holzverschlag mit einer Keramik darin. Ich verrichtete mein Geschäft und wusch mir anschließend die Hände. Als ich die Tür wieder öffnete, lief ich direkt Henning in die Arme, der direkt davor gewartet hatte.

»Ich hab einfach behauptet, ich müsste auch mal«, sagte er, und dann, im Verschwörerton: »Du hast übrigens recht gehabt, was diese Anna betrifft. Die ist richtig scharf! Verlass dich drauf – der besorg ich es heute noch, und zwar so richtig!«

»Anna ist keine Schlampe, verdammt noch mal«, fuhr ich ihn unerwartet heftig an. »Mir ist egal, was ihr macht, aber hör auf, so über sie zu reden!«

»Hey, mach dich mal locker«, sagte er und breitete die Arme aus. »Wir sind im Urlaub, Mann! Ich will es, und wenn sie es auch will – wo ist das Problem?«

Ich atmete durch und musste aufpassen, mich nicht lächerlich zu machen. »Alles gut«, sagte ich entschuldigend. »Ich bin nur … keine Ahnung, irgendwie schlecht drauf heute.«

»Dagegen hab ich was.« Er griff in die Tasche seiner Shorts und holte eine der falschen Packungen Ibuprofen heraus. »Pillchen gefällig?«

Im ersten Moment wollte ich ablehnen, überlegte es mir dann aber anders. Vielleicht hat er ja recht, dachte ich. Ich war den ganzen Tag schon überempfindlich gewesen, und wenn das so weiterging, würde ich den anderen noch den Abend verderben. Sie mit meiner schlechten Laune anstecken und am Ende wie ein Spaßverderber dastehen.

»Gib her«, sagte ich.

Er drückte zwei Pillen heraus, gab mir eine und schluckte die andere.

»Alles wieder gut?«, fragte er dann.

»Klar.«

Ein zweifelnder Blick. »Sicher?«

»Absolut. Ich hab … Ich hab heute Mittag Krach mit Sarah gehabt, vielleicht hängt mir das noch nach. Lass uns einfach wieder zu den anderen gehen.«

»Wo wart ihr denn so lange?«, wollte Sarah wissen, als wir wieder am Tisch saßen.

»Wir haben überlegt, wo wir nach dem Essen noch hingehen können«, log Henning. »Ich habe euch doch von dem Laden erzählt, in dem die ganzen Einheimischen abhängen. Da gibt's super Cocktails, und die Musik ist auch klasse. Marc und ich würden gerne noch dorthin – sofern ihr Lust habt, natürlich.«

»Echt jetzt?« Sarah sah mich erstaunt an.

Ich rang mir ein Lächeln ab. »Warum nicht? Lass uns mal was Neues ausprobieren.«

Als wir aufgegessen hatten, bezahlten wir und verließen das Restaurant. Ich wäre lieber in eine der benachbarten Bars gegangen, ins *Tranquilo* oder *La Cantina*, aber wir hatten in diesem Urlaub noch kaum etwas mit Henning unternommen. Wenn er unbedingt in diesen Laden wollte, war es nur fair, dass er seine Wünsche durchsetzen konnte.

Ein paar Minuten später passierten wir den Pier und kamen in den Teil des Orts, in dem es kaum noch Touristen gab. Frei laufende Hunde umringten uns und bettelten schwanzwedelnd um Nahrung. Es gab hier keine Straßenbeleuchtung mehr, was die kleinen Gassen noch enger aussehen ließ, als sie es ohnehin schon waren. Die Armut war in diesem Teil der Insel nicht nur zu sehen, sie war auch zu riechen – ein Gemisch aus Abfall, Urin und vergorenem Obst. Links und rechts des Wegs standen Hütten, die zum Großteil akut einsturzgefährdet wirkten, und vor einigen saßen Menschen auf Plastikstühlen, die uns mit teils neugierigen, teils abweisenden Blicken beäugten.

»Nur noch ein paar Meter«, versicherte Henning, der vorausging und dem unser zögerlich werdender Schritt aufgefallen war. »Wartet nur ab, es lohnt sich!«

Der Schuppen, vor dem wir kurz darauf standen, erinnerte auf den ersten Blick an eine aus Holz gefertigte Turnhalle, von deren Wänden die Farbe bereits großflächig abgeblättert war. Dumpfe Bässe schallten heraus, und vor der Tür lungerten ein paar dunkelhäutige Männer herum, die selbst am späten Abend noch Sonnenbrillen trugen.

Sarah warf Henning einen zweifelnden Blick zu. »Und hier willst du wirklich rein?«

»Klar, der Laden ist cool«, behauptete er. »Ich war die ganzen letzten Abende hier, und die Leute sind echt gechillt. Außerdem ist das deutlich authentischer als die aufgehübschten Buden am Strand.«

Dann ging er so zielstrebig voran, als ob er hier zu Hause wäre.

Widerstrebend folgten wir ihm. Im Inneren der Bruchbude war es dunkel, nur vereinzelt flackerten Lichter im Rhythmus der Musik auf. Bei jedem Schritt schienen unsere Schuhe am Boden festzukleben, und der Geruch glich einer Mischung aus Schweiß und Marihuana. Außer uns hielten sich vielleicht noch dreißig andere Menschen hier auf, fast ausschließlich jüngere Männer. Wir waren die einzigen Weißen.

»Und?«, fragte Henning, der sich sichtlich wohlzufühlen schien. »Was wollt ihr trinken?«

»Ehrlich gesagt, würde ich lieber wieder gehen«, sagte Anna. »Ich finde es hier …«

»What's up, Bro?« Ein riesiger Kerl kam auf uns zu und legte seine Pranke auf Hennings Schulter. »Back in business?«

Henning erwiderte etwas, das allerdings im Wummern der Boxen unterging. Dann drehte er sich in unsere Richtung. »Das ist Jesus«, erklärte er. »Jesus kommt aus San Salvador, lebt jetzt aber auf Little Corn Island. Guter Typ!«

Jesus aus San Salvador, dachte ich – kannst du dir nicht ausdenken.

Außer seinem Namen und dem seines Heimatlandes hatte Jesus nur wenig mit einem Heiligen gemeinsam. Seine Arme waren dick wie Oberschenkel, die Haut großflächig tätowiert. Außerdem stand er unter Drogen. Um das zu erkennen, musste man nur in seine Augen sehen, deren Pupillen groß und starr wie Untertassen waren. Koks, Meth oder Crack – keine Ahnung, was er sich eingeworfen hatte.

Ich schob mich dichter an Henning heran und fragte: »Ein Kumpel von dir, ja?«

»Kann man so sagen.«

»Willst du mich eigentlich verarschen?«, zischte ich und achtete darauf, dass Sarah und Anna nichts mitbekamen. »Du hast den Typen hier Pillen verkauft, stimmt's? Du hast deutlich mehr mitgenommen, als du gesagt hast, um hier einen auf *Scarface* zu machen. Ich fasse es nicht … Bist du eigentlich komplett bescheuert?«

»Ist das nicht irre?« Er lachte dümmlich, und plötzlich wurde mir klar, dass er mehr als nur die eine Pille vor der Toilette geschluckt haben musste. »Die kennen hier gar kein Ecstasy, nur Koks und Dope, und jetzt fahren sie voll auf das Zeug ab! Ich sag dir, wenn ich hier eine Bar aufmache, bin ich schon bald der König der Insel, und dann kann …«

Ich griff nach seinem Oberarm. »Der König und sein Gefolge verschwinden jetzt!«

Er entzog sich meinem Griff. »Mach keinen Stress, Mann! Wir sind doch gerade erst angekommen.«

»Hier in dem Laden sind fast nur zugedröhnte Typen, ist dir das mal aufgefallen?« Ich konnte nicht glauben, was er getan hatte. »Und du schleppst Sarah und Anna hierher? Du tickst doch nicht mehr ganz sauber!«

Bevor Henning antworten konnte, drängte sich Jesus schon zwischen uns und schaute mich finster an. Dann fragte er Henning, ob es Probleme gab.

»No problem«, erwiderte Henning in seinem grausigen Englisch. »Only my friends want to leave.«

Ich hatte mich in der Zwischenzeit nach Sarah und Anna umgesehen. Die beiden mussten mitbekommen haben, dass etwas nicht stimmte; zumindest standen sie jetzt dicht aneinandergedrängt und schauten uns mit ängstlichem Blick an.

»Lass uns gehen, bitte«, sagte Sarah. »Jetzt sofort!«

Mittlerweile hatte sich bereits eine Traube Männer gebildet, die uns im Kreis umschlossen. Sie hofften wohl auf einen Streit, eine handfeste Auseinandersetzung. Vielleicht hatten sie auch vor … Darüber wollte ich gar nicht erst nachdenken.

Ich schob die Frauen durch die Meute hindurch auf den Ausgang zu, ohne auf Henning zu warten. Bei jedem Schritt befürchtete ich, dass uns jemand festhalten oder ich einen Schlag in den Rücken bekommen würde, aber nichts passierte.

Wir erreichten ungehindert das Freie, wo wir so schnell wie möglich den Teil der Insel durchquerten, der die Schattenseite des Paradieses darstellte. Keiner sagte etwas, und erst, als wir wieder am Pier waren, begann sich mein Pulsschlag in demselben Maße zu verlangsamen, wie das Gefühl der Bedrohung nachließ.

In dem Moment dachte ich, wir hätten das Schlimmste hinter uns.

Das dachte ich wirklich.

SARAH

Willkommen zu Hause, Prinzessin!

Ich kann meinen Blick nicht vom Spiegel lösen. Presse die Hand auf den Mund und schnappe gleichzeitig nach Luft. Kurze, heftige Atemstöße, die viel zu wenig Sauerstoff in die Lungen pumpen. Mir kommt es vor, als hätte man mir die Haut abgezogen. Die Nervenenden liegen bloß, ich spüre alles. Angst und Hilflosigkeit und ... Wahrscheinlich verliere ich gerade den Verstand.

Das kann nicht sein, denke ich, Henning ist tot. Er ist in dieser Wohnung gestorben, die Rocker haben ihn umgebracht, und ich habe sie zu ihm geführt. Dennoch kann die Botschaft von niemand anderem stammen, weil niemand sonst mich Prinzessin genannt hat.

In diesem Moment ist der Raum nicht mehr unser Badezimmer. Er ist jetzt die Hölle der Erkenntnis, der Ort der Schuld, das Jüngste Gericht. Seit ich verhaftet wurde, habe ich mich gefragt, warum die Rocker es ausgerechnet hier getan haben, in unserer Wohnung. Jetzt kenne ich die Antwort. Sie haben Henning nicht getötet, vielleicht haben sie es nicht einmal versucht. Er lebt, und wenn er lebt, weiß er auch von dem Verrat, den ich an ihm begangen habe.

Willkommen zu Hause, Prinzessin!

Das zerrissene Polizeisiegel fällt mir ein.

Was, wenn er immer noch hier ist? In dieser Wohnung, genau in diesem Moment? Vielleicht steht er jetzt gerade hinter mir, kalt lächelnd mit einem Messer in der Hand. Überlegt, ob er es mir in den Rücken rammen oder durch die Kehle ziehen soll.

»Bitte ...«, flehe ich mit zittriger Stimme. »Tu mir nicht weh! Ich ... ich kann alles erklären.«

In Wahrheit könnte ich gar nichts erklären, aber das muss ich auch nicht. Hinter mir bleibt es still. Da sind keine weiteren Geräusche, nur mein eigener Atem, hektisch und unregelmäßig. Ich stütze mich auf dem Waschbecken ab, dann nehme ich meine restliche Kraft zusammen, drehe mich um. Kein Henning.

Ich schluchze.

Willkommen zu Hause, Prinzessin!

Die Knie zittern, und ich traue mich kaum, das Waschbecken loszulassen. Alles dreht sich. Er ist hier, ganz nah, ich kann seine Anwesenheit spüren. Verzweifelt suche ich nach einem Gegenstand, den man als Waffe verwenden kann. Alles, was ich finde, ist eine Nagelschere. Ich greife zu, und so erbärmlich sie als Messerersatz auch ist, verleiht sie mir dennoch ein schwaches Gefühl von Sicherheit.

Vermutlich auch ein trügerisches.

Vorsichtig schiebe ich mich aus dem Badezimmer und nähere mich dem Flur. Mein Blick fällt auf die gegenüberliegende Küchentür. Sie ist nur angelehnt, vorhin war sie noch verschlossen. Das war sie doch, oder? Ich weiß es nicht, ich weiß gar nichts mehr.

»Henning?«, flüstere ich.

Keine Antwort.

Meine Hände sind zu Fäusten geballt. Die Fingernägel graben sich so tief in die Handballen, dass es schmerzt. Schmerz ist gut, denke ich. Solange es schmerzt, lebt man noch. Ich will leben, und um weiterzuleben, muss ich als Erstes hier raus. Weg von diesem Ort, weg von seinen Geistern, weg von Henning.

Wie von Sinnen renne ich auf die Wohnungstür zu, reiße die Klinke nach unten und zerre daran. Nichts passiert, jemand muss sie abgeschlossen haben. Nein, nicht *jemand*.

Henning.

Vielleicht spielt er nur mit mir, das würde zu ihm passen. Er ist die Katze, und ich bin die Maus, und am Ende stirbt die Maus, immer.

Willkommen zu Hause, Prinzessin!

Panisch nesteln meine Finger in der Jackentasche, suchen nach dem Schlüsselbund. Als sie ihn endlich gefunden und herausgezogen haben, entgleitet er mir und fällt zu Boden. Ich stürze mich wie eine Wahnsinnige darauf, hebe ihn auf und versuche, den passenden Schlüssel zu finden und ihn ins Schloss zu bekommen. Es gelingt erst im dritten Anlauf, die Tür geht auf.

Hemmungslos schluchzend stürme ich die Treppe hinunter, immer mehrere Stufen auf einmal nehmend. Es ist ein Wunder, dass ich nicht stürze, und jeden Moment rechne ich damit, dass mich eine Hand im Nacken packt und zurückreißt. Dann bin ich endlich an der Haustür angekommen, kurz darauf stehe ich auf der Straße. Immer noch lebend, ich kann es kaum glauben.

Willkommen zu Hause, Prinzessin!

Ich schaffe es noch, auf die gegenüberliegende Straßenseite zu rennen, wo ich völlig ausgepumpt stehen bleibe. Keuchend drehe ich mich um. Vor mir ragt die Fassade des Hauses in die Höhe. Niemand ist mir gefolgt, und selbst auf der Straße ist kein Mensch mehr zu sehen. Ich werfe einen Blick zu den Fenstern unserer Wohnung. Sie starren schwarz und leer zurück, als wollten sie mich verspotten.

Nur langsam wird mir klar, dass Henning nicht mehr da ist. Wahrscheinlich habe ich die Tür sogar selbst abgeschlossen, als ich die Wohnung betreten habe. Unbewusst, wie ich das öfter mal tue. Er wollte mir nur eine Nachricht hinterlassen und mir zeigen, dass ich nirgends vor ihm sicher bin.

Ich wimmere.

Die Schnipsel der zerrissenen Seite aus meinem Notizbuch liegen jetzt im Badezimmer. Die Kommissarin wird sie morgen finden, aber das spielt keine Rolle mehr. Ich könnte auch gar nicht mehr zurückgehen, das würde ich nicht schaffen. Stattdessen muss ich die Kommissarin davon überzeugen, dass Henning noch lebt und Marc und ich keinen Mord begangen haben. Dass sie mich vor ihm schützen muss. Die Botschaft auf dem Spiegel wird dabei helfen.

Auf zittrigen Beinen wende ich mich ab und mache mich durch die Dunkelheit auf den Weg in Richtung Innenstadt. Ich bin erst ein paar Meter weit gekommen, als ich Schritte höre. Sie folgen mir, und dieses Mal ist es keine Einbildung. Eine Hälfte in mir will sich auf der Stelle umdrehen, um zu sehen, wer es ist, die andere will einfach nur rennen. Beide kämpfen noch gegeneinander an, als eine Stimme Gewissheit schafft.

Willkommen zu Hause, Prinzessin!

MARC

In einer Zelle gefangen zu sein, unterscheidet sich nicht großartig von dem Klosterleben eines Mönchs. Sämtliche äußeren Einflüsse sind auf ein Minimum reduziert, eine fast schon spirituelle Erfahrung. Der Geist löst sich vom Körper, und während er ruht, gehen die Gedanken auf Reisen.

Ich schicke meine zurück auf diese Insel und hin zu dem Moment, als Sarah, Anna und ich wieder am Pier stehen. Ein Stück voraus kann man die Lichter des *Desideri* sehen. Es ist eine außergewöhnlich warme Nacht, schwül und tropisch, die sämtliche Gedankengänge mit einer klebrigen Trägheit überzieht. Schweißperlen glänzen auf unseren Gesichtern, und aus den in der Nähe liegenden Bars klingt Musik herüber, fremd und dennoch vertraut.

»Habt ihr noch Lust auf einen Cocktail?«, fragte ich die beiden.

»Lieber nicht«, sagte Sarah und griff nach meiner Hand. »Ehrlich gesagt, bin ich einfach nur froh, wenn ich gleich im Bett liege.«

Ich nickte, und auch Anna sagte nichts. Sie wirkte ruhig und gefasst, als hätte das gerade Erlebte sie nicht sonderlich beeindruckt. Stattdessen sah sie mich wieder auf diese seltsame Art an, die ich nicht deuten konnte. Ich wurde einfach nicht schlau aus ihr. Flirteten wir etwa? Nicht wirklich, aber irgendetwas war da. Eine Verbindung. Etwas, die zwischen zwei Fremden ungewöhnlich war.

»Du läufst jetzt aber nicht alleine durch den Dschungel zurück, okay?«, sagte ich zu ihr. »Wir begleiten dich ins Hotel.«

Ein sanftes Lächeln, dann: »Das ist nett von euch, danke!«

Wir ließen das Meer hinter uns und durchquerten den Ort landeinwärts. Kurz vor den letzten Häusern kam uns ein Pärchen entgegen. Sie tanzte im Kreis um ihn herum, zu einer Melodie, die nur sie hören konnte. Wir passierten die beiden, sahen uns an und lachten. Im selben Moment verflog auch die Anspannung, die uns bis hierhin noch begleitet hatte. Sarah sagte irgendwas, das Anna kichern ließ, dann sah sie in meine Richtung und warf mir einen Kuss zu.

Als wir den Pfad erreichten, der durch den Dschungel führte, hörten wir plötzlich Rufe, unsere Namen. Henning kam uns hinterhergerannt. Sein Gesicht glänzte vor Schweiß, der Brustkorb pumpte.

»Sorry, Leute«, hechelte er, als er uns erreicht hatte. »Das ist vorhin echt blöd gelaufen! Irgendwie waren heute komplett andere Leute da. Ist alles okay mit euch?«

»Was hast du dir nur dabei gedacht?«, fuhr Sarah ihn an. Augenblicklich war die gute Laune verflogen, sie klang zornig. »Das war voll der miese Schuppen mit echt miesen Typen! Warum konnten wir nicht einfach in eine der Bars am Strand gehen?«

»Wie gesagt, es tut mir leid, okay?« Er setzte einen schuldbewussten Blick auf. »Beim nächsten Mal machen wir, was ihr wollt.«

Sarah stieß verächtlich die Luft aus, bevor wir zu viert weitergingen. Als ich sie kurz darauf ansah, schüttelte sie verständnislos den Kopf. Sie war immer noch sauer auf Henning, was ich gut verstehen konnte, mir ging es ja nicht anders. Vor allem, weil ich wusste, was der wahre Grund für den Abstecher in den Laden gewesen war.

»Warum seid ihr nicht irgendwo noch was trinken gegangen?«, unterbrach Henning kurz darauf die Stille. »Es ist doch noch relativ früh.«

»Sarah ist müde«, sagte ich. »Außerdem haben wir nach dem beschissenen Abend die Nase voll gehabt.«

»Und was ist mit dir?«, fragte er Anna, ohne sich durch meine Stimmung aus dem Konzept bringen zu lassen.

»Ich bin noch viel zu aufgekratzt, um müde zu sein«, entgegnete sie. »Aber morgen ist ja auch noch ein Tag.«

Sofort sprang Henning darauf an. »Was hältst du denn davon, wenn wir bei uns in der Anlage noch was trinken? Ich habe Cola und Rum da. Wir könnten einen Cuba libre machen und uns damit in die Hängematten am Strand hauen.«

Augenblicklich stieg die Wut in mir hoch. »Vergiss es! Wir bringen Anna jetzt ins Hotel zurück, oder soll sie später alleine über die Insel laufen?«

»Das kann ich dann doch machen«, erwiderte er lapidar, bevor er sich wieder Anna zuwendete. »Einen kleinen Absacker auf den verkorksten Abend, was meinst du? Wir laufen ja eh fast an unserem Resort vorbei.«

Sie schaute uns unsicher an. »Ich weiß nicht …«

»Ach, komm schon«, bettelte er. »Ein einziger Drink nur! Als Entschuldigung dafür, dass ich euch den Abend versaut habe.«

Er bedrängte sie regelrecht, und ich wollte ihn deswegen gerade zusammenstauchen, als Anna zustimmte. »Na gut, aber nur einer, okay? *One for the road.*«

Henning grinste, während meine Emotionen Achterbahn fuhren. Sah er nicht, dass sie nur mitging, weil er sie so bedrängte? Spürte er nicht, dass sie überhaupt keine Lust hatte, noch etwas mit ihm zu trinken?

Obwohl mir all dies klar war, wusste ich nicht, was ich machen sollte. Sarah wollte ins Bett und hielt sich aus allem raus; die ganze Diskussion interessierte sie augenscheinlich nicht. Wenn ich mich jetzt einmischte und einen Aufstand machte, würde ich wie ein Idiot dastehen. Wie ein *eifersüchtiger* Idiot, wohlbemerkt.

Dann erreichten wir den Strand, unsere Hütten, die Hängematten. Ich startete einen letzten Versuch, dem Abend noch eine

Wendung zu geben. Fragte Sarah, ob wir nicht mit Henning und Anna noch was trinken sollten, aber sie wollte nicht und betonte erneut, wie müde sie war. Irgendwann gab ich auf. Wir gingen Hand in Hand zu unserer Hütte, während Henning mit Anna in seiner verschwand, um die Getränke zu holen. Ich hörte noch, wie die Tür des Bungalows zuschlug, und dachte, dass das Geräusch etwas Endgültiges hatte.

Als ich mit Sarah alleine war, äußerte ich meine Vermutung, dass Anna nur mitgegangen sei, weil Henning sie so bedrängt hatte.

»Na und?«, erwiderte sie gleichgültig und zog sich das T-Shirt aus. »Sie ist alt genug, um zu wissen, was sie tut.«

»Irgendwie habe ich ein blödes Gefühl dabei.«

Sie grinste. »Hey … Ist da etwa jemand eifersüchtig?«

»Quatsch.«

»Klingt aber so!«

»Dann täuscht das. Ich habe einfach nur ein komisches Gefühl, sie mit ihm allein zu lassen. Liegt wahrscheinlich an dem verkorksten Abend.«

Sarah kam zu mir und lehnte den Kopf gegen meine Schulter. »Dann ist ja gut«, sagte sie leise. »Ich liebe dich nämlich, und wenn du dich in eine andere vergucken solltest, müsste ich sie leider umbringen.«

Ich lächelte. »Das würdest du tun?«

»Sofort! Unterschätze niemals eine kleine Frau mit Dutt.«

Spätestens jetzt waren alle Gedanken an Anna und Henning verflogen. So war das immer. Das ist der Zauber, den Sarah ausübte und dem ich mich nicht entziehen konnte. Ich mochte auch mal eine andere Frau attraktiv finden, davon konnte ich mich nicht freisprechen, aber am Ende des Tages gab es immer nur sie und mich.

Ich küsste sie und dachte, es würde ewig so bleiben.

Selbst jetzt, wenn ich mitten in der Nacht in dieser gottverdammten Zelle liege, weiß ich nicht, was ich damals hätte anders machen sollen. Sicher, ich hatte dieses seltsame Gefühl in der Magengegend, aber es war ein unbestimmtes – nichts, was auf eine konkrete Gefahr hindeutete. Außerdem reden wir hier über Henning, meinen besten Freund. Da ist er, und da ist dieses Mädchen. Er fragt, ob sie mit ihm noch etwas trinken will, und sie sagt ja.

Ende der Geschichte.

Kein Grund einzuschreiten, aber vielleicht rede ich mir das jetzt auch nur ein. Vielleicht will ich mich nur vor mir selbst rechtfertigen und meine Hände ein letztes Mal in Unschuld waschen, so, wie du es die ganzen letzten Monate getan hast.

Nicht wahr, Sarah? Das hast du doch.

Niemand von uns ist fehlerfrei, auch du nicht. Selbst gute Menschen tun manchmal böse Dinge.

SARAH

»Sarah?«

Die Stimme fährt mir wie eine Lanze in den Rücken. Ich erstarre, dann drehe ich mich so hektisch um, dass ich fast hinfalle. Sehe, wie sich nahe der Hauswand ein Schatten löst. Es dauert, bis ich in ihm und der Stimme Tante Frieda erkenne. Sie hält einen Rauhaardackel an der Leine, der sich schnüffelnd in Richtung des nächstgelegenen Baums begibt.

»Hallo«, stammele ich.

Sie kommt näher, dann spannt die Leine. »Habe ich Sie erschreckt, Kindchen?«

»Nein ... Ja, ein bisschen vielleicht.«

»Sie sind einfach so an mir vorbeigelaufen. Waren wohl ganz in Gedanken.«

»Ich wollte ... Ich bin ziemlich in Eile.«

»Ist das noch wegen dieser Sache vor ein paar Tagen? Da war ja jede Menge Polizei vor dem Haus. Ein richtiger Auflauf, ganz fürchterlich. Ich habe gerade mit Hubi eine Runde um den Block gedreht, als Sie und Ihr Freund mitgenommen wurden. Was war denn da los?«

Ich kann mir vorstellen, wie sie dort stand und nicht weitergegangen ist, bis die Show vorüber war. Klatsch ist gut fürs Geschäft; vor allem, wenn man ihn bei Kaffee und selbst gebackenem Kuchen weitererzählen kann.

»Nur ein Einbruch«, lüge ich und versuche zu lächeln. »Wir mussten aufs Präsidium, um eine Aussage zu machen.«

»Ah ja«, sagt sie und lässt sich nicht anmerken, ob sie mir

glaubt. »Und ich dachte schon, Sie stecken in Schwierigkeiten.«

Ich schüttele den Kopf, will nur weg hier. Raus aus dem Viertel, in dem zu viele Geister toben.

»Wohnen Sie eigentlich noch mit diesem unangenehmen Kerl zusammen?«, fragt sie weiter, bevor ich mich verabschieden kann. »Dem Freund Ihres Freundes?«

»Nein«, antworte ich überhastet, während sich alles in mir versteift. »Er ist vor einiger Zeit ausgezogen.«

Sie legt den Kopf schief, sagt: »Das ist ja komisch.«

»Was?«

»Ich dachte, ich hätte ihn gestern noch gesehen, als er das Haus verließ.«

»Was haben Sie?« Ich muss mir Mühe geben, nicht zu schreien. »Sind Sie ganz sicher?«

»Na ja«, wiegelt sie ab, »beschwören kann ich es nicht. Er sah Ihrem Mitbewohner auf den ersten Blick halt ähnlich, und er kam aus Ihrem Haus, also dachte ich …«

»Aber sicher sind Sie nicht?«

Ihr Blick wird misstrauischer. »Nein, aber was um Himmels willen ist denn los? Warum ist das denn so wichtig?«

»Schon gut«, antworte ich enttäuscht. »Es hat mich nur interessiert.«

So schnell, wie die Hoffnung gekommen ist, ist sie auch wieder verflogen. Wenn jemand Henning nach dem angeblichen Mord gesehen hätte, wären die meisten meiner Probleme auf einen Schlag erledigt gewesen. Dann würden Marc und ich nicht mehr unter Verdacht stehen, und die Kommissarin würde einsehen müssen, dass ich in Gefahr schwebe. Sicher würde ich dann Polizeischutz bekommen, während ich ihnen helfe, Henning das Handwerk zu legen.

Bevor Tante Frieda die nächste Frage stellen kann, verabschiede ich mich schnell. Aus den Augenwinkeln heraus sehe ich noch, dass sie den Mund öffnet und mir nachgehen will, aber der Hund hält sie auf, will sich nicht von dem Baum trennen lassen.

Gutes Hündchen, denke ich.

Böser Henning.

Ich weiß nicht, wie sein nächster Schritt aussieht, aber er wird kommen, da bin ich sicher. Henning hat einen Plan, und er muss lange daran gearbeitet haben. Das Blut in der Küche, Marcs Fingerabdrücke auf dem Messer, all die Beweise gegen ihn – nichts davon ist das Ergebnis einer spontanen Idee gewesen. Gar nichts, und ich kann mir nicht vorstellen, dass sein Ziel lediglich darin bestand, vier Wörter auf einen Badezimmerspiegel zu schreiben, um mir Angst einzujagen. Er will mehr.

Viel mehr.

Plötzlich merke ich, dass ich die ganze Zeit schon hysterisch lache. Der Gedanke, dass mich jemand umbringen will, ist ebenso abwegig wie verstörend. Ich bin Sarah Hauptmann, verdammt; eine einunddreißigjährige Frau, die in Hamburg als Grafikerin arbeitet. Als Teenager habe ich mal einen Eyeliner in einem Kaufhaus geklaut, das war's. Ich bin keine Kriminelle und schon gar keine Frau, deren Lebenslauf hergibt, dass sie ins Visier eines soziopathischen Mörders geraten könnte, mit dem sie vorher auch noch zusammengewohnt hat. Das bin ich einfach nicht.

Noch immer verstehe ich nicht, wie mein Leben binnen kürzester Zeit so dermaßen auf den Kopf gestellt wurde. Warum es jetzt Menschen gibt, die glauben, ich hätte einen Mord begangen, und einen anderen, der einen Mord an mir begehen will. Ich muss aufpassen, dass mir bei dem Gedanken nicht schon wieder die Tränen kommen.

Als plötzlich ein Auto hupt, bleibe ich aufgeschreckt stehen. Fast wäre ich bei Rot über die Straße gelaufen; mitten in den Verkehr hinein, der auch um diese Uhrzeit noch durch Hamburg fließt. Ich bin jetzt an der Hafenstraße angekommen, unweit der Landungsbrücken. Der Fahrer hat hart gebremst, jetzt steht er und zeigt mir den Vogel. Ich gehe einen Schritt zurück, wieder auf den Bürgersteig, und zeige ihm den Mittelfinger.

Auch so etwas würde ich normalerweise nicht tun, die letzten Tage haben mich verändert.

Nein, das stimmt nicht.

Die letzten Tage waren der negative Höhepunkt, aber angefangen hat es schon früher. In Nicaragua. In einer Nacht, in der ich tat, was ich niemals für möglich gehalten habe. Als die Unterschiede zwischen Henning und mir zum ersten Mal verschwammen.

HAMBURG

»Mit allem?«

Bianca nickte.

»Scharfe Soße?«

»Gerne.«

Ferhad vom *Döner-Palast* schaufelte eine Ladung roter Soße auf den Kebabteller und reichte ihn über die Theke. »Macht acht Euro neunzig, mit der Cola zehn Euro achtzig.«

Bianca bezahlte und setzte sich an einen Tisch am Fenster, wo sie eine gute Aussicht auf die davor liegende Straße hatte. Es war jetzt kurz nach Mitternacht, und noch immer waren viele Menschen auf der Reeperbahn unterwegs. Einige allein, die meisten aber zu zweit oder in größeren Gruppen. Jeder dieser Menschen hatte ein Leben, und bei einigen fragte Bianca sich, wie es wohl aussehen mochte. Mit welchen Problemen sie zu kämpfen hatten. Geldsorgen, Zukunftsängste, gerade diagnostizierte Krankheiten – die Möglichkeiten waren unzählig.

Bianca gab nichts auf den äußeren Schein, auch bei Liebenden nicht. Wie viele der Männer, die Hand in Hand mit ihrer Partnerin vorbeischlenderten, begehrten gedanklich schon eine andere? Wie viele der Frauen hatten die innere Trennung bereits vollzogen und lebten die Fassade jetzt nur noch für ihre Mitmenschen weiter?

Zwischenmenschliche Beziehungen hatten sie schon immer fasziniert. Sie waren das, was sie an ihrem Job am meisten reizte. Vielleicht auch, weil es sie von ihrem eigenen Leben ablenkte, das weitestgehend ereignislos verlief. Sie war jetzt Mitte vierzig, nicht mehr jung, aber auch noch ein ganzes Stück von alt entfernt. Sie hatte keine Kinder, keinen Partner und kaum Freunde, was ihr auf der einen Seite viele Freiheiten gewährte, sie auf der anderen aber auch ein Stück weit einsam machte.

Es war nicht das, was sie sich für ihr Leben erträumt hatte, aber auch nichts, was ihr wirklich zu schaffen machte. Sie hatte sich an das Alleinsein gewöhnt. Daran, die meisten Dinge mit sich selbst auszumachen. Ganz anders als Peter wahrscheinlich, der in Katrin sein passendes Gegenstück gefunden hatte. Wenn der Schein nicht trog, glich die Liebe der beiden einem langen, ruhigen Fluss, der sicher auch mal die ein oder andere Gefahrenstelle zu überwinden hatte, aber nie Gefahr lief, über die Ufer zu treten. Bei Sarah und Marc hingegen sah das anders aus. Wenn Bianca richtiglag, hatte ihre Liebe eher einem tosenden Gewässer geglichen, auf dem die beiden einfach mitgerissen wurden. Keine Chance, frühzeitig auszusteigen – es sei denn, einer von ihnen hätte sich freiwillig ins kalte Wasser gestürzt und dabei in Kauf genommen, in den rauschenden Wellen zu ertrinken.

Bianca war keine Therapeutin und sicherlich die Letzte, die anderen Menschen Beziehungsratschläge erteilen sollte, aber ihrer Meinung nach war Henning die Stromschnelle gewesen, die das Boot zum Kentern brachte. Er war ihr Untergang, und der größte Fehler, den die beiden begangen hatten, war, ihn zu eng mit ihrem eigenen Leben zu verbinden.

Anders als Peter glaubte sie nicht, dass in Marc oder Sarah etwas grundsätzlich Böses steckte. Die beiden hatten ihre Fehler und waren moralisch sicher nicht über jeden Zweifel erhaben, aber ohne Henning wäre nichts von dem, was sie getan hatten, so dermaßen aus dem Ruder gelaufen. Alleine schon Marcs Aussage sprach Bände. Er traute seinem besten Freund tatsächlich zu, nicht nur den eigenen Tod vorgetäuscht zu haben, sondern ihn auch noch als Täter zu brandmarken. Er glaubte, dass dieser beste Freund jetzt versuchte, seine Freundin zu töten. Himmel, dachte sie … Was musste da vorher passiert sein, damit man so etwas annehmen konnte?

»Noch einen Raki, Frau Rakow?«

Bianca sah Ferhad an, der gekommen war, um den leeren Teller abzuräumen.

»Warum nicht?«, fragte sie lächelnd.

Er lächelte ebenfalls und ging, um den Anisschnaps zu holen. Eigentlich mochte sie Raki nicht besonders, wusste aber die beruhigende Wirkung des hohen Alkoholanteils zu schätzen. In den letzten Tagen hatte sie es sich zur Gewohnheit gemacht, nach Feierabend noch Alkohol zu konsumieren. Nicht so viel, dass es besorgniserregend war; nur genug, um sich ein wenig zu betäuben und zu vergessen, womit sie sich den Tag über beschäftigt hatte.

Ihre Gefühle waren Teil eines Entwicklungsprozesses, den wohl die meisten Polizisten durchliefen, und die Geschichten ähnelten einander. Am Anfang trat man in diesem Job an, weil man glaubte, sich dem Bösen ein Stück weit in den Weg stellen zu können. Man dachte, etwas Nachhaltiges zu tun, indem man für Gerechtigkeit sorgte und half, die Menschen, die Böses getan hatten, wegzusperren. Bianca nannte das die *Euphoriephase*, die allerdings nie lange anhielt und dann von der *Ernüchterungsphase* abgelöst wurde. In ihr erkannte man, dass das Böse nicht zu besiegen war, weil es einen grundsätzlichen Teil der menschlichen Natur darstellte. Es war in jedem Individuum ungleich stark ausgeprägt und konnte sich in den unterschiedlichsten Formen zeigen, war aber stets vorhanden; genau wie die immer gleichen Organe, die man in jedem menschlichen Körper fand.

Wenn man diesen Punkt einmal erkannt und verinnerlicht hatte, konnte er bei manchen Kolleginnen und Kollegen zu Resignation führen, bei anderen zu einer Abhärtung gegenüber menschlichem Leid. Beides war nicht gut. Bianca hatte stets versucht, sich ihre Menschlichkeit zu bewahren, auch wenn das nicht immer leicht war. Ihr Bestreben war es, die Tat zu verurteilen, nicht den Täter. In vielen Fällen gelang ihr das auch. Anders als oftmals angenommen, waren nicht Hass oder Geldgier die häufigsten Motive für Straftaten, sondern Angst und Verzweiflung.

Um angesichts der nie versiegenden Verbrechensflut dennoch nicht zu resignieren, verglich sie ihre Arbeit gerne mit der eines Müllmanns: Egal, wie gründlich man die Tonne leerte, eine Woche später war sie wieder voll. Dennoch war ihr Tun wichtig, weil der Dreck sonst überhandnehmen und die ganze Stadt überfluten würde. Ihr Handeln mochte zu keiner endgültigen Lösung des Problems beitragen, aber es sorgte zumindest dafür, dass sich das Böse nicht ungehindert ausbreiten konnte; dass es sich, in einem gewissen Maße zumindest, an Regeln halten musste.

Sarah und Marc hatten diese Regeln gebrochen, und nun versuchten sie mit allen Mitteln, sich der Bestrafung zu entziehen, indem sie die abenteuerlichsten Behauptungen aufstellten. Ein Verhalten, das Bianca ihnen nicht einmal verübeln konnte. Die Legende des Kriminellen, der, einmal mit dem Verdacht konfrontiert, Reue zeigte und alle Schuld auf sich nahm, war genau das – eine Legende. Die Wirklichkeit sah anders aus. In der Realität logen die Menschen und stritten selbst dann noch alles ab, wenn die Beweise längst schon erdrückend waren. Das Geständnis kam meist erst dann, wenn sie keinen anderen Ausweg mehr sahen. Wenn das Zugeben der Schuld die letzte Chance darstellte, vor Gericht noch auf Milde hoffen zu können.

Bianca sah dem Moment mit Spannung entgegen, wenn auch Sarah sich dem stellen musste, was sie getan hatte. Wenn die Zeit der Ausreden und Ausflüchte vorbei war. Dann konnte sie endlich die Tonne leeren und den Dreck wegräumen.

Sie hob die Hand, um Ferhad zu signalisieren, dass er noch einen Raki bringen sollte.

MARC

Schlagartig fahre ich aus dem Bett hoch, als mitten in der Nacht das Licht angeht.

»Verdammt, was soll der Lärm denn?«, fragt der Wärter, der kurz darauf die Zelle betritt. »Da kann ja niemand schlafen!«

»Was?« Ich blinzle ihn verständnislos an.

»Sie schreien die ganze Zeit schon! Ich dachte, hier wird jemand abgeschlachtet.«

»Ich ... Ich habe nur geschlafen.«

»Geschlafen, ja?«

Ich nicke.

»Dann haben Sie wohl einen Albtraum gehabt. Muss ganz schön heftig gewesen sein.«

»Tut mir leid«, sage ich und rechne damit, dass er jetzt wieder geht, aber das tut er nicht. Stattdessen bleibt er im Türrahmen stehen und sieht mich nachdenklich an. »Ist wirklich alles in Ordnung?«

»Nein. Genau betrachtet, ist gar nichts in Ordnung.«

»Drehen Sie jetzt bloß nicht durch, okay? Das ist nur der Inhaftierungsschock, das gibt sich. In den ersten Tagen geht es jedem Häftling so.«

»Schon klar.«

Sein Blick wird milder. »Ich kann Ihnen nur den Tipp geben, die Situation anzunehmen, wie sie ist. Machen Sie sich nicht verrückt. Konzentrieren Sie sich lieber auf die anstehende Verhandlung. Bis jetzt sind Sie nur in Untersuchungshaft und nicht verurteilt, da kann noch viel passieren. Nur die Hoffnung nicht aufgeben, klar?«

»Danke für die guten Ratschläge.« Ich grinse. »Ist für solche Gespräche nicht eigentlich die Psychologin zuständig?«

Er lächelt, und erst jetzt fällt mir auf, dass er leuchtend rote Haare hat. Ein Pumuckl-Wärter. Der Duracell-Schließer. Wahrscheinlich musste er in seiner Kindheit jede Menge Spott über sich ergehen lassen.

»Ich habe zwar kein Studium, aber jede Menge praktische Erfahrung«, sagt er. »Außerdem habe ich gerade Dienst, anders als die geschätzte Kollegin. Wenn Ihnen also was auf der Seele liegt – nur zu, reden Sie mit mir!«

Schon während er das sagt, wird mir klar, warum er so mitfühlend ist. Ich muss aufpassen, nicht laut loszulachen. »Sie haben Angst, dass ich mir während Ihrer Dienstzeit etwas antun könnte, richtig? Wahrscheinlich kämen dann jede Menge Fragen und ein Haufen Papierkram auf Sie zu.« Ich lächle ihn beruhigend an. »Keine Sorge, es war wirklich nur ein Albtraum. Ich habe nicht vor, mich umzubringen.«

Sein Lächeln wird breiter. »Das beruhigt mich.«

Es tut gut, dass er nicht versucht abzustreiten, was offensichtlich ist. In letzter Zeit hat es zu viele Menschen gegeben, die mich über ihr wahres Vorhaben im Dunkeln ließen.

»Sind Sie eigentlich verheiratet?«, will ich dann wissen.

Er zögert kurz, dann nickt er.

»Glücklich?«

»So glücklich, wie es nach zwölf Jahren Ehe noch möglich ist.«

»Wenn Ihre Frau in Gefahr wäre – wie weit würden Sie gehen, um sie zu beschützen?«

Er legt den Kopf schief und sieht mich misstrauisch an. »Das ist jetzt aber eine hypothetische Frage, oder?«

Ich nicke.

»Sehr weit«, sagt er dann. »Ich würde alles tun, was in meiner Macht steht.«

»Auch wenn Sie sich dadurch selbst schaden würden?«

»Natürlich.«

Mit dieser Antwort habe ich gerechnet. »Genau das hätte ich auch immer gesagt, aber dann habe ich meine Freundin im Stich gelassen und sie durch mein Handeln in Gefahr gebracht. Vielleicht habe ich ja deshalb geschrien.«

»Was heißt das – *in Gefahr gebracht*?«

»Ich glaube, dass jemand sie umbringen will. Die gleiche Person, die mich hier reingebracht hat.«

Er lässt sich mit der Antwort Zeit. »Können Sie das noch irgendwie in Ordnung bringen?«

Tja, das ist die Frage aller Fragen, nicht wahr? Hätte ich Sarah vor Henning schützen können, wenn ich der Kommissarin erzählt hätte, was in Nicaragua geschehen ist? Hätte das eine Auswirkung auf ihr Handeln gehabt, oder hätte ich Sarah damit nur noch tiefer hereingerissen? Ich weiß es nicht, und wahrscheinlich war es diese Unwissenheit, die mich hat schreien lassen.

»Ich bin heute Nachmittag von einer Polizistin vernommen wurden«, sage ich dann. »Sie war zusammen mit einem Kollegen hier. Ich glaube, ich habe einen Fehler gemacht, indem ich ihr nicht alles erzählt habe, was wichtig ist. Jetzt muss ich noch mal mit ihr sprechen. Ihr erzählen, was wirklich geschah. Können Sie das veranlassen?«

»Das kann ich, aber sicher erst morgen. Heute Nacht geht gar nichts mehr.« Dann legt er eine Pause ein. »Und es ist wirklich so dramatisch, wie Sie es dargestellt haben? Sie verarschen mich nicht?«

»Sagen Sie ihr einfach, dass ich auspacken werde. Über Henning und über das, was in Nicaragua geschehen ist. Sie versteht dann schon.«

Er wirkt nicht überzeugt, was wahrscheinlich daran liegt, dass ihm die Häftlinge hier andauernd irgendwelchen Mist erzählen. Großartige Enthüllungen ankündigen, die sich dann als heiße Luft entpuppen. Wenn ein Wärter auf solchen Blödsinn reinfällt, steht er vor seinen Kollegen später wie ein Idiot da. Wie jemand, der jede noch so abenteuerliche Geschichte glaubt.

»Passen Sie auf«, sage ich deshalb, um es zu bekräftigen. »Ich lege Sie nicht rein. Meine Freundin ist in Gefahr, und ich kann der Kommissarin Dinge erzählen, die das bestätigen. Ich habe es bisher nicht getan, weil ich die persönlichen Konsequenzen fürchtete. Für mich, vor allem aber für sie. Ich weiß nicht, ob meine Aussage Sarah – das ist der Name meiner Freundin – wirklich schützen kann, aber ich weiß, dass ich es mir nicht verzeihen würde, es nicht wenigstens probiert zu haben.«

»Okay ...«, sagt er gedehnt. »Wissen Sie noch, wie die Polizistin heißt?«

»Rakow, glaube ich.«

»Gut, dann machen wir jetzt Folgendes: Ich rufe gleich auf dem Präsidium an. Wenn sie nicht da ist, was um diese Uhrzeit wahrscheinlich ist, hinterlasse ich eine Nachricht. Sollte ich bis zum Ende meiner Schicht nichts gehört haben, versuche ich es noch einmal. Mehr kann ich nicht tun, okay?«

Das ist mehr, als ich erwartet habe. Ich danke ihm und verspreche, bis dahin keinen Blödsinn zu machen und mich auch sicher nicht umzubringen, dann geht er. Die Tür wird geschlossen, Schritte entfernen sich, ich bin wieder allein. Fast zumindest. Da sind immer noch die Dämonen, die wir gezeugt haben. Sie tanzen durch den Raum, verhöhnen mich und flüstern mir zu. Dieses Mal muss ich ihrem Ruf nachgeben. Ich kann sie nicht verdrängen, wie ich es in den letzten Monaten getan habe, es gibt kein Entkommen mehr.

Nicht vor ihnen und nicht vor dem, was wir Anna angetan haben. Dem Mädchen, dessen Pech es war, auf ihrer großen Reise ausgerechnet uns über den Weg zu laufen. Die nicht ahnen konnte, was sie auslöste, als sie mit Henning in jener Nacht noch etwas trinken ging.

Sie war noch so jung, denke ich.

So unschuldig.

So ... *ahnungslos*.

Nachdem Sarah und ich uns geliebt hatten, blieben wir eng umschlungen im Bett liegen. Ihr Kopf ruhte auf meiner Schulter, und ich hörte ihren Atem, tief und gleichmäßig. Flüsterte irgendwelche Liebesbekundungen.

Wir waren schon halb eingeschlafen, als plötzlich Schreie ertönten. Als wir genauer hinhörten, erkannten wir, dass sie aus der Hütte nebenan kamen.

»Ist das etwa Henning?«, fragte Sarah und richtete sich auf.

Ich glaubte, in den Schreien meinen Namen zu hören.

»Beeil dich, wir müssen rüber«, rief ich ihr atemlos zu, während ich gleichzeitig meine Shorts und ein T-Shirt anzog.

Als ich aus der Hütte kam, war es in der gesamten Anlage stockfinster. Außer uns schien niemand etwas mitbekommen zu haben, zumindest blieben die Lichter in den weiter entfernt liegenden Bungalows aus. Dann rannte ich los, Sarah war kurz hinter mir, und stieß kurz darauf die Tür zu Hennings Bungalow auf. Im Inneren brannte eine kleine Lampe, sonst war es finster. In ihrem Schein sah ich Anna auf dem Bett liegen. Sie lag halb auf der Seite, halb auf dem Bauch, ihr Kleid war hochgeschoben, ein Bein angewinkelt.

»Was ist los?«, fuhr ich Henning an, der unbekleidet danebenstand.

»Sie … sie atmet nicht mehr«, stammelte er.

Panik ergriff mich. »Was heißt das, sie atmet nicht mehr?«

»Ich glaube, sie ist tot.«

Ich lief zu dem Bett, griff nach Annas Handgelenk und fühlte ihren Puls. Nichts. Dann legte ich das Ohr an ihre Nase, keine Atemgeräusche. Als ich sie anschließend auf den Rücken drehte, spürte ich schon die Schwere der Glieder. Es gab keine Spannung mehr, keine Regung, und man musste kein Arzt sein, um zu verstehen, was das bedeutete.

»Was hast du getan, verdammt noch mal?«, fuhr ich ihn an, während ich meine Hände übereinanderlegte und Annas Brustkorb in dem verzweifelten Versuch bearbeitete, ihr neues Leben einzuhauchen.

»Nichts«, stöhnte er verzweifelt. »Wir haben nur was getrunken und ein, zwei Pillen eingeworfen. Plötzlich ist sie ... Sie hat gezuckt und ganz komische Geräusche gemacht. Ihr Körper krampfte, und dann ... dann ...«

Ich hörte nur noch mit halbem Ohr zu, während meine Hände weiter pumpten. Selbst dann noch, als mir die Sinnlosigkeit meines Tuns bewusst wurde. Sarah hatte ich dabei komplett vergessen. Irgendwann legte sie die Arme um mich und zog mich von Anna weg. Ich konnte hören, dass sie weinte.

»Scheiße«, schrie ich. »Scheiße, scheiße, scheiße!«

Rückblickend weiß ich nicht mehr, warum ich das tat, aber plötzlich stürmte ich auf Henning zu und schlug ihm ins Gesicht. Er taumelte, dann fiel er, und ich prügelte weiter auf ihn ein.

»Ich kann nichts dafür!«, schrie er, während er auf dem Boden lag und sich vor meinen Schlägen zu schützen versuchte. »Ich hab doch nur ...«

»Du Arschloch! Du gottverdammtes Arschloch!«

Ich kam erst zur Besinnung, als Sarah wimmernd neben mir stand. »Hör auf«, flehte sie. »Hör bitte, bitte auf!«

Ich ließ keuchend von ihm ab und nahm Sarah schützend in den Arm. So lange, bis ich wieder halbwegs klar denken konnte.

»Wir müssen die Polizei rufen«, sagte ich dann leise. »Einen Arzt.«

»Was?« Henning schüttelte den Kopf, Blut lief aus seiner Nase. »Auf gar keinen Fall! Wir können doch nicht ...«

»Ein Mensch ist gestorben, kapierst du das nicht? Hier, in deinem Bungalow!«

»Ich weiß«, versuchte er sich zu entschuldigen, »aber das war nicht meine Schuld, das müsst ihr mir glauben! Vielleicht ist ihr Kreislauf zusammengebrochen oder ... keine Ahnung, sie hat eine Vorerkrankung gehabt.«

»Das wird die Polizei schon herausfinden.«

»Nein, wird sie nicht!« Obwohl Henning nur noch ein Schatten seiner selbst war, klang seine Stimme hart und energisch.

»Soll ich dir sagen, was passieren wird? Die werden uns das anhängen! Uns allen dreien, kapierst du? Wenn die Bullen herausfinden, dass es unsere Drogen waren, werden sie …«

»Vergiss es«, unterbrach ich ihn. »Ich gehe jetzt zur Rezeption, da steht eine Nummer für Notfälle. Die werden schon wissen, was zu tun ist.«

Ich war bereits an der Tür, als Sarah nach meinem Arm griff
und mich festhielt. »Warte kurz, bitte. Wir … können wir …«

Ich sah sie an. Ihr tränenverschmiertes Gesicht und die Verzweiflung in den Augen. Ein Teil von mir ahnte bereits, was als
Nächstes kam, und irgendetwas zerbrach.

»Das ist … vielleicht hat Henning ja recht«, sagte sie, immer
noch von Weinkrämpfen geschüttelt. »Wir wissen nicht, wie die
Polizei hier reagiert. Ob sie überhaupt nachforscht. Ich will …
ich kann hier nicht ins Gefängnis gehen, Marc! Weißt du, was
die einer Frau dort alles antun?«

Nein, das wusste ich nicht, aber ich ahnte es. Die in mir tobenden Gefühle zerrissen mich fast, bis mir klar wurde, dass ich
das nicht zulassen konnte. Niemals.

Anna war tot, und so grausam das auch war – nichts konnte
sie wieder lebendig machen. Schon gar nicht das Leid, das Sarah in einem nicaraguanischen Gefängnis erfahren würde.

Ich spürte ihre Hand auf der Schulter.

»Tu was, Baby«, sagte sie beschwörend. »Bitte! Tu es für
mich.«

SARAH

Als der Wecker klingelt, fahre ich aufgeschreckt im Bett hoch. Draußen ist es schon hell, und Sonnenstrahlen zwängen sich durch den kleinen Spalt, den die geschlossenen Jalousien frei gelassen haben. Sie blenden mich, ich bekomme kaum die Augen auf.

In der letzten Nacht habe ich keine Ruhe gefunden und mich im Bett nur hin und her geworfen, bis ich irgendwann doch eingeschlafen bin. Ich habe geträumt, dass ich mit Marc auf einer Insel war, und als wir zurückfliegen wollten, gab es keinen Flug mehr. Sogar der Flughafen war weg, und Menschen sagten uns, dass es hier nie einen gegeben hätte. Selbst in meinem derzeitigen Zustand fällt es mir nicht schwer, zu ahnen, was dieser Traum bedeuten soll.

So langsam befürchte ich, wahnsinnig zu werden. Ich sehe Dinge, die nicht da sind, und höre Geräusche, die es nicht gibt. In mir tobt das Chaos, aber über allem steht die Angst. Seit ich die Nachricht auf dem Spiegel gesehen habe, ist sie mein ständiger Begleiter.

Ich weiß, dass Henning grausam ist, das war er schon immer. Er liebt solche Spiele, und wahrscheinlich kommt er bei der Vorstellung, was diese vier Worte mit mir angerichtet haben, kaum noch aus dem Lachen heraus. Er hat schon immer Spaß gehabt, wenn andere Menschen leiden. Qualen ergötzen ihn; vor allem, wenn er selbst dafür verantwortlich ist. So ist es jetzt bei mir, und so war es auch bei den Gerbers – der Familie, die ein Stockwerk unter uns wohnt.

Die Gerbers sind ein ganz normales Ehepaar mit Kind und Katze. Herr Gerber ist in der Politik – bei den Grünen, glaube ich –, und sie arbeitet halbtags in einem Steuerbüro. Ihr zehnjähriger Sohn hört auf den Namen Jonas, die Katze haben sie Fraggle getauft. Henning konnte sie nicht ausstehen. Die Gerbers nicht und ihre Katze auch nicht, die als Freigängerin oftmals durch den kleinen Garten lief, der hinter unserem Haus liegt.

Als Fraggle vor ein paar Monaten starb, muss es für die Familie ein Schock gewesen sein. Das Tier war seit vierzehn Jahren bei ihnen, und einmal hat Frau Gerber die Katze sogar als ihr »erstes Kind« bezeichnet, was selbst ich ein wenig übertrieben fand.

Nach Fraggles Tod fragten die Gerbers bei allen Nachbarn nach, ob sie etwas dagegen hätten, wenn sie Fraggle unter einem Busch in dem Garten beerdigen und einen kleinen Grabstein mit einem Medaillon aufstellen würden, das ihr Gesicht zeigt. Niemand erhob Einwände, aber für Henning war das Vorhaben ein gefundenes Fressen. Er hat sich darüber lustig gemacht; fand, die Gerbers wären komplett bescheuert und überhaupt … das sei nur eine *Scheiß-Katze* gewesen, der ihre Besitzer völlig am Arsch vorbeigegangen waren.

»Weißt du, was dein Problem ist?«, fuhr ich ihn an. »Deine fehlende Empathie anderen Menschen gegenüber! Den Gerbers hilft es vielleicht, mit der Trauer fertigzuwerden, und wenn dem so ist, ist es völlig egal, was du davon hältst.«

Er sah mich mit schief gelegtem Kopf an. »Du meinst also, darum geht es, Prinzessin? Um Trauerbewältigung? Den Abschied leichter machen und so?«

Ich wendete mich kopfschüttelnd ab und gab ihm keine Antwort, es hätte eh nichts genützt.

Am Tag darauf nahm ich an der kleinen Beerdigung teil. Die Gerbers weinten, als sie den Mitbewohnern kurze Anekdoten aus Fraggles Leben erzählten. Von dem Tag beispielsweise, als die Katze zum ersten Mal auf ihrer Fensterbank aufgetaucht war und so laut maunzte, dass es einem das Herz zerriss. Sie war noch jung und augenscheinlich hungrig, also fütterten die Gerbers sie und ließen sie anschließend wieder ins Freie; überzeugt davon, dass das Tier irgendjemandem gehören musste.

Aber das junge Kätzchen kam immer wieder und blieb immer länger, und irgendwann ging sie gar nicht mehr. Die Gerbers versuchten noch, über Zettel und durch Anrufe in Tierheimen die rechtmäßigen Besitzer ausfindig zu machen, blieben aber erfolglos. Dann entschieden sie sich, Fraggle zu behalten. Vierzehn Jahre lang und bis zu dem Tag, als sie im Wohnzimmer plötzlich Zuckungen bekam, umfiel und starb.

Es war eine schöne Zeremonie, fand ich. Ein wenig sentimental vielleicht, aber dennoch konnte ich nicht verhindern, dass mir die Tränen kamen. So bin ich einfach. Dicht am Wasser gebaut, wenn mich etwas emotional berührt.

Ich hatte das Ganze fast schon vergessen, als ich ein paar Tage später im Hausflur einen Schrei hörte, der aus der Etage unter uns kam. Ich lief die Treppe herunter und fand Frau Gerber zitternd vor der Wohnungstür, die Hände vor den Mund gelegt. Neben ihr lagen zwei Einkaufstüten, deren Inhalt auf dem Boden verteilt war.

»Was ist denn los?«, fragte ich und legte die Hand auf ihre Schulter. »Hat man bei Ihnen eingebrochen?«

Sie deutete auf den Bereich vor sich, den ich nicht sehen konnte, und stammelte immer wieder: »Da … da …«

Vorsichtig ging ich einen Schritt zur Seite und sah Fraggle, die direkt vor der Wohnungstür lag. Erde klebte an dem Fell, die Augen waren halb geöffnet. Der Anblick war grausam, aber am allerschlimmsten war das kleine Schild aus Pappe, das ihr jemand um den Hals gehängt hatte und auf dem in Großbuchstaben »HELLO AGAIN« stand.

Ich wusste sofort, wer das getan hatte. Henning. Nennt man einen solchen Menschen einen Psychopathen oder Soziopathen? Die Bezeichnung ist egal – ganz sicher ist es ein böser Mensch.

Ich kenne Henning, und da ich ihn kenne, ist es auch egal, ob Marc tatsächlich glaubt, dass Annas Tod ein Unfall war. Ich weiß es besser. Von dem Moment an, als ich sie auf dem Bett liegen sah. Ich weiß, dass Henning Anna vergewaltigt und getötet hat. Vielleicht hat er sie nicht vorsätzlich umgebracht, aber ganz sicher hat er ihren Tod billigend in Kauf genommen. Für ihn ist Anna nur ein Körper gewesen, genauso, wie Fraggle nur eine »Scheiß-Katze« war. Etwas, das wahlweise der eigenen Befriedigung oder Belustigung dient.

Noch heute schäme ich mich dafür, dass ich Marc davon abhielt, die Polizei zu verständigen. Ich tat das nicht für Henning, ich tat es, weil ich Angst hatte. Vor allem vor den Folgen, die sich für Marc und mich ergeben konnten.

All das denke ich, als ich mich auf das Treffen mit der Kommissarin vorbereite. Ich dusche mechanisch, und ich ziehe mich mechanisch an. Seltsamerweise bin ich nicht mehr müde und auch nicht so aufgeregt, wie ich das gestern noch war. Wann immer Henning zuschlagen will – er wird es ganz sicher nicht tun, wenn die Polizei in der Nähe ist.

Das Treffen mit der Polizistin ist die größte Chance, es ihm heimzuzahlen, und ich werde diese Chance nicht ungenutzt lassen. Ich muss der Beamtin die Wahrheit erzählen – den größten Teil zumindest – und dann darauf hoffen, dass meine Worte sie zusammen mit der hinterlassenen Botschaft davon überzeugen werden, dass Henning noch lebt. An ein Scheitern will ich nicht denken, an die Folgen eines solchen schon gar nicht. Henning hat mir schon zu viel genommen. Er wird mir nicht auch noch den kleinen Rest von dem nehmen, was noch übrig ist.

Denn egal, wo wir heute stehen: Marc und ich haben uns geliebt. In der ersten Phase unserer Beziehung – als noch nichts passiert war, das die Gefühle trüben konnte – habe ich ihn mehr geliebt, als ich es jemals für möglich gehalten hätte. Wenn er mir damals auf irgendeine ungelenke, altmodische Art einen Heiratsantrag gemacht hätte, hätte ich ihn angenommen. Wir wären Mann und Frau geworden und ein Leben lang zusammengeblieben. Er hätte als Anwalt gearbeitet, ich vielleicht ein Kind bekommen, und alles wäre wunderbar gewesen.

Aber Henning hat mir diese Zukunft geraubt, und dann hat er mir auch noch Marc genommen. Durch ihn habe ich verloren, was ich nie wieder finden werde. Das Gefühl, endlich angekommen zu sein.

Jetzt ist der Zeitpunkt gekommen, mich dafür zu rächen und gegen die Trauer anzukämpfen. Trauer lähmt, Wut nicht, und die Wut ist auch noch da. Sie lauert auf ihre Chance, also gebe ich sie ihr. Stehe auf und mache mich bereit.

Bald werde ich der Kommissarin gegenübertreten und Henning ein für alle Mal vernichten.

MARC

Es ist kurz nach neun. Ein Wärter war da und hat das Frühstück gebracht, sonst ist nichts passiert. Von seinem Kollegen habe ich nichts mehr gehört, von der Polizistin auch nicht. Ich kann nur hoffen, dass er meine Nachricht weitergegeben hat.

Ich versuche, in einem der Bücher zu lesen, die sie mir gegeben haben, kann mich aber nicht konzentrieren. Stehe auf, gehe ans Fenster und schaue hinaus. Nichts passiert, also lege ich mich wieder hin und starre die Decke an, denke an Sarah. Es wäre leicht, ihr die Schuld an dem zu geben, was in Nicaragua passiert ist. Sie war es, die wollte, dass Henning mit zum Essen kommt. Sie sagte auch nichts, als er Anna bedrängte, damit sie mit ihm noch etwas trinken ging. Als ich dann bei den beiden bleiben wollte, bestand Sarah darauf, in unseren Bungalow zu gehen. Und dann, als Anna tot war? Brachte sie mich dazu, Dinge zu tun, die ich mir niemals verzeihen werde.

Wie gesagt, es wäre leicht, sie für mein Handeln verantwortlich zu machen, aber es wäre nicht fair. Genau genommen war nichts von dem, was in dieser Nacht passierte, ihre Schuld. Auch nicht meine. Wir ... wir haben einen Fehler gemacht. Einen schlimmen zwar, aber wir haben niemandem etwas angetan. Das war ausschließlich Henning. Ihn sollte ich verfluchen, und das tue ich auch. Nicht nur wegen dem, was er Anna angetan hat oder weil Sarah wegen ihm jetzt in Gefahr schwebt. Auch, weil er mich betrogen hat – weil ich dumm genug war, mich von ihm betrügen zu lassen. Wahrscheinlich ist dies der Punkt, der am schwersten zu verzeihen ist.

Die Unruhe lässt mich wieder aufstehen. Ich gehe an die Tür und presse mein Ohr dagegen. Sie ist kalt, wie alles hier. Ab und zu höre ich Stimmengemurmel und Schritte, die vorbeigehen. Wärter vielleicht oder andere Gefangene auf dem Weg zur Arbeit. Manchmal kommen diese Schritte auch direkt auf meine Tür zu, aber sie stoppen nie. Gehen einfach weiter und lassen mich nur noch nervöser zurück. Ich hätte nie gedacht, dass man so leiden kann und so sehr auf ein Ereignis hofft, das einfach nicht eintreten will.

Erneut drücke ich auf die Zellenklingel, das vierte Mal bereits. Gleich wird wieder ein Wärter kommen und mich fragen, was ich will. Ich werde es ihm sagen, und er wird mir sagen, dass ich mich gedulden soll. Jedes Mal war es so, und jedes Mal wurde er ein wenig ärgerlicher. Beim letzten Mal drohte er schon, zukünftig nicht mehr auf mein Klingeln zu reagieren. Sollen sie mir ruhig drohen, denke ich. Von mir aus können sie alles mit mir machen, wenn nur endlich diese Kommissarin kommt.

Ich muss es ihr sagen, die ganze Wahrheit. Wenn sie sie kennt, wird sie hoffentlich verstehen, wie Henning ist und was er bereits getan hat. Vielleicht kann sie dann auch meine Angst um Sarah nachempfinden, nur darauf kann ich hoffen. Dass sie meine Angst nicht ignoriert, wie ich das zuvor mit Sarahs Ängsten getan habe.

Als auch fünf Minuten später noch niemand gekommen ist, klingele ich erneut. Während ich warte, lege ich mich wieder auf das Bett und konzentriere mich auf meine Atmung. Ich atme langsam durch die Nase ein und durch den Mund wieder aus. Eigentlich sollte mich das beruhigen, aber das tut es nicht.

Die Polizistin muss kommen, denke ich. Sie muss kommen, und dann muss sie handeln. Schnell. Bevor es für Sarah und mich zu spät ist.

SARAH

Ich komme ein paar Minuten vor der verabredeten Zeit an, klingele wie eine Fremde an der Haustür und warte. Vielleicht ist die Kommissarin ja schon da und öffnet. Das tut sie nicht, also öffne ich mir selber. Dieses Mal zittert meine Hand nicht, ich bin ganz ruhig. Mit festen Schritten steige ich die Treppe hoch, komme vor der Wohnungstür an und schließe auf. Stille empfängt mich, ich bin alleine hier. So etwas spürt man einfach, wie man manchmal die Blicke anderer im Rücken spürt. In dieser Wohnung spüre ich nichts, nur Leere.

Fast hätte Henning es geschafft, mich fertigzumachen, aber ich bin stärker, als er ahnt. Wenn er glaubt, er könne das, was in Nicaragua geschehen ist, gegen mich verwenden, irrt er sich. Ich werde es verwenden, um ihn zu vernichten. Bislang wollte ich nicht darüber reden, um Marc zu schützen, aber jetzt kann ich mir eine solche Rücksichtnahme nicht mehr leisten. Dazu hat er mich getrieben. Es ist einzig und allein Hennings Schuld, dass ich jetzt verraten muss, was ich liebe.

Im Flur fällt mein Blick auf eine Skulptur auf dem Sideboard, die Marc in irgendeiner Galerie gekauft hat. Sie ist etwas kleiner als ein menschlicher Kopf, und ich denke mir, dass sie reichen wird. Wenn Henning vor der Polizistin auftauchen sollte, reicht sie völlig.

Dann bin ich entsetzt, dass ich so denke. Das bin nicht ich, sage ich mir, das bin nicht ich, und außerdem kann er gar nicht hier sein. Er ist …

»Wer kann nicht hier sein?«, fragt eine Stimme hinter mir.

Ich fahre herum und starre die Polizistin an, die im Türrahmen steht und mir einen fragenden Blick zuwirft. Ich nahm an, die Sätze wären nur in meinen Kopf gewesen, aber so, wie sie guckt, muss ich sie wohl laut ausgesprochen haben.

»Was dachten Sie, wer hier sei?«, fragt sie erneut.

»Henning«, sage ich nur.

Wie eine ganz normale Besucherin hängt sie den Mantel an die Garderobe und nickt bedächtig. »Dann glauben Sie also auch, dass er noch lebt?«

Es liegt keine Ironie in ihrer Stimme, kein Sarkasmus. »Ja«, sage ich leise. »Aber ich glaube es nicht nur, ich weiß es sogar.«

»Ihr Freund hat uns eine ähnliche Geschichte erzählt. Er denkt, dass Ihr Mitbewohner seinen Tod nur vorgetäuscht hat und dass Sie jetzt in Gefahr schweben. Er hat uns sogar gebeten, Sie unter irgendeinem Vorwand zu verhaften und in eine Art Sicherheitsverwahrung zu nehmen.«

Augenblicklich wird mein Herz schwer. Ach Marc, denke ich – du magst deine Fehler haben, aber ich hätte nie an deiner Liebe zweifeln dürfen. Du warst immer für mich da; so, wie du es stets versprochen hast. Hast mich jedes Mal zusammengeflickt, wenn die Angst mich zerfetzte. Sogar damals, in Nicaragua, als du meinetwegen über jeden Schatten gesprungen bist.

»Er liebt mich«, sage ich nur.

»Das tut er mit Sicherheit. Aber deswegen bin ich nicht hier, Sarah. Warum glauben Sie, dass Henning noch lebt?«

»Kommen Sie mit«, sage ich.

Ich gehe auf die Badezimmertür zu und öffne sie. Warte, bis die Polizistin neben mir steht, und deute in den Raum. Sie schaut hinein und lässt den Blick kreisen. Dann wendet sie sich ab und sieht mich fragend an.

»Und?«

Ich trete neben sie und schaue ins Badezimmer. Links ist die Badewanne, an der rechten Wand hängt das Badezimmerschränkchen mit dem Spiegel. Ich sehe genau hinein. Sehe mein Gesicht, aber keine Botschaft mehr. Da ist nichts, nur blank poliertes Glas. Sofort ist mir klar, was hier vor sich geht. Ich habe nicht den Verstand verloren, Henning ist mir nur wieder einen Schritt voraus gewesen. Der beste Beweis, dass er noch lebt – genauso verschwunden wie die Schnipsel des Zettels, den ich zerrissen habe.

»Was genau soll ich mir denn ansehen?«

Ihre Worte reißen mich ins Hier und Jetzt zurück. Ich öffne den Mund und schließe ihn wieder, weil ich nicht weiß, wo ich beginnen soll. Mein Kreislauf spielt verrückt, ich taumele einen Schritt zur Seite.

»Sarah?«, fragt sie und berührt meinen Arm. »Geht es Ihnen gut?«

Ich schaue sie an und schüttele den Kopf. »Da war ... da stand eine Botschaft auf dem Spiegel. Von Henning. Und jetzt ist sie weg.«

»Wann stand da eine Botschaft? Gerade eben?«

»Gestern Nacht.«

Sie zieht die Augenbrauen hoch. »Sie waren gestern in der Wohnung?«

Ich nicke nur.

»Warum?«

»Ich wollte ... ich brauchte ein paar Anziehsachen.«

Die Kommissarin lässt sich nicht anmerken, was sie denkt. Fragt stattdessen, was genau geschehen ist.

»Das sagte ich doch schon. Als ich ins Badezimmer ging, stand da eine Nachricht auf dem Spiegel. Von Henning.«

»Und was stand da?«

»*Willkommen zu Hause, Prinzessin.*«

Ein kurzes Zögern. »Und Sie sind sicher, dass die Botschaft von Henning stammte?«

»Niemand sonst hat mich Prinzessin genannt. Nur er.«

Sie atmet durch. Packt mich dann an den Schultern und dreht mich sanft in ihre Richtung. »Wollen Sie mir etwas sagen, Sarah? Wollen Sie darüber reden, was wirklich geschehen ist? Sich endlich Luft verschaffen?«

Im ersten Moment reagiere ich nicht, dann nicke ich. Jetzt, wo der große Moment gekommen ist, habe ich fürchterliche Angst. Davor, dass sie mir nicht glauben könnte und dass Henning, egal, was ich sage, immer noch ein weiteres Ass im Ärmel hat.

Als die Kommissarin wieder etwas sagt, klingt ihre Stimme eindringlicher als zuvor. »Ich will Ihnen helfen, Sarah, aber dafür müssen Sie mit mir reden. Wenn Sie mir nicht die Wahrheit erzählen, kann ich auch nichts für Sie tun.«

Sie hat recht, das weiß ich. Ich habe lange auf diesen Tag gewartet. Ich war überzeugt, dass er irgendwann kommen würde, und jetzt, wo er da ist, kann ich mich nicht mehr verstecken. Jetzt muss ich dieses Geheimnis, das mit der Zeit zu einer tonnenschweren Belastung geworden ist, nicht mehr länger mit mir herumschleppen.

Ich atme aus, nachdem ich fast ein Jahr lang den Atem angehalten habe. Dann beginne ich zu erzählen.

LITTLE CORN ISLAND,
NICARAGUA

Die Hütte lag in einem schummrigen Halbdunkel, nur schwach von einer kleinen Lampe erleuchtet. Henning stand zitternd in der Ecke, das Gesicht im Halbschatten verborgen. Ich schluchzte, während sich Marc über Anna beugte und immer wieder versuchte, sie durch eine Herzdruckmassage wiederzubeleben. Irgendwann richtete er sich kraftlos auf und schüttelte den Kopf.

»Was ist los?«, fragte ich mit zitternder Stimme.

»Anna ist ... sie ist tot.«

Nur diese fünf Worte. Ich hatte es geahnt, aber es war etwas völlig anderes, sie aus seinem Mund zu hören. Es hörte sich so endgültig an, so falsch.

Henning gab ein Schluchzen von sich, das wie der Laut eines Tieres klang.

»Bitte«, flehte ich. »Das kann nicht wahr sein! Sie kann nicht ...«

»Ich habe es eine Viertelstunde lang probiert. Sie ist tot, Sarah. Es gibt nichts, was wir noch tun können.«

Anschließend geriet alles außer Kontrolle. Ich schrie und weinte. Dachte immer wieder, dass das Ganze ein Irrtum sein muss, ein schrecklicher Fehler. Aber das war es nicht. Ich musste nur auf das Bett schauen, um mich vom Gegenteil zu überzeugen.

»Was ist passiert?«, hörte ich Marc dann sagen. »Was hast du ihr angetan?«

»Nichts, gar nichts!« Henning schrie fast. »Wir haben nur was getrunken und rumgemacht. Ein paar Pillen eingeworfen, und dann ist sie ... Sie hat gezuckt, ganz komisch. Ist einfach so zusammengebrochen. Bitte ... das müsst ihr mir glauben!«

Wie von Sinnen ging Marc auf ihn los und schlug ihn zu Boden. »Du Arschloch«, schrie er immer wieder. »Du gottverdammtes Arschloch!«

Ich sah die beiden nur an, konnte nicht reagieren, war wie paralysiert. Es muss ein Albtraum sein, dachte ich. Nichts davon ist real.

Als Marc sich abreagiert hatte, wurde es still im Raum. Niemand sagte was, und das einzige Geräusch kam von unserem Atmen, laut und keuchend. Henning war der Erste, der die Stille wieder durchbrach. »Und jetzt?«, sagte er.

»Was schon?«, fuhr ich ihn an. »Wir müssen die Polizei rufen. Einen Arzt.«

Keiner der beiden reagierte. Ihre Blicke blieben stumm auf Anna gerichtet.

»Habt ihr mich nicht gehört?«, schrie ich und schaute sie abwechselnd an. »Die Polizei muss kommen, und wir brauchen einen Arzt! Vielleicht kann er ...«

»Es ist zu spät, Sarah.« Marcs Stimme, unerklärlich ruhig. »Anna ist tot, daran kann kein Arzt mehr etwas ändern. Wir müssen jetzt in Ruhe nachdenken, was das für uns bedeutet.«

Ich hatte keine Ahnung, wovon er da redete.

»Anna ist an unseren Drogen gestorben«, sagte er. »Das werden wir nicht wegdiskutieren können, und dabei spielt es auch keine Rolle, ob sie vielleicht eine Vorerkrankung hatte. Wenn die Polizei herausbekommt, woher sie die Pillen hatte, sind wir geliefert.«

»Aber wir ...«

»Marc hat recht«, stimmte Henning zu. »Sie werden denken, dass wir ...«

»Wieso *wir*?«, schrie ich ihn an. »Das Ganze ist einzig und alleine deine Schuld, du hast sie auf dem Gewissen! Du und die verdammten Drogen, die du unbedingt mitschleppen musstest. Marc und ich ... wir können doch nichts dafür.«

Henning schüttelte den Kopf. »Nein, so läuft das nicht«, sagte er entschieden. »Versuch nicht, mir das Ganze in die Schuhe zu schieben! Wir alle haben …«

»Kannst du einfach mal das Maul halten?«, schrie Marc ihn an. »Ich muss nachdenken, verdammt!«

»Bitte, Marc«, flehte ich. »Wir müssen etwas unternehmen! Wir können doch nicht so tun, als ob nichts passiert wäre. Ein Mensch ist gestorben und … und Henning muss die Verantwortung übernehmen.«

Marc sah mich an, und so viele Emotionen lagen in seinem Blick. Angst, Verwirrung und Liebe. Dann sagte er mit ruhiger Stimme: »Du kannst nichts für ihren Tod, Sarah, aber genau wie Henning glaube ich auch nicht, dass das die nicaraguanischen Behörden besonders interessiert. Wenn du trotzdem willst, dass wir die Polizei rufen, tun wir das und stehen die Folgen gemeinsam durch. Wenn nicht, versuche ich, eine andere Lösung zu finden. Es liegt jetzt an dir, Baby.«

Ich schloss die Augen und wusste nicht, was ich sagen sollte. Ich war mit der kompletten Situation überfordert und schluchzte nur, während ich gleichzeitig noch immer darauf hoffte, dass dies alles nur ein böser Traum war, der jeden Moment endete. Aber das tat er nicht. Als ich die Augen öffnete, lag Anna immer noch auf dem Bett, und Marc sah mich immer noch fragend an.

»Warum muss ich das jetzt entscheiden?«, fragte ich verzweifelt. »Ich weiß es doch auch nicht! Keine Ahnung, vielleicht … vielleicht tust du einfach, was du für das Beste hältst.«

»Sicher?«

Ich nickte.

Marc strich sich die Haare aus dem Gesicht und schaute in Annas Richtung. Ich sah, dass auch er weinte. Zum ersten Mal wirkte er vollkommen hilflos.

Dann dachte ich an Anna und den Moment, als wir uns bei *Derek's Place* am Strand getroffen hatten. Ich konnte nicht fassen, dass das erst gestern gewesen war. Seitdem hatte sich alles verändert. Licht hatte sich in Dunkelheit verwandelt, jedes Lachen in Leid. In gewisser Weise fühlte ich mich an ihrem Tod mitschuldig, weil ich es gewesen war, die gegen Marcs Willen das Treffen zwischen Anna und Henning forciert hatte, obwohl ich ganz genau wusste, was für ein Schwein er war. Wenn ich Anna nicht gefragt hätte, ob sie zum Abendessen mitkommt, würde sie noch leben. Wenn ich später darauf bestanden hätte, sie mit Marc ins Hotel zurückzubringen, anstatt sie in Hennings Bungalow gehen zu lassen, würde sie noch leben. Wenn …

Wenn, wenn, wenn.

Irgendwann stand Marc auf und schaute uns an. »Können wir reden? Die ganze Situation sachlich betrachten?«

Ich wischte die Tränen weg und nickte. Henning sagte nur: »Klar.«

»Bis zu Annas Hotel sind es nur ein paar Hundert Meter«, fuhr Marc fort. »Wir müssen sie dort hinbringen und ins Meer schaffen. Wenn die Polizei sie dann findet, ist sie nur eine Touristin, die im Drogenrausch ertrunken ist. Ich schätze … Keine Ahnung, wahrscheinlich kommen Drogentote hier andauernd vor. Die Polizei wird sich nicht besonders gründlich um einen Einzelfall kümmern.« Er atmete durch. »Anna ist … Es ist grausam, was passiert ist, und ich würde alles geben, wenn wir es wieder rückgängig machen könnten, aber das können wir nicht. Wir können uns nur noch selbst schützen und irgendwie versuchen, mit der Schuld zu leben.«

»Das ist klasse, Mann«, triumphierte Henning. »Genau so machen wir es!«

Marc schnellte in seine Richtung. Einen Moment lang glaubte ich, er würde erneut auf ihn losgehen, aber er schrie ihn nur an. Schleuderte Henning seine Meinung entgegen, und ich kannte ihn gut genug, um herauszuhören, dass er jedes Wort ernst meinte.

»Wenn es lediglich um dich und mich gegangen wäre, würde ich den Bullen alles erzählen, was du ihr angetan hast! Ob sie mich dann wegen der Einfuhr von Drogen drankriegen, wäre mir scheißegal gewesen. Aber in diesem Moment geht es mir nur noch um Sarah, verstehst du Arschloch das? Nur ihr hast du es zu verdanken, wenn du davonkommen solltest, aber sobald wir wieder in Hamburg sind, sind wir geschiedene Leute. Ein für alle Mal. Ist das klar?«

»Aber ich ...«

Marc ohrfeigte ihn. »Ob das klar ist?«

»Ja, Mann, alles klar – das war deutlich genug!«

Dann drehte Marc sich in meine Richtung: »Kann ich dich alleine lassen? Nicht lange, maximal eine Stunde vielleicht.«

»Nein, bitte«, sagte ich flehend. »Lass mich nicht allein, nicht jetzt. Das ... Ich kann das nicht.«

»Es wäre aber besser, wenn du nicht dabei wärst. Tu dir das nicht an, Baby. Bleib hier, während Henning und ich Anna wegbringen. Meinst du, du schaffst das?«

Ich wollte ihm antworten, aber meine Kehle war wie zugeschnürt. Alles, was ich mir abringen konnte, war ein Nicken.

»Dann geh jetzt zurück in unseren Bungalow und warte dort auf mich. Ich beeile mich, okay?«

Wieder nickte ich und drehte mich um, während Marc auf das Bett zuging. Ich wollte nur noch raus hier, einfach nur weg. Als ich fast schon an der Tür angekommen war, packte Henning meinen Arm und flüsterte: »Wir sind noch nicht miteinander fertig, Prinzessin!«

»Doch«, sagte ich. »Das sind wir!«

Anschließend schlich ich wie in Trance durch die Nacht zu unserem Bungalow zurück. Nur nebenbei nahm ich wahr, dass in keiner der anderen Hütten Licht brannte. Niemand war wach geworden, als der Teufel durch die Anlage marschierte.

Ich legte mich aufs Bett und starrte apathisch die Decke an. Hatte keine Tränen mehr, war einfach nur leer. Die ganze Situation kam mir immer noch völlig unwirklich vor, komplett surreal. Annas Tod und die Verschleierung der Tat, das alles passierte gerade nicht.

Kurz vor Morgengrauen kehrte Marc zurück, er sah völlig fertig aus. Ich sah ihn fragend an, er nickte nur, dann schloss ich die Augen. Nichts hat sich geändert, dachte ich. Nichts. Wenn wir die Insel verlassen, wird das alles nie geschehen sein. Marc wird immer noch der beste Mann sein, den ich kenne, und ich weiterhin seine Königin. Unser Leben ist nicht vorbei, weil nichts von dem wirklich geschehen ist.

Aber so kam es nicht.

Die Verdrängung ist ein mächtiges Werkzeug, aber sie kann nicht alle Spuren beseitigen. Etwas bleibt zurück.

In uns.

In unseren Seelen.

WOHNUNG VON SARAH, MARC UND HENNING

Bianca hatte Sarahs Schilderungen zugehört, ohne sie ein einziges Mal zu unterbrechen. Das war es also, dachte sie. Das ist in Nicaragua geschehen.

Eine Vergewaltigung unter Drogen, der Tod einer jungen Frau, die gemeinsame Vertuschung der Tat. Wenn diese Geschichte mit den nötigen Beweisen vor Gericht gelandet wäre, wäre keiner der drei unbeschadet aus ihr herausgegangen. Jeder von ihnen hatte Schuld auf sich geladen, wenn auch in unterschiedlichen Abstufungen. Bianca ging zwar davon aus, dass Sarah sich selbst in einigen Punkten positiver dargestellt hatte, als es den Tatsachen entsprach, zweifelte aber nicht am grundsätzlichen Wahrheitsgehalt der Aussage. Dafür waren die Schilderungen zu plastisch und detailliert gewesen.

»Das war's?«, fragte sie abschließend.

Sarah nickte. Jetzt, da es einmal heraus war, wirkte sie regelrecht befreit.

»Deshalb haben Sie Angst vor Henning?«

»Können Sie das nicht verstehen?« Sarah sah sie mit aufgerissenen Augen an. »Er hat den Tod eines Menschen in Kauf genommen, nur weil er geil war – was glauben Sie, würde er dann erst tun, wenn es um sein Leben geht?«

Sie nickte verstehend. »Und was ist in den Tagen darauf passiert? Hat man die Leiche gefunden?«

»Sie ... Anna wurde einen Tag später an den Strand gespült, etwas nördlich von *Derek's Place*. Die Strömung muss sie zurückgebracht haben.«

»Hat es keine Untersuchung gegeben? Keine polizeilichen Ermittlungen? Wurden Sie nie befragt?«

»Doch, ich ... Ein Polizist ist deswegen vom Festland herübergekommen. Er hat überall Zettel aufgehängt, auf denen stand, dass diejenigen, die Kontakt zu Anna hatten, sich melden sollten. Henning wollte das nicht, aber Marc befürchtete, dass man uns mit Anna gesehen haben könnte und wir uns verdächtig machen würden, wenn wir es nicht täten.«

»Ich verstehe. Und weiter?«

»Wir haben dem Mann von unserem ersten Treffen mit Anna erzählt und dass wir uns für den nächsten Abend verabredet hatten. Dass wir in diesem Schuppen gewesen waren, unsere Wege sich dort aber getrennt hätten, weil Anna noch länger bleiben wollte. Der Polizist ... Er hat nur genickt und gesagt, dass der Laden einen schlechten Ruf habe und dafür bekannt sei, dass dort mit Drogen gehandelt würde. Wenn ich darüber nachdenke, glaube ich, dass unsere Aussage nur eine Theorie bestätigt hat, die er vorher schon hatte.«

»Wie praktisch für Sie, nicht wahr?«

Sarah richtete den Blick zu Boden. Für Bianca war nicht offensichtlich, ob das schlechte Gewissen echt oder nur gespielt war. »Zurück zum Thema«, sagte sie dann. »Gab es nach dieser Aussage noch eine zweite Befragung?«

Sarah schüttelte den Kopf. »Der Polizist hat Little Corn Island zwei Tage später schon wieder verlassen. Ich glaube, die Ermittlungen wurden eingestellt.«

Eine Drogentote in einem winzigen Inselparadies, dachte Bianca, das vom Tourismus lebte. Nichts, womit offizielle Stellen gerne Werbung machten, eher eine Sache, die man lieber unter den Tisch kehrte. Vor allem in einem Land, das politisch alles andere als stabil war.

»Einen Punkt verstehe ich dennoch nicht«, sagte sie dann. »Sie behaupten, dass Marc und Henning nach dem Urlaub getrennte Wege gehen wollten, aber trotzdem hat Henning danach noch Monate mit Ihnen zusammengelebt. Wie erklären Sie das?«

»Das ist … Natürlich hat Henning mit aller Macht versucht, die Freundschaft aufrechtzuerhalten, und Marc wollte ihn auch nicht von einem Tag auf den anderen vor die Tür setzen. Dennoch ist immer klar gewesen, dass Henning ausziehen muss. Vor drei Wochen hat er dann auch eine passende Wohnung gefunden, sogar der Mietvertrag ist bereits unterschrieben. In zwei Monaten wäre er weg gewesen.«

»Nun ist es ja noch schneller gegangen, nicht wahr?«

Der Blick, den Sarah ihr zuwarf, war schwer zu deuten. Zu viele Gefühle lagen darin. Eines davon war Trotz, ein anderes Angst, aber auch Wut und Unverständnis spielten eine Rolle. »Sie glauben immer noch, dass Marc oder ich Henning getötet haben«, sagte sie dann, und es klang wie eine Feststellung. »Das denken Sie doch, stimmt's? Sie können es ruhig zugeben.«

»Die Sache ist doch die, Sarah: Sie behaupten, dass Henning noch lebt. Außerdem befürchten Sie, dass Sie in Gefahr sind, und dann soll es sogar noch eine Nachricht gegeben haben, die das beweist. Das Problem ist nur – nichts davon ist greifbar! Die Nachricht ist auf mysteriöse Weise verschwunden, bevor jemand sie sehen konnte, und für keine Ihrer sonstigen Behauptungen gibt es irgendwelche Beweise. Offen gesagt, fällt es mir schwer, Ihnen …«

Das Klingeln des Handys unterbrach sie. Bianca machte eine entschuldigende Handbewegung, dann nahm sie das Gespräch an. Ein paar Minuten lang hörte sie nur zu, was ihr Gesprächspartner zu sagen hatte. Dann stellte sie ein paar Fragen, bevor sie das Telefonat wieder beendete.

»Das war Peter Höger, mein Kollege«, sagte sie. »In einem Waldgebiet in der Nähe von Lüneburg wurde vor einer halben Stunde eine männliche Leiche gefunden. Das Alter und die Beschreibung des Toten passen zu Ihrem verschwundenen Mitbewohner.«

Sarah erstarrte kurz, dann stieß sie die Luft aus. »Das kann nicht sein! Ich weiß, dass Henning noch lebt. Glauben Sie echt, dass ich auf so ein fingiertes Telefonat hereinfalle?«

»Denken Sie, was Sie wollen«, erwiderte Bianca gleichgültig. »Ich muss jetzt weg, um mir das Ganze vor Ort anzuschauen. Wir sehen uns aber wieder, Sarah. Das war nicht unser letztes Gespräch.«

Die Augen der jungen Frau wurden größer. »Sie wollen mich tatsächlich einfach so stehen lassen? Obwohl ich Ihnen gesagt habe, wie gefährlich Henning ist?«

»Ist er das, Sarah? Gefährlich? Oder sind Sie und Marc es? Ich bin mir da nicht so sicher.«

Sarah starrte sie ungläubig an; scheinbar unfähig zu begreifen, dass Bianca es wirklich ernst meinte.

Das war genau die Reaktion, die Bianca vor dem Treffen hatte erzielen wollen. Sie hatte die junge Frau in die Enge treiben wollen, aber dann war der Anruf gekommen, zum denkbar ungünstigsten Zeitpunkt. Wenn Bianca jetzt ging, war es, als würde sie auf halbem Wege stehen bleiben. Sarah hätte dann Gelegenheit, sich zu beruhigen und über Alternativen nachzudenken, bis sie ihre Gefühlswelt wieder unter Kontrolle hatte. Das wollte Bianca nicht riskieren. Sie hatte Sarah nicht so weit gebracht, um sie jetzt wieder von der Angel zu lassen.

»Wissen Sie was?«, sagte sie bewusst beiläufig. »Warum kommen Sie nicht mit nach Lüneburg? Wenn Henning tatsächlich noch lebt, sind Sie dort zumindest in Sicherheit. Sollte er hingegen der Tote sein, können Sie ihn direkt vor Ort identifizieren und uns weitere Fragen beantworten.«

Sie sah, wie es hinter Sarahs Stirn arbeitete. Anfangs wirkte die junge Frau zögerlich, dann griff sie entschlossen nach ihrem Mantel.

»Gehen wir.«

MARC

Ich hätte dir die Wahrheit sagen müssen, Sarah. Über alles. Das habe ich nicht getan. Ein Fehler, den ich jetzt nicht mehr gutmachen kann.

Du hast immer geglaubt, ich würde meine Augen vor dem verschließen, was Henning in Wirklichkeit ist. Du dachtest, erst in Nicaragua sei mir sein wahres Wesen bewusst geworden, aber das stimmt nicht. Du darfst eines nicht vergessen, ich kenne ihn schon lange. Ich kenne ihn gut. Ich dachte nur, ich hätte ihn unter Kontrolle.

Schon Jahre, bevor es dich gab, wusste ich alles von Henning. Er ist grob und gewaltbereit, und sobald seine Emotionen hochkochen, reagiert er ausschließlich impulsgesteuert. In solchen Momenten gleicht er eher einem Tier, das einfach nur handelt, ohne über die Folgen seines Tuns nachzudenken.

Als du und ich aus Bali zurückgekehrt sind, habe ich dir gegen Hennings Willen alles über unsere Drogengeschäfte erzählt. Von dem irren Trip nach Sluknov, von der abgerockten Bar, von dem Treffen mit David und von Wiktor, den wir aus dem Geschäft gedrängt hatten. Das haben wir damals zumindest gedacht, aber so war es nicht. Danach ist noch etwas passiert. Der Teil, den ich dir verschwiegen habe.

Wiktor hat unser Vorgehen nicht einfach so hingenommen, und ein paar Wochen später fing der Ärger an. Er hat Henning angerufen und ihm gedroht, uns bei den Bullen zu verpfeifen, wenn wir ihn nicht wieder ins Geschäft einsteigen lassen. Seine Worte waren keine leere Drohung. Wiktor kannte die Clubs, in denen Henning die Pillen verkaufte, und er kannte auch die Namen der Türsteher, mit denen wir zusammenarbeiteten. Er kannte sogar Hennings Adresse – die alte, wohlgemerkt, damals haben wir noch nicht zusammengewohnt.

Wiktor stellte also eine Bedrohung dar. In erster Linie für Henning, aber auch für mich und das Leben im Adrenalinrausch, an das ich mich bereits gewöhnt hatte. Wenn wir ihn wieder einsteigen ließen, wären Henning und ich nur noch Wiktors Angestellte gewesen, und das war nicht die Rolle, in der wir uns sahen.

Nachgeben stellte also keine Option dar, warum auch? Wiktor war nur ein kleiner Fisch in einem viel zu großen Ozean. Er hatte kein Netzwerk, und niemand schützte ihn, im Prinzip war er ein bedauernswertes Wesen. Nicht besonders intelligent und schon gar nicht furchteinflößend.

Henning hat dann in Tschechien eine Waffe besorgt, eine alte Makarow. Zuverlässig, aber nicht besonders treffsicher. Das musste sie auch nicht sein. Es ging nur darum, Wiktor Angst zu machen und ihm zu zeigen, dass er sich mit den falschen Leuten angelegt hatte.

An einem der darauffolgenden Tage haben wir uns mit ihm in einer stillgelegten Pulverfabrik in den Besenhorster Sandbergen verabredet, die nur noch aus Ruinen bestand. Tagsüber konnte das ein malerischer Ort sein, an dem Familien spazieren gingen, nachts jedoch wirkte das Gelände wie verwandelt. Unheimlich. Aber so ist es ja immer und mit allem, nicht wahr? Das wahre Ich kommt erst in den dunkelsten Momenten zum Vorschein.

Wir trafen uns in einer der einsturzgefährdeten Hallen, die auf dem Gelände standen. Als Henning die Waffe auf ihn richtete, fielen dem Polen fast die Augen aus dem Kopf. Er war vollkommen ahnungslos zu dem Treffen gekommen und hatte mit Sicherheit nicht mit einem solchen Auftritt gerechnet. Stammelnd fragte er, was das denn solle und ob Henning verrückt wäre. Schwor, dass er die Drohungen nicht ernst gemeint hätte und nie zur Polizei gehen würde, niemals.

Er gab einen dermaßen erbärmlichen Anblick ab, dass ich ihm sofort glaubte. Dieser Typ war kein hartgesottener Gangster, nur ein kleinkriminelles Arschloch aus Pinneberg, das ein Stück vom großen Kuchen abhaben wollte. Als die Mündung der Makarow seine Stirn berührte, weinte er.

Von mir aus hätten wir es dabei bewenden lassen können, aber Henning wollte mehr. Er hatte jetzt in einen Modus geschaltet, in dem er sich wie ein eiskalter Vollstrecker vorkam; wie jemand, mit dem man sich nicht ungestraft anlegen durfte. Um das zu verdeutlichen, schlug er Wiktor mit der Waffe nieder und drohte ihm, ihn und seine Familie zu töten, wenn wir jemals wieder etwas von ihm hören würden.

»Hast du das kapiert, du Opfer?«, schrie er und trat Wiktor in die Seite, während Speicheltropfen aus seinem Mund flogen. »Ist das angekommen?«

Als Wiktor vor Angst nicht schnell genug antwortete, befürchtete ich einen Moment lang, dass Henning einfach abdrücken würde. »Es genügt«, sagte ich und trat zwischen die beiden.

»Noch lange nicht!«, keifte Henning. »Dieser Wichser hat …«

»Der Wichser hat genug«, sagte ich eindringlich und schaute Wiktor an, der sich auf dem Boden eingenässt hatte. »Das hast du doch, oder?«

»Bitte …«, flehte der Pole. »Ich werde nichts sagen, ich schwöre es! Wenn ihr mich gehen lasst, verschwinde ich sofort, und ihr hört nie wieder von mir. Aber bitte, bitte tut mir nicht …«

Wir ließen Wiktor verängstigt, aber lebend in den Ruinen der Pulverfabrik zurück, und der Pole hielt sein Versprechen. Wir hörten nie wieder von ihm. In dieser Nacht verschwand er aus unserem Leben, und mit jedem Monat, der verging, verblasste die Erinnerung an das, was geschehen war, ein wenig mehr. Irgendwann kam mir das Ganze nur noch wie eine Geschichte vor, die man irgendwo gehört hatte, in der man selbst jedoch keine Rolle spielte.

Ich habe Henning nie gefragt, ob er tatsächlich abgedrückt hätte, wenn er allein gewesen wäre. Wohl auch, weil ich mich vor der Antwort fürchtete. Stattdessen versuchte ich, zu verdrängen, was ich gesehen hatte. Hennings Gesichtsausdruck, als er Wiktor schlug. Den Glanz und die Gier in seinen Augen, es noch weiter zu treiben, das ultimative Machtgefühl auszukosten.

Henning ist, was er ist, und ich bin, wer ich bin. Ich war schon immer gut darin, die negativen Eigenschaften von Menschen auszublenden, die mir etwas bedeuten. Das ist mir bei Henning gelungen und – seien wir ehrlich – auch bei dir.

Was das Ecstasy anging, lief anschließend alles gut, bis plötzlich die Rocker auftauchten und Henning dem Wahn verfiel, dass nur Wiktor dahinterstecken konnte. Dass er es gewesen war, der den Rockern alles verraten hatte. Es war egal, was ich sagte und womit ich argumentierte: Henning war überzeugt, dass Wiktor jetzt seine verspätete Rache für das haben wollte, was wir ihm genommen hatten. Immer öfter sprach er davon, es Wiktor heimzuzahlen und das zu tun, was er schon in der Pulverfabrik hätte tun sollen. Anfangs habe ich seine Drohungen nicht ernst genommen. Nicht bis zu jener Nacht zumindest, in der auch du und ich einen heftigen Streit hatten, nachdem du ein Gespräch zwischen Henning und mir belauscht hattest.

Anschließend wollte ich mit dir darüber reden, aber du hast einfach dichtgemacht, wie du das gerne tust, wenn dir etwas nicht passt. Hast wütend das Haus verlassen und bist erst spät in der Nacht zurückgekehrt; vielleicht eine Stunde nach Henning, der in dieser Nacht ebenfalls unterwegs gewesen ist.

Um kurz nach zwei kehrte er heim. Er versuchte noch, besonders leise zu sein, aber ich war wach – auch, weil ich auf dich gewartet hatte. Überrascht sah er mich an, als er das Licht einschaltete.

»Hallo, Henning«, sagte ich, und dann, leiser: »Wo bist du gewesen?«

»Das geht dich nichts an.«

»Warst du bei Wiktor?«

Ein irritierter Blick. »Wie kommst du denn darauf?«

»Das weißt du. Außerdem ist die Makarow weg.«

»Keine Sorge. Ich war nicht bei ihm.«

»Wo dann?«

»Vergiss es.«

»Ich will aber wissen, wo du gewesen bist!«

»Nein«, sagte er und sah mich durchdringend an. »Das willst du nicht.«

Mehr war aus ihm nicht herauszubekommen, auch in den folgenden Tagen nicht. Sobald ich ihn darauf ansprach, hat er zu meinem eigenen Besten geschwiegen, wie er stets behauptete. Wenn ich jetzt in der Zelle liegend darüber nachdenke, glaube ich, dass er in dieser Nacht bei Wiktor war und dass er ihn umgebracht hat. Einen anderen Grund für sein hartnäckiges Schweigen kann ich mir nicht vorstellen.

Was auch immer damals geschehen ist, war vielleicht auch der Auslöser für das, was in unserer Wohnung geschah. Ich weiß es nicht. Ich weiß nur, dass du bei unserem Kennenlernen der reinste Mensch warst, dem ich je begegnet bin, und dass du durch Hennings Gegenwart mit Schmutz beworfen wurdest. Ein bisschen Schmutz ist an dir hängen geblieben und hat dunkle Flecken hinterlassen, die in Nicaragua noch größer geworden sind.

Dieses Mal verschließe ich die Augen nicht mehr vor der Wahrheit.

Henning ist mein Freund.

Henning ist ein Mörder.

Und jetzt seid ihr beide dort draußen.

FÜNF

»Wir schauen uns schweigend beide an,
die Hände in den Schoß gelegt.
Unsere Klauen im Fleisch des anderen,
um zu nehmen, was noch geht.«

Voltaire, »Flut« aus dem Album
Heute ist jeder Tag

SARAH

Ich sitze auf der Rücksitzbank, während die Landschaft unter einem trügerisch schönen Himmel vorüberzieht. Auf die imposanten Gebäude der Hamburger Innenstadt folgen die schlichten Einfamilienhäuser der Vororte, bevor diese von Wiesen und Feldern abgelöst werden. Neben der Autobahn geben blaue Schilder in regelmäßigen Abständen Entfernungen an. Noch fünfzehn Kilometer bis Winsen, vierunddreißig bis Lüneburg.

Ab und zu sehe ich Traktoren über die Felder fahren, in denen Männer sitzen. Männer, die ihr Geld mit der harten Arbeit ihrer Hände verdienen. Augenblicklich beneide ich sie. Es muss ein schönes Gefühl sein, abends erschöpft ins Bett zu fallen und sofort einschlafen zu können, weil am Tag nichts geschehen ist, das einem den wohlverdienten Schlaf rauben könnte.

»Ist alles okay bei Ihnen?«, will die Kommissarin wissen.

»Ja«, sage ich, dann schaue ich auf ihren Hinterkopf. Er ist verhältnismäßig klein, und die Ohren liegen erstaunlich eng an. Es ist sonderbar, dass ich gerade jetzt auf so etwas achte.

Seit wir losgefahren sind, waren das die ersten Worte, die wir miteinander gesprochen haben. Es gibt auch nichts zu sagen; die offenen Fragen schwirren sowieso wie lichtdurchlässige Gebilde durch den Raum, und bald schon werden wir die Antworten kennen. Wen immer sie in dem Waldgebiet gefunden haben, es kann nicht Henning sein. Der Moment, in dem auch die Kommissarin es erkennen wird, rückt mit jedem Kilometer näher. Vielleicht wird sie dann ja verstehen und einsehen, dass die Gefahr nicht von Marc und mir ausgeht, sondern von Henning.

Ich weiß das schon lange, aber ich weiß sowieso viel mehr als sie.

Als die Autobahn bei Lüneburg endet, überkommt mich auf einen Schlag die Müdigkeit. Ich habe letzte Nacht kaum geschlafen, meine Augen brennen. Ganz kurz nur schließe ich sie und stelle mir vor, was die Zukunft bringen wird. Bald schon wird die Kommissarin feststellen, dass Henning noch lebt, und Marc wird daraufhin aus dem Gefängnis entlassen. Ein Hochgefühl überkommt mich; in dieser Geschichte bin ich die Heldin. Spätestens wenn die Polizei dank meiner Hilfe Henning findet und er zu einer langen Haftstrafe verurteilt wird.

Ob Marc und ich dann weiterhin zusammenbleiben, weiß ich nicht. Einerseits hat sich an meiner Liebe zu ihm in den letzten Tagen einiges verändert, andererseits gefällt mir die Vorstellung eines Paares, das gegen jede Widrigkeit ankämpft. Vielleicht werden wir sogar in Talkshows eingeladen, das Publikum würde mich lieben. Wichtiger ist jedoch, dass ich ...

»In ein paar Minuten sind wir da.«

Ich öffne die Augen und blinzle, dann schaue ich mich um. Auf beiden Seiten der Landstraße zieht ein ausgedehntes Waldgebiet vorbei, das sich kurz darauf öffnet. Wir durchqueren einen kleinen Ort, dann schließt der Wald sich wieder.

»Wo genau sind wir?«, frage ich.

»Kurz hinter Dahlenburg. Es ist nicht mehr weit.«

Der Puls beschleunigt sich, das Hochgefühl verfliegt. Ich sollte nicht hier sein, denke ich plötzlich. Es fühlt sich nicht gut an. Dieser Wald ... er wirkt wie ein Ort, an dem böse Dinge passieren können.

Als die Kommissarin wenig später auf einen kleinen Parkplatz links der Landstraße abbiegt, nimmt die Anspannung noch zu. Mehrere Fahrzeuge stehen dort. Drei Polizeiwagen, ein weißer Kastenwagen und zwei Zivilfahrzeuge. Sie stellt den Motor ab. Mir ist schlecht. Ich höre ihren Atem, ansonsten ist da nichts als Stille.

Totenstille.

Dann steigt sie aus und schaut auf ihr Handy, wahrscheinlich hat sie eine Wegbeschreibung bekommen. Anschließend geht sie einmal um den Wagen herum, öffnet meine Tür und fragt: »Kommen Sie?«

Ich nicke nur und versuche, mich aus dem Rücksitz hochzustemmen. Es fällt schwer. Ich will die Sicherheit des Fahrzeugs nicht verlassen, aber ich will auch nicht alleine zurückbleiben.

Ich bleibe dicht bei ihr, und gemeinsam überqueren wir den Parkplatz, bis wir einen kleinen Pfad erreichen, der tiefer in den Wald führt. Die Bäume stehen hier so dicht, dass ihre Kronen ein fast schon geschlossenes Dach bilden. Ich friere, obwohl es nicht kalt ist. Nach dem gestrigen Regen riecht die Luft feucht und modrig, und ich erschrecke jedes Mal, wenn der Wind rauschend durch die Baumwipfel fährt.

»Ist es noch weit?«, frage ich ängstlich.

Sie schüttelt den Kopf, dann deutet sie auf eine Plastikmarkierung, die jemand links des Weges angebracht hat. »Hier müssen wir rein.«

Wir verlassen den Pfad und gehen tiefer ins Unterholz. Obwohl wir keine hundert Meter vom Parkplatz entfernt sind, komme ich mir plötzlich wie mitten in der Wildnis ausgesetzt vor. Jede Wurzel stellt eine Stolperfalle dar, und die Kronen der Bäume lassen kaum noch Licht durch.

Plötzlich dringen Stimmen durch den Wald, die von mehreren Menschen stammen. Wir folgen der Richtung, aus der sie kommen, bis sich die Baumreihen öffnen und den Blick auf eine winzige Lichtung freigeben. Ein seltsam anmutendes Gestänge mit Plastikdach steht dort, das wie ein mobiler Carport aussieht, und mehrere Polizisten. Einen davon kenne ich. Höger, der übergewichtige Kerl, der mir während der Vernehmungen ein Verhältnis mit Henning unterstellt hat. Als er uns sieht, winkt er die Kommissarin zu sich.

»Sie bleiben vorerst hier stehen«, sagt sie. »Laufen Sie nicht weg.«

Ich nicke, warum sollte ich? Dann geht sie auf ihn zu.

Obwohl mir kalt ist, sind meine Hände schweißnass, und als mich einer der anderen Polizisten anschaut, blicke ich verlegen zu Boden. Die Vorstellung, was er von mir denken könnte, ist mir unangenehm. Ich schäme mich. Nicht für das, was hier geschieht, aber für so vieles andere.

Als ich den Blick wieder hebe, ist die Kommissarin schon bei Höger angekommen. Sie reden miteinander, aber ich kann kein Wort verstehen. Dann treten sie an die Grube, die unter dem Plastikdach liegt. Man muss kein Genie sein, um zu wissen, was sich darin befindet.

Während die Kommissarin Högers Ausführungen zuhört, nickt sie und tippt sich mit dem Finger gegen das Kinn. Dann sagt sie selbst etwas und schaut in meine Richtung. Höger schüttelt ungläubig den Kopf. Er grinst sogar, scheint es wohl lustig zu finden.

»Eine Frage noch, Sarah«, ruft die Kommissarin in meine Richtung. »Womit hat Henning die Nachricht auf den Spiegel geschrieben?«

»Mit Lippenstift, glaube ich.«

»Was?«

»Mit Lippenstift«, rufe ich lauter.

Sie scheint zufrieden zu sein und wendet sich wieder ihrem Kollegen zu, während mir plötzlich übel wird. Schon auf dem Parkplatz hatte ich ein schlechtes Gefühl im Bauch, jetzt gesellen sich auch noch Krämpfe dazu. Ich schnappe nach Luft. Beuge mich vor, um den Druck vom Magen zu nehmen. Ein paar tiefe Atemzüge, dann geht es wieder.

Als ich meinen Namen höre, blicke ich auf. Die Kommissarin winkt mich zu sich. Ich sollte jetzt wohl losgehen, aber aus irgendeinem Grund schaffe ich das nicht. Stattdessen bleibe ich wie angewurzelt stehen und halte den Blick starr auf die umliegenden Wälder gerichtet.

»Sarah?«, ruft die Kommissarin erneut, während sie auf mich zugeht.

Mein Magen rebelliert. Ich kippe vornüber und würge, aber

es gibt keinen Inhalt, den ich erbrechen kann. Lediglich bittere Magensäure steigt ekelerregend den Rachen hoch.

Die Kommissarin steht jetzt neben mir und packt mich am Arm. Ihr Griff ist entschlossen. Warum ist sie so? Sieht sie nicht, wie schlecht es mir geht?

»Kommen Sie bitte mit und schauen sich den Mann an«, sagt sie. »Wir müssen wissen, ob der Tote Henning Järisch ist.«

Ich höre die Worte, konzentriere mich aber auf etwas anderes. Von den gegenüberliegenden Baumwipfeln steigen Vögel auf, die sich zu einem pulsierenden Schwarm formieren. Ich weiß nicht, welche Art das ist. Kleine Vögel halt.

»Es kann hart sein, einen Toten zu sehen«, sagt sie mitfühlend. »Wenn Sie meinen, Sie schaffen das nicht, können wir den Mann sicherlich auch auf andere Art identifizieren, aber mit Ihrer Hilfe ... Nun ja, Sie würden uns halt viel Zeit ersparen.«

Ich drehe mich in ihre Richtung. »Wissen Sie, welche Vögel das sind?«

»Was?«

Mein Finger deutet auf die Baumgruppe, über welcher der Schwarm noch immer seine Kreise zieht. »Die da.«

Sie antwortet nicht, sieht mich nur nachdenklich an. Vielleicht mag sie ja keine Vögel, denke ich.

»Was glauben Sie, Sarah?«, fragt sie dann erneut. »Schaffen Sie das?«

Ich blinzle, dann nicke ich. Wie in Trance lasse ich mich dichter an das Erdloch führen, bis wir kurz davor stehen bleiben. Sie hält weiterhin meinen Arm, und jetzt bin ich ihr dankbar dafür.

»Ist er das, Sarah?«, fragt sie mich leise. »Ist das Henning?«
Dann passiert alles auf einmal und rasend schnell.
Ich senke den Blick.
Ich sehe den Leichnam.
Ich sinke auf die Knie und schreie.
Ich ... *Aus.*
Als ich wieder zu mir komme, sind die Vögel verschwunden.

HENNING

Jeden Morgen bin ich warm und werde kalt. Jeden Morgen ziehe ich die Decke hoch, verkrieche mich darunter und bereue. Ich bereue stets dasselbe. Diese eine Nacht, damals. Auf der Insel in einem Land, von dem man nicht glaubt, dass das dortige Handeln Auswirkungen auf das Hier und Jetzt haben könnte.

Ein Irrtum.

Heute weiß ich das.

Mein Bauch schmerzt. Ich weiß nicht, ob die Schmerzen von meinem schlechten Gewissen oder den Messerstichen herrühren, aber das ist auch egal. In ein paar Minuten wird es sowieso vorbei sein.

Was macht man mit den Minuten, wenn man weiß, dass es die letzten sind? Sind sie kostbarer als andere?

Nein, nur schmerzhafter. Ich huste, und der Husten schmeckt nach Kupfer, irgendwie metallisch.

Sterben ist so völlig anders als gedacht. In diesem Moment gibt es keine Würde und keine Stille mehr, stattdessen läuft mir der eigene Urin die Beine hinab. Das Leben zieht auch nicht wie ein Film an einem vorbei, bei mir zumindest nicht. Immer nur diese eine Nacht, wieder und wieder.

Ich schließe die Augen und sehe das Meer, so türkis und endlos und wunderbar. Fühle den Sand unter den Füßen und spüre die Hitze. Ich spüre sie. Kurze Momente des Glücks. Ich sage immer wieder, dass ich das nicht gewollt habe, und merke selbst, wie jämmerlich das klingt. Ob gewollt oder nicht, das Ergebnis ist stets dasselbe. Für sie, für mich, für alle.

Ich wusste, dass Marc auf sie steht, und deshalb musste ich sie ficken. Einmal etwas besitzen, was er wollte und nicht bekommen konnte. Und ich tat, was dafür nötig war.

Jetzt ist mir wieder kalt.

Verdammt kalt.

Eine Hand legt sich auf meine Stirn, aber ich sehe nichts. Ich muss die Augen öffnen, es fällt so schwer. Die Lider kleben aneinander, sie müssen Zentner wiegen. Dann ein wenig Licht, ein Gesicht und ein Messer.

Stich endlich zu, denke ich. Bring es verdammt noch mal hinter dich.

Ich habe genug.

Genug von diesem beschissenen Leben.

SARAH

Alles rast. Alles steht still. Zu viele Gedanken, von denen kein einziger greifbar ist. Ich kann nur die Augen schließen und mich tief in mich selbst zurückziehen. Fort von diesem Chaos und hin zu einem Ort, den jeder in sich trägt, aber nur selten aufsucht.

Ein Ort, an dem man nichts mehr spürt.

»Sarah?«, fragt jemand neben mir.

Verbissen kneife ich die Augen zu. Wenn ich nichts sehe, verschwindet es vielleicht wieder. Dieses Bild von Henning, wie er in der Grube liegt. Halb auf der Seite, halb auf dem Bauch. Er trägt eine Jeans und ein Sweatshirt, rostrote Flecken überall. An den Füßen hat er blaue Socken, aber keine Schuhe. Warum trägt er keine Schuhe? Es muss doch kalt sein, dort im Boden, mitten im Wald.

Sein Gesicht ist blass, und in den Haaren kleben Erdbrocken. Irgendwie sieht er ganz klein aus, völlig anders als im realen Leben. Nicht so, als würde er schlafen. Eher vollkommen leblos, was natürlich nicht sein kann.

»Sarah?«

Wieder die gleiche Stimme. Ich drehe mich um und sehe der Kommissarin ins Gesicht. »Können Sie uns sagen, ob das Henning Järisch ist?«, fragt sie.

»Das … Nein, das kann er nicht sein. Er lebt doch noch.«

Sie sieht mich mitleidig an, scheinbar war das die falsche Antwort. Dann kommt auch schon der schnauzbärtige Polizist, berührt ihren Arm und zieht sie fort. Als sie ein paar Meter entfernt stehen bleiben, flüstert er etwas. Sie nickt, dann schauen beide in meine Richtung.

»Das mache ich schon«, sagt die Kommissarin zu ihm. »Ich bin sicher, dass Sarah nicht zu fliehen versucht.«

Sarah, das bin ich. Sie reden über mich. Aus welchem Grund sollte ich fliehen? Was denkt sie nur von mir?

Höger erhebt irgendwelche Einwände, aber sie lässt sich nicht beirren. Dafür bin ich dankbar. Ihre Gegenwart ertrage ich gerade noch, die von anderen Menschen nicht mehr. Außerdem muss ich sie davon überzeugen, dass ich Henning nicht getötet habe, sofern sie wirklich so verrückt ist, das zu denken.

Henning ist tot.

Noch immer kann ich nicht glauben, was ich gesehen habe. Er hat uns doch alle hereingelegt und die Botschaft auf den Spiegel geschrieben, wie kann er dann tot sein?

»Sind Sie sicher?«, frage ich und wundere mich, dass meine Stimme nicht zittert.

»Sicher worüber?«

»Dass er tot ist. Dass der Mann in dem Grab nicht mehr lebt.«

»Ja, Sarah. Das sind wir.«

»Sie müssen es überprüfen«, flehe ich. »Vielleicht tut er nur so! Vielleicht versucht er …«

Sie greift nach meinem Arm, dieses Mal eher beruhigend als besitzergreifend. »Henning ist tot«, sagt sie mit Nachdruck. »Daran gibt es keinen Zweifel. Laut dem Rechtsmediziner sogar schon seit mindestens zweiundsiebzig Stunden.«

Ich taumle zurück, als mir die Bedeutung der Worte bewusst wird. Sie denkt tatsächlich, dass ich es getan habe. Ich oder Marc. Ein Laut entfährt meiner Kehle, kaum noch menschlich.

»Sollen wir einen Arzt rufen?«, fragt sie und schaut mir besorgt in die Augen. »Es kann sein, dass Sie unter Schock stehen. Wir können …«

»Nein«, versichere ich und schüttle den Kopf. »Es geht schon wieder.«

»Sicher?« Sie wirkt nicht so, als würde sie mir glauben.

Ich nicke bekräftigend. Ich stehe nicht unter Schock, das weiß ich. Ich bin nur … verwirrt. Geschockt vielleicht, aber das ist etwas anderes. Dann merke ich, dass mir Tränen die Wangen herablaufen.

»Haben Sie ein Taschentuch?«

Die Kommissarin nickt und gibt mir eins. Vielleicht denkt sie, ich würde um Henning weinen, aber das stimmt nicht – um ihn ist es nicht schade.

Wenn ich weine, dann weine ich um dich, Marc. Um dich und um das, was wir spätestens jetzt unwiederbringlich verloren haben. Bis eben hatte ich noch gehofft, dass es eine Lösung geben wird, weil etwas so Großes wie unsere Liebe nicht einfach so verschwinden kann. Jetzt jedoch ist alles anders. Es gibt kein Wir mehr, nur noch ein Du und ein Ich. Ich muss mich darauf konzentrieren, unbeschadet aus der Sache herauszukommen, und was ich dafür tun muss, ist klar. Ich muss dich, unsere Liebe und alles, was uns verbunden hat, in diesem Erdloch zurücklassen. So tun, als ob es dich nie gegeben hätte.

»Können wir gehen, Sarah?«

Ich schaue die Kommissarin an und nicke.

MARC

Die Sonne hinter den Gitterstäben scheint fahl und kraftlos; genau so, wie ich mich fühle.

Laut Kalender ist es Frühling, aber da gibt es nichts, was ich mit dieser Jahreszeit verbinde. Kein Zwitschern von Vögeln, kein Erwachen der Natur und schon gar kein Aufflammen von Hoffnung. Bisher haben sich weder der Wärter noch die Polizistin gemeldet. Die Ungewissheit, was mit dir geschieht, bringt mich schier um, sie ist schlimmer als alles andere.

Ich stehe auf, schaue in einen trostlosen Himmel und spüre, dass da draußen irgendetwas passiert. Mit dir und mit Henning. Was immer es auch ist – es kann nichts Gutes sein. Es ist bedrohlich. Am liebsten würde ich dich jetzt an die Hand nehmen und sicher durch die nächsten Stunden führen, aber das kann ich nicht. Ich kann nur hoffen, dass du deine Schritte mit Bedacht setzt und nichts tust, was dich gefährden könnte. Gib auf dich acht, Sarah. Es ist noch nicht vorbei.

In den letzten Stunden habe ich immer wieder versucht, das Rätsel im Kopf zu lösen, aber jede beantwortete Frage hat nur eine neue aufgeworfen. Die ganze Geschichte hat von Anfang an einem Stück geglichen, in dem wir ahnungslose Darsteller sind, die auf die nächste Regieanweisung warten. Nie hatten wir eine Ahnung, was in der folgenden Szene passieren wird oder wer das Drehbuch geschrieben hat, aber irgendwer muss es getan haben. Nichts von dem, was in den letzten Tagen geschehen ist, war Zufall. Alles war geplant. Wir wurden von den Ereignissen überrollt und von einem Chaos ins nächste gestürzt.

Jeder Chance beraubt, selbst zu agieren, sodass nur noch das Reagieren übrig geblieben ist, und die meisten unserer Reaktionen sind falsch gewesen.

Jetzt weiß ich das, und dennoch gibt es nichts, was ich dagegen tun könnte. Die Karten liegen auf dem Tisch, der letzte Zug wird ausgespielt. Nicht von dir oder von mir, sondern von demjenigen, der die ganze Zeit schon Regie geführt hat. Alles, was uns noch bleibt, ist dazustehen und abzuwarten, ob es um dich oder mich geht. An das *Wir* glaube ich nicht mehr, und das hat auch mit dir zu tun, Sarah.

So groß unsere Liebe auch ist – nie habe ich mich in den gemeinsamen Jahren vollkommen sicher gefühlt. Stets schwang die fehlende Gewissheit mit, dass du mich genauso bedingungslos liebst wie ich dich. Ich hasse diesen Gedanken, vor allem die damit verbundenen Zweifel. Liebst du mich tatsächlich in demselben Maße, wie ich dich liebe? Mehr noch als das Bild, das du von dir gezeichnet hast? Oder würdest du dich – schweren Herzens vielleicht – von mir abwenden, wenn ich es bin, der dem perfekten Bild im Wege steht?

Ich weiß es nicht, Sarah.

Ich weiß es wirklich nicht.

Bis ich mit der Polizistin gesprochen habe, musst du gut auf dich aufpassen. Dir darf nichts passieren. Zum einen, weil du ein wunderbarer Mensch bist, zum anderen, weil ich sonst nie die Wahrheit erfahren werde.

Und die brauche ich, Sarah.

Ich brauche sie so dringend, wenn ich nicht durchdrehen will.

SARAH

Auf dem Weg zum Parkplatz hält die Kommissarin mich weiterhin am Arm fest. Ich bin froh, dass sie das tut. Die Berührung verleiht meinen unsicheren Schritten Sicherheit und den sich überschlagenden Gedanken einen Hauch von Stabilität. Es ist eine jämmerliche Vorstellung, aber diese Polizistin ist jetzt der einzige Freund, den ich noch habe.

Als wir den schmalen Pfad erreichen, versteift sich plötzlich ihr Griff, dann bleibt sie stehen. Die Stimmen der anderen Beamten sind längst verklungen, und auch die Vögel sind verschwunden. Wahrscheinlich will sie mir jetzt die entscheidende Frage stellen. Will wissen, ob ich Henning ermordet habe.

»Ich ... ich war das nicht«, stammle ich, um ihr zuvorzukommen. »Ich habe Henning nicht getötet. Bitte, das müssen Sie mir glauben!«

Sie nickt stumm, scheint mit den Gedanken aber ganz woanders zu sein. Bevor ich weiterreden kann, bringt sie mich mit einer Handbewegung zum Schweigen und sieht sich suchend um. Ihre Blicke durchkämmen die Umgebung, und schlagartig kehrt meine Angst zurück. Vielleicht hat sie ja etwas gehört, vielleicht ist da jemand.

In den Büschen.

In den Wäldern.

Ich halte den Atem an und schaue mich ebenfalls um. Außer uns ist niemand zu sehen, und die einzige Bewegung kommt von den Baumwipfeln, durch die unablässig der Wind fährt. In manchen Momenten hört ihr Rauschen sich an wie das Heulen einer Wahnsinnigen.

»Ist irgendwas?«, frage ich ängstlich.

Sie betrachtet mich nachdenklich, dann sagt sie: »Das muss schwer sein.«

»Was?«

»Immer nur eine Rolle zu spielen. Nie man selbst sein zu können.«

Ich habe keine Ahnung, was sie meint. Die Verständnislosigkeit muss mir ins Gesicht geschrieben stehen.

»Ich kann gut verstehen, wie schwer es Ihnen fällt, sich vor anderen permanent verstellen zu müssen. Seit dem Tod meiner Nichte ist es mir nicht anders ergangen.«

»Ihre Nichte ist tot?« Ich komme nicht mehr mit, sage ganz automatisch: »Das tut mir leid.«

»Sie ist im Urlaub gestorben. Auf einer kleinen Karibikinsel in Nicaragua, um genau zu sein. Ihr Name war Anna. Sie haben mir von ihr erzählt.«

Sie sagt das ganz ruhig, fast im Plauderton, und wahrscheinlich dauert es deshalb so lange, bis ich den Sinn verstehe. Als es dann so weit ist, taumele ich zurück und falle wie in Zeitlupe zu Boden. Sie kommt näher und streckt mir die Hand entgegen. Zögernd greife ich danach.

»Anna ist Ihre Nichte?«, stammle ich.

Sie lächelt kurz, dann sagt sie: »Wir sollten jetzt weitergehen, Sarah. Sonst stört nachher noch jemand unsere kleine Unterhaltung.«

Unfähig, das Ganze zu verarbeiten, folge ich ihr. Das hat sie nicht gesagt, denke ich plötzlich, Anna kann nicht ihre Nichte sein. Das geht nicht. Es wäre …

»Anna war wie eine Tochter für mich«, fährt sie fort, während wir weiter Richtung Parkplatz gehen. »Nach ihrem Tod habe ich die nicaraguanischen Kollegen inoffiziell um Amtshilfe gebeten. Vor allem um Akteneinsicht. Ich habe alles gelesen, und besonders interessant fand ich Ihre Aussage, dass

Anna ihren letzten Abend mit Ihnen verbracht hat. Daraufhin habe ich mich näher mit Ihnen, Marc und Henning beschäftigt. Ich bekam schnell heraus, dass Henning wegen Drogenhandels und versuchter Vergewaltigung vorbestraft war und dass in Annas Blut größere Mengen MDMA festgestellt wurden. Ich weiß, dass meine Nichte niemals Drogen genommen hätte. Nicht freiwillig zumindest. Sie hat Drogen verabscheut.«

Ich weiß nicht, was ich sagen soll, alles dreht sich. Nur unterbewusst bekomme ich mit, wie wir den Parkplatz erreichen, sie den Wagen öffnet, mich auf die Rücksitzbank schiebt und dann vorne einsteigt. Anschließend dreht sie sich zu mir um.

»Es war nicht schwer, aus all dem die richtigen Schlüsse zu ziehen. Hennings Vorstrafen, sein Verhalten bei früheren Vernehmungen, die sexuellen Übergriffe – der Kerl war ein waschechter Psychopath, nicht wahr? Nur wie hätte ich das beweisen sollen? Vor einem deutschen Gericht auch noch?«

Sie spricht weiterhin in diesem Plauderton, als würde sie von einem Ereignis erzählen, das sie persönlich gar nicht betrifft. Ich weiß nicht, was ich erwidern soll, aber wahrscheinlich erwartet sie auch keine Antwort.

»Vom ersten Tag an hatte ich keinen Zweifel, was seine Schuld betraf«, fährt sie fort. »Bei Ihnen und Marc war das schon schwieriger, aber darauf kommen wir später noch. Machen wir erst mal mit Henning weiter. Er war der Haupttäter, also habe ich das Einzige getan, das mir übrig blieb. Ich habe alles darangesetzt, mich von München nach Hamburg versetzen zu lassen, und dann habe ich ihn gerichtet.«

Ich zittere, als hätte ich Schüttelfrost. »Sie haben Henning getötet?«

»Sagte ich das nicht gerade?« Sie betrachtet mich wie ein begriffsstutziges Kind. »Ich habe es in der Nacht getan, in der Sie und Marc im Hotel waren. Mit einem Messer, das ich mitgebracht hatte. Nachdem Henning tot war, habe ich in Ihrer Küche nach einem Messer mit vergleichbarer Klingenform gesucht und dieses dann in sein Blut getaucht, bevor ich es in der

Tiefgarage deponierte. Ob nun Ihre oder Marcs Fingerabdrücke darauf waren, konnte ich natürlich nicht wissen. Es hat Marc getroffen. Sie haben Glück gehabt.«

Das Ganze muss ein Trick sein, denke ich ... Was sollte es sonst sein? Alles geht viel zu schnell, ich kann es nicht mal ansatzweise verarbeiten. Nichts davon. Die einzigen Worte, die ich herausbekomme: »Sie sind ja völlig verrückt geworden!«

»So verrückt wie Sie etwa, als Sie zustimmten, Annas Leichnam wie Abfall im Meer zu entsorgen?«

»Das dürfen Sie nicht!«, schreie ich plötzlich. »Sie sind Polizistin, das ... das können Sie nicht tun!«

Sie lächelt mitleidig. »Ich habe es bereits getan, Sarah, und wir sind noch nicht miteinander fertig. Es ist jetzt wichtig, dass Sie sich den Rest auch noch anhören, weil Sie anschließend eine Entscheidung treffen müssen. Soll ich fortfahren?«

Benommen nicke ich.

»Also ... In Nicaragua gab es einen Mörder und zwei Mittäter, die halfen, die Tat zu verschleiern. Der Mörder wurde gerichtet, und da ich Sie und Marc nicht für das von Ihnen begangene Verbrechen zur Rechenschaft ziehen konnte, musste ich dafür sorgen, dass Sie für eines verurteilt werden, das Sie nicht begangen haben. Das Messer, die Benutzung des Fahrzeugs, die Eingabe des Ziels in das Navigationsgerät oder die Nachricht auf dem Spiegel ... Im Prinzip war es ganz einfach.«

»Das wird ... Damit werden Sie nicht durchkommen«, stoße ich hervor. »Ich werde allen die Wahrheit erzählen! Alles, was Sie mir gerade gesagt haben.«

»Tun Sie das, Sarah, aber ich kann Ihnen jetzt schon verraten, was dann geschehen wird. Dass Anna meine Nichte war und Sie in ihren Tod verwickelt waren, kann ich als Zufall abtun. Behaupten, dass ich nichts davon wusste. Ja, vielleicht wird es ein paar unangenehme Nachfragen geben, aber mehr wird nicht passieren. Und der Rest? Da steht Aussage gegen Aussage. Auf der einen Seite haben wir eine erfahrene Polizistin mit untadeligem Leumund. Auf der anderen eine Mordverdächtige, die mit einem Kriminellen zusammenlebt, von dessen Drogenhandel profitiert und die gerade noch vor meinem Kollegen behauptet hat, dass ein Toter ihr mit Lippenstift geschriebene Nachrichten aus dem Jenseits geschickt hat, die dann – Simsalabim – auf mysteriöse Weise wieder verschwunden sind. Was denken Sie – wem wird man wohl glauben?«

»Aber das ist nicht gerecht«, begehre ich auf, womit ich mich unbewusst auf ihre schräge Weltsicht einlasse. »Marc und ich haben niemanden getötet, und trotzdem sollen wir jetzt für einen Mord den Kopf hinhalten. Wo ist da die Gerechtigkeit? Wo?«

»Ist es das, was Sie jetzt wollen? Um ein Strafmaß feilschen?«

»Nein, ich …«

»Da Sie doch am besten wissen, was in Nicaragua geschehen ist: Welche Strafe wäre denn in Ihren Augen angemessen?«

»Ich kann nicht …«

»O doch, Sie können! Sie und Marc haben Henning die ganze Zeit gewähren lassen, obwohl Sie wussten, was für ein Mensch er ist. Sie haben ihm ermöglicht, das zu tun, was er getan hat. Nur dank Ihrer Hilfe …«

»Sie können mich doch nicht für das verantwortlich machen, was Henning getan hat! Ich habe …«

»Wagen Sie es bloß nicht, mir mit irgendeiner Ausrede zu kommen!« Ihre Stimme klingt jetzt scharf, geradezu schneidend. »Ich bin Ihre Ausflüchte leid, verstehen Sie? Die schamlosen Versuche, sich aus allem herauszureden, was negativ für Sie ist. Selbst als Anna tot war, haben Sie diesem Scheusal lieber geholfen, ihre Leiche im Meer zu entsorgen, als sich den Folgen Ihres Tuns zu stellen. Anschließend haben Sie ihn vor der Polizei gedeckt und ihm ein Alibi verschafft. Das sind Ihre Vergehen, Sarah. Daran gibt es nichts zu rütteln.«

»Aber es war doch Marc, der ihm geholfen hat«, werfe ich mit sich überschlagender Stimme ein. »Ich habe nur getan, was er wollte.«

»Ach, so sehen Sie das? Sie sind schon wieder nur das Opfer, stimmt's?« Sie stößt schnaufend die Luft aus. »So, wie ich das sehe, wollte Marc in allererster Linie Sie beschützen. Aus Liebe. Deswegen kann ich sein Verhalten zwar nicht tolerieren, aber wenigstens ansatzweise nachvollziehen. Es ist die Tat, die ich in diesem Fall verurteile, nicht der Täter. Bei Ihnen jedoch sieht das anders aus. Sie haben Henning gehasst. Sie hatten keinen Grund, ihn zu schützen. Außer dass Sie nicht wollten, dass von seinem Tun auch etwas an Ihnen hängen bleibt. Das macht Sie zu einem feigen Menschen. Zu einem armseligen. Ganz ehrlich – Sie widern mich an!«

Die Tränen laufen mir jetzt ungehemmt die Wangen herab. Noch nie hat jemand so mit mir geredet, das darf sie nicht. Ich hasse sie, und trotzdem sage ich nichts, weil es nichts zu sagen gibt. Noch immer kann ich mich nicht dem stellen, was ich – was wir – getan haben, weil dies ein Eingeständnis dessen wäre, was ich in Wirklichkeit bin, aber nicht sein will.

Der nächsten Sätze sind die schwierigsten meines Lebens: »Was wollen Sie? Was soll ich jetzt tun?«

Ein schwaches Lächeln. »Sie wollen einen Rat? Von mir?«

Widerstrebend nicke ich.

»Lassen Sie sich für das Gericht eine gute Erklärung einfallen, warum Sie Henning getötet haben. Erzählen Sie dem Richter, dass es eine Tat im Affekt war und wie Henning Sie über Jahre hinweg drangsaliert hat. Wenn Sie es geschickt anstellen, wird es maximal auf Totschlag hinauslaufen. Dann kommen Sie nach sieben oder acht Jahren wieder frei, voraussichtlich sogar früher. In dieser Zeit können Sie für das büßen, was Sie in Wirklichkeit getan haben. Dann ist der Gerechtigkeit Genüge getan.«

Ich kann nicht glauben, was sie da sagt. Das ist der Wahnsinn in seiner reinsten Form, ein gottverdammter Albtraum.

»Bitte«, flehe ich. »Ich kann doch nicht für etwas ins Gefängnis gehen, das ich nicht getan habe. Das geht doch nicht!«

»Genau das werden Sie aber«, sagt die Kommissarin, bevor sie den Motor startet. »Denken Sie darüber nach, Sarah. Sie können natürlich alles leugnen, würden dann aber riskieren, zu einer lebenslänglichen Strafe verurteilt zu werden. Die Alternative ist, sich an meinen Rat zu halten und nach ein paar Jahren wieder freizukommen. Es ist Ihr Leben, Ihre Entscheidung. Treffen Sie dieses Mal die richtige.«

UNTERWEGS

Für Sarah musste die Erkenntnis ein Schock gewesen sein, und natürlich war nach dem Schock die Wut gekommen. Sie schrie Bianca an, dass sie das nicht machen könne und damit nicht durchkommen würde, aber da irrte sie sich.

Bianca war schon lange Polizistin, und sie war gut in ihrem Job. Ihr Vorhaben hatte von Anfang an einer gewöhnlichen Mordermittlung geglichen, nur mit umgekehrten Vorzeichen. Das Beobachten der Zielpersonen, das Ausarbeiten der Details und das Warten auf den richtigen Zeitpunkt. Dieser war gekommen, als Sarah und Marc in das Hotel eincheckten und sie wusste, dass Henning in der Nacht alleine sein würde. Sie hatte gewartet, bis jemand das Haus verließ, war dann durch die offene Tür geschlüpft, nach oben gegangen und hatte an die Wohnungstür geklopft.

»Ja?«, kam es fragend aus dem Inneren.

»Polizei«, sagte sie mit Nachdruck. »Würden Sie bitte die Tür öffnen?«

»Was wollen Sie?«

»Es geht um eine Aussage bezüglich des Handels mit Ecstasy, die wir gerne bestätigt haben würden.« Sie hielt ihren Dienstausweis vor den Türspion. »Wollen wir nicht lieber in der Wohnung darüber reden?«

Der Schlüssel wurde umgedreht, dann öffnete er. Ihr Herz setzte aus, als sie zum ersten Mal dem Mann so dicht gegenüberstand, der Anna getötet hatte.

»Wo ist Ihr Kollege?«, fragte er. »Ihr kommt immer zu zweit.«

»Es ist keine große Sache«, wiegelte sie ab. »Ich brauche nur ein paar Auskünfte. Das bekommen wir auch alleine hin.«

»Ich … Okay, kommen Sie rein. Ich hoffe nur, dass es schnell geht.«

Das wird es, dachte sie, während sie ihm in die Küche folgte. Noch bevor er sich umdrehen und eine Frage stellen konnte, stach sie zu. Er fiel auf die Knie, dann kippte er stöhnend zur Seite. Schwer verletzt, aber nicht lebensbedrohlich. Über ihn gebeugt verriet sie, wer sie war und was sie in Wirklichkeit wollte. Er versuchte sich an einem Lachen, das in ein blutiges Husten überging.

»Und jetzt?«, fragte er, während er sich die Wunde an der Seite hielt. »Was wollen Sie jetzt tun? Mich umbringen?«

»Vor allem will ich wissen, was auf dieser Insel geschehen ist! In allen Einzelheiten.«

Er schnaufte bloß.

»Warum haben Sie meine Nichte unter Drogen gesetzt und vergewaltigt?«

»Sie sind … Sie sind ja komplett bescheuert!«

»Was gab Ihnen das Recht, einem anderen Menschen das Leben zu nehmen? Jemandem, der nie etwas Böses getan hatte. Einem unschuldigen Wesen.«

»Sie wollen die Wahrheit hören?«, fragte er stöhnend. »Ihre Nichte … Sie war eine Schlampe. Sie hat es gewollt. Den Sex und das Ecstasy. Davor … davor wollte sie meinen Freund ficken.«

»Hören Sie auf!«

»Was denn? Passt Ihnen die Wahrheit nicht? Sie hat es genossen, als wir es miteinander trieben. Sie wollte, dass ich ihr meinen …«

»Lügen, alles Lügen! Sie haben sie umgebracht! Sie und Ihre gottverdammten Drogen.«

»Nein, sie … sie hätte besser aufpassen sollen. Nicht meine Schuld. Wenn sie keine …«

Wahrscheinlich war es das Leugnen, das sie letzten Endes

durchdrehen ließ. Sie war mit dem Vorsatz gekommen, zuerst die Wahrheit zu erfahren, konnte seine Lügen und Ausflüchte aber nicht länger ertragen. Was zu viel war, war zu viel. An die darauffolgenden Sekunden erinnerte sie sich nicht mehr. Sie musste das Messer gehoben und wieder und wieder zugestochen haben, bis er sich nicht mehr rührte. Bis es endlich vorbei war.

Ein schlechtes Gewissen hatte sie anschließend nicht empfunden. Henning Järisch war ein Schwein gewesen. Er hatte den Tod ihrer Nichte zu verantworten, und jetzt hatte er dafür bezahlen müssen. Ohne ihn, da war sie sicher, würde die Welt ein besserer Ort sein.

Der anschließende Griff nach den Ersatzschlüsseln des Fahrzeugs, der Abtransport der Leiche, die Eingabe des Ziels in das Navigationsgerät und das Abstellen des BMW am Flughafen, wo er binnen weniger Tage gefunden werden würde – alles sorgsam geplante Handlungen. Ebenso wie die Strategie, die sie bei den Vernehmungen verfolgt hatte.

Marc hatte sich dabei als harter Brocken entpuppt, dem nur schwer beizukommen war. Er würde alles tun, um Sarah zu schützen, und dazu gehörte auch das Schweigen über das, was in Nicaragua geschehen war. Diese Bedenken waren bei Sarah zum Glück deutlich geringer ausgeprägt. Sie besaß eine Persönlichkeit, die wesentlich leichter aus der Fassung zu bringen war. Eine mit Lippenstift auf dem Spiegel hinterlassene Nachricht hatte dann genügt, um sie vollends aus dem Gleichgewicht zu bringen. Sie hatte um ihr Leben gefürchtet, und diese Furcht war es auch, die Bianca endlich die Wahrheit über das beschert hatte, was auf Little Corn Island geschehen war.

Natürlich hatte es bei ihrem Vorhaben auch Risikofaktoren gegeben; man konnte nicht jeden Handlungsverlauf im Voraus planen. Den größten hatte Sarah selbst erkannt – ihr Verwandtschaftsverhältnis mit Anna. Anders als behauptet, konnte dieser Punkt sogar das gesamte Vorhaben gefährden. Sollte herauskommen, was Bianca getan hatte, würden Sarah und Marc straffrei davonkommen. Ein Umstand, den sie mit aller Macht verhindern musste.

Ihr bestes Druckmittel waren die höchst unterschiedlichen Strafen, mit denen Sarah zu rechnen hatte. Sollte sie den Mord an Henning tatsächlich abstreiten und mit dieser unglaubwürdig klingenden Aussage um die Ecke kommen, würde sie Gefahr laufen, gemeinsam mit Marc als kaltblütige Mörder dazustehen, die keine Reue zeigten. Im Schuldspruch würde das dann lebenslänglich bedeuten, mindestens fünfzehn Jahre Gefängnis also.

Das Geständnis einer Tat im Affekt hingegen, verbunden mit einigen strafmildernden Details, würde nur noch den Tatbestand des Totschlags erfüllen, der mit nur gut der Hälfte an Jahren geahndet wurde. Wenn Sarah und Marc wieder freikämen, würden sie immer noch jung sein, sie erst Ende dreißig, er Anfang vierzig. Das war mehr als fair, fand sie, wenn sie an ihre Nichte dachte. An Anna, die jetzt gar kein Leben mehr hatte, weil es ihr von Menschen geraubt worden war, die ihren eigenen Vorteil über alles andere stellten. Von Menschen, die meinten, etwas Besonderes zu sein, und die nie gelernt hatten, für ihr Handeln Verantwortung zu übernehmen.

Bis jetzt, dachte Bianca.

Bis jetzt.

Sie hatten gerade Seevetal passiert und waren auf die A 1 abgebogen, als Sarah sich nach vorne beugte und fragte, ob Bianca am nächsten Rastplatz halten könne.

»Warum?«, fragte sie. »Müssen Sie auf die Toilette?«

»Nein.« Ihre Blicke trafen sich im Rückspiegel. »Aber wir müssen reden.«

SARAH

Ich atme durch, als der Wagen endlich steht. Bis Hamburg dauert es keine halbe Stunde mehr, und wenn ich erst einmal dort und in Polizeigewahrsam bin, ist es aus. Jetzt und hier ist die letzte Gelegenheit, an diesem Schicksal noch etwas zu ändern, alles andere zählt nicht mehr.

Ich bin kein schlechter Mensch. Ich wollte immer nur, dass alle um mich herum glücklich sind. Jetzt aber geht es um meine Zukunft, und da kann ich keine Rücksicht mehr nehmen. Auch nicht auf dich, Marc.

»Ich habe nachgedacht«, sage ich dann. »Ich werde aussagen und die Tat zugeben, aber nur unter einer Bedingung.«

»Sie sind nicht in der Position, Bedingungen zu stellen.«

»Ich denke doch … Anna war Ihre Nichte, das können Sie nicht wegdiskutieren. Egal, wie die Sache ausgeht – das Misstrauen und der Verdacht würden an Ihnen hängen bleiben.«

»Machen Sie sich um mich keine Gedanken«, sagt sie. »Kommen Sie einfach zur Sache.«

Ich spüre, dass die Kommissarin nicht so teilnahmslos ist, wie sie tut. Außerdem ahnt sie nicht, worauf ich hinauswill, und das bringt mich in eine unangenehme Lage. Ich wollte es nicht selbst aussprechen; mir wäre lieber gewesen, wenn sie es getan hätte. Nervös trommeln meine Finger gegen die Seitenscheibe.

Tapp-tapp, tapp-tapp.

»Ich könnte Sie vor sämtlichen negativen Folgen bewahren und Ihnen dennoch Gerechtigkeit verschaffen«, sage ich vorsichtig. »Dafür sorgen, dass Sie Ihre Rache bekommen, ohne ein Risiko eingehen zu müssen.«

Sie dreht sich um. »Ich habe keine Lust auf Spielchen, Sarah. Sagen Sie einfach, was Sie zu sagen haben, damit wir weiterfahren können.«

»Ich meine ...« Ein Räuspern. »Sie wollen doch, dass Marc verurteilt wird und dass ich für mein Fehlverhalten büße. Dann können Sie nicht riskieren, dass jemand meiner Geschichte glaubt, wenn ich sie erzählen würde. Das könnte Ihren gesamten Plan gefährden.«

»Ich habe doch gesagt, dass Sie sich um mich keine Gedanken machen müssen.«

»Es waren doch Marcs und Hennings Drogen, die Anna getötet haben, richtig?«, fahre ich ungerührt fort. »Ich wusste nicht einmal, dass die beiden das Zeug überhaupt mitgenommen haben. Als Anna dann ... Als Marc die Idee hatte, den Leichnam ins Meer zu werfen, um das Ganze wie einen Unfall aussehen zu lassen, stand ich nur daneben. Ich habe nichts getan, überhaupt nichts. Ich war ... Mein Gott, ich stand einfach unter Schock, verstehen Sie?«

»Das behaupteten Sie bereits. Wo sind die Neuigkeiten?«

Jetzt oder nie, denke ich. »Auf dem Messer sind ausschließlich Marcs Fingerabdrücke. Es ist sein Auto, in dem Hennings Blutspuren waren, und sein Navi, das zu der Leiche führte. Bislang deuten sämtliche Beweise ausschließlich auf ihn hin, stimmt's? Die Haftrichterin hat mich ja nicht ohne Grund entlassen, während er ins Gefängnis musste. Ich ... Nun ja, ich finde es einfach nicht fair, dass ich jetzt genauso hart bestraft werden soll.«

Eine Zeit lang herrscht Schweigen. Als die Kommissarin wieder etwas sagt, treffen mich ihre Worte bis ins Mark. »Sie sind ein abgebrühtes Miststück, Sarah. Weiß Ihr Freund eigentlich, wen er da geliebt hat?«

Ich setze ein schuldbewusstes Gesicht auf. »Sie haben ja recht«, sage ich leise. »Es tut mir auch aufrichtig leid. Alles, meine ich. Ich dachte nur … Was ist, wenn ich alles zugebe, aber sage, dass es Marc war, der Henning getötet hat, und ich ihm unter Schock stehend nur half, die Leiche zu entsorgen? Ich hätte ihm dann im Endeffekt ein falsches Alibi gegeben und würde die Strafe dafür auf mich nehmen. Dann wäre alles genauso, wie es in Nicaragua ja tatsächlich auch abgelaufen ist, nur eben mit Marc anstatt mit Henning. Was meinen Sie – wäre das nicht am gerechtesten?«

»Das wollen Sie tun?« Die Abscheu ist ihr ins Gesicht geschrieben. »Ihren Geliebten ans Messer liefern, um selber unbeschadet aus der Sache herauszukommen?«

»Er ist doch selbst schuld«, versuche ich mich zu rechtfertigen. »Ich habe ihn oft genug vor Henning gewarnt! Hätte er frühzeitig auf mich gehört, wäre das alles nicht passiert. Und was Nicaragua angeht: Ich wusste nicht einmal, dass sie Drogen mitgenommen haben. Ich habe Anna nichts angetan, und ich habe sie auch nicht ins Meer geworfen. Ich habe nur gelogen, und genau das würde ich jetzt auch zugeben, nur in einem anderen Fall. Damit hätten Sie erreicht, was Sie von Anfang an wollten. Henning ist tot, Marc wird verurteilt, und ich muss für meine Lüge büßen.«

Ich sehe, wie sie die Augen schließt und es hinter ihrer Stirn arbeitet. Jetzt muss sie eine Entscheidung treffen und ihre Abneigung gegen die Vernunft abwiegen. Meine Argumente sind gut, das weiß ich, und die möglichen Strafen entsprechen der tatsächlichen Schwere der Schuld. Die Frage ist nur, ob sie es auch so sieht.

»Kommen Sie damit klar?«, fragt sie nach einer Zeit, die mir wie eine Ewigkeit vorkommt. »Ihren Freund für etwas büßen zu lassen, was er nicht getan hat, um Ihre eigene Haut zu retten?«

»Machen Sie sich um mich keine Sorgen«, sage ich und gebrauche damit unbewusst ihre Worte. »Ich tue das nicht, weil ich es will. Ich tue es nur, weil Sie mir keinen anderen Ausweg lassen.«

Als die Worte heraus sind, spüre ich, dass ich gewonnen habe. Ich bin kein böser Mensch und auch kein herzloser, selbst wenn die Kommissarin mich jetzt dafür halten muss. Ich will nur leben und glücklich sein, das ist alles. Am liebsten wäre ich das mit Marc geworden, aber jetzt muss es eben ohne ihn gehen.

Nicht meine Schuld, denke ich.

Nichts davon ist meine Schuld.

MARC

An einem Sommertag auf Sizilien begann mein Märchen mit Sarah, und es endete, als eine Polizistin mich drei Jahre später fragte, ob sie oder ich meinen besten Freund getötet hatte.

Die Verhaftung war gleichzeitig auch das Ende unserer Liebe. Heute weiß ich das. Ich weiß es seit dem Tag, an dem Marschwind mich vor zehn Monaten im Gefängnis aufsuchte und berichtete, was passiert war. Keine vierundzwanzig Stunden zuvor hatten sie Hennings Leiche in einem Waldgebiet in Niedersachsen gefunden, nur knapp hundert Meter von der nächsten Bundesstraße entfernt. Er war mit neun Messerstichen getötet und dann verscharrt worden; laut dem Rechtsmediziner wahrscheinlich in der Nacht, die Sarah und ich im Hotel verbrachten.

Die Nachricht über Hennings Tod löste in mir die unterschiedlichsten Gefühle aus. Trauer war eines davon, Fassungslosigkeit ein anderes. Am Ende jedoch überwog die Erleichterung, weil Sarah endlich in Sicherheit war.

Anschließend sah ich Marschwind an, der mit zusammengekniffenen Lippen auf einen Punkt vor seinen Füßen starrte. Ich öffnete den Mund und schloss ihn wieder. Wollte meine Unschuld beteuern und wusste doch, dass es nur nach einer Ausrede klingen würde. »Danke, dass Sie vorbeigekommen sind, um es mir persönlich zu sagen«, sagte ich stattdessen. »Ich weiß das zu schätzen.«

Er hob den Blick. Seine Pupillen flackerten wie Irrlichter. »Das ist noch nicht alles, Marc.«

Marc – er hatte mich noch nie bei meinem Vornamen genannt. Augenblicklich war die Angst wieder da, verbunden mit der plötzlich aufkommenden Gewissheit, dass mir das Schlimmste noch bevorstand. »Ist Sarah etwas passiert?«

»Nein, das nicht, aber … Ihre Freundin hat bei der Polizei eine Aussage gemacht, und über diese Aussage müssen wir reden. Sie wird Ihnen nicht gefallen.«

Die weiteren Worte fielen ihm sichtlich schwer. Er setzte mehrmals an und brach immer wieder ab. Nur Stück für Stück erfuhr ich die ganze Geschichte.

Nach dem Fund von Hennings Leiche hatte Sarah behauptet, dass ich es gewesen sei, der Henning getötet hätte. Ich hätte das Messer immer und immer wieder in seinen Körper gerammt, während sie angesichts der Gewalt hilflos schreiend danebenstand. Unter Schock hätte sie mir dann bei der Beseitigung der Leiche geholfen, weil sie mich liebte und wusste, dass ich es nur getan hatte, weil Henning sie wenige Wochen zuvor missbraucht hatte. Ein Verbrechen aus Liebe quasi, dramatisch wie ein Bühnenstück von Shakespeare.

Nichts davon ist wahr, und dennoch hat die Staatsanwaltschaft alles geglaubt. Selbst Marschwind wirkte in den Tagen darauf nicht mehr so, als ob er weiterhin von meiner Unschuld überzeugt sei. Als würde er auch nur einer meiner Beteuerungen Glauben schenken.

Drei Monate später kam es dann zum Prozess. Am zweiten Verhandlungstag sah ich Sarah zum ersten Mal wieder. Während sie mit tränenerstickter Stimme ihre Lügen verbreitete, versuchte ich, die Person vor mir mit jener in Einklang zu bringen, die ich so verzweifelt geliebt hatte. Es gelang mir nicht. Optisch waren die beiden sich ähnlich, ansonsten verband sie nichts.

Ich weiß bis heute nicht, was Sarah dazu gebracht hat, all dies zu behaupten, aber ich erkannte schnell, dass ich dem nichts entgegenzusetzen hatte. Ihre Aussage klang schlüssig, und alle von der Polizei vorgebrachten Beweise passten dazu. Als sie nach ihrer Aussage den Zeugenstand verließ, versuchte ich noch, ihren Blick einzufangen. Sie schaute starr an mir vorbei, das Gesicht ausdruckslos wie eine Maske.

Dass ich überhaupt noch so etwas wie eine Zukunft habe, habe ich ausschließlich Marschwind zu verdanken. Er war es, der mich davon überzeugte, die Aussage zu verweigern, und der dann aufgrund der Umstände auf Totschlag plädierte. Er tat das, was man von einem Anwalt erwarten konnte, und er tat es großartig. Die Richterin folgte seiner Argumentation und verurteilte mich zu achteinhalb Jahren Haft. Ich bin nicht vorbestraft, und ich werde ein vorbildlicher Häftling sein, also werde ich wahrscheinlich schon nach gut sechs Jahren wieder freikommen.

Ein gutes halbes Jahr liegt dieser Prozess jetzt schon zurück. Sieben Monate, in denen ein Tag dem anderen glich. Umgeben von Beton und alleingelassen mit zu vielen Fragen lebe ich nicht mehr, ich existiere nur noch. Meine neue Welt ist kalt und trostlos. In ihr zählt nichts, was vorher noch Bedeutung hatte. Wenigstens bekomme ich über meine Eltern ein wenig von dem mit, was draußen vor sich geht. Für die Welt bin ich der böse Kerl, der Schlimmes getan hat, und Sarah die Unschuldige, deren einziges Verbrechen darin bestand, sich in den falschen Mann verliebt zu haben. Eine Sichtweise, die sie nur zu gerne forciert, wie mir die wenigen verbliebenen Freunde berichten, die ihr mittels Instagram folgen.

Auf ihrem Account philosophiert Sarah gerne über die Ungerechtigkeiten des Lebens und das Böse, das Menschen sich gegenseitig antun können. Immer, ohne meinen Namen zu nennen. Sie behauptet, sich davon nicht unterkriegen zu lassen, und genießt den Mut, den die virtuelle Gefolgschaft ihr zuspricht, ohne das Ganze auch nur ein einziges Mal zu hinterfragen. Nur manchmal wird sie in ihren Aussagen konkreter. Dann bedankt sie sich bei jenen, die ihr *in den schweren Zeiten* zur

Seite gestanden haben; wie immer mit Küsschen hier, Herzchen dort.

Für all das, für den Verrat und sämtliche Lügen, müsste ich Sarah eigentlich hassen, aber das kann ich nicht. Selbst jetzt, wo sie sich für jedermann sichtbar gegen mich gestellt hat, ist sie immer noch Teil meines Lebens, meiner Gedanken. Oft sitzt sie neben mir, wenn ich beim Hofgang auf einer Bank eine Pause einlege, und dann reden wir über das, was uns an diesem Tag passiert ist. Über ganz gewöhnliche Erlebnisse. Diese Gespräche sind es, die mir Trost in der Trostlosigkeit geben, dank ihnen bin ich nicht allein.

Auch nachts nicht. Wenn ich in meiner Zelle unter einer kratzigen Decke liege und das Licht ausgeht, liegt Sarah wieder neben mir. Sie hält das Gesicht an meine Schulter gedrückt, ihr Atem streichelt meine Haut, und meine Hände liebkosen ihre Haare, stundenlang. Wir sagen nichts, halten beide die Augen geschlossen, und irgendwann gleite ich davon. Ich denke an die Nächte, in denen wir uns geliebt haben, und an die Tage, die auf diese Nächte folgten. An den Abend, an dem wir Arm in Arm am Elbufer saßen und stundenlang in den Sonnenuntergang schauten. An das kleine Hotelzimmer in der Eifel, das wir während des gesamten Wochenendtrips kaum verließen. Daran, dass sie zu Limonade stets Brause sagte, an ihre bunt gemusterten Blümchenkleider, die leuchtenden Augen. Ich denke an den Urlaub auf Bali, an ihre Küsse, an all das Richtige im Falschen. Vor allem aber denke ich an die Stunden und Tage, in denen wir unbeschwert glücklich waren. Die schönsten Momente unseres Lebens.

Sie ist immer noch meine Sarah, meine Liebe, meine Königin. Keine andere Frau wird diesen Status jemals erreichen, und ich will daran glauben, dass es ihr wenigstens ab und zu genauso geht; dass sie mich manchmal so schmerzhaft vermisst wie ich sie. Darauf hoffe ich, und in diesem Gedanken finde ich Frieden.

Oftmals frage ich mich, ob ich Sarah immer noch liebe. Ich

würde diese Frage verneinen, bin mir aber nicht sicher. Ganz gewiss ist immer noch sie es, die mir Kraft verleiht. Sie und die Erinnerung an das, was wir hatten. Was wahr ist und wahr bleibt, weil es Gefühle gibt, die man nicht vorspielen kann. Gute und reine Momente des Glücks. Wenn ich an sie zurückdenke, kommen sie mir wie ein warmer, schöner Sommernachtstraum vor. Sarah war meine Königin, und Königinnen bleiben ewig. Im Herzen zumindest.

Wir hatten so viel, und jetzt haben wir nichts mehr. Nicht, weil es uns ein anderer geraubt hat, sondern weil wir selbst es zerstörten. Das ist das Schlimmste daran. Wir haben mit Füßen getreten, was wir liebten, und grundlos vernichtet, was uns wichtig war. Aus dem *Wir* ein *Ich* und *Du* gemacht.

Es gab eine Zeit, da hatte ich einen Freund, und es gab eine Zeit, da hatte ich eine wunderbare Freundin. Keiner der beiden ist mir geblieben; nur noch Narben auf der Seele, die nicht verblassen wollen. Mich wundert das nicht. Die, die wir lieben, sind immer die, die uns am meisten wehtun können, weil nur sie Zutritt zu unserem Herzen haben.

Die Gefängnispsychologin würde jetzt sagen, dass ich lernen muss, in die Zukunft zu schauen, ohne den Schmerz der Vergangenheit zu spüren, aber das kann ich nicht.

Ich kann es einfach nicht.

NACHWORT
UND DANK

Eines vorab: Jeder Roman ist eine fiktive Geschichte, zum Leben erweckt durch erfundene Figuren. Am Anfang steht eine Idee (die bei »Das Loft« übrigens aus dem Ende bestand), dann kommen das grobe Gerüst und die einzelnen Handlungen. Das eigentliche Niederschreiben, Ändern und Korrigieren ist anschließend nur noch eine Fleißaufgabe.

Insofern unterscheidet sich auch »Das Loft« nicht von den Büchern, die ich vorher geschrieben habe, und dennoch war hier einiges anders. Die Geschichte um Sarah, Marc und Henning hat mich stellenweise bis in meine Träume verfolgt. Die Figuren erschienen mir plötzlich zu real, zu lebensecht; fast wie Menschen, die man tatsächlich kennt.

Irgendwann habe ich das Schreiben dann für Wochen eingestellt, um Abstand zu gewinnen. Das klappte, bis die ersten Sätze folgten. Auf einen Schlag waren alle wieder da, ganz real, als ob sie sagen wollten: »Schön, dass du wieder am Rechner sitzt – können wir jetzt endlich weitermachen?«

Ja, Romane sind fiktive Geschichten, und dennoch sollten Sie keiner Autorin oder keinem Autor glauben, die oder der behauptet, nichts davon hätte mit ihrem oder seinem Leben zu tun. Das stimmt nicht, niemals. Das kann ich Ihnen garantieren. Es ist ein Irrglaube, anzunehmen, die reale Existenz mit all ihren Erfahrungen und Erlebnissen würde nicht in ein Buch einfließen. Gewollt oder ungewollt gibt man immer etwas preis und schreibt sich einen Teil des eigenen Ichs von der Seele.

Reminder an mich selbst: Ich muss mir das als Antwort mer-

ken, wenn bei Lesungen mal wieder jemand fragt, was denn das Schwierigste am Schreiben ist …

All die Orte, an denen »Das Loft« spielt, kenne ich noch aus der Zeit, in der ich als Reisejournalist gearbeitet habe. Sizilien, Bali und Little Corn Island haben mich dabei besonders und auf ganz unterschiedliche Weise berührt, weshalb es mich freut, sie als Schauplätze einer Romanhandlung verwenden zu können. Dies gilt insbesondere für Little Corn Island; eine Insel, die tatsächlich aus der Zeit gefallen scheint. All das Schöne, das ich beschrieben habe, werden Sie dort auch finden, all das Böse ist nur meiner Fantasie entsprungen.

Und noch etwas macht »Das Loft« für mich zu etwas ganz Besonderem: Es ist mein erster *Stand-alone* und das erste Buch, das bei meinem neuen Verlag erschienen ist – bei Piper. Ein Einzelband, der nicht zu einer Reihe gehört, und es hat verdammt viel Spaß gemacht, ihn zu schreiben. Wenn Sie sich jetzt fragen, wo denn für einen Autor die Unterschiede sind, kann ich Ihnen antworten: Das Schöne an Reihen ist, dass man die Figuren schon kennt und nicht mehr entwickeln muss. Das Negative? Man kennt die Figuren schon und kann sie nicht mehr entwickeln.

Außerdem gleicht das Schreiben einer Reihe in gewisser Weise einem Korsett: Jeder neue Fall muss in das Reihenschema und zu den bestehenden Figuren passen. Bei einem Einzelband ist man naturgemäß freier. Mir gefällt das, mir gefällt das sogar sehr. Sofern der Verlag mich lässt und Sie mir weiterhin gewogen bleiben, werden auf diesen Einzelband hoffentlich noch viele weitere folgen.

Apropos Verlag: An ihn geht die erste Danksagung dafür, dass mich die Menschen dort so herzlich in ihren Reihen aufgenommen haben. An die ebenso engagierte wie fantastische Verlegerin Felicitas von Lovenberg, an Andrea Müller, die das Programm mit Herzblut und Sachverstand leitet, und an Tim

Müller, meinen Lektor, der anders als ich nie vom Weg abgekommen ist, was »Das Loft« betrifft. An all die tollen Menschen aus Vertrieb und Marketing, die leider viel zu viele sind, um sie an dieser Stelle alle namentlich nennen zu können, und an den Außenlektor Lars Zwickies, der der Story den letzten Schliff verpasste.

Danken muss ich auch Roland Meyer de Voltaire, jenem fantastischen Songwriter und Musiker, dessen Liedern ich so viele Zitate entnehmen durfte. Ich bin durch die auf Netflix laufende und auch in vielen Mediatheken zu findende Dokumentation *Wie ein Fremder* auf ihn gestoßen, habe mich in seiner Lebensgeschichte verloren und wiedergefunden und in seine Lieder verliebt. Dass wir jetzt einen so guten Kontakt haben, empfinde ich als Ehre und Freude. Danke für alles – du und Aljoscha Pause (der Regisseur und Filmemacher) habt mein Herz berührt!

Ich muss keinem sagen, wie besonders das letzte Jahr gewesen ist. Dieser blöde kleine Virus, der alles auf den Kopf stellte (hier noch ein Dank dem Restaurant Pöttgen, dank derem tollen Essen ich während des Lockdowns nicht verhungert bin). Gerade in dieser Zeit haben mich die Buchhandlungen oftmals an kleine Leuchtfeuer inmitten einer kreativen Dunkelheit erinnert. Danke, dass ihr die ganze Branche am Leben gehalten und nie aufgegeben habt; mit Fahrrädern zu den Kunden gefahren seid, um jede noch so kleine Bestellung persönlich auszuliefern. Ich kann nur hoffen, dass wir jetzt, wenn »Das Loft« erscheint, wieder einen Normalzustand erreicht haben und ich möglichst viele von euch auf Lesungen wiedersehe.

Der letzte und wichtigste Dank (kein Scheiss, Mann!) geht wie immer an euch, die Leserinnen und Leser. Verlag hin, Buchhandlungen her – ohne euch sind wir alle nichts. Erst ihr sorgt dafür, dass niedergeschriebene Geschichten zu leben beginnen. Euch haben wir es zu verdanken, diese Geschichten schreiben zu dürfen.

Was, wenn das Böse längst unter deinem Dach lebt?

Coveränderungen vorbehalten

Linus Geschke

Die Verborgenen

Sie leben in deinem Haus,
und du weißt es nicht.

Piper, 368 Seiten
ISBN 978-3-492-06479-8

Sven und Franziska Hoffmann haben alles, wovon sie einst träumten: eine wunderbare Tochter und ein Traumhaus an der Küste. Alles könnte perfekt sein. Doch dann dringt jemand heimlich in ihr Haus ein. Der ungebetene Gast bedient sich an ihrem Essen, stöbert in ihren Schränken und beobachtet sie beim Schlafen. Als dann noch Gegenstände verschwinden, bezichtigt sich das Paar gegenseitig und die makellose Fassade der Familie beginnt zu bröckeln. Und genau das ist es, was der Eindringling will…